Tim Baker

Città senza stelle

Traduzione di
Alfredo Colitto

SOCIETÀ EDITRICE MILANESE

Questo libro è un'opera di fantasia. Personaggi e luoghi citati sono invenzioni dell'autore e hanno lo scopo di conferire veridicità alla narrazione. Qualsiasi analogia con fatti, luoghi e persone reali è assolutamente casuale.

Città senza stelle
di Tim Baker

ISBN 978-88-93-90074-4

Titolo originale dell'opera: *City Without Stars*

Per mia moglie Julie
e in memoria delle nostre madri,
Lorel Baker e Sheila Curtis

"Questa creatura delle tenebre
la riconosco mia".
WILLIAM SHAKESPEARE, *La Tempesta*

MESSICO, MAGGIO 2000

I

CITTÀ SENZA STELLE

GIORNO 1

Vittima 873 – Isabel Torres

1

Isabel

Arriva con la tempesta. I suoi fari potenti feriscono la notte del deserto. Cani gialli alzano la testa; i loro occhi riflettono le luci che passano, poi tornano neri. Buste di plastica impalate sul filo spinato frusciano quando il Lincoln Navigator sfreccia lì accanto, come in un ultimo, vano tentativo di fuga.

L'urlo dei freni disperde i cani tra le ombre. L'immondizia si solleva in mulinelli agitati, poi scompare quando si spengono i fari. Nel silenzio improvviso gli animali attendono, avidi e spaventati.

Scendono due uomini, sagome scure contro i lampi che scalciano tra le colline. Aprono il portellone e trascinano qualcosa nel buio. Si sente un rumore di lattine.

Le portiere si richiudono e l'auto riparte.

I cani annusano l'aria elettrica della tempesta e cautamente si avvicinano al punto in cui la polvere si sta ancora posando al suolo.

2
Pilar

Il sole si fa strada oltre le finestre sporche fino a un uomo che dorme. Lui muove la mano a tastoni, cercando qualcuno accanto a sé, ma trova solo un cuscino. Se lo tira sul viso.

Nel bagno adiacente scorre l'acqua della doccia, mentre il vapore che esce da sotto la porta sfiora i resti della nottata: una bottiglia vuota di tequila, un portacenere traboccante, la stagnola dell'involucro di un preservativo.

Stanze d'albergo.

Universi a parte.

Storie nascoste a tutti, tranne alle persone che le vivono. L'uomo sul letto è il passato. La donna sotto la doccia è il futuro.

Pilar si insapona il pelo nero fra le gambe mentre l'acqua calda finisce. La spegne del tutto e contrae i muscoli sotto il getto freddo, sentendosi di nuovo viva.

Un'altra mattina.

Un'altra possibilità di mettere le cose a posto.

Mentre le gocce d'acqua formano una piccola pozza sotto i suoi piedi, si asciuga il corpo muscoloso, ruotando i fianchi per guardarsi nello specchio appannato. Dentifricio. Spazzola per capelli. Deodorante. La sua vita è sempre stata una combinazione di bisogni modesti e di un desiderio enorme di cambiare il mondo. Non conosce la parola paradosso. Guarda l'orologio. Impreca e si veste in fretta. Mutandine semplici, un reggiseno un po' sfilacciato, jeans e una casacca con il logo della ditta. Infila in tasca un pacchetto di sigarette e apre la porta, lasciando entrare il rumore del traffico. L'uomo nel letto si muove, ma Pilar è già andata via.

La stanza cambia con la sua assenza, si riconfigura come un posto dove dormire da soli. I rumori si ritirano nel mondo ovattato del sonno. La radio della stanza accanto, i clacson, il ronzio di un aspirapolvere lontano, tutto svanisce mentre l'uomo si addormenta di nuovo, perso in un sogno della sua infanzia, quando rubava le angurie nei campi, prima che arrivassero le fabbriche. Esteban dà le spalle ai raggi del sole, che fanno del loro meglio per svegliarlo. Il potere perduto della natura nell'ambiente urbano. Fiero ma futile.

Tra un'ora, forse meno, arriveranno i killer.

Dieci anni fa sarebbe arrivato solo un avvertimento di routine. Pugni nello stomaco, schiaffi. Magari un dito spezzato. Ma ora non è più dieci anni fa. Le cose cambiano in fretta quando la gente muore senza motivo. Al posto dei pugni, ora ci sono lame di rasoio. Al posto dei coltelli, pistole. E non si preoccupano più nemmeno di coprirsi la faccia. L'immunità distrugge la prudenza.

E l'omicidio diventa routine.

Tra un'ora, forse meno, la porta sarà spalancata con un calcio. Entreranno tre sconosciuti, verseranno della benzina sul letto, accenderanno un fiammifero. Esteban, praticamente già morto, salterà a sedere, le sue grida soffocate tra le fiamme, il fuoco che divora l'ossigeno nei suoi polmoni. Gli assassini se ne andranno, solo un passo più avanti del fumo.

L'impiegato della reception leggerà la targa del pickup Ford blu e la dimenticherà immediatamente. Ma non farà differenza. Più tardi loro torneranno e lo uccideranno lo stesso.

3
Isabel

Le *maquiladoras*, blocchi di cemento riarsi dal sole, emergono dal paesaggio arido come un caotico monumento al libero commercio, agli incentivi di confine e alle esenzioni tariffarie. Allo stesso modo in cui fagocitano materiali grezzi, le fabbriche inghiottono giovani donne e le trasformano in merce: operaie al limite dello schiavismo. La logica dello sfruttamento genera profitti troppo grandi, ed è irresistibile. Compagnie fantasma in paradisi fiscali. Movimenti continui su conti cifrati. Fondi pensione improvvisati e poi saccheggiati a volontà. Rifiuti tossici gettati in fiumi ormai avvelenati.

O smaltiti semplicemente tra la normale immondizia.

Un guardiano lava con il tubo dell'acqua l'ingresso della fabbrica, e il getto forte annega il gemito dei macchinari che esce da dietro le finestre con le sbarre. Il guardiano odia i cani randagi e lascia in giro trappole. Di tanto in tanto scopre l'estremità di una zampa o un cadavere gonfiato dal sole, ma più che altro trova bidoni d'immondizia rovesciati e distese di rifiuti coperti da colonie di mosche. Si muove lentamente, trascinandosi dietro il tubo. Il getto pressurizzato rimbalza sul muro. Normalmente non sprecherebbe mai dell'acqua in questo modo, ma i suoi capi sono in allerta. Sono in arrivo dei *sindacalistas* dall'Europa, a sollevare problemi sull'igiene e la sicurezza. Rischi d'incendio, rischi sanitari, profitti e buste paga. Per colpa di quei *pinche* stranieri lui deve lavorare di più. E per cosa? Non ci sono sindacati, per quelli come lui. Ignoranti. Senza abilità particolari. Pieni di anni e di dolori. Fortunati ad avere un lavoro e arrabbiati perché può essere solo un lavoro come quello: lavare via la merda con un tubo dell'acqua.

Un branco di cani sfreccia via da dietro un bidone. Il guardiano regola il getto alla massima potenza e ne butta a terra due durante la fuga. Poi torna a innaffiare i rifiuti e una scarpa da donna schizza fuori con la velocità di un ratto. Il guardiano va a vedere dietro la pila di immondizia, poi si allontana di corsa, lasciando il tubo a contorcersi a terra come un serpente, mentre i capelli della donna morta si sollevano sotto il getto.

4
Pilar

Pilar va a sedersi in fondo all'autobus con le ragazze cattive, tutte con la sigaretta in bocca proprio come quando era adolescente. Maria la guarda e dice: «Allora, com'è Esteban?»

Pilar guarda fuori dal finestrino, mentre il bus rallenta nel traffico. «Russa.»

Maria le dà di gomito. «Dai! Com'è a letto?»

Le altre si avvicinano per sentire il responso. Pilar ci riflette un attimo. «Ho avuto solo tre minuti per scoprirlo, poi ha cominciato a russare.»

Tutte le donne ridono. Solo Maria riesce a restare impassibile. «Ma sono stati tre minuti belli?»

«Per lui!»

Le ragazze scoppiano in una risata rumorosa. Il conducente le guarda nello specchietto. Scala la marcia, irritato, e alza il volume della radio. Il riso è come il denaro: ti viene da odiare chi ce l'ha.

Pilar guarda dal finestrino l'ingorgo che si estende sempre più, come ogni mattina: un esercizio di tormento collettivo. Esteban si è comportato bene, per essere un uomo, ma Pilar si aspettava qualcosa di meglio da lui. Alla fine, a letto ha manifestato il solito egoismo di tanti giovani maschi. Gratificazione veloce sotto la spinta dell'alcol. Pilar passa in rassegna le cose che le avevano fatto venire voglia di andare a letto con lui. Il modo in cui le parlava, senza mai alzare la voce, in una città dove gridavano tutti. Il modo in cui la faceva ridere. Era un amico nella *cantina*, ma si era rivelato un estraneo a letto.

Le sarà risparmiato il senso di colpa per la valutazione impietosa che ha dato della sua performance. Non vedrà nemmeno le primissime notizie sulla sua morte, prima che Esteban sia identificato. Più tardi la polizia contatterà la famiglia, a La Angostura, ma poi si dimenticherà di lui, proprio come i media. In passato l'omicidio era una notizia da prima pagina. Titoli di testa crudi, di denuncia. Ora è un'occhiata imbarazzata, come quando ti tocca scavalcare un ubriaco steso a terra in una strada affollata: disgustoso, ma normale. Quando Pilar scoprirà che Esteban è morto saranno già successe troppe cose, e non riuscirà neppure a piangere. La sua principale emozione sarà un sollievo egoista. Saprà ciò che Esteban non poteva sapere: che i killer erano venuti per lei. E capirà un'altra cosa: ogni volta che ti mancano, diventi più forte. Le statistiche non mentono. Se vogliono ammazzarti, di solito ci riescono al primo tentativo. Se no, al secondo. Questo per lei è il quarto, contando anche la volta di Tijuana. Sta quasi diventando immortale. A Ciudad Real, questa è una condizione molto favorevole.

Posa la testa contro il vetro del finestrino e scivola in un sonno leggero. I clacson suonano rassegnati, più che furiosi, come campane a morto a un funerale. Per un momento bellissimo, Pilar riesce a dimenticare dove si trova e cosa deve fare tra pochi giorni.

Poi l'autobus si ferma con un sussulto. Lei si sveglia di colpo, imbarazzata, e si asciuga una traccia di saliva dall'angolo della bocca.

Scende dietro le amiche, trattenendo il fiato tra la nebbia dei gas di scarico. Camminano in fretta tra file di autobus con il motore al minimo. Centinaia di altre donne emergono tra nuvole di vapori come fantasmi, e tutte attraversano il campo come soldati durante un attacco con il gas: pronte al massacro.

Il tonfo regolare dei macchinari si fa più forte mentre Pilar si avvicina al recinto intorno alle *maquiladoras*. Quando vede le auto della polizia e l'ambulanza, già circondate da una folla di donne, si mette a correre. «Arriveremo in ritardo!» le grida dietro Maria, ma lei non si volta nemmeno. Imprecando tra sé, Maria le corre dietro, seguita da altre operaie, in un'onda spontanea di curiosità.

Due poliziotti municipali tentano di tenerle lontane. Una donna bassina, sui vent'anni, vede Pilar e le afferra un braccio. «È Isabel!» dice Lupita, incredula. Le nuove arrivate allargano il cerchio aggirando i poliziotti, che rinunciano a tenerle a distanza. Le operaie vanno a turno a guardare il corpo dietro i bidoni dell'immondizia, scoppiando in lacrime d'orrore e facendosi il segno della croce.

Gomez, un giovane detective, prende una penna da una tasca della giacca e solleva delicatamente qualcosa. È la scarpa con il tacco alto, ancora gocciolante d'acqua. Gomez la tiene per il cinturino e la mostra al suo partner, Fuentes. «Che si aspettava che le capitasse, con un paio di scarpe così?»

Fuentes lo guarda. Vorrebbe dargli uno schiaffo per quel commento da ignorante del cazzo. Ma a che servirebbe? Deve lavorare con lui, che gli piaccia o no. E finora non gli piace niente. Gomez ha la camminata da bullo degli uomini atletici che arrivano troppo presto a una posizione di potere. La questione è cosa ci farà, con quel potere. A Fuentes piace pensare che la risposta dipenda da lui. Apre una busta da prove e Gomez ci lascia cadere dentro la scarpa. «Qualunque cosa si aspettasse, non era questo.»

Non lo è mai, questo

Quando scende da un autobus di notte; quando esce di casa; quando aspetta amici che sono in ritardo, distratti da un bicchiere di troppo o da un bacio inaspettato tra le ombre di un androne o mentre si affretta per andare a prendere un bambino a scuola o per fare la spesa prima che la *miscelánea* chiuda. L'ultima cosa che passa per la mente di una persona, mentre corre a prendere l'autobus o esce di casa per fumarsi una sigaretta, è: "Sto per morire".

È questo il difetto principale non solo del commento di Gomez, ma di tutta la sua logica arrogante. La routine implica continuità, non sradicamento. Le abitudini quotidiane, buone o cattive che siano, ti rendono cieco verso l'inaspettato. La ragazza morta si era messa quella scarpa con la certezza di togliersela a fine nottata. Solo perché adesso non ha più un futuro, non significa che ieri non ce l'avesse. E il lavoro di Fuentes è fare in modo che chi le ha rubato quel futuro perda il proprio: vuole portare quel futuro in un vicolo buio e giustiziarlo contro un muro pieno di graffiti. Fuentes non crede in Dio, ma crede nel dare e avere. Yin e yang. Luce e buio. Per questo ha chiesto il trasferimento a Ciudad Real, per fare finalmente una differenza. Per essere colui che trova e punisce gli assassini. Che gli spacca quella faccia soddisfatta del cazzo. E se nel frattempo riuscirà anche a insegnare a quel gradasso di Gomez a pensare in modo intelligente, tanto meglio.

Pilar fissa il corpo della giovane, e il filo d'acqua che ancora esce dal tubo. Non si fa il segno della croce come le altre. Non si nasconde dietro una preghiera. Preferisce il caos del pugno chiuso sollevato da una folla arrabbiata. Grida ai due detective in borghese a pochi passi dal cadavere: «È un'indecenza! Portatela via, invece di stare lì a non fare un cazzo!».

Fuentes e Gomez si voltano a guardarla. L'intensità e l'aria di sfida del suo sguardo hanno qualcosa di familiare. Fuentes scorre una lista di facce nella sua agenda mentale, fermandosi di colpo alla T di Tijuana. «Questa è la scena di un crimine» dice a Pilar. «Ci lasci fare il nostro lavoro.»

«Se faceste il vostro lavoro, lei non si troverebbe lì. Morta.»

Un coro di proteste le fa eco. Gomez le rivolge un sorriso di rancorosa ammirazione, come un pollo che si è appena lasciato spennare da un furfante. Accenna con il capo verso la *maquiladora*. «Non avete dei vestiti da cucire?» Si volta verso un poliziotto in divisa. «Togli da qui queste *chicas*.»

I poliziotti cominciano a spingere le donne poggiando le mani sui seni, forzando ben oltre il dovuto. Ma Pilar supera la barriera, corre ai bidoni e afferra due coperchi. Comincia a batterli l'uno contro l'altro, scandendo uno slogan: «Protezione per le donne, giustizia per le vittime! Protezione per le donne, giustizia per le vittime!».

Maria e Lupita seguono il suo esempio, afferrando a loro volta dei coperchi. Altre spettatrici si uniscono al coro. Arrivano altre donne dagli autobus. Sotto gli occhi dei due detective, la protesta diventa sempre più vasta e rumorosa. Si scambiano uno sguardo. «Ci mancava solo questa» grida Gomez, per farsi sentire sopra il clamore. «Stronze rompicoglioni.»

5

El Santo

Tre Suburban nere e un Dodge Ram rosso si fermano davanti a una lussuosa casa in mattoni, con grandi finestre che danno su un basso muro di cinta: una combinazione fatale, per quanto riguarda la sicurezza. È un quartiere snob, di recente costruzione. Prati di erba vera. Irrigazione automatica. Audi e Mercedes nei vialetti d'ingresso. Una scenografia estranea alle armi semiautomatiche, ai proiettili che scivolano in canna con scatti secchi.

I killer sono in ritardo di otto ore. El Santo aveva l'idea di colpire poco prima di mezzanotte, ma si sono stravolti da Mary Ellen dopo il barbecue e si sono svegliati con il sole che filtrava attraverso la cortina di smog, mentre Mary Ellen preparava la sua colazione speciale (anche se nessuno di loro pensava di mangiare quella roba, meno che mai al mattino). El Santo, vedendola intenta a spruzzare sciroppo d'acero sopra i pancake, *waffle*, *churros* o quello che diavolo erano, aveva capito che ci voleva una scusa in fretta. «Cazzo, è tardissimo!»

«Sedetevi e fate colazione.»

«Sono in ritardo.» Almeno il caffè era bevibile. «Ti faccio accompagnare in aeroporto.»

«Non c'è bisogno. Vado in macchina, via El Lobo.»

«In macchina? Aspetta un attimo, l'aeroporto è sicuro.»

«In macchina posso portarne quaranta chili senza problemi.»

Mary Ellen stava diventando avida. Una cosa che succede sempre in fretta. «Ho una strana sensazione.»

«Per quello posso fare qualcosa io...»

«Come mai hai sempre in mente il sesso?»

«Forse perché frequento una squadra di maschi idioti?»

«Questo maschio non è un idiota. Aereo o macchina, voglio la tassa normale.»

«Niente da fare! Abbiamo un accordo.»

«L'accordo vale per l'aereo. È diverso.»

«In che senso sarebbe diverso?»

«Carico minore, rischio maggiore. E tu mi piaci.»

«Sono commossa. La tassa è la stessa dell'aeroporto. Inoltre, hai appena detto che attraversare il confine in macchina è un rischio. Un rischio enorme.»

«Ho detto solo che devi stare più attenta.»

«Dieci.»

«Quindici.»

«Dieci.»

«Dodici.»

«Dieci! Restiamo sul semplice, nessuno dei due è bravo in matematica.»

Inutile contrattare, con una come Mary Ellen. El Santo aveva accettato il dieci, ma almeno era riuscito a tagliare la corda senza dover fare colazione.

E così erano partiti con otto ore di ritardo, arrivando con il sole già alto. Non è una bella sensazione. «Dove sono le motociclette?»

«Probabilmente dal meccanico» risponde El Feo, il membro della squadra che fa sentire tutti gli altri più intelligenti di quello che sono.

«Sicuri che sia il posto giusto?»

«Al cento per cento, capo.»

È passato quasi un anno dall'ultima volta che El Santo ha partecipato di persona a un'operazione. Le odia. Ciò che lo turba non è la paura di uccidere o essere ucciso. È la monotonia. Tutto è sempre così uguale. L'espressione stupefatta delle vittime; il tentativo di afferrare le armi, o di fuggire dalla porta posteriore. Il caos delle grida e il silenzio improvviso. Un video in *loop,* che ripete continuamente le stesse immagini e gli stessi suoni.

Gli ricorda ciò che diceva quel prete con le stimmate, quando li preparava per la prima comunione. «Bambini, il paradiso è cambiamento, ma l'inferno è l'orrore della ripetizione». Guarda un po'. L'inferno è il film *Ricomincio da capo*: ritrovarsi ogni mattina a vivere la stessa giornata.

Ma quell'operazione richiede la sua presenza. È un momento speciale: una rara occasione di togliere di mezzo un'intera squadra di Tijuana così stupida da invadere il suo territorio.

Uno, due...

La porta d'ingresso salta in aria.

El Santo manda avanti per primo El Feo, nel caso li stiano aspettando.

Tutti gli altri lo seguono, una marea tossica in passamontagna e giubbotti antiproiettile, con armi di metallo nero opaco. Appena entrati, in una frazione di secondo El Santo capisce che hanno sbagliato tutto.

Non è il cartellone con sopra scritto "Buon compleanno", o i palloncini appesi al soffitto. O la pila di lattine di Coca-Cola vuote intorno ai resti della torta.

Non è nemmeno la coppia di adolescenti strafatti sul divano, o i ragazzi intenti a giocare a World Cup 98 davanti al televisore, o le ragazze che li guardano annoiate, fumando sigarette.

È la vista della cameriera che esce dalla cucina con un sacco di spazzatura in una mano e una paletta nell'altra. Potrebbe essere sua madre: una donna ordinaria, già stanca all'inizio della giornata. Incazzata per aver trovato la casa così in disordine. E abbastanza gentile da non farne parola con i genitori dei ragazzi.

Due parole urlano nella testa di El Santo.

Anzi, tre.

Casa sbagliata, cazzo!

Si volta verso El Feo, ma sente già il rumore della raffica, vede i lampi rossi e la luce bianca della combustione.

Troppo tardi.

Il massacro è iniziato.

Urla. Strilli. L'esplosione di monitor, finestre e mobili. Il tonfo sordo dei proiettili piantati nei muri, che scavano crateri in quell'armonia domestica di facciata. Nessuno cerca di afferrare un'arma. Non ce ne sono. Nessuno ha il tempo di fuggire. El Santo guarda la coppia sul divano crivellato. Non si sono nemmeno mossi e sono già morti.

Quindici secondi, uno più, uno meno. E una quindicina di morti, uno più, uno meno. La donna delle pulizie è a terra, con la paletta ancora in mano.

El Feo tiene fermo un ragazzino traumatizzato. Almeno ha fatto una cosa giusta: lasciare un superstite vivo da interrogare. «Come ti chiami, ragazzo?»

Il poveretto muove la bocca, ma non ne esce alcun suono. El Feo gli dà uno schiaffo. «Fermo!» dice El Santo, poi si rivolge al ragazzo. «Non ti faremo del male. Come ti chiami?»

«Tomás.»

«Bene, Tomás. Cosa facevate qui?»

«Una festa.» Gli trema la voce, non trova le parole. «Gerardo. Il suo...»

«Compleanno?» Tomás fa cenno di sì con la testa. «Dove sono i suoi genitori?»

«Monterrey.»

Dal piano di sopra arriva il rumore di una raffica. Tomás ha un sussulto come se qualcuno l'avesse collegato alla batteria di un'auto. La polvere d'intonaco che si stacca dal soffitto li copre tutti e tre di un bianco opaco. «Tomás, ascoltami, *hombre.* Sai chi sono Los Toltecas?»

Per la prima volta il ragazzo lo guarda. «Sì.»

«Cosa sai di loro?»

«Erano tipo i Maya?»

«Sto parlando dei motociclisti. Li conosci?» Tomás scuote la testa. «Stammi bene a sentire, Tomás. Quando verrà la polizia, dirai loro che sono stati Los Toltecas a fare questo massacro. Hai capito?»

Il ragazzo sta per annuire, quando tre dei suoi appaiono in cima alle scale con una manciata di gioielli. «Lo facciamo fuori?» dice El Feo, puntando la pistola contro Tomás.

«Non hai sentito quello che ho detto?» El Santo spinge El Feo verso la porta. «Il ragazzo deve dire alla polizia chi è stato a fare questo.» El Feo fa un grugnito d'assenso, come sempre quando non ha capito un cazzo. «Chi ti ha dato questa informazione di merda?»

«I miei contatti.»

Ha un tono come se avesse detto "La mia portaerei". El Santo sale in macchina, mette in moto e mentre si allontana osserva le case vicine. Non un segno di vita. Niente testimoni. Non ce ne sono mai, di questi tempi. Almeno da un punto di vista legale. Ma lo sguardo che la donna delle pulizie gli ha rivolto appena prima di morire testimonierà contro di lui per il resto della sua vita. Ovviamente El Santo ha già ucciso dei ragazzi, anche più giovani di questi. Lui era più piccolo di loro, la prima volta che ha ucciso. Ma quella donna delle pulizie somigliava a sua madre, e quei ragazzi erano...

Si volta e dà un pugno in faccia a El Feo, così forte che dopo dovrà mettersi del ghiaccio sulla mano.

«Perché?» geme El Feo, come se non lo sapesse. E probabilmente non lo sa. Il suo telefono squilla ed El Feo smette di piagnucolare per rispondere. Si volta verso El Santo, come un cane bastonato a torto che spera in un trattamento migliore. «Buone notizie.»

«Sarebbe bello.»

«Tutto a posto.» Fa un rumore nasale che somiglia vagamente a una risata. «*Pinche* sindacati.»

«Almeno qualcuno ha fatto il suo lavoro come si deve.»

«Dai, capo, uno su due non è male. Il *chico* è arrostito.»

«Merda. Hai detto "*chico*"?»

El Feo guarda il cellulare come se l'avesse punto. «È quello che hanno detto a me.»

«Il bersaglio era una *chica*!» El Santo gli darebbe un altro pugno, ma gli fa troppo male la mano.

Si accontenta di schiacciare l'acceleratore, immaginando che sia la faccia di El Feo. Schizzano verso la statale, le altre auto tentano di affiancarlo a destra e a sinistra, come se fosse una gara, mentre si allontanano il più in fretta possibile da quella festa di compleanno del cazzo.

6
Pilar

Nello stanzone grande come un hangar, decine di donne sono chine su file di macchine da cucire, ma la scena non ha nulla di domestico. Sembra piuttosto un ospedale da campo. Il rumore intermittente dei punti, il gemito delle seghe, lo schiaffo delle pulegge e le raffiche di mitra degli aghi automatici. Suoni selvaggi che si fondono in un coro furioso e ripetitivo, dal ritmo implacabile. Il tormento dell'inferno non è la sofferenza in sé, ma la certezza che non avrà mai fine.

Raggi di sole entrano dalle grandi aperture nel soffitto, creando un patchwork di luce brillante e freddi cubi d'ombra. Perché pagare la luce elettrica quando puoi avere gratis il sole del deserto? Le luci si accendono solo per il turno di notte, quando comunque l'elettricità costa meno.

Pilar lavora in quel contrasto di luci naturali, facendo scorrere orli di stoffa sotto un arco di aghi martellanti. Un solo attimo di distrazione può costare un dito o anche una mano intera. Ma Pilar ha la concentrazione e i riflessi dei giovani. Dieci o quindici anni in una fabbrica come quella, e hai chiuso, che ti piaccia o no. Al massimo puoi arrivare a vent'anni, l'equivalente di una condanna a vita in molti paesi.

Una guardia in divisa le dà un colpetto sulla spalla, facendola sobbalzare. Per poco le dita non scivolano oltre il limite della mutilazione. Pilar si scosta di colpo, e il suo grido di protesta si perde nel rumore. La guardia indica un ufficio sopraelevato, sul retro della fabbrica. Lei scambia occhiate con Maria e Lupita, mentre si lascia accompagnare verso le scale. Si sente una carcerata scortata fuori dalla sua cella nel braccio della morte. Ma è diretta verso una sospensione della pena, o verso l'esecuzione? I gradini che sale le sembrano quelli della forca.

La guardia chiude la porta alle loro spalle e immediatamente il rumore si attutisce. Pilar reprime un sospiro di sollievo, drizza la schiena e rivolge uno sguardo di sfida a López, il direttore di quel covo di sfruttatori. I bottoni della sua costosa camicia rischiano di saltare sotto la pressione di una pancia che cresce in proporzione ai suoi bonus.

In piedi, da un lato della stanza, ci sono i due detective, Fuentes e Gomez. López indica Pilar. «È questa?» Fuentes le rivolge un'occhiata quasi gentile, poi annuisce. López si rivolge a Pilar. «Sei licenziata.»

Pilar resta immobile, stupefatta da quel gesto arbitrario, il viso rosso per la rabbia. Fa un passo verso la scrivania ma la guardia la tira indietro. Lei si divincola, disgustata. «Crede che licenziare me fermerà gli omicidi?»

«Nemmeno tenerti qui li fermerà, questo è certo.» López fa un cenno del capo e la guardia la prende per un braccio. Pilar tenta di liberarsi, ma stavolta l'uomo non glielo permette. Apre la porta e il rumore aumenta di colpo. Pilar si volta a fissare López.

«E la mia paga?»

«Vuoi pure la paga? Col cazzo. La tratteniamo come rimborso per tutto il tempo perso a causa della tua manifestazione di stamattina.»

Pilar si volta verso i detective. Gomez fa spallucce. Negli occhi di Pilar appare un lampo cinico. Che cazzo si aspettava da quei due? Sostegno? Figuriamoci. «Voi state dalla parte dei capi quando ci licenziano e dalla parte degli assassini quando ci ammazzano.»

Gomez fa un fischio di ammirazione canzonatoria e Pilar viene trascinata fuori dall'ufficio. Riesce almeno a sbattere la porta.

«Non si rende conto che ce ne sono migliaia come lei, pronte a prendere il suo posto? Stupida troia.»

«Ehi! È sempre la figlia di qualcuno, mostri più rispetto.» Fuentes si avvicina alla scrivania e fa il gesto dei soldi, sfregando pollice e indice. López lo guarda, fingendo confusione. «Lo stipendio di quella donna. Me lo dia.»

Con un sospiro teatrale, il manager prende delle banconote dal portafogli. «Immagino che glielo consegnerete voi, vero?»

Fuentes schiocca le dita, impaziente. «Tutto.» López esita, Fuentes gli strappa di mano il portafogli, prende un fascio di banconote e glielo restituisce.

López fissa il portafogli vuoto come se fosse stato bucato da un proiettile. «Sta esagerando!»

«Anche lei.» Fuentes si mette in tasca i soldi ed esce. Gomez soffia un bacio a López, poi lo segue fuori.

López batte un pugno sulla scrivania e grida loro dietro: «Poliziotti ladri del cazzo!».

Il ritmo degli aghi e il ronzio dei macchinari diminuisce, mentre Pilar esce dalla fabbrica sotto il cielo a cupola del deserto. Si ripara gli occhi con una mano e si dirige verso la fermata dell'autobus sulla statale, oltre un campo pieno di vetri rotti che brillano come bigiotteria sotto il sole. Senza gli autobus, il parcheggio improvvisato fuori dalle fabbriche è un'enorme terra desolata, in cui al momento si trova solo una dozzina di auto, circondate da uomini che bevono birra.

Uno di loro la guarda passare e la chiama. «Ehi, *chica,* vieni a bere una birra.» Pilar continua a camminare senza nemmeno voltarsi. L'uomo la segue. «Dai, piccola, voglio solo un bacio.» I suoi amici ridono. Pilar affretta il passo, superando un altro uomo intento a pisciare tra due macchine. L'uomo si volta, continuando a pisciare con l'uccello in mano. «Ehi, *nalgona,* me lo succhi?» Pilar borbotta un insulto e cambia direzione. Sente dei passi alle sue spalle. Il primo uomo la sta ancora seguendo. «Fa' la brava, o ci pensiamo noi.»

Anche l'uomo che stava pisciando si mette a seguirla, con la patta ancora aperta. «Sappiamo come farti fare la brava.»

Pilar si volta di scatto, brandendo le chiavi di casa. «Provateci, stronzi, e giuro che almeno a uno di voi gli cavo gli occhi.» Guarda gli uomini in piedi intorno alle auto. «Chi vuole essere il primo?» Indica quello con la patta aperta. «Tu, stronzo?» Lui fa un passo indietro, tirando su la cerniera. Pilar fa il gesto di farsi una sega. «No, tu no. Non hai bisogno del mio aiuto per diventare cieco.» I suoi amici ridono e l'uomo dà uno spintone a quello più vicino. Pilar si rivolge a tutto il gruppo. «Guardatevi, ubriachi già al mattino, mentre le vostre mogli e fidanzate si ammazzano di lavoro per pagarvi l'affitto. Siete patetici, tutti quanti!»

Appena lo dice, capisce di essersi spinta troppo oltre. I loro sguardi si fanno più duri. Non sono più degli uomini pigri e disonesti che bevono birra accanto alle loro auto.

Ora sono un branco.

Pilar si volta e si allontana a passi decisi, respirando a fondo per controllare rabbia e paura. Uno di loro le grida dietro: «Torna qui e fa' un pompino a tutti, puttana!». Pilar ode alle sue spalle il ringhio minaccioso di un motore.

Combatte l'impulso di mettersi a correre. Il rumore di ruote sulla ghiaia si fa più vicino. Sente già il calore del motore. L'auto inchioda, sollevando una nuvola di polvere. Pilar raccoglie un sasso e si volta, trovandosi davanti una berlina nera.

Sente sbattere due portiere e la polvere si posa rivelando Fuentes e Gomez, ai due lati dell'auto. Gomez alza le mani, in un finto gesto di resa. «La prego, non ci faccia del male.»

Pilar lo fissa con rabbia, e fa un passo indietro verso la statale. «Lasciatemi in pace.»

«Vogliamo solo darti un passaggio in città.»

Lei si volta verso Fuentes. «Vi sembro così scema da accettare un passaggio dalla polizia?»

Fuentes sospira. «E va bene, scegli: o accetti il passaggio o ti arresto. Ma di sicuro non ti lascio sola con quel gruppo di bastardi.»

Gomez apre la portiera del passeggero con un gesto fiorito e un sorriso sarcastico. Pilar esita, incapace di mascherare la paura. Sposta lo sguardo dai detective ai bevitori di birra, che osservano la scena con sguardi attenti. Si volta di nuovo verso Fuentes. «Voi due salite davanti, io salgo dietro. Da sola.»

Fuentes e Gomez si scambiano sguardi esasperati, ma obbediscono, sbattendo le portiere con forza esagerata. Pilar non si muove. L'unico rumore è il ticchettio del motore nel caldo. Guarda verso le auto ferme. L'uomo che stava pisciando spacca una bottiglia di birra sul terreno, senza smettere di fissarla.

Gomez si affaccia al finestrino, dando una pacca alla fiancata. «*Señorita,* il suo taxi aspetta.»

Pilar fa il giro dell'auto, lascia cadere il sasso e sale dietro. L'auto parte prima ancora che abbia chiuso la portiera. Si volta a guardare dal lunotto. La nuvola di polvere rende quasi invisibile il gruppo di uomini che urlano e fischiano. Torna a guardare avanti e incrocia lo sguardo di Fuentes nello specchietto retrovisore. Gomez si volta, con un braccio sulla spalliera del sedile del collega. «Che cazzo c'è che non va in questo paese, se una donna non può accettare un passaggio dalla polizia senza avere paura?»

«Questo paese non l'ho fatto io, ci vivo soltanto.»

«Anche noi, *chica,* anche noi.» Con un sospiro disgustato, Gomez si volta a guardare la strada. Il rumore delle marce scalate rompe il silenzio tra loro, mentre passano sulla statale. Pilar guarda la fila delle *maquiladoras* alle loro spalle. Al posto di rabbia e paura adesso c'è solo disperazione. Come può esserle capitato questo, nel momento peggiore possibile?

Lo squillo di un cellulare la fa sobbalzare. Gomez risponde, poche parole brusche, poi riattacca. Fuentes lo guarda. «Niente» dice Gomez. «Un tizio è andato arrosto in un hotel. Ho detto loro di lasciare il caso alla *delegación.* Probabilmente si tratta di un ubriaco con una sigaretta. Per poco non è successo anche a mio padre. Una volta mi sono svegliato di notte e la casa era piena di fumo, solo che io ero troppo piccolo per capire che quello era fumo. Sai cosa credevo che fosse?»

«No, ma ho la sensazione che me lo dirai.»

«Credevo fosse un ectoplasma. Una roba spirituale del cazzo. Ero così eccitato che per poco non me la sono fatta addosso. Pensavo che avrei visto un fantasma dal vivo.»

«Solo che i fantasmi sono morti.»

«Questo è il tuo problema. Non hai il senso dell'umorismo.»

«I fantasmi non sono divertenti.»

«Vedi cosa voglio dire? Sei troppo letterale. È una cosa che non piace a nessuno. "I fantasmi sono morti, i fantasmi non sono divertenti". Tecnicamente hai ragione, ma chi se ne frega?»

«Tecnicamente ho torto, perché i fantasmi non esistono.»

«Lo stai facendo di nuovo, lo vedi? Rilassati! Sto solo raccontando una storia.»

«Allora raccontala.»

«Se la smetti di interrompermi...» Gomez si volta verso Pilar come in cerca di sostegno, ma lei guarda fuori dal finestrino. Si sente addosso il suo sguardo e si volta a fissarlo, dura. Poi prende una sigaretta e l'accende. «Quelle ti uccideranno» dice Gomez, guardandole le mani che tremano. «Come quel povero bastardo dell'hotel. Come mio padre.» Pilar si tiene alla maniglia della portiera e torna a guardare fuori. Gomez fa un sospiro contrariato. Gli piace che la gente stia a sentire le sue storie, e si trova con due persone che potrebbero anche dormire, vista l'attenzione che gli prestano. Cade in un silenzio imbronciato, mentre la macchina entra in città.

«Allora, cosa è successo a tuo padre?»

Gomez fissa il collega, cercando di capire se lo sta prendendo per il culo. «Mio padre? L'ho trovato al pianterreno, addormentato sul divano accanto a un cuscino che aveva preso fuoco.»

«Era morto?»

«Perché dici una cosa del genere?»

«Tu hai detto "Come quel povero bastardo dell'hotel. Come mio padre."»

«Sì, volevo dire che uno è morto bruciato, e l'altro, mio padre, di cancro al polmone.»

«Non è la stessa cosa.»

Gomez si volta verso Pilar. «Ti prego, dammi una mano, solo per questa volta. Spiegaglielo tu cosa volevo dire.»

«Non stavo ascoltando.»

Fuentes sorride. «Una ragazza sensata.»

«Invece tu non sei sensato? È questo che vuoi dire?»

«Voglio dire che io non ho scelta, perché tu sei il mio partner.»

L'auto svolta su una strada trafficata. Fuentes si gira e indica la folla con un gesto. «Guarda quanti testimoni. Qui dovresti essere al sicuro.» Pilar fa per aprire la portiera, ma Fuentes preme il tasto per bloccarla. «Un'ultima cosa...»

Indica con un cenno a Gomez di scendere dalla macchina. Il collega obbedisce, sorpreso, con un'occhiata rancorosa a Pilar. Lei all'inizio regge lo sguardo, poi abbassa gli occhi. Fuentes infila una mano nella giacca e tira fuori i soldi che ha preso a López. Glieli porge. «La tua paga. Me la sono fatta dare da lui.»

«Dopo avermi fatta licenziare?» Pilar guarda i soldi, senza toccarli. «Li ha dati a te e non a me, la persona che li aveva guadagnati? Che figlio di puttana.»

Fuentes agita le banconote. «Ehi, comincia a farmi male il braccio.»

Pilar esita ancora un attimo, poi afferra i soldi. «Non aspettarti un ringraziamento.»

«Non mi è mai passato per la testa.»

Pilar sfoglia la mazzetta. «Sono troppi.»

«Si vede che oggi è il tuo compleanno.»

«*Claro.*» Pilar fa per sbloccare la portiera ma Fuentes copre il tasto con una mano. «Prima di essere trasferito qui lavoravo a Tijuana.» Sul viso di Pilar passa un'ombra che scompare subito. «Sei in gamba, lo sai? Molto in gamba.» Lei gli rivolge uno sguardo di sfida, tentando di costringerlo ad abbassare gli occhi. «Hai sentito cosa ho detto? Ero a Tijuana.»

«E cosa facevi, mettevi in fila le ragazze per i *gringos*?»

Fuentes non reagisce all'insulto, continuando a fissarla. «Ti ho arrestata. Per aver organizzato uno sciopero illegale.»

«Ti sbagli.» Le trema la voce. «Non sono mai stata a Tijuana.»

Fuentes scuote la testa e tira su il polsino della camicia, rivelando la cicatrice inconfondibile di un morso. «Hai lasciato un biglietto da visita.»

Pilar sposta lo sguardo dalla cicatrice al suo viso. Fuentes sorride quando capisce che l'ha riconosciuto. «Esatto...» Sblocca la portiera e Pilar scende in fretta.

Fuentes la segue e la prende per un braccio. «Stavolta non mi interessano i problemi con i sindacati.»

«E cosa t'interessa, allora?»

Fuentes alza la testa, indicando l'edificio davanti a cui si è fermato. Pilar nota il cartello: OBITORIO MUNICIPALE. «Cosa puoi dirmi della ragazza che hanno trovato stamattina?»

«Si chiamava Isabel. Era pagata meno di cinque pesos all'ora. E quando ha chiamato aiuto non è venuto nessuno.» Senza un'altra parola, Pilar si volta e si allontana in fretta.

Gomez si avvicina al collega, seguendo Pilar con lo sguardo. «Capo, sei così disperato da provarci con una ragazza delle *maquiladoras*?»

Fuentes si massaggia il polso con la cicatrice. «Lei non è una qualsiasi. È un'organizzatrice sindacale della CTON. Una delle migliori.» Alza gli occhi. «È un candelotto di dinamite.»

Gomez sorride, guardando con nuovo interesse la donna, ma Pilar ormai si è persa tra la folla. Si volta verso Fuentes e fa un gesto con le mani a coppa davanti al petto. «Belle tette, comunque.»

Fuentes lo scansa e sale i gradini dell'obitorio. Gomez sorride. Sa di aver segnato un punto. Si accende una sigaretta, guardando una bella passante e sentendosi contento di sé per la prima volta in tutta la mattina.

7
Ventura

Ventura è al volante della sua Mercedes 280 SL, nella città vecchia. Al suo passaggio si voltano molte teste. È la terza auto acquistata in quindici mesi, da quando si sono trasferiti lì da Città del Messico. Carlos l'ha presa per un capriccio, ma poi la teneva sempre in garage, perché preferiva l'Hummer per i viaggi lunghi e la BMW per la città. Così la Mercedes decappottabile è automaticamente diventata di Ventura. A lei piace il modo in cui la fa lavorare alla guida, ripagandola con un ruggito basso e affidabile.

Il rumore ritmato delle gomme sui ciottoli cede il passo all'odore di asfalto e al ruggito dei tir non appena Ventura lascia il centro coloniale, diretta verso l'aeroporto. Al posto di pietra, intonaco e ceramiche dipinte a mano, ai lati della strada appaiono compensato, cartone e blocchi di cemento.

Tutta questa parte della città non esisteva quando è nata Ventura, nel 1973. Lei ha trascorso l'infanzia tra le chiese e i pini *patula* della città vecchia, con gite del fine settimana ai tennis club e ai maneggi di Las Altas, una colonia chic costruita per i nuovi uomini d'affari che si trasferivano in città con i loro master universitari, le cameriere, le Mercedes. I prati ben curati dei club, con la musica anche all'esterno, erano gli unici ricordi che Ventura aveva di Ciudad Real quando la sua famiglia si era trasferita a Città del Messico, nel pieno della crisi dell'82. Niente a che vedere con le baraccopoli che sta attraversando. Plastica blu e lamiere ondulate arrugginite compongono un quadro sfilacciato di povertà, che si estende sul duro deserto giallo.

Un'ombra cade sulla strada e lei alza lo sguardo: l'aereo di Carlos sta per atterrare, sollevando nuvole di polvere e di buste di plastica.

Carlos esce dal terminal parlando al cellulare, ma riesce lo stesso a baciarla. Su una guancia. Stanno insieme da quasi tre anni: abbastanza per spegnere la passione dei primi tempi, ma non la speranza che possa tornare.

Ventura riparte sulla statale. Le maniche a vento indicano la direzione della città. Carlos prova a persuadere e poi a supplicare una persona al telefono, ma entrambe le tattiche non funzionano, perché l'interlocutore riattacca di colpo. Lui impreca, con una risata selvaggia. Ventura aspetta nel silenzio e nel caldo per un'eternità. «Ciao, eh?» dice alla fine.

Carlos la guarda per la prima volta da quando è arrivato. «Scusa.» Si sporge verso di lei e la bacia di nuovo sulla guancia. «A New York è una giornata di merda. Non rallentare» dice, premendo una mano sul clacson, mentre gli ambulanti si tolgono di mezzo. «Proprio di merda. Avrei dovuto saperlo. Hang Seng e Tokyo erano giù del cinque per cento, ieri sera.»

«Com'è andata a Culiacán?»

«È stata dura. Prova a spiegare anche solo le basi della gestione di fondi a degli idioti del genere. Hanno fatto un casino pazzesco perché il Nasdaq è sceso. Capirai. Domani risale. Ma loro si fanno venire gli attacchi di panico. L'anno scorso non vedevano l'ora di mettermi in mano i loro soldi. Ma ora...» Il suo cellulare squilla. Guarda il numero. «Come questo qui. Mi tormenta mattina, mezzogiorno e sera.» Chiude il telefono. «Sono degli animali del cazzo.»

«So che sei sotto pressione, ultimamente.» Lui ride, una risata che morde. «Forse dovresti rallentare un po'.»

«Sembri uno dei miei clienti. Adesso è proprio il momento di *non* rallentare. Credevo che almeno tu l'avessi capito.»

«Voglio solo dire...»

«Non interrompermi. È un momento unico, di quelli che

arrivano una volta ogni secolo. In questo momento *preciso*, qualcuno sta facendo milioni. E chi non li fa, li perde, perché l'occasione non si ripresenterà. *Mai più*. Prendi la prossima a sinistra.» Ventura segue il cartello che indica il confine, poi lo guarda, senza capire. «Devo passare in banca» spiega Carlos.

«Non vuoi andare a casa, prima?»

«È una cosa urgente.»

Ventura guarda la frontiera, le file di auto che si allungano oltre il ponte. Poi guarda l'orologio, esasperata. «Non posso portarti dall'altro lato. Ho un appuntamento tra un'ora.»

«Cancellalo.»

«Non posso. È Con Felipe Mayor.»

Il cellulare squilla di nuovo. Carlos fissa lo schermo. «E questo chi diavolo è?»

«Non rispondere. Stiamo parlando.»

Lui esita, poi risponde. «*Bueno?*» Fa una faccia come se avesse preso un calcio in uno stinco. «*Señor* Santiago. Come sta?» Una voce furiosa attraversa lo spettro elettromagnetico, riempiendo la macchina con la sua rabbia. «Sto salendo in aereo proprio adesso...» Ventura distoglie lo sguardo udendo la menzogna. «Lo so, ma un passeggero è stato male. Oggi? Sarà difficile, con questo ritardo. Che ne dice di doman...» Ventura gira la faccia, la violenza che emana dal telefono è incredibile. Carlos sembra sul punto di svenire. «Il *trenta* per cento? Sicuro?» Carlos impreca debolmente, sconfitto dalla risposta. «Capisco la sua preoccupazione, ma davvero non ce n'è motivo. Questi movimenti sono normali. Fa tutto parte di una correzione minore... So che avevo promesso, ma...»

L'altro riattacca di colpo. Il sollievo del silenzio invade l'abitacolo.

«Chi diavolo era quel *pendejo?*»

«La persona che sto tentando di evitare.» Carlos lancia un'imprecazione. «Questo è un assaggio di ciò che è successo a Culiacán. Si fidano di te per far aumentare il loro denaro, ma non abbastanza da credere che non glielo farai perdere.» Il cellulare squilla di nuovo.

«Non rispondere.»

Carlos guarda il numero. «A questa devo rispondere per forza. *Sì?*»

Segue una lunga pausa in cui ascolta. Poi riattacca.

«Carlos, cosa succede?»

«La stessa merda, piccola. Sempre la stessa merda.»

Ventura si ferma un isolato prima del ponte. «Ce li hai i documenti?» Carlos annuisce. «Lascia i bagagli in macchina. Ti faranno solo perdere tempo.»

Carlos scende. «Senti...» Il cellulare squilla. Lui risponde, poi si allontana verso il casello del confine senza nemmeno un gesto di saluto.

Lei cerca con gesti irritati un pacchetto di sigarette, nascosto dentro la borsa della macchina fotografica. Alza gli occhi di scatto sentendo dei passi affrettati. È Carlos, che copre il telefono con una mano. «Mayor è ricco sfondato. Cerca di organizzare un incontro con me, va bene?»

Torna di corsa verso il confine, con il cellulare all'orecchio. Lei lo segue con lo sguardo, poi riparte e si allontana accelerando dall'urlo lamentoso dei clacson.

8
Fuentes

Fuentes cammina a passo svelto tra gli odori forti di aceto e candeggina che saturano la sezione pubblica dell'obitorio, come se la morte fosse solo un microbo che una pulizia a fondo può sconfiggere. Ferma un tirocinante in camice sporco, fuori dal reparto autopsie. «Avete i risultati dell'omicidio di stamattina?»

«Quale, di preciso?»

È sempre brutto udire quella domanda. «La donna trovata davanti alla *maquiladora*.»

Il ragazzo comincia a controllare il portablocco, poi ricorda. «No, quella non l'hanno ancora fatta.» Fuentes guarda l'orologio, è l'unico segno della sua irritazione. Ma l'infermiere capisce al volo. Fa un passo indietro, sulla difensiva. «Non è colpa nostra. Il primo prete che abbiamo chiamato non le ha voluto dare l'estrema unzione. Ha detto che era una puttana.»

Fuentes mormora un'imprecazione. In parte perché si permette al sentimentalismo di creare ostacoli alla scienza forense; ma soprattutto perché la Chiesa stessa alimenta paura e superstizione, che crescono rigogliose sul terreno dell'ignoranza. La Chiesa in teoria esisteva per aiutare i fedeli, ma troppo spesso non faceva altro che tormentarli. Sembrava che i preti preferissero interpretare il diavolo, più che l'angelo.

A milioni di messicani venivano negati i sacramenti: comunione, confessione, matrimonio, battesimo... solo perché usavano i contraccettivi o erano divorziati, o gay, o manifestavano simpatia verso gli zapatisti. E ora la Chiesa cominciava a punire anche i morti. Il PRI non avrebbe mai dovuto permetterle di riacquistare tanto potere e influenza. Era come un ladro di polli che, dopo essere stato morso, torna con gli stivali ai piedi non solo per proteggersi le caviglie, ma anche per prendere a calci il cane da guardia.

«Per fortuna è venuto padre Márcio.»

Fuentes lo fissa. «*Quel* padre Márcio? Credevo si fosse trasferito a Juárez.»

«Ma torna spesso.» Fuentes si volta udendo la voce di Gomez. «Ha un orfanotrofio dall'altro lato della città. Se non fosse per lui, la metà delle ragazze non riceverebbe l'ultima benedizione.»

Fuentes ci mette qualche secondo a capire che Gomez non sta facendo dell'ironia. Lo segue dentro la sala dell'autopsia. Il corpo della vittima giace nudo su un tavolo d'acciaio. Su un cartellino giallo appeso alla caviglia sinistra è scritta la sigla NN e la data. Un uomo in completo nero è in piedi accanto a lei, il colletto bianco da sacerdote appena visibile.

Il prete si volta verso di loro. È alto, sui sessanta, occhi di un grigio artico circondati da barba e capelli folti che gli danno un'aria a metà tra un messia e Charles Manson. È il leggendario generale dell'Esercito di Gesù.

Gomez si fa avanti per baciargli l'anello. Padre Márcio fa un breve inchino, più imbarazzato che altro. Fuentes fa per stringergli la mano, ma il prete offre solo la punta delle dita. Le mani sono coperte da guanti di pizzo senza dita. «Eccellenza» dice Fuentes, deliberatamente.

«Sono soltanto un sacerdote.» *Lo so,* pensa Fuentes. *Allora perché hai permesso a Gomez di baciarti l'anello?* «Ma cerco di fare quello che posso.»

«Padre, devo esaminare il cadavere...» Il prete getta un'occhiata alla donna, senza farsi da parte. «Mi scusi, padre, ma devo chiederle di uscire.»

Padre Márcio lo ignora e traccia un segno di croce sul

cadavere, mormorando qualcosa. Poi si china a baciare un piede della donna morta. Gomez si fa il segno della croce, sorpreso, come Fuentes, da quell'atto.

Il sacerdote si allontana dal corpo sul tavolo, gli occhi freddi scaldati da un luccichio di lacrime, e fissa Fuentes. «Trovate chi è stato.»

«Faremo del nostro meglio, padre.»

Padre Márcio si rivolge a Gomez, la voce dura, sdegnata. «Dio non ci chiede di fare del nostro meglio. Ci chiede una devozione totale e sincera. La fede deve essere assoluta, altrimenti non è fede.» Gomez china la testa, accettando il rimprovero. Chi l'avrebbe detto? Il ragazzo ha un'anima, se non una coscienza. «Dovete avere fede in voi stessi, nella vostra capacità di trovare quel mostro. Dovete *credere*. Altrimenti, lasciate la porta aperta.»

«Aperta per cosa, padre?»

Márcio si volta di nuovo verso Fuentes, con uno sguardo che mette i brividi al detective. Non è lo sguardo di un santo, ma quello di un killer. Forse è così che deve essere un bravo sacerdote: un killer del peccato.

«Per il diavolo» risponde.

Lo guardano uscire in silenzio. Gomez ha un brivido. Anche lui deve aver sentito il potere di quell'uomo. La sua ira divina. «Hai visto le mani? Quello è un santo. Si capisce subito. Le ha baciato il piede, come se fosse Maria Maddalena in persona.»

«Maria Maddalena era una prostituta. Anche l'altro sacerdote ha definito così Isabel. Ma lei non è Maria Maddalena. Era una giovane operaia che lavorava duro.» Ed era anche molto di più. Era innocente. Una donna sfruttata perché era povera. E poi violentata e macellata e gettata in mezzo all'immondizia.

Fuentes osserva il corpo di Isabel. «È come ha detto quell'uomo.»

«Padre Márcio?»

«Il capo della *maquiladora*. "Ce ne sono migliaia come lei, pronte a prendere il suo posto."»

Le porte si spalancano di colpo, facendo sobbalzare Gomez, ed entra un patologo forense, accompagnato dal giovane tirocinante.

Fuentes dice a Gomez: «Puoi andare, se vuoi». Fuentes indossa guanti di lattice e osserva Gomez che si allontana, dall'altro lato dei pannelli della porta a vetri. Poi il rumore di una sega elettrica lo riporta alla realtà.

9
Pilar

Pilar aspetta in una piazza affollata di autobus da cui scendono le donne della *maquiladora,* mentre quelle del secondo turno sono già impazienti di salire a bordo. Di pomeriggio ci sono meno autobus, il che significa che buona parte delle operaie dovrà viaggiare in piedi.

Alcune delle donne appena arrivate riconoscono Pilar e si allontanano in fretta, come se il licenziamento fosse una malattia contagiosa.

Pilar scorge Maria e Lupita tra la folla e si fa strada a spintoni verso di loro. Si abbracciano. «Hanno parlato anche con voi?»

Maria scuote la testa. «Noi due siamo a posto.»

Pilar vorrebbe scoppiare in lacrime, ma è una donna forte. Sorride. «Così due di noi sono ancora dentro.»

«Non basta» dice Lupita, così in fretta che può essere solo la verità.

Le tre donne attraversano la piazza, tra i ragazzi che vendono sigarette di contrabbando, pacchi di fazzoletti di carta e bustine di semi di zucca. Girano l'angolo ed entrano in un edificio costruito negli anni Sessanta, quando tutta la città credeva ancora nel futuro e viveva il "miracolo messicano".

A quei tempi gli abitanti di Ciudad Real si consideravano fortunati. Vivevano al confine con la nazione più potente e attraente del mondo. C'era lavoro in abbondanza anche dall'altro lato del confine, per fare tutte quelle cose che i *gringos* non volevano fare da soli.

Non solo era facile trovare lavoro, ma le banche ti facevano credito facilmente e l'inflazione era bassa. I politici americani erano concentrati sulle agevolazioni per il petrolio, sui contratti militari e sulla Guerra Fredda; non sull'immigrazione clandestina, sul collasso manifatturiero e sulla guerra alla droga. L'ottimismo *yanqui* negli anni Sessanta si era esteso anche a sud.

Bei tempi.

Prima degli omicidi.

Prima dei narcos.

Prima della crisi economica e del crollo valutario.

Prima della svalutazione e dell'inflazione e della recessione.

Prima del NAFTA, il trattato di libero commercio.

Ora molte delle piastrelle in ceramica che decoravano la facciata dell'edificio sono saltate via, e ci sono macchie di ruggine dovute alle grondaie rotte. Ora i bei tempi sono passati e non sembrano poter tornare, almeno non in questa generazione. Le donne salgono le scale, perché l'ascensore è guasto. Per sempre.

Pilar bussa due volte a una porta e la luce dall'altro lato dello spioncino si eclissa per un attimo. Il rumore di una catena e di due serrature, poi la porta si apre, un rettangolo illuminato dalla luce abbagliante del pomeriggio. Juan Antonio le fa entrare in fretta e richiude subito a chiave. Pilar fa per parlare ma lui si mette un dito sulle labbra. «Prima beviamo qualcosa.»

Le donne si guardano mentre lui estrae bottiglie di birra da un frigo vetusto, in cucina, e le porge a ciascuna di loro. «Non so voi, ma io ne ho bisogno, *puta madre*.»

«Non è stata colpa sua» dice Lupita.

Juan Antonio stappa la bottiglia contro il bordo del tavolo, facendo schizzare la schiuma. Beve un lungo sorso e sospira. «È stata *tutta* colpa sua.»

«Vaffanculo!» Pilar reagisce con rabbia, come sempre

quando ha commesso un errore. «Maria e Lupita sono ancora dentro.»

«Io volevo te! Per questo ti ho fatta venire da Tijuana. Noi abbiamo bisogno di *te* in quella fabbrica.»

«Che altro potevo fare?»

«Mostrare un po' di disciplina, per una volta, e seguire il piano.»

«Hanno gettato il cadavere di Isabel proprio là fuori. Faceva parte del piano?»

Juan Antonio beve un altro lungo sorso, poi sbatte la bottiglia vuota sul tavolo. «Nemmeno mandare in malora un anno di sforzi in una sola mattina faceva parte del piano.»

«Era stesa lì, in mezzo all'immondizia.» Gli occhi di Pilar si riempiono di lacrime. «Non potevo...» *Lasciarla così; far finta di non vederla. Far finta che non fosse successo.* «L'hanno buttata via come spazzatura. Vuoi davvero che ignoriamo una cosa del genere?»

«Accidenti, Pilar, non è quello che ti sto chiedendo.»

«A me sembra di sì.»

«C'è un solo modo di fermare questi omicidi: umanizzare le *maquiladoras*. Quando le donne avranno un sindacato, saranno protette. Causa ed effetto. Finché non succede, non saranno mai al sicuro, perché nessuno avrà paura di fare loro del male. E tu, fra tutti, dovresti saperlo.»

Pilar gli lancia un'occhiata addolorata e distoglie lo sguardo. Lupita, alle sue spalle, fa cenno a Juan Antonio di calmarsi. Lui si avvicina a Pilar e le mette un braccio intorno alle spalle, ammorbidendo il tono. «Capisco come ti senti, ma dobbiamo essere forti. Dobbiamo avere un comportamento esemplare in ogni circostanza. Dobbiamo rispettare le priorità.» Pilar annuisce, martirizzata dalla logica della Causa. Di nuovo. «Ma ora non abbiamo scelta. Dobbiamo andare avanti e organizzare lo sciopero.»

Pilar lancia uno sguardo impotente alle altre due donne. «È impossibile.»

Juan Antonio le prende la birra ancora intatta dalle mani e la stappa. «L'emozione rende più difficile il nostro compito, ma non deve impedirci di raggiungere i nostri scopi.»

Fa una pausa, guarda fuori dal balcone, le ragnatele luccicano nel sole forte. «Dobbiamo prendere la forza delle emozioni e farla lavorare per noi.»

«E come facciamo?» chiede Lupita.

Lui beve un sorso di birra, riflettendo, poi sorride. «Scopriamo quando sarà il funerale...»

10
Ventura

Quello è l'ultimo posto dove ci si aspetterebbe di trovare a pranzo lo scrittore più famoso del Messico. Pavimento di cemento grezzo. Tetto in lamiera ondulata. Accanto a un negozio di accessori per auto. Felipe Mayor è più Michelin che Goodyear.

Appartiene a una famiglia ricca, con latifondi negli stati di Jalisco, Sonora e Chihuahua, e investimenti bancari in Spagna e America latina. Suo padre si era arricchito grazie ai suoi contatti con i dittatori di entrambi i lati dell'Atlantico, nel dopoguerra, poi era morto misteriosamente a Santo Domingo nel 1964. Il fondo fiduciario che aveva intestato all'unico figlio manteneva Felipe Mayor a distanza di sicurezza dalle origini della fortuna di famiglia, permettendogli di rivolgere le sue pulitissime mani verso occupazioni più interessanti del fare soldi: scrittore; diplomatico; libertino internazionale. E candidato perenne al Nobel per la letteratura, considerato da alcuni troppo controverso per vincere, e da altri troppo commerciale. La cultura media lo cataloga alla lettera M insieme a Mailer, Moravia e Malraux.

Ma eccolo qui, seduto in una steak house di Ciudad Real in jeans e stivali, con un'aria da *ranchero* più che da aristocratico della letteratura. L'unico segno esteriore della sua vera identità sono i baffi curatissimi, un monumento alla vanità di un uomo dai capelli grigi che è contento di passare ore davanti allo specchio del bagno.

Un lampo di luce solare gli illumina il viso mentre si apre la porta, e nel ristorante scende il silenzio all'ingresso dell'intrusa. Ventura è più giovane di quello che sembrava al telefono, con i capelli lunghi e schiariti dal sole raccolti in una semplice coda. Indossa una canotta bianca, pantaloni mimetici da giungla e la sorpresa di un Rolex d'oro. Si toglie gli occhiali da sole e lascia agli occhi il tempo di abituarsi alla penombra del ristorante. Quando scorge Mayor, gli rivolge un sorriso rilassato. Ha fatto troppi servizi fotografici di moda per lasciarsi intimidire dalla fama.

«Ventura Medina, suppongo.» Mayor si alza con un breve inchino.

«Grazie di aver accettato di vedermi, *señor* Mayor» dice lei, sedendosi di fronte a lui. «Apprezzo molto il tempo che mi dedica.»

«Quando avrà la mia età, apprezzerà il tempo ancora di più.» La risata di Ventura è una carezza rilassata. Mayor sorride, compiaciuto come ogni autore davanti al suo pubblico. «Sono rimasto impressionato dal suo portfolio. Soprattutto dai ritratti.» Mayor solleva due dita in direzione del cameriere. «Ha detto che è un'amica di Francesca Ellis?»

«Abbiamo frequentato insieme l'accademia di belle arti, in Italia. È stata lei a darmi i suoi contatti.»

«Certo. Ho trascorso molto tempo con i genitori di Francesca.»

«Lei mi ha raccontato tutte le storie. Specialmente quelle scandalose» sogghigna Ventura.

Mayor sospira, nostalgico. «Altri tempi. Tutto sembrava così... innocente.» Si fa indietro sulla sedia, con un cenno del capo ringrazia il cameriere che posa davanti a loro due bicchieri di birra appannati dal freddo. «Ogni generazione sceglie come vuol vivere, e non deve farlo per forza con una guerra.» Solleva il bicchiere e fanno un brindisi. Ventura di solito non beve a pranzo ma l'alcol attenua la sua irritazione per il modo in cui lei e Carlos si sono lasciati. Alza gli occhi e si rende conto che non sta ascoltando.

«...Cosa la porta a Ciudad Real?»

«A parte lei?» Mayor sorride, contento dell'audacia di

lei. «Sono tornata a vivere qui di recente da Città del Messico.»

«Il suo primo errore.»

Di nuovo quella risata carezzevole, un momento di leggerezza in una città pesante. «L'attività del mio partner si svolge lungo il confine. E io volevo passare più tempo con lui.»

Mayor sembra scontento che abbia menzionato un compagno così presto nella conversazione. «Una storia tipica, temo: una donna costretta a sacrificare la propria carriera per le ambizioni del marito.»

«Già. Solo che noi non siamo sposati e...»

«E lei non è una donna tipica.» Lo scrittore sorride con denti perfetti. «L'ho capito dal suo lavoro. Ha parlato di un'intervista e di alcune foto, giusto?»

«Mi aiuterebbe moltissimo.»

Lui inarca le sopracciglia con finta modestia. «Posso chiedere per quale rivista?»

«Non si tratta di una rivista, ma di un libro. E in tutta sincerità, il suo nome mi aiuterebbe a venderlo.»

Lui ride, deliziato dalla sua confessione. A differenza di tanti potenti, Mayor apprezza la sincerità. «Perfetto. Questo ci rende soci.» Appaiono due bistecche al sangue, con i bordi che escono dai piatti. Mayor prende coltello e forchetta e si mette a tagliare con gusto. «Mio padre aveva comprato delle terre qui. Non per la vicinanza con il confine. Non per gli incentivi. Ma per questo: le bistecche più buone del mondo.» Mastica un boccone e fa un suono soddisfatto. «Lui le cucinava direttamente sui carboni. Gettava la carne sul fuoco e aspettava che si bruciacchiasse.»

Ventura affetta la sua bistecca, mentre il sangue si raccoglie sul fondo del piatto. Erano anni che non mangiava così. Carlos si rifiuta di mangiare la carne rossa. Ha già una vita abbastanza stressante, dice, per doversi preoccupare anche del colesterolo. Ventura prende un boccone e si sente trasportata di nuovo alle domeniche di Las Altas, con i barbecue intorno alla piscina, i piatti in grembo e le mani impegnate a scacciare le mosche.

«Vedo che ha spirito» dice Mayor, soddisfatto, guardandola mangiare. «E di cosa parla questo famoso libro?»

Ventura si guarda intorno, si china in avanti e sussurra: «Delle donne assassinate a Ciudad Real».

Mayor incrocia lentamente forchetta e coltello. L'appetito è scomparso all'improvviso. «Come lei, io sono cresciuto qui. E come lei sono scappato, per poi tornare. Perciò forse mi capisce, se dico che la casa è il primo posto che vuoi lasciare, ma l'ultimo dove ti aspetti di trovare la fine del mondo.»

«Può fidarsi di me, se le dico che ho intenzione di arrivare al cuore della faccenda» dice Ventura, senza prestare attenzione a ciò che lui ha appena detto.

«Non ne dubito» mente Mayor.

«Ho già fatto una quantità di ricerche.»

Lui beve un sorso di birra, facendo una pausa diplomatica. «La ricerca è solo l'opinione di altri, e nel suo caso si tratta quasi sempre di persone di cui non dovrebbe fidarsi. Se vuole affrontare questa sfida, deve liberare la mente da tutto ciò che ha sentito o letto. Ma soprattutto deve essere prudente.»

Ventura ha già un'idea di cosa si troverà ad affrontare. Oltre ottocento omicidi, nessun indiziato. Numeri che non tornano. Il suo istinto le dice che la colpa è del governo, proprio come nel caso delle altre cifre drammatiche: i deficit del commercio, i tassi valutari, l'aumento delle tasse. L'inflazione in rapida ascesa. Ma qual è il punto di partenza di tutti quei numeri? Questo è il vero motivo per cui ha contattato Mayor: non perché sia spaventata, ma perché si sente schiacciata dall'enormità del lavoro. «Da dove comincio?»

«Nel solito modo. Cominci a fare domande.»

«Chi c'è dietro gli omicidi?»

«Ci pensi: le domande più semplici sono sempre le più difficili da fare.»

Ventura fa un respiro profondo. Non è tanto la voglia di impressionare Mayor a spingerla, quanto il timore di non impressionarlo abbastanza. «Come faccio a trovare una domanda a cui nessuno vuol rispondere?»

Lo scrittore scola il bicchiere, soddisfatto. «Sono felice che me l'abbia chiesto.»

11
Fuentes

Non è come si pensa. Indipendentemente da quanti referti autoptici hai letto, non diventi mai insensibile. Piuttosto succede il contrario: ogni nuovo referto ti colpisce a un livello emotivo più profondo. Gli eufemismi scientifici e medici non offrono protezione contro la brutalità degli omicidi o la disperazione di non poterli fermare.

Centinaia di vittime, decine di posti diversi, ma le modalità dei crimini sono quasi identiche. Violenza sessuale. Strangolamento. Segni di tortura, che di solito vengono tenuti segreti. Se il pubblico venisse a conoscenza di particolari del genere, persone che non hanno mai pensato a uccidere potrebbero essere tentate di farlo. E una volta iniziato, diventa un'ossessione. È come un parassita. Si annida sotto la pelle e non puoi più estirparlo. Continua a scavarti nella carne finché non morite tutti e due.

Quasi nessuno sa degli atti di mutilazione, ma sono stati compiuti su quasi tutte le vittime. La conclusione più ovvia è praticamente impossibile: un solo serial killer, con forse uno o due emulatori, per spiegare le occasionali variazioni che non si possono giustificare con il caso o le circostanze.

Fuentes sa ciò che tutti i bravi detective imparano in fretta: nelle indagini sugli omicidi, la conclusione più ovvia di solito è quella giusta.

Tre omicidi su dieci sono liti domestiche. Cinque su dieci sono regolamenti di conti tra criminali, di solito per questioni di droga. Un altro dieci per cento è il risultato accidentale di crimini casuali. Tante volte Fuentes aveva udito, tra i singhiozzi, frasi come:

"Non sapevo che ci fosse qualcuno in casa".

"È stato un incidente, lo giuro".

"Non voleva stare zitto".

I criminali pensano di rado alle conseguenze, perché di rado *pensano*. Molti fanno ciò che fanno perché non potrebbero fare altro. Sono ignoranti, privi di immaginazione, senza speranza. Da bambini sono stati abbandonati o trascurati, schiacciati dalla povertà, hanno subito violenze fisiche e sessuali in istituti o sulla strada. Hanno dovuto per forza lasciare la scuola. Quando devi scappare da una finestra, poi per forza ti viene in mente di *entrare* da una finestra in casa d'altri. È un atto istintivo, non logico.

Qualunque sia la causa, la soluzione del caso di solito è legata all'arma del delitto. Che nove volte su dieci è coperta di impronte digitali.

Nove volte su dieci, è facile essere il tenente Colombo. La differenza la fa il restante uno su dieci. I delitti premeditati. Quelli dove il rischio e le conseguenze sono stati valutati con attenzione. Crimini non di passione o casuali, ma di calcolata precisione. Crimini intenzionali, e quindi decifrabili.

Risolvibili.

Con una condanna.

E poi ci sono i crimini che sono un buco nero, al di là di ogni riferimento statistico sia per il numero che per la barbarie.

Crimini come l'uccisione delle donne di Ciudad Real.

Oltre ottocento donne in dieci anni. Senza contare le centinaia che sono scomparse nel nulla. L'Argentina e il Cile non hanno insegnato al mondo quello che i generali volevano far credere: che se non ci sono i corpi, non ci sono vittime. Al contrario, Argentina e Cile hanno insegnato che se non ci sono i corpi, vuol dire che il complotto arriva fino ai più alti livelli dello stato.

Qualsiasi cosa stia accadendo a Ciudad Real, ci sono dei potenti che devono esserne al corrente, e forse sono persino coinvolti. È questa la lezione delle *Juntas*. Fuentes ha scelto di essere trasferito qui perché sa una cosa che tanti altri poliziotti ignorano: sa contro cosa combatte. E questo è tremendo. Schiacciante. Eppure, stranamente non lo spaventa, perché sa, con la pancia, che risolverà quegli omicidi.

Cominciando da Isabel.

Il suo telefono fisso squilla. Alza la cornetta, ascolta, poi guarda in fondo alla sala, verso un ufficio chiuso da pareti di vetro. Riappende senza una parola, si alza e va in quell'ufficio, entrando senza bussare.

Il capitano Valdez gli indica una sedia davanti a una enorme scrivania di quercia, con sopra soltanto due telefoni e un portacenere di quarzo pieno di cicche. La prerogativa universale dei capi: niente lavoro. «Dov'è Gomez?»

Non è perché Valdez è un suo superiore che Fuentes non si fida di lui. E non è nemmeno per il suo aspetto fisico: la fronte alta da esteta, i capelli un po' radi, lo sguardo crudele e inquisitivo dietro gli occhiali dalla montatura in metallo che controbilanciano il mento sfuggente; Valdez ha l'aria intelligente e sprezzante di un dittatore invecchiato ma ancora astuto.

Il motivo della diffidenza di Fuentes è la distanza sdegnosa che gli agenti operativi mantengono verso i burocrati; la mutua consapevolezza che Fuentes si trova in un'orbita morale diversa e più alta e Valdez non può farci nulla, anche volendo. E non vuole. Perché dovrebbe? Perché attraversare il confine segnato da quella costosa scrivania vuota e andare a sedersi dall'altra parte, dove il rischio non è una conferenza stampa o una firma su un fax, ma un proiettile o una porta che nasconde una trappola esplosiva? Loro due lavorano nello stesso ufficio, ma è come se fossero ai lati opposti del globo.

«È andato a mangiare. Perché?»

«Uno dei nostri uomini è stato appena fermato a El Lobo. Con quarantadue chili di coca in macchina.»

Ogni volta che Fuentes viene a sapere di un poliziotto corrotto, lo prende come un insulto personale. I poliziotti si assumono rischi enormi ogni giorno, e per cosa? Tutti li odiano lo stesso. Lo stipendio è ridicolo, e là fuori ci sono un sacco di soldi pronti a entrare nelle tue tasche: in cambio devi solo chiudere un occhio. È una tentazione. È comprensibile.

Ma imperdonabile.

Perché ogni poliziotto corrotto mette in pericolo la vita stessa di quelli onesti. Perché perdere tempo a cercare di corrompere uno che vuole restare onesto? Piantagli un proiettile in corpo e cercane un altro più ragionevole. «Era un'auto ufficiale?»

«Grazie a Dio no. Era registrata a nome di un'americana di San Diego originaria di Matamoros, Mary Ellen González. Cinquanta per cento *gringa,* cento per cento amante della bella vita.»

Fuentes accetta una sigaretta da Valdez, anche se odia quelle con filtro. Non fermano il cancro, danno solo un sapore più secco alla morte lenta. «È stata fermata anche lei?»

«L'uomo era solo. Non sappiamo dove sia la donna.» Probabilmente morta, pensa Fuentes. A meno che fosse un'informatrice. Potrebbe essere un tranello. Ritiene Washington capace di questo e altro. Ma si tiene per sé le sue idee, è la cosa più sicura. «Degli agenti della DEA sono già qui» spiega Valdez. «Nell'esercizio delle loro funzioni extraterritoriali: indagare sui messicani corrotti facendo allo stesso tempo tutto il possibile per ignorare i *gringos* corrotti.»

Fuentes scuote la cenere sul pavimento. Valdez parla come un politico perché è questo che devi essere, per occupare un posto come il suo. Dopo un breve silenzio rispettoso, chiede: «Questo cosa ha a che fare con me?»

«Dovrai aspettare ancora un po' prima di avere l'assistenza forense dagli Stati Uniti.» Fuentes lancia un'imprecazione. Valdez scrolla le spalle. Quella è la reale differenza tra un poliziotto operativo e un superiore amministrativo. «Questo arresto ha... come dire... cambiato le loro priorità.»

«Se non si tratta di cittadine americane, delle donne ammazzate non gliene frega un cazzo. L'unica cosa che vogliono è rendere il più difficile possibile ai loro ragazzi ricchi comprare droga.»

Valdez alza gli occhi al cielo. «Non hanno scelta, lo sai. Devono fare quello che vogliono i loro deputati e senatori.»

«Ai quali non frega nulla dei ragazzi dei ghetti.»

«Infatti. E se non gli importa dei *loro* poveri, perché dovrebbe importargli qualcosa dei nostri? Considera la cosa dal loro punto di vista. Non si fidavano molto di noi già prima dell'arresto di oggi.»

«E ora non si fideranno per niente.»

«Esatto. E parlando di fiducia...» Valdez si china in avanti, fissandolo da sopra gli occhiali con uno sguardo attento. «Tu sei sicuro di Gomez?»

«Lei è sicuro di me?»

«Sono sicuro che non mi darai mai una risposta diretta.»

E hai ragione, pensa Fuentes. «Io mi fido del mio istinto. Perché?»

«Il poliziotto arrestato è Paredes. Era il partner di Gomez prima del tuo arrivo.» Fuentes tenta di non mostrare alcuna reazione, ma Valdez è acuto. Gli rivolge un sorriso malevolo. «Sarai seguito, fotografato. Probabilmente il tuo telefono è già intercettato.» Gli allunga un foglietto sulla scrivania: sopra c'è scritto un indirizzo. «Perciò prudenza, capito?»

Fuentes osserva il biglietto, poi gli dà fuoco e lo getta nel portacenere. Un pezzetto di carta infuocata vola via, come tentando di fuggire, poi ci ripensa e cade a terra lasciandosi dietro una scia di fumo. Atterra sul pavimento ridotto a una brace arricciata, che Fuentes calpesta dirigendosi verso la porta. Sulla soglia si volta. «Qualunque cosa io faccia, sa che non posso farle fare bella figura.»

Valdez alza le spalle, magnanimo, con un'espressione triste. «Almeno non farmi fare brutta figura.»

12
Pilar

Juan Antonio è sul balcone, al telefono sotto gli ultimi raggi di sole. Appena il disco rosso scenderà oltre le colline, le ombre scivoleranno fuori dai canali di scolo e giù dai tetti, tingendo la città di un nero freddo.

Si volta a guardare dentro, oltre la portafinestra. Le donne si sono lavate e cambiate, e Maria e Lupita tentano di distrarre Pilar, scherzando su qualcosa che hanno visto in internet.

Juan Antonio si sente in colpa per il modo in cui ha rimproverato Pilar. Ormai le sue parole sono spesso così: dure e critiche, prive di ogni incoraggiamento. Maltratta Pilar solo perché vuole aiutarla a esprimere pienamente le sue potenzialità, a diventare non solo un'organizzatrice sindacale, ma una futura leader politica. Una voce femminile in nome delle donne trascurate.

A lui hanno insegnato in quel modo, e ha funzionato. I suoi maestri sono stati dei superstiti del massacro di Tlatelolco, veterani che conoscevano il significato della lotta e la forza dell'ideologia.

Trentadue anni dopo, è ancora "noi contro loro", solo che i "noi" sono molti di più, e i "loro" si sono compattati in qualcosa di più oscuro e pericoloso. Ai vecchi tempi, "loro" era la coalizione di governo, politici corrotti che possedevano tutto e non condividevano nulla, se non alla vigilia delle elezioni. Erano arroganti, fatui e assolutamente certi di avere il controllo. Oggi i politici e i loro alleati sono diventati parte del "noi", la coalizione dei deboli e degli impotenti. Oggi "loro" sono i narcos, che controllano tutto, comprese le *maquiladoras*. E non si limitano a governare il paese, ma lo stanno uccidendo, succhiandolo fino al midollo e lasciandolo secco come il teschio di un bue sotto il sole del deserto di Sonora.

Fuori dall'edificio, un gruppo di giovani attraversa lentamente la strada, guardando da un lato e dall'altro. Si fermano accanto a un Dodge Super Bee nero. Uno di loro posa una mano sul finestrino e guarda dentro, poi estrae una gruccia appendiabiti piegata a uncino. Juan Antonio copre il cellulare con una mano e grida: «Andate via, stronzi, quello è mio!».

I ragazzi si girano tutti insieme, guardano verso il balcone e gli rivolgono una *mentada* collettiva. Poi, obbedienti, vanno in cerca di un'altra preda. Juan Antonio li guarda scomparire in fondo alla strada e ripete una data al telefono.

Torna dentro. Pilar alza gli occhi dal computer e lo guarda. «Isabel Torres» dice lui. «Viveva con la madre ad Anaprata.»

Segue un silenzio triste. È una doppia profanazione. Isabel era di seconda generazione.

In passato, quando le fabbriche erano state create, c'era lavoro in abbondanza. Il problema era che si trattava soprattutto di lavoro per donne, alle quali veniva detto che potevano andare a Ciudad Real da sole e trovare lavoro facilmente; risparmiare; migliorare la loro situazione economica, e tornare dalle loro famiglie con un bel gruzzolo. Tutti felici e contenti.

Quella era la promessa. Ma non andava quasi mai così. Il lavoro era stabile, ma estremamente faticoso. Lo stipendio era un po' più alto che altrove, ma il costo della vita era molto più alto. Le fabbriche erano sorte dalla sera alla mattina, ma la costruzione degli alloggi era lentissima. Nel tentativo disperato di tenere il passo con le *maquiladoras*, erano nate le baraccopoli, dove i servizi di base, come elettricità, acqua corrente e fognature, mancavano. Come i trasporti pubblici.

Quasi tutti i nuovi arrivi erano giovani donne. Molte restarono incinte. Avevano bisogno d'aiuto per poter tornare al lavoro e riprendere a guadagnare. Così fecero venire madri e sorelle. E invece di vitto e alloggio per uno fu necessario trovare vitto e alloggio per tre. Quando erano ancora a Durango, o a Zacatecas, i conti sembravano tornare, ma una volta a Ciudad Real i numeri perdevano flessibilità. Spingevi, tiravi, ma non era mai abbastanza.

Basta chiedere a qualsiasi *curandero*: la febbre della fortuna si combatte con una medicina forte ed efficace, per esempio notti gelide in una capanna di lamiera e cartone o in un dormitorio femminile, seguite da giornate soffocanti in ambienti poco ventilati, sotto il sole del deserto. Il miraggio che aveva portato a nord centinaia di migliaia di donne svanì presto in una pozza salata di sudore e lacrime. E nel sale non cresce nulla, nemmeno i conti in banca.

Anaprata era stata una delle prime baraccopoli, ed era ancora una delle zone più povere e pericolose della città. Ma che scelta aveva la madre di Isabel? Isabel Torres era nata e morta a Ciudad Real. Era una donna povera e sfruttata. Pilar è addolorata ma non sorpresa dal suo destino. «Vado io a trovare sua madre.»

«Benissimo. Dobbiamo sincronizzare lo sciopero con il funerale. Ovviamente contribuiremo alle spese.»

«Quand'è il funerale?»

«Fra tre giorni.»

Le donne si scambiano occhiate nervose. Juan Antonio si irrita. «È quello che volevate, no? Legare lo sciopero agli omicidi.»

«Sì, certo» dice Maria. «Ma non ci resta molto tempo.»

«O così o niente. Se non cavalchiamo gli eventi adesso, saremo lasciati indietro.» Si rivolge a Pilar. «Se riusciamo a farti entrare in un'altra *maquiladora*, credi di riuscire a organizzare lo sciopero in tempo?»

Pilar riflette, in cerca di una risposta sincera. La sua reputazione dice di sì, ma il suo cuore dice forse. «Avrò bisogno di un esempio. Se Maria e Lupita riescono a fermare il lavoro nella loro fabbrica, io potrò farlo nella mia.»

Juan Antonio le passa un braccio intorno al collo, la tira

verso di sé e le dà un bacio sulla testa. «Se in quattro riusciamo a far chiudere due *maquiladoras*, sarà un trionfo!»

«Quante altre fabbriche aderiranno?»

«Almeno cinquanta, forse anche cento. Stavolta non riusciranno a ignorarci. Sarà...»

Uno spostamento d'aria improvviso li investe, forte come un terremoto. Vibra dentro di loro, minacciando di sfondare i corpi dall'interno.

Pilar ondeggia sotto la spinta. Il rumore dell'esplosione riempie la stanza e la consuma con la sua velocità.

Si ritrovano tutti a terra, mentre in strada gli antifurto delle auto scattano tutti insieme in un lamento collettivo. Gli uccelli spaventati si disperdono in cielo come schegge di bombe.

Juan Antonio è il primo ad alzarsi e a uscire sul balcone calpestando i vetri rotti. Guarda dal parapetto e vede resti umani in strada, attraverso il fumo nero. Uno dei giovani di prima singhiozza appoggiato a un muro: una fontana di sangue esce dal moncone dove prima c'era un piede. Juan Antonio torna rapidamente dentro. «Attenta ai vetri» dice, aiutando Lupita ad alzarsi. «State tutte bene?»

Pilar aiuta Maria e nota sulla sua guancia una lacrima di sangue. «Non muoverti...» Le estrae la scheggia di vetro dal viso. È molto lunga.

Maria la fissa, stupefatta, poi guarda Pilar. «Senti odore di gas?»

Pilar scuote la testa. Alle sue spalle, Juan Antonio chiude il laptop di scatto. «Non possiamo restare qui. Dobbiamo andare via.» Pilar prende una scopa e comincia a spazzare i vetri dal pavimento. Juan Antonio la guarda, incredulo. «Che diavolo stai facendo?»

«Pulisco» risponde lei, con una voce tremante che supera appena il ronzio che sente nelle orecchie.

«Dobbiamo andare via.» Juan Antonio le toglie di mano la scopa e l'abbraccia. «Non capisci?» In lontananza si sente già l'urlo delle sirene. «Quella che hanno fatto saltare era la mia macchina.»

13
Ventura

Dalla strada, le *maquiladoras* hanno un'aria severa e squadrata, circondate da filo spinato e da parcheggi grandi come campi da calcio. Sembrano più campi di lavori forzati che fabbriche. «Tutte le vittime lavoravano lì» dice Ventura. «Ho bisogno di entrare in una di queste fabbriche.»

Mayor fissa il parco industriale che si estende in lontananza, quasi un esempio di architettura brutalista. «Ma non hai esperienza.» Ora si danno del tu.

«Non l'avevano nemmeno quelle donne, appena arrivate.» Volta la testa per lo spostamento d'aria causato da un tir di passaggio.

«Lo sfruttamento rende tutti uguali, questo è certo» dice lui, scuotendosi di dosso la polvere.

Continuano il viaggio in silenzio, oltre fabbriche più piccole e più vecchie, circondate da discariche, depositi di carburante e auto abbandonate.

Poi non c'è più nulla, a parte il marrone rossiccio del deserto, con qualche pennellata olivastra di vegetazione in lontananza. Ancora più avanti, il bagliore ramato del confine.

Mayor guarda nella borsa fotografica di Ventura. Per capire un fotografo, basta guardare che macchina usa. La Nikon è professionale ma con poca immaginazione. Nella Canon, la tecnica compensa la mancanza di originalità. La Hasselblad è per i maniaci del controllo, mentre la Contax è per i fotografi di matrimoni. È la Leica quella davvero pericolosa: è per gli artisti senza più illusioni o per i dilettanti troppo sicuri di sé. «Una Leica...»

Ventura sorride, orgogliosa. «Solo il meglio, no?»

Mayor distoglie lo sguardo. All'orizzonte, verso sud comincia a salire la cresta delle colline, oltre le quali appaiono montagne di un marrone grigiastro, addolcite da strisce d'ombra viola che si nascondono tra un picco e l'altro.

Sono montagne che stupiscono, che minacciano non per l'altezza, ma per la persistenza. Chiuse tra quel paesaggio duro e il cielo azzurro, si rifiutano di arrendersi, di lasciarsi erodere fino a diventare altra sabbia gialla e rossa nel deserto. Sono sprezzanti, sconsiderate e nobili come un pugile insanguinato che si rialza dopo otto secondi.

«Dove hai detto che siamo diretti?» chiede Mayor. La voce gli trema mentre l'auto sobbalza su una buca.

«Al Chilometro Zero.» Ventura guarda la strada. Il sole si riflette sulla vasta distesa rossa penetrata dal nastro di asfalto vecchio e ghiaia, coperto da raffiche di sabbia scivolosa.

Si china ad accendere la radio e si mette a cantare il pezzo trasmesso in quel momento, *Los caminos de la vida*. Ha una bella voce, ricca ed espressiva. Quando la canzone finisce, Mayor applaude. «Canti sempre quando hai paura?»

Lei lo fissa, impressionata e imbarazzata allo stesso tempo. Decide di essere sincera. «È questo paesaggio. Mi spaventa. È così isolato.» E lei è isolata dentro il paesaggio. «Mi spaventa il numero di giovani donne che sono morte qui.» E le fa paura il suo bisogno di esplorare quella storia, e dove potrebbe portarla.

Si ferma all'improvviso e spegne il motore. Senza il vento della corsa, l'aria si fa subito calda e silenziosa. Si guarda intorno. Non c'è assolutamente nulla... a parte il posto che sono venuti a vedere.

Ventura prende la macchina fotografica, cambiando l'obiettivo da cinquanta millimetri con uno da trentacinque. Affidarsi alla routine professionale la calma, la aiuta a riprendere fiducia in sé. Prende i fiori dal sedile posteriore e si avvia a piedi nel deserto, seguita da Mayor. Un sentiero confuso li porta a una collinetta sabbiosa, coronata da mucchietti di pietre e offerte consumate dagli elementi e dal tempo. Ventura posa a terra i fiori, bloccandoli con un sasso. Gli scatti della Leica sono un sussurro nel silenzio asciutto. «Qui è dove è stato trovato il corpo della prima vittima.»

Mayor si china e spolvera un vetro crepato attaccato con il cemento alla pietra. Sotto si intravede una macchia indistinta che una volta era una fotografia. Ora il sole e l'umidità l'hanno resa irriconoscibile.

«Eri mai stato qui, prima?»

Mayor scuote la testa, dispiaciuto.

«È il posto dove tutto è cominciato. Dieci anni e più di ottocento omicidi dopo, non accenna a fermarsi.»

Mayor osserva il paesaggio arido, come in cerca di tracce. Il viso abbronzato illuminato dal sole del pomeriggio, il monumento alla memoria alle sue spalle, spazzato dal vento. Ventura gli scatta una serie di rapide foto. «Hanno abbandonato qui il primo cadavere, lontano dalla città» spiega, abbassando la macchina fotografica.

«Temevano di essere visti.»

«Secondo me si vergognavano anche di questo crimine orribile. Ma con il passare del tempo e l'aumentare delle vittime, gli assassini si sono fatti più audaci. Ora i corpi vengono abbandonati dentro i confini della città.»

«L'impunità» dice Mayor, senza esitare.

«Sì. Ormai godono di totale immunità.» Si abbassa sui talloni, inquadrando il triste sacrario ai piedi del quale ha deposto i suoi fiori, e il canto della macchina fotografica riempie il silenzio del deserto.

Si alza in piedi, fissa quel paesaggio malevolo e per un attimo quasi riesce a vedere la violenza, come una nebbiolina provocata dal caldo, che si fa strada verso di lei.

14
El Santo

Jaime Santiago è conosciuto da tutti come El Santo. Si è guadagnato quel soprannome non perché il suo nome e il suo cognome indicano lo stesso apostolo, Giacomo; ma perché una volta ha rapinato un bar indossando la maschera argentata del famoso lottatore. El Santo era il *wrestler* più popolare del Messico, e nessuno era mai riuscito a strappargli la maschera. Era stato lui a togliersela da solo, il giorno in cui aveva annunciato il proprio ritiro.

Quella era classe.

Santiago voleva appropriarsi di un po' di quella classe, e c'era riuscito. Aveva indossato quella maschera di plastica solo una volta, ma il nome gli era rimasto attaccato addosso.

El Santo.

Tutto sarebbe potuto finire in quel bar. Santiago non aveva idea che il proprietario fosse Amado Lázaro Mendez, il capo del cartello di Ciudad Real. Amado era presente al momento della rapina, e aveva riso così forte, vedendo quel quindicenne mascherato rapinare la cassa, che Santiago per poco non gli aveva sparato. Per fortuna non l'aveva fatto. Il giorno dopo aveva ricevuto un messaggio da un tirapiedi di Amado. "Vieni a lavorare per noi."

El Santo aveva cominciato facendo il palo, nell'eventualità improbabile che un poliziotto non pagato dal cartello potesse interrompere una transazione. Era intelligente, ma il motivo del suo rapido avanzamento nei ranghi era un altro.

Possedeva qualcosa che molti altri, nel cartello, potevano solo sognare: un passaporto americano.

Sua madre era di Puerto Palomas, e come quasi tutte le donne del posto aveva partorito nell'ospedale più vicino, che si trovava dal lato giusto del confine, in New Mexico. Santiago era persino andato a scuola negli Stati Uniti, finché sua madre lo aveva caricato su un autobus e lo aveva portato a duecento chilometri di distanza, a Ciudad Real. Per Santiago era stato come attraversare l'oceano. Due anni dopo aveva lasciato la scuola e aveva cominciato la sua carriera di delinquente, con una maschera di plastica. Poi era intervenuto Amado. Dopo un paio di settimane di osservazione, Amado gli aveva dato un ordine preciso: torna a casa e finisci la scuola.

Quando si era diplomato, El Santo aveva già contribuito a spostare oltre cinquecento chili di coca, in case sicure di Columbus e Deming. Un chilo al giorno. Era stato il primo "contrabbandiere da portapranzo" al soldo del cartello. Nel quadro generale delle cose, cinquecento chili di coca non erano nulla, appena sessanta milioni di dollari, dopo il taglio. Ma Amado era un pianificatore attento a ogni particolare. Cinquecento chili qui, cinquantamila là. Non era mai abbastanza. E ogni casa sicura era un paletto piantato nel più grande mercato del mondo: Gli Stati Uniti della Droga. Quando fosse giunto il momento di tagliare la corda, e Amado sapeva che quel giorno sarebbe arrivato, avrebbe avuto la sua guida personale su *Come sparire per sempre,* e il denaro necessario per farlo succedere.

El Santo era stato ricompensato nel modo tipico dei cartelli: lo avevano trasformato in un killer. Appena finite le superiori, lo avevano portato in una casa alla periferia di Ciudad Real e gli avevano messo in mano un rasoio. Come usarlo erano affari suoi, ma doveva farsi dire un nome. La cosa sorprendente fu che ci riuscì molto in fretta. Non solo quella volta, ma anche le successive.

La cosa che El Santo odiava di più delle serate in quella casa, non era ottenere i nomi, ma quello che veniva dopo: scavare le fosse. Il duro lavoro nell'aria calda della notte, con muscoli e polmoni indolenziti. Era così che si sentiva quando spalava la neve a Puerto Palomas, il sudore caldo che a un tratto diventava gelato. La cosa peggiore di tutte era la puzza lacerante della calce viva, che gli entrava nel naso e nei pori, causandogli un prurito che a volte lo faceva persino sanguinare.

Quando finalmente arrivò la polizia, nel prato dietro la casa c'era più di una dozzina di cadaveri decomposti. I giornali la definirono la Casa della Morte. Se solo avessero immaginato l'estensione degli omicidi... quella casa era come il portapranzo di El Santo. Una goccia nell'oceano.

Amado era apparso e scomparso. Ora, quindici anni dopo la sua prima rapina, El Santo era il capo del cartello. Il quarto in quattro anni, dopo la morte vera o presunta di Amado. Santiago non uccideva quasi più di persona, ma era sempre lui a ordinare gli omicidi. Perciò, come cazzo era possibile che non sapesse nulla di quella macchina esplosa?

«Erano solo ragazzini che tentavano di rubare una macchina» gli spiega El Feo. Il suo soprannome, "il brutto", non è ironico. El Feo è brutto sul serio. Basta che sia nella stessa stanza con te, e ti passa l'appetito. «Hanno avuto sfortuna.» Questo è sicuro. «Hanno scelto l'auto sbagliata. La bomba era destinata a un organizzatore sindacale della CTON.»

A El Santo quella notizia non piace affatto. Due tentativi falliti contro due sindacalisti nello stesso giorno? Bisogna sempre fare attenzione alle stranezze. «Non m'importa nemmeno se era destinata al papa! Perché non si sono rivolti a me per il lavoro?» Si alza e afferra El Feo alla gola. «Questo è il mio territorio, sì o no?»

El Feo fa un suono come se il diluvio universale volesse passare attraverso un tubo otturato. Santiago lo lascia andare. «Non lo sapeva nessuno» ansima El Feo. «È stata una sorpresa.»

Non ci sono sorprese a Ciudad Real. A meno che non arrivino da Tijuana. Il cane di Oviedo latra fuori dalla porta, come per sottolineare il punto. Oviedo è la sua nuova guardia del corpo. Abbastanza intelligente da avere delle ambizioni, ma senza darlo a vedere. E in confronto a El Feo, praticamente un genio. Forse è arrivato il momento di dare a Oviedo la sua possibilità.

El Santo va verso la sua Mercedes 300 SL, solleva la portiera e sale a bordo. Gli piace l'odore di pelle, la visione contenuta del mondo da dentro l'auto quando chiude le ali di gabbiano mascherando tutti i problemi, la *chingadera y media* che deve affrontare ogni cazzo di giorno. Gli piace la privacy di quando parla al telefono in auto, gli piace persino guardare la televisione da dentro l'abitacolo. Gli ricorda i drive-in di quando era ragazzo. La Mercedes non è solo un'esibizione del suo gusto, ma anche delle sue priorità. Velocità. Perfezione meccanica. Glamour.

Inoltre, non occupa più spazio di un pianoforte a coda.

Avevano dovuto abbattere un muro, per farla entrare in casa. E mentre lo ricostruivano avevano trovato la cimice. Era stata piazzata lì quando El Santo aveva ristrutturato l'*hacienda*. Scoprirla era stato un bel colpo, e tutto grazie alla Merc. Naturalmente, El Santo l'aveva lasciata dov'era. Potevano ascoltare tutto ciò che volevano, bastava solo che lui sapesse quando potevano sentirlo e quando no.

El Feo sale dal lato del passeggero, tira giù la portiera e i latrati spariscono come per magia. Lo chiamano El Feo perché è brutto, ma anche El Estupido o El Idiota o El Pinche Pendejo sarebbero andati bene come soprannomi. Il suo territorio sta diventando Beirut ed El Santo deve venire a saperlo dai notiziari? «Scopri tutto quello che puoi su questo sindacalista. Scopri chi l'ha mandato qui. E chi lo vuole morto.»

«Vado a prelevarlo di persona.»

È così che normalmente si *scoprono* le cose. Vai a prendere una persona e presto è lui o lei a dirti tutto ciò che vuoi sapere. «Per adesso lascialo stare. Scoprilo nell'altro modo.»

L'*altro modo* è prelevare qualcuno a Tijuana. Il che significa che uno dei suoi sicari dovrà recarsi in zona. Rischioso, considerando che c'è una guerra in atto. Non solo si uccidono a vicenda, ma uccidono anche le rispettive famiglie. È più che sanguinoso. È un fratricidio di proporzioni bibliche. Cocaino e Abele. E la colpa è di tutti. Hanno lasciato che diventasse un fatto personale, quando invece doveva restare professionale.

La questione era degenerata una decina di anni prima, quando un capo di Tijuana aveva rapito la moglie di un rivale, costringendola a ritirare milioni di dollari di proventi illegali. Poi le aveva tagliato la testa, inviandola per posta al marito. Il caso aveva avuto una risonanza tale che ci avevano fatto sopra un film. Nel film, Kevin Spacey non interpretava un narcotrafficante, ma comunque qualcuno di completamente *loco*. Tuttavia era stato ciò che avevano fatto dopo a scioccare tutti ancora di più. Avevano gettato i due bambini rimasti orfani di madre da una cascata, in Venezuela. Questo invece l'avevano *preso* da un film: *Mission*. E avevano aperto un vaso di Pandora in tutta la nazione.

Non puoi fumare di nuovo una sigaretta già consumata.

Quando succedono cose del genere, i demoni escono e non c'è più modo di tornare indietro. Ora non si tratta più solo di non fare prigionieri, ma di ucciderli in modo elaborato. Una volta era "bang, bang, sei morto". Ora le esecuzioni ci mettono più tempo di una lettera da Città del Messico ad arrivare a destinazione. Solo un genio come Amado era riuscito a far tornare le cose a mezza strada verso la normalità, concentrandosi sugli affari e non sulla macelleria. Quando i profitti salgono, la vendetta scende. Per i traffici usavano dei 727, cazzo. Per questo Amado era detto anche *el señor de los cielos*. Possedeva più di venti Boeing, oltre a decine di aerei più piccoli. I primi li avevano rubati, gli altri li pagavano in contanti. Non avere un aereo pronto al decollo costava di più che comprarne uno.

Il denaro aumentava a una velocità indecente. Un miliardo diventava dieci miliardi. Tra poco sarebbero entrati nella lista di "Forbes". Ricchi come Donald Trump? E perché non come Warren Buffett?

Il mondo non vedeva nulla del genere dai tempi di Cortés e Pizarro. Le due palle vincenti in una mano sola: potere e ricchezza. Con uno schioccare di dita crolla un impero e ne sorge un altro. I cartelli colombiani perdono il potere sulla polvere e se ne appropriano i messicani. Prima l'attraversamento del confine, poi il trasporto completo dalla Colombia, poi il riciclaggio del denaro, quindi la distribuzione negli Stati Uniti, fino alla produzione sul campo.

Da intermediari a monopolisti in meno di vent'anni. Amado aveva cominciato a usare le *casas de cambio* per far entrare e uscire la valuta. Un'idea fantastica.

Poi Amado era morto, o così si diceva, durante un'operazione di chirurgia plastica. Il cadavere era stato misteriosamente sottratto e cremato prima che fosse possibile effettuare i test del dna. Tutta la storia era ridicola, eppure era stata accettata rapidamente da tutti. L'alternativa era troppo antipatica: che Amado, vivo e vegeto con i suoi miliardi, se la ridesse a Rio o a Marbella mentre gli altri narcos erano chiusi in trincea a occuparsi dei loro ego colossali e dei loro problemi ancora più grandi, costretti a spendere milioni in tangenti e a fare del loro meglio per evitare i cecchini.

E forse ora anche le auto esplosive. Il tasso degli omicidi è schizzato in alto manco fosse l'indice Nasdaq. Il signore dei cieli? Con tutti i morti di cui si è reso responsabile con la sua egoistica scomparsa, Amado è più il signore delle mosche. E magari adesso è in qualche posto sicuro e ride come un Nerone del cazzo mentre l'intera nazione è in fiamme. Ad Amado è sempre piaciuto giocare all'ultimo che rimane in piedi, e ha persino avuto il suo momento da El Santo, quello vero, il lottatore. Solo che quando si è tolto la maschera per annunciare il suo ritiro, sotto non c'era nessuna faccia.

E così adesso il cartello di Ciudad Real è di nuovo in guerra con quello di Tijuana. La bomba in quell'auto deve venire da lì. «Manda qualcuno a Tijuana.»

«Chi?»

Ci vuole qualcuno che se viene ammazzato non lasci un vuoto. «Perché non ci vai tu?»

«Mando mio fratello» risponde subito El Feo. «Curro è affidabile.»

Ed evidentemente anche spendibile. El Feo guarda l'orologio. «Sono in ritardo per la chiesa.»

«Cazzo, con tutto il tempo che passi là dentro mi meraviglia che tu riesca anche a lavorare.»

El Feo lo guarda, dispiaciuto, scendendo dalla Mercedes. «Prima non la pensavi così.»

Ha ragione. El Santo era un credente, prima. Quella roba della *Santa Muerte*. Ma dopo tutto ciò che ha visto, è arrivato alla conclusione che Dio non esiste. Ed è una buona notizia, perché vuol dire che non esiste nemmeno il diavolo. Abbassa lo schienale del sedile e chiude gli occhi. Ma, finché si trova dentro la maschera argentata dell'auto, esistono almeno la pace e il fottutissimo silenzio.

15

Padre Márcio

Padre Márcio si sfila con cura i guanti di pizzo senza dita, attento a non rompere le croste, e li immerge in una ciotola di acqua fredda e sale. Pochi secondi dopo, vede staccarsi le prime gocce di sangue. Va al lavandino e si lava le mani, sfregando piano i pollici sopra le aperture nei palmi. Tampona le ferite con una soluzione leggera di acqua e acqua ossigenata e poi una seconda volta con una soluzione di Lugol. Quindi le asciuga bene e le benda.

Quando era piccolo le infezioni erano sempre un problema. Una mattina si era svegliato con la sensazione di un ticchettio nella mano sinistra, come una bomba a orologeria. La ferita della mano sinistra pulsava, mentre in quella della mano destra qualcosa si agitava sotto la pelle. Sembrava vivo. Lo avevano portato subito dal medico personale del vescovo, il quale aveva sollevato le croste, scoprendo che entrambe le ferite pullulavano di vermi. Gli aveva detto che era stato fortunato: grazie a quelle larve avevano scoperto per tempo delle brutte infezioni, che altrimenti sarebbero potute evolvere in setticemia o anche in cancrena, rischiando di fargli perdere tutte e due le mani.

Lui sarebbe stato felice se il dottore avesse preso un'ascia e gliele avesse amputate, le mani, pur di liberarsi dal contatto diretto con quei vermi, dalla nozione che si stavano nutrendo della sua carne, inconsapevoli del fatto che solo una piccola parte del suo corpo era morta.

Il medico gli aveva somministrato un sedativo e un anestetico locale, dopodiché gli aveva tolto le larve da dentro le mani una alla volta. Quando il bambino si era addormentato, il vescovo aveva benedetto le ferite infette, perché sapeva ciò che gli altri ignoravano: quei vermi erano stati inviati da Satana per attaccare le stimmate; per sporcare un miracolo.

Il bambino si era ripreso in fretta, ma quell'episodio, svegliarsi con una presenza viva e palpitante nelle mani, lo aveva riempito di orrore. La presenza maligna che sentiva muoversi dentro di sé, consumando la sua carne, gli aveva riportato ricordi che aveva sperato di dimenticare.

Le stimmate erano apparse un anno e mezzo dopo la prima violenza sessuale. L'ordine dei Piccoli Fratelli del Soccorso Perpetuo era composto di due tipi di persone. I primi erano uomini che avevano subito molestie da bambini. I secondi erano uomini crudeli che avevano intuito dove era più facile trovare le loro vittime. Avrebbero potuto anche vendere integratori alimentari fasulli, o fare i papponi o gli estorsori. Avrebbero potuto diventare infermieri in case di riposo, di quelli che rubano le fedi d'oro ai pazienti morenti, o esattori di debiti, o corrieri di armi. Invece si erano fatti preti in un ordine religioso che si occupava di bambini orfani: lì trovavano le vittime ideali.

Bambini piccoli e soli.

Quando, all'età di cinque anni, padre Márcio era arrivato all'orfanotrofio di Ciudad Real, si chiamava ancora Vicente Salinas. Sua madre era una donna giovane, devota e ingenua, che era stata irretita dal sacerdote quarantasettenne della parrocchia. Il prete, che si era già stufato della governante, sia in cucina che a letto, l'aveva notata una domenica di Pasqua, quando era arrivata in chiesa con i fiori della resurrezione.

Vicente era nato prematuro, con parto podalico e aveva quasi ucciso la madre. Padre Felipe Hurtado aveva dovuto attendere mesi, nei quali aveva usato sua madre in altri modi. A Guadalupe quei modi non piacevano, ma li accettava perché il prete glielo aveva ordinato, e perché credeva fosse suo dovere. Finalmente il sacerdote aveva deciso che lei era guarita e aveva ripreso a possederla nel modo normale. Né il bambino né la madre erano sopravvissuti al secondo parto.

Padre Felipe aveva inviato il figlio bastardo ai Piccoli Fratelli del Soccorso Perpetuo, sicuro che lì avrebbe ricevuto una buona istruzione senza subire maltrattamenti. Ma si sbagliava, perché il vicerettore dell'orfanotrofio era il fratello della sua ex governante, e la vendetta, come sempre succede, era stata consumata a spese degli innocenti. La prima settimana era stato picchiato con cinghie, bacchette e persino libri. Poi la violenza era diventata anche sessuale.

Dopo diciotto mesi di botte e abusi di tutti i tipi, Vicente era pronto a suicidarsi. Non temeva di finire all'inferno, come gli avevano insegnato i Piccoli Fratelli, perché nulla poteva essere peggio dell'inferno che lui e gli altri bambini dovevano affrontare ogni mattina.

Ricordava di aver visto il corpo di una ragazzina, che si era tolta la vita salendo all'ultimo piano e gettandosi nella tromba delle scale. Aveva sentito un fruscio, come bambini che giocavano tra i rami, e aveva visto il corpo passare davanti al pianerottolo del secondo piano, atterrando con un brutto rumore sul pavimento in fondo alle scale.

Era corso giù con gli altri, impavido davanti alla macchia rossa che si allargava sotto i capelli della piccola e alla posizione innaturale delle sue membra. Il cadavere sembrava una stella rotta. Mentre i suoi compagni avevano voltato la testa, Vicente aveva osservato l'espressione distesa del viso, come se la bambina fosse sul punto di svegliarsi da un bel sogno, e invece di aprire gli occhi avesse deciso di goderselo ancora per qualche istante.

In quel momento preciso, circondato dalle grida isteriche dei compagni, Vicente si era sentito diverso. Ciò che vedeva non lo spaventava, anzi, gli faceva capire che lui voleva la stessa cosa: una liberazione violenta da quella vita.

Più ci pensava, più cresceva il desiderio di unirsi a quella bambina, di condividere il suo destino. Non la pace o la libertà, ma qualcosa di meglio: l'oblio.

Ma sapeva che non sarebbe stato capace di seguire lo stesso sistema, perché soffriva di vertigini. Riusciva appena ad avvicinarsi alla ringhiera, non sarebbe mai riuscito a scavalcarla per lanciarsi di sotto. Tuttavia, anche se aveva paura dell'altezza, non aveva paura del sangue, né di morire dissanguato. Ricordava la corona rossa della bambina morta, come l'aureola di una santa. Si mise in cerca di un'arma, e alla fine ne trovò una in una matita appuntita.

Dopo la cena, la messa e le preghiere e le luci spente, e dopo aver subito la consueta violenza sessuale, aveva preso la matita dal nascondiglio sotto il letto e aveva cominciato a girare la punta nel palmo della mano. Prima aveva provato dolore, ma poi in qualche modo lo aveva superato, anestetizzato dalla consapevolezza che presto sarebbe fuggito nella solitaria eternità della morte. Aveva scavato con la matita prima in un palmo, poi nell'altro, mentre il sangue gli colava dai polsi, finché era caduto in un sonno agitato.

Si era svegliato con il vicerettore che imprecava, strappandogli le coperte di dosso e tirandolo fuori dal letto per i polsi. L'uomo lo aveva schiaffeggiato, poi gli aveva sbattuto la testa contro il muro, facendolo quasi svenire. Vicente era caduto all'indietro sul pavimento e finalmente aveva visto due impronte di mani insanguinate sulla parete bianca. La prova che era ancora vivo. Non sarebbe dovuto succedere. Come mai era sveglio? Era convinto che si sarebbe dissanguato e sarebbe morto. Il sangue avrebbe abbandonato il corpo attraverso le ferite, come era successo alla bambina. Ma ora, invece di una tranquilla morte nel sonno, lo aspettava una morte violenta e graduale. Il vicerettore lo aveva trascinato in cortile, legandolo al palo del castigo, mentre le mani gli bruciavano di un dolore acuto e umiliante: il dolore del fallimento.

In quell'attimo di totale disperazione, quando ogni speranza era svanita ed era tornata a imporsi la brutale realtà della vita, e cioè che ogni singolo istante è sofferenza o un tentativo fallito di alleviare la sofferenza, in quel momento esatto, proprio come in una favola, aveva fatto il suo ingresso spettacolare un salvatore.

Il vescovo di Ciudad Real.

Sua eccellenza restò sbalordito, vedendo un ragazzo con un bernoccolo grosso come un uovo sulla fronte e macchie di sangue sul pigiama legato a un palo al centro del cortile, e fece qualcosa che aveva giurato a se stesso di non fare mai. Chiese notizie delle pratiche che si svolgevano dietro le porte chiuse dei Piccoli Fratelli del Soccorso Perpetuo.

Così fu informato che il bambino era un malvagio peccatore, che aveva sporcato deliberatamente il letto. Ma il vescovo aveva già smesso di ascoltare le giustificazioni del vicerettore, e fissava una mano di Vicente. Gli prese il polso, girando la mano per quanto glielo permetteva la corda che la fissava al palo, e riuscì a vedere da dove veniva il sangue: da una ferita aperta nel palmo.

Afferrò l'altra mano e si fece il segno della croce, mormorando una preghiera gutturale in latino. Ordinò di slegare il ragazzo e di farlo salire sulla sua auto. Il vicerettore obbedì con uno sguardo malizioso. Aveva sempre sospettato che Sua eccellenza avesse le stesse inclinazioni condivise da molti Piccoli Fratelli.

Ma si sbagliava. Il vescovo era un uomo gentile che non avrebbe mai messo le mani addosso a un bambino e nemmeno a un adulto; un prelato che aveva imparato a reprimere i propri desideri sessuali con il peso confortante della preghiera, dei doveri amministrativi e di grandi quantità di cibo e bevande. Ma anche se non era un lussurioso, era un credulone, tanto che aveva persino acquistato un frammento della vera croce di Cristo da un ciarlatano, per una cifra esorbitante. Il frammento era nella sua cattedrale, sul muro sopra un dipinto della Pietà, ed era molto venerato dai fedeli.

Vicente fu portato al palazzo del vescovo. Due suore, una anziana e una giovane novizia che non avevano alcuna idea dell'anatomia maschile, lo lavarono con cura. Come richiesto da Sua eccellenza, furono molto delicate con le ferite sui palmi delle mani. Dopo essere stato lavato e vestito (con gli unici vestiti disponibili, quelli di un chierichetto), Vicente fu accompagnato alla presenza del vescovo, il quale benedisse le sue mani con acqua santa e gli disse che aveva le stimmate.

Vicente aveva trascorso diciotto mesi in un orfanotrofio di preti, eppure la sua istruzione religiosa era scarsa. Conosceva appena i rudimenti del catechismo, alcune parabole e preghiere, tre o quattro comandamenti e varie risposte liturgiche imparate a pappagallo. Non aveva mai sentito parlare di san Francesco d'Assisi, e meno che mai di Padre Pio. Il vescovo si sedette davanti a lui e gli spiegò che quelle ferite sulle mani erano un segno di devozione e bontà. Erano un segno che Dio lo aveva scelto.

Il monsignore vide che le sue parole sembravano preoccupare il ragazzo, e lo trovò normale. Era logico che una rivelazione del genere risultasse allarmante. Disse alle suore di somministrargli qualcosa per farlo dormire, e loro gli diedero del vino da messa a cui aggiunsero miele e spezie.

Vicente trascorse tre giorni bellissimi, tra persone gentili, senza minacce fisiche o sessuali. In quei giorni gli fu spiegato in dettaglio che era stato scelto da Dio stesso per ricondurre a Cristo un'umanità sempre più secolare. Poi si rese conto che le ferite stavano guarendo. Di notte si strappava le croste, stringendo i denti e lacrimando per il dolore, ma non bastava a impedire che la natura facesse il suo corso. Nei giorni successivi accadde l'inevitabile. Le sacre ferite cominciarono a chiudersi. Per la prima volta nella sua vita, Vicente pregò. Non con le solite ripetizioni a pappagallo, ma con parole sue, indirizzate a una presenza in cui non aveva mai creduto: Dio. Vicente chiese a Dio di rendere vere le parole del vescovo, di farlo diventare un bambino santo, di far tornare le sue ferite.

Ma le sue preghiere, come quelle di tante altre persone, non furono ascoltate. Le ferite, seguendo il volere della natura e non quello di Dio, continuavano a chiudersi.

È sempre nel momento di massima disperazione, quando abbiamo rinunciato a ogni speranza e ci siamo arresi, che troviamo ciò che abbiamo smesso di cercare: la salvezza. O almeno una tregua.

Vicente camminava su e giù per la stanza, angosciato,

quando si tagliò il piede scalzo contro qualcosa di acuto che sporgeva dal pavimento di legno. Si chinò a toccare le assi e notò la punta di un chiodo.

Più affilato di una matita e più facile da nascondere. Vicente cominciò a singhiozzare in modo incontrollabile. Non per il dolore, come in passato, ma per il sollievo. Alla fine, era stato salvato.

16
Fuentes

Fuentes si trova in una cucina di Tijuana, consapevole della minaccia per la sua giacca rappresentata da due friggitrici industriali che si stanno scaldando accanto a lui, mentre sui muri bianchi piastrellati echeggiano le grida dei cuochi del ristorante, che lottano per farsi sentire sopra un'anarchia di pentole e padelle.

Il suo informatore, Adán, un ex eroinomane che ha smesso dopo aver trovato Dio con la sua nuova ragazza guatemalteca, si guarda intorno, scuote l'acqua dalle mani, facendo tintinnare strati di amuleti e bracciali, poi se le asciuga nel grembiule e finalmente passa a Fuentes un foglio di un quaderno a righe da bambini, piegato con cura.

È la prima volta che Fuentes maneggia della carta come quella, dopo aver perso suo figlio, e gli tornano all'improvviso tutta una serie di ricordi che non sono soltanto brutti, ma anche odiosi. Ricordi che fanno male. La pressione sanguigna precipita, la visione si fa sfocata. Il mondo esiste, e un attimo dopo, non esiste più. Deve essere così che ci si sente, quando ti viene un colpo.

Fuentes stringe il foglio nel pugno, come per strangolare quelle emozioni. Se lo è appena infilato nella tasca interna della giacca, quando il muro di fronte esplode in polvere bianca e schegge di ceramica, una nuvola tagliente che lo investe in faccia.

La prima cosa a cui pensa è un terremoto.

Ma poi sente il martellio insistente nella cucina all'improvviso silenziosa, e si rende conto che la spiegazione è un'altra...

Raffiche di armi automatiche.

Si getta a terra, incrocia gli sguardi terrorizzati del personale di cucina, mentre continuano a volare schegge di piastrelle sotto le raffiche con cui i killer spazzano la cucina, come se volessero finire le munizioni il prima possibile. Fuentes estrae la pistola con una mano e si pulisce gli occhi dai pezzetti di ceramica con l'altra. Strisciando sui gomiti raggiunge il riparo di una colonna e lentamente si alza in piedi, guardando verso la sala del ristorante. Vede lampi di spari nell'oscurità improvvisa, ode le grida dei clienti intrappolati sotto i tavoli. La cucina è un'isola di luce che attira proiettili come falene.

E lui è un bersaglio illuminato.

Si guarda intorno in cerca di un interruttore e vede Adán, con entrambe le braccia dentro le friggitrici, la testa posata su un cestello. Allunga una mano, lo afferra per il colletto e lo tira indietro, liberandolo dall'olio bollente. In quel momento le vede: dentro la friggitrice si agitano, come gamberetti fritti, i contorni perfetti di due mani, la pelle staccata dalla carne e gonfia d'olio, le unghie di un colore scuro e dorato.

Fuentes si sveglia dal sogno di soprassalto.

Tijuana, Baja California.

Mare e sesso. Scogliere aguzze e correnti che nascondono calme pozze di desiderio. Un paesaggio infido, popolato di criminali e turisti. Ogni giorno, i turisti americani si tuffano nelle offerte più oscure della città, da cui riemergono sazi e ansimanti, dopodiché vengono restituiti al mondo asciutto e piatto al di là del confine.

Un mondo di quartieri residenziali e auto familiari. Un mondo di superiorità. La loro realtà è lì, non in Messico.

Tijuana. Dove Fuentes era fuggito dopo l'incidente d'auto, perdendosi nelle sue maree torbide. In delitti e castighi. Guardie e ladri. Uccidere o essere ucciso. Si era immerso nel lavoro, dove si sentiva al sicuro perché non c'era tempo per pensare. Poi c'era stato l'attacco al Lolita's Restaurant. I braccialetti sui polsi di Adán si erano ristretti nell'olio fino a tagliare l'osso.

Fuentes era uscito da dietro la colonna, cominciando a sparare. L'attacco era cominciato da pochi secondi ma sembrava già un'eternità. C'era la tensione dell'agguato, la confusione, il panico, l'arrivo improvviso della morte che prolunga sempre il tempo, congelando ogni azione nella tortura dell'indecisione, ogni reazione in lunghe esitazioni.

Ma quando arriva la piena comprensione, succede sempre l'opposto: il tempo non solo si scongela, ma accelera, aiutato dalla consapevolezza che in pochi secondi la situazione sarà risolta. In un modo o nell'altro, delle persone in quel ristorante stavano per morire.

Perciò bisognava concentrarsi sul presente.

Loro erano in due. Fuentes era solo.

Loro avevano un AK47 e una CZ75ST da nove millimetri. Lui aveva una Colt Python.

Loro erano pieni di droghe stimolanti e di adrenalina. Lui era sobrio, ed era un tiratore scelto.

Uno, due, tre spari in rapida successione.

Due killer morti.

Il tempo era tornato al monotono ticchettio delle ventiquattro ore. Poteva andare peggio. Nessun cliente ferito e solo un aiutante di cucina ucciso; un tossicodipendente già noto alla polizia, come si affrettarono a specificare le autorità, poiché la diffamazione è sempre la prima difesa.

Solo sette ore dopo Fuentes ricordò il foglio di quaderno che gli aveva dato Adán. Continuava a pensare alle mani dell'informatore che ballonzolavano nell'olio bollente come gonfi cadaveri di annegati. Provava di nuovo la sensazione scioccante delle schegge di ceramica sul viso. Ricordava i lampi di fiamma che accendevano il buio a ogni raffica. E le grida dei clienti e poi il silenzio, dopo aver abbattuto gli assassini.

Su quel foglio c'era l'indirizzo di un laboratorio che produceva metamfetamine, alla periferia di La Gloria. E c'era anche l'indicazione dell'ingresso di un tunnel che conduceva dall'altro lato del confine, sotto una casa vicino a Dairy Mart Road. Informazioni interessanti, ma nulla per cui perdere entrambe le mani, e meno che mai la vita.

Ma vedendo l'ultima informazione, Fuentes provò la stessa strana confusione di quando il muro all'improvviso si era animato e gli era esploso in faccia. Era il nome della persona che controllava sia il tunnel, sia il laboratorio della droga. E si trattava del suo capo, José María Sánchez Ribeiro.

Un uomo a cui Fuentes avrebbe affidato la propria vita.

Un uomo che aveva inviato dei *sicarios* a ucciderlo.

Il tunnel fu la parte più semplice. Fuentes alzò il telefono e chiamò Charlie Addsen, il suo contatto alla DEA. Non si preoccupò neppure di chiedere a Charlie qualcosa in cambio dell'informazione. Occuparsi del laboratorio era pericoloso, ma non era un problema. Quei posti erano sempre a rischio d'incendio, a causa della natura infiammabile sia del prodotto, sia dei produttori.

Il problema grosso era Sánchez Ribeiro. Aveva un fratello che era consigliere del governatore dello stato di Sinaloa e una sorella sposata con un cugino di Ramón Arena Gallardo, uno dei capi più violenti del cartello di Tijuana. Il padre, infine, era nel consiglio municipale di Rosarito.

In altre parole, Sánchez Ribeiro era intoccabile, mentre Fuentes era l'esatto opposto.

Si dice che i messicani hanno un rapporto speciale con la morte. Muoiono come tutti gli altri, ma l'atteggiamento che hanno verso la morte è molto diverso, soprattutto rispetto a quello dei loro vicini oltre confine. Gli americani temono la morte come temono di invecchiare. Qualcosa che può succedere agli altri, ma che non dovrebbe mai capitare a loro. I messicani temono la morte come temono la fame o la disoccupazione. Succede agli altri, quindi può facilmente capitare anche a loro.

Fu quella logica a portare Fuentes alla sua decisione. Non c'era alternativa. Doveva uccidere Sánchez Ribeiro.

Non poteva farlo di persona. Non era un assassino e, anche se fosse riuscito ad andare contro la propria natura uccidendo il suo capo, non poteva affidarsi a un alibi, nemmeno a un alibi di ferro. Doveva essere così estraneo al delitto che il suo nome non sarebbe mai venuto fuori.

Né al funerale. Né alla veglia funebre. Né durante l'indagine.

Né mai. E *mai* era un concetto che in Messico non esisteva.

17
Fuentes

Fuentes pensò al problema per una settimana, senza trovare una soluzione. Si era quasi rassegnato all'unica cosa che poteva realisticamente fare: nulla. Ma a un tratto la risposta apparve nella sua mente con una chiarezza incredibile.

Chiamò di nuovo Charlie Addsen. Dopotutto un favore da chiedergli ce l'aveva. Charlie fu felice di dargli una mano. L'unica cosa che aiuta la carriera ancora di più che fare un buon lavoro, è aiutare i tuoi partner incasinati a fare anche loro un buon lavoro.

Organizzarono l'irruzione nel laboratorio di metamfetamine intorno alla mezzanotte, perché c'era una maggiore possibilità che gli agenti fossero sobri, rispetto a un'operazione all'alba. Durante uno di quei raid mattutini, Fuentes aveva visto uno dei suoi uomini spararsi nelle dita dei piedi, amputandone tre.

Sánchez Ribeiro non fece nemmeno una domanda, durante il viaggio. Era felice di avere al seguito una troupe televisiva statunitense, ed era pronto a dimostrare ai *gringos* che i messicani facevano la loro parte, nella guerra alla droga.

Il capo di Fuentes non era stupido, quindi il motivo della sua sicurezza poteva solo essere la superbia. Non sembrò preoccupato nemmeno quando svoltarono nella strada. E quando si fermarono davanti al suo laboratorio di metamfetamine... ormai era troppo tardi. Sánchez Ribeiro tentò di annullare l'operazione, ma Fuentes aveva fatto in modo che la loro auto fosse l'ultima del convoglio, e i *gringos* stavano già riprendendo i poliziotti che sfondavano le porte.

Persino i chimici che producono amfetamine devono dormire. Le sentinelle erano tre ragazzini che si arresero senza combattere davanti a una dozzina di uomini in passamontagna, maschere antigas e giubbotti antiproiettile, illuminati dai riflettori della troupe. Gli uomini di Fuentes li ammanettarono davanti alle telecamere, poi staccarono la spina dei comparti refrigerati e sequestrarono, sempre a favore di telecamera, novecento chili di droga. Per un valore di ventisette milioni di dollari, disse al microfono il giornalista americano, in tono eccitato. Si trattava di uno dei migliori raid degli ultimi tempi, una prova della crescente cooperazione tra le due nazioni.

«Questa guerra si può vincere» disse, voltandosi verso Sánchez Ribeiro che tentava di sottrarsi alle riprese. «Stanotte ne abbiamo avuto la prova.»

Fuentes vide l'espressione sul viso del suo capo e quasi ebbe pietà di lui. Era solenne.

Familiare.

Un'espressione da "atteggiamento messicano verso la morte".

Durante il viaggio di ritorno parlarono poco. Fuentes raccontò a Sánchez Ribeiro una cosa che lo tormentava da giorni. Il modo in cui le mani di Adán sobbalzavano nella friggitrice, gonfiate dall'olio bollente, con le unghie più scure in cima. Voleva sapere cosa ne pensava il capo. Era normale sentirsi ossessionati da una scena del genere, o era lui che stava perdendo colpi? Sánchez Ribeiro non disse nulla. Fissava fuori dal parabrezza, il suo riflesso illuminato in modo spettrale dalle luci del cruscotto.

Fu ucciso due giorni dopo, mentre usciva dalla casa della sua amante con due valigie piene di contanti, che però erano arrivate vuote nel magazzino delle prove. Fuentes andò a vederlo all'obitorio, e non fu una bella vista. Gli avevano sparato in faccia e lui aveva cercato di proteggersi con le mani, che adesso erano bucate come quelle di un Cristo in croce.

Andò anche al funerale. Non poteva evitarlo. Restò in

piedi sullo sfondo, mostrando il rispetto di un sottoposto per il suo capo: presente, ma non invadente. Osservava tutti, e fu l'unico a notare che il fratello di Sánchez Ribeiro lo stava osservando a sua volta. Non era un'occhiata di traverso, né uno sguardo duro. Era lo sguardo del consigliere di un governatore. Attento, prudente. Dopo il funerale, il fratello si allontanò dalla famiglia e venne verso di lui. I poliziotti intorno tacquero all'improvviso.

La sua stretta di mano non fu un saluto, ma un esame: era in cerca di qualcosa. Che non trovò. Fuentes si sentì come un colpevole che abbia superato il test della macchina della verità.

Sollevato e un po' compiaciuto.

Seppe di essere al sicuro.

Poco tempo dopo il funerale, fu chiamato a occuparsi dell'attività di contrasto ai sindacati. Si considerò fortunato e accettò l'incarico. Ora pensa che quello sia stato il più grosso errore della sua vita.

Guarda fuori dalla finestra della stanza da letto, poi abbassa la tenda ed entra in cucina. Si ferma davanti al frigo, fissa un pezzo di carta attaccato con una calamita. È il disegno di una casa fatto da un bambino con i pastelli a cera. Sopra la casa, cielo blu, stelle gialle e falce di luna. Un gatto nero è seduto sul tetto.

Fuentes stacca il disegno dal frigo, apre uno stipo e lo posa su un fascio di altri disegni. Ne prende un altro: un uomo e una donna che tengono per mano un bambino. Lo attacca al frigo con la calamita, assicurandosi che non scivoli a terra. Poi passa un dito sui contorni delle tre figure disegnate.

Va al lavandino e si versa dell'acqua, lasciando una macchia di cera colorata sul bicchiere. Guarda l'orizzonte a est, aspettando che la luna raccolga abbastanza coraggio da mostrare la faccia.

18
El Santo

El Santo sta tentando di trovare campo per il telefono, e scansiona la notte con il suo StarTAC. Ha bisogno di chiamare quel coglione del suo broker finanziario, e in fretta. Tutti parlano della bolla delle dot-com, persino la radio locale. Questo significa che probabilmente è troppo tardi.

A casa ha una pila di telefoni del cazzo, l'uno sull'altro come gettoni del poker. Ma a che servono, se non li può usare? E costano pure un sacco. Ogni telefonata gli costa un migliaio di dollari. Un tizio che lavorava per la CIA gli ha detto di non fare mai due telefonate con lo stesso telefono. Comprane uno nuovo da una fonte non rintracciabile, fai la telefonata e gettalo. Per come la vede Jaime Santiago, i veri ladri sono Nokia e Motorola. E lì nel mezzo del nulla, tentare di trovare campo è come tentare di farselo venire duro pensando a Madre Teresa. L'ultima cosa di cui ha bisogno sono le urla in sottofondo. Si volta verso El Feo. «Puoi smettere per un minuto?»

«Non sono io, è lui che non sta zitto. È da almeno un'ora che non gli faccio niente.»

El Santo entra nel fienile illuminato, dove le falene danzano intorno alle luci sul soffitto, come seguendo il ritmo pulsante del generatore elettrico. Guarda il ragazzo. Sedici anni al massimo. Abbastanza grande da capire quando chiudere la bocca. Era andato in ospedale a trovare i suoi amici feriti, ed El Feo lo aveva sequestrato. Un lavoretto facile facile, persino per lui. Morale della favola: non preoccuparti mai per gli altri. «Ti ha detto quello che volevi sapere?»

El Feo fa spallucce. «Forse mente.»

«Nessuno mente dopo quella roba.»

Il ragazzo è legato a una sedia, i Levi's abbassati fino alle caviglie. El Santo fissa i cunei di metallo piantati nella carne, tra le rotule e i femori.

El Feo si morde un labbro da rospo, dubbioso. «Una volta, c'è stato un tizio di...» Continua a parlare, ma El Santo ha già smesso di ascoltarlo. Tutte quelle vecchie storie. Sempre le stesse stronzate. I narcos le amano, come le famiglie incollate davanti al televisore per la loro telenovela preferita. Ma se provi a spiegare a un cretino come El Feo che Jesús Malverde non esiste, lui è capace di farsi tre volte il segno della croce, baciare lo scapolare e poi piantarti un proiettile in testa per blasfemia.

El Feo crede a tutte quelle assurde leggende. Il *mariachi* che esce dal deserto di Sonora con un mitra nel fodero della chitarra. Il *bandido* che esce dalla tomba appena scavata e la riempie con i cadaveri dei suoi nemici. Il tizio che stacca la pelle del viso ai cadaveri e se la appiccica in faccia come una maschera.

Ci sono anche storie su Amado: il suo cane sta seduto sulla sua tomba, ulula alla luna e uccide chiunque tenti di avvicinarsi.

La cosa più assurda è che Amado nemmeno ce l'ha, una tomba.

Ma non importa. Quelli come El Feo si ciucciano tutto, più la leggenda è assurda, meglio è. I racconti migliori sono quelli di prima che tutto finisse nel cesso. Prima di Nixon e della sua Operazione Intercept. Prima che i *gringos* bruciassero le piantagioni di papaveri da oppio nello stato di Sinaloa e distruggessero Rancho Búfalo. Prima dell'arrivo dei colombiani del cazzo. Insomma, "i bei vecchi tempi".

Prima delle guerre tra i cartelli.

Prima di Amado.

Quei giorni sono ormai lontani, ma nessuno ha nuove storie da raccontare, perché ci vorrebbe almeno un minimo di intelligenza, e sarebbe più facile trovarla nei termitai là fuori che nella testa di uno come El Feo.

El Santo a volte ha l'impressione che il sole sia lo stupido logo dell'occhio di Televisa e tutti coloro che ci passano sotto siano solo personaggi della più vecchia telenovela della storia: *Mámame la verga,* "succhiamelo".

Si rivolge di nuovo a El Feo, che sta ancora parlando. «Vuoi piantarla con queste stronzate?»

El Feo per poco non si strozza dallo shock e fa per protestare, ma El Santo non lo lascia parlare. «Il tizio di cui parli non è mai esistito. Ma questo ragazzo esiste.» Almeno per il momento. «Cosa ti ha detto?»

«Stavano rubando macchine, e una è esplosa.»

«Questo potevo leggerlo sul giornale. Per conto di chi le rubavano?»

El Feo fa la faccia di quando ha dimenticato una cosa importante, tipo tirarlo fuori prima di pisciare o masticare prima di inghiottire. A volte El Santo lo sorprende immobile a fissare il vuoto, e deve dargli una pacca sulla schiena perché sa che si è dimenticato di respirare. El Feo si volta verso il ragazzo. «Per chi lavori?»

Il ragazzo è così immerso nella sofferenza che non sente nemmeno la domanda. Fuori dal suo dolore non esiste nulla. El Santo si china e gli afferra un orecchio con ciascuna mano. L'unica cosa che può farsi strada attraverso il dolore della tortura, è la minaccia di un dolore peggiore. Muove la faccia del ragazzo finché si trovano a guardarsi negli occhi. «Per chi lavori?»

Un lampo di paura. El Santo lo ha già visto. Il ragazzo ha paura di lui, ma ha ancora più paura di ciò che sa. La verità. Qualcosa che mai nessuno vuol sentire davvero. «Dimmelo» sussurra «e questa tortura finisce adesso.»

«Padre Márcio.» Il ragazzo chiude gli occhi, pronto a ricevere il proiettile che si è guadagnato con quella risposta.

Ma si sbaglia. La risposta è del tutto inaspettata, ma è così *totalmente* sballata che El Santo gli crede.

Padre Sacre Stimmate in persona è solo un altro criminale.

Non ha senso, un prete del cazzo che traffica in auto rubate. Persino per il mondo dei narcos è troppo assurdo. E più una cosa è strana, più è pericolosa.

Jaime Santiago prende l'estremità di un cuneo con ciascuna mano e tira. Deve metterci più forza di quanto si aspettasse, ma alla fine li toglie, con un rumore raschiante. Sono insanguinati e coperti dal lucore giallo-bluastro di tendini e cartilagine. Li getta sul pavimento sporco e dice a El Feo: «Metti qualcuno alle costole di padre Márcio e vediamo cosa viene fuori».

El Feo lo fissa come se i suoi baffi avessero preso fuoco. «Non crederai davvero a quello che dice il ragazzo?»

El Santo ha trovato la risposta a quella domanda molto tempo fa: più strana è la storia, più è probabile che sia vera. «Portalo dal veterinario e fagli aggiustare le gambe.»

«Ma, capo...»

«Poi dagli cinquemila pesos e mettilo su un autobus per Santa Teresa.»

«Ma parlerà.»

El Santo si china a guardare di nuovo negli occhi il ragazzo. «Vuoi passare di nuovo ciò che hai passato oggi?» Il ragazzo scuote la testa con forza, schizzando intorno gocce di sangue lente come mosconi. «Se parli, questa non sarà una fine, ma un inizio. Capito?» Il ragazzo non dice nulla ma non ce n'è bisogno; la lacrima che gli scende dall'occhio sinistro, raccogliendo polvere al passaggio sulla guancia, dice già tutto.

«Dove lasci le macchine rubate?»

«Nel garage di Enrique, appena fuori città.»

El Santo fa un cenno a El Feo, il quale trascina la sedia con sopra il ragazzo sul terreno sassoso fino al suo pickup, poi lo solleva e lo sistema nell'abitacolo. I prossimi cinquanta chilometri saranno il viaggio più lungo di sempre, per quel ragazzo. È probabile che El Feo gli spari e si tenga i cinquemila. El Santo comunque si sente a posto con la coscienza. È stato giusto. Ha agito con onore. Non può essere responsabile di ciò che fanno i suoi *peones*. El Feo è uno dei tanti che ha già imboccato la lenta discesa verso l'annichilimento:

segue gli ordini solo quando gli fa comodo, e sarà ucciso quando il suo tradimento, prima o poi, verrà scoperto.

Da come vanno le cose, non manca molto.

Forse El Santo dovrebbe farlo subito. Oviedo è magro e cattivo, è intelligente e affamato; ambizioso. Ovviamente, questo significa che è anche pericoloso, uno da tenere d'occhio, un domani. Ma intanto bisogna pensare all'*oggi*, e Oviedo sembra sempre di più il presente, mentre El Feo è sempre più il passato.

El Santo guarda il pickup che si allontana nella notte, lasciandosi dietro un fumo denso in mezzo al quale risalta il rosso delle luci posteriori.

Si guarda intorno...

È sempre così, dopo una tortura o un omicidio: il passaggio da una realtà a un'altra. Dalle grida al silenzio. Dal caos alla normalità. Come se non fosse successo nulla, o si trattasse di un episodio che non ti riguarda, come il sogno di un'altra persona. A chi può fregargliene qualcosa di un sogno che non è il suo?

Sul terreno, le formiche banchettano frenetiche intorno ai cunei. El Santo le copre di terra con un calcio poi si dirige di nuovo verso la macchina, la mano con il cellulare sempre in alto alla ricerca di quel cazzo di segnale.

19
Pilar

Pilar si sveglia in macchina, di soprassalto. All'orizzonte si scorge un caldo bagliore color henné. Pilar lo troverebbe bello, se non sapesse cosa succede sotto quelle luci al sodio. Strane forme cominciano a emergere ai lati della strada.

Donne.

Prima sono poche, e camminano da sole o a coppie, poi cominciano a comparire in gruppi di tre o quattro. Donne che vengono dalla direzione opposta; al passaggio dell'auto si riparano con una mano orizzontale sulle sopracciglia, gli occhi illuminati dai fari brillanti come quelli di animali selvaggi. Le decine diventano centinaia, mentre si avvicinano alle *maquiladora*s.

Le donne si muovono in ordine, spostandosi sui due lati della strada. Quelle che, come lei, si apprestano a trovare il coraggio per il turno di notte, e sanno che la loro sofferenza terminerà quando emergeranno dalla fabbrica alla luce del giorno, camminano sul lato destro.

Quelle che hanno già sopportato la fatica e terminato il turno e ora ritornano a casa, percorrono un passaggio sul lato sinistro che si trova al di sotto del ciglio della strada. Cercano di restare in gruppi, perché queste sono le ore più letali: la fetta della notte in cui quasi tutti dormono. Le ore dei sequestri e degli omicidi, della dissacrazione e dell'abbandono dei corpi.

La notte è uno scudo. Gli assassini traggono vantaggio

dai cancelli e dalle tende chiuse, dalle pozze di ombra e di silenzio; dalle strade deserte e dalle auto frettolose guidate da persone invisibili e che non vedono nulla.

Dopo ogni omicidio, ogni violazione, il sole sorge con stupefatta indignazione malato e giallo sopra il paesaggio rovinato, la sua luce febbricitante come una falce che miete una messe brutale.

I cadaveri delle donne.

Juan Antonio accelera, le facce delle donne schiaffeggiate dai fari e rigettate nell'ombra, che dopo la luce sembra più spessa. Pilar studia le loro espressioni. Sono familiari e umilianti, come il ritorno improvviso di brutti ricordi. Loro ne hanno prese a bordo tre, ma Pilar si sente in colpa ugualmente. Lei è in macchina, le altre camminano.

Juan Antonio rallenta quando i gruppi di donne diventano ancora più numerosi, affermando il loro diritto di invadere la striscia d'asfalto che attraversa quel paesaggio desolato come una rasoiata sulla guancia. Ora è una folla enorme a convergere verso gli alveari delle *maquiladoras*.

Non ci sono autobus che le portino fin lì. Devono andare a piedi. L'ottantacinque per cento dei sequestri si verifica in quei momenti, quando le donne si trovano a camminare sole, abbandonate al loro destino dalla municipalità, dai padroni delle fabbriche e dalla loro stessa comunità.

Dai freddi calcoli del commercio.

La forza del mercato usata come arma per uccidere.

Juan Antonio ferma l'auto a noleggio, le tre donne sul sedile di dietro scendono in fretta, felici di essere arrivate senza incidenti e di potersi rifugiare nella relativa sicurezza delle fabbriche. Nel silenzio freddo del deserto, Pilar ode la vibrazione delle macchine nella notte e il mormorio incerto di passi nell'ombra. Juan Antonio scende; accende una sigaretta. Gliela passa. «All'ingresso sei già registrata. Sotto il nome di Fátima Muñoz.»

«Fátima?» Pilar lascia andare un'imprecazione. «E perché non Beata Vergine, già che c'eri? Lo so che scegli questi nomi apposta.»

«Non ho il tempo di pensare a tormentarti. Anche se te lo

meriteresti.» Juan Antonio l'abbraccia forte. Un gesto inatteso, allarmante. Troppo simile a un addio. «Sii prudente, *loca.*»

«Certo, *cabrón.*» Pilar si avvia verso i cancelli, sostenuta solo dalla certezza che presto ci sarà lo sciopero.

Le fabbriche chiuderanno e le compagnie, a cui storicamente non è mai importato nulla dei lavoratori, saranno costrette a fare delle concessioni.

Verranno negoziati a fatica degli standard minimi di sicurezza, e i capi dovranno cedere alla legge, benché riluttanti.

Con la minaccia di nuovi scioperi sarà estorto anche un aumento salariale di pochi pesos.

Le compagnie perderanno di più in due giorni di chiusura che in tre anni di concessioni, ma è il principio che conta. Non possono dare l'impressione di cedere troppo in fretta alle richieste di un gruppo di donne rompipalle.

Il castigo collettivo arriverà in seguito, dopo che le leader sindacali saranno state epurate dalla forza lavoro. Quando costringeranno le donne a fare gli straordinari, sotto la minaccia di trasferire le fabbriche in Cina.

Ma tutto ciò sarà in futuro. Adesso, Pilar deve concentrarsi sugli scioperi. Presto arriverà il momento in cui potrà dormire. Non sarà il sonno dei buoni, e nemmeno quello dei giusti o degli esausti. Sarà il sonno dell'oblio: quello da cui è più difficile svegliarsi.

20
Fuentes

Fuentes si ferma dal lato opposto della strada rispetto a un piccolo bungalow, nascosto alla vista da due salici del deserto in fiore. Guarda da una parte e dall'altra. La strada è deserta, le finestre chiuse. Le porte bloccate.

Una strada di persone intelligenti.

Quello è un quartiere pericoloso. Tutti i residenti seguono le due regole della sopravvivenza notturna: nessuno entra e nessuno guarda fuori.

Fuentes sarà praticamente invisibile.

Con in mano una piccola borsa per gli attrezzi, attraversa in fretta la strada ed entra nel cortile da un cancello di ferro cigolante. Un cane rompe il silenzio della strada, poi smette. Tanto, a che serve? Non importa nulla a nessuno, e la metà delle volte un latrato riceve in risposta un proiettile.

Fuentes guarda dentro una finestra con le sbarre. Nulla. Tende le orecchie, infilandosi i guanti. Ancora nulla. Estrae martello e scalpello dalla borsa in pelle e si china davanti alla serratura. Prende la mira e vibra un colpo secco. Il cilindro schizza verso l'interno e rotola sul pavimento. Fuentes resta immobile, in attesa di una reazione, all'interno o all'esterno della casa.

Fa leva con lo scalpello tra la seconda serratura e lo stipite. Tira verso di sé. Niente. Dev'essere una serratura a incastro. Spinge più a fondo lo scalpello e stavolta tira con entrambe le mani. Con un rumore di legno spaccato la porta cede e si apre. Fuentes entra, richiudendola alla meglio.

Ispeziona la stanza con una piccola torcia elettrica, e lo stretto fascio di luce gli racconta la storia che si aspettava. La casa è stata già perquisita, il pavimento è pieno di libri e carte e vetri rotti che crocchiano sotto i suoi piedi. Finalmente illumina ciò che cercava: il retro di una foto incorniciata. La prende e la gira.

È lo scatto di una donna sui trent'anni, con un sorriso scaltro e capelli di un biondo artificiale. La riconosce immediatamente. Marina. Non se lo aspettava. Toglie la foto dalla cornice rotta e se la mette in tasca.

Gli intrusi hanno messo a soqquadro anche la camera da letto. Il materasso è stato aperto a coltellate e l'imbottitura dispersa nell'aria notturna. Qualunque cosa cercassero, non l'hanno trovata. I cassetti sono stati rovesciati, spargendo in giro dettagli intimi sulle preferenze cosmetiche, sanitarie e sessuali di Paredes.

Fuentes si blocca. Dei passi risuonano fuori dalla finestra, poi si allontanano: un gruppo di ragazzi che porta fuori i cani; un tentativo sconsiderato di vivere in modo normale che Fuentes trova quasi commovente, oltre che allarmante.

Riprende a cercare, spostandosi in bagno. Da quello che vede, Paredes soffriva di forti mal di testa. Apre un flacone, si versa alcune pastiglie in mano, mentre altre cadono a terra e rotolano fino in corridoio, dove si fermano. Si sfrega sui denti un po' di residuo bianco. Roba legale. Controlla il serbatoio del water. Sotto il coperchio ci sono ancora pezzi di elastico. Qualcuno ha trovato qualcosa e l'ha portata via. Ma cosa? Denaro? Un'arma? C'è una sola risposta, in realtà. Fuentes ode il cigolio metallico della porta del garage che viene aperta. Spegne la torcia e si mette in osservazione dal buio. Un fascio di luce illumina il soggiorno ed entra fino in bagno, si riflette sullo specchio dell'armadietto delle medicine e prosegue oltre. Qualcuno lancia un'imprecazione. Hanno notato il suo riflesso? Fuentes si appiattisce contro uno scaffale, mentre un sussurro urgente chiede: «Cosa c'è?».

«Niente» risponde una voce, in inglese. «Ho visto la mia

faccia nello specchio.» Uno dei due è americano. Forse della DEA? «Mi sono cagato sotto.»

«Ora sai come si sente Karen.» La voce è di un messicano.

Segue una risata bassa. Uno dei due dà un calcio a qualcosa sul pavimento, e una tazza rotta schizza via. «Incredibile» dice l'americano. «Nemmeno un pezzo di nastro della polizia. Cooperazione ufficiale? Sì, col cazzo.»

«Possiamo scordarci di trovare qualcosa, qui dentro.»

«Ho un'altra idea.» Le voci ora sono più vicine, e Fuentes non ha nessun posto dove nascondersi. Sente il rumore di un cassetto aperto in camera da letto. «Lasciamo un biglietto da visita.»

«Sei pazzo?» ribatte il messicano. Deve trattarsi di un matrimonio combinato tra la PJF, la *Policia Judicial Federal* messicana, e la DEA americana. Destinato fin dall'inizio a un rapido divorzio.

«Chiamiamo Valdez al telefono, gli chiediamo di mettere qui fuori qualcuno di guardia e ispezioniamo il posto insieme domani mattina.»

Segue un silenzio riflessivo. «E in che modo questo ci aiuterebbe?»

«Perché coinvolge Paredes.»

«È già coinvolto.»

«Ma questa sarà una prova.»

«Di cosa?»

«Della sua innocenza.»

Fuentes allunga il collo, stupefatto. Guarda oltre due porte e scorge le silhouette dei due in camera da letto, dall'altro lato del corridoio.

«Be', non del tutto *innocente*» continua l'americano. «Ma di sicuro non sapeva nulla di quello per cui l'hanno incastrato oggi. Voglio dire, nessun attore è così bravo.»

«Credevo che stesse per avere un infarto» ride il messicano. «Ma se l'hanno incastrato, qual è il motivo?»

«Un semplice diversivo. Un poliziotto messicano beccato con quasi cinquanta chili di coca al confine con il Texas è una notizia importante. Tutti parleranno solo di questo, nei prossimi giorni.

«Insabbiando altre notizie?»

«Esatto. Se non puoi mantenere il silenzio radio, e sappiamo che qui è impossibile, questa è l'alternativa migliore.»

«Deve trattarsi di un affare grosso, allora.»

«Sono d'accordo.»

«Anzi, se sono disposti a sacrificare Paredes...»

«Deve essere qualcosa di enorme.»

La voce del messicano si fa un'ottava più bassa. «Valdez?»

Fuentes si china in avanti per ascoltare meglio, sfiorando lo scaffale con una spalla. Cade un bicchiere...

Lo afferra al volo con tutte e due le mani. Si blocca.

Riprende a respirare, tornando ad ascoltare la conversazione in camera da letto, ma prova una scarica d'ansia.

Perché non sente assolutamente nulla.

Alla fine, un sussurro: «Cos'è stato?».

In risposta, il rumore raschiante del carrello di una pistola.

Fuentes avverte, più che udire, l'avvicinarsi dell'agente della DEA armato. Si abbassa verso il pavimento, tentando di fondersi con le ombre. Dei passi si avvicinano, poi il rumore di qualcosa schiacciato sotto una scarpa echeggia nella casa buia. L'agente si china a vedere di cosa si tratta, e la cima della sua testa appare e scompare oltre la soglia del bagno.

In quell'istante Fuentes avrebbe potuto agire. Colpirlo in testa con il bicchiere, o anche con tutto lo scaffale. Ma a cosa sarebbe servito? Restava sempre il messicano, e date le circostanze esisteva un solo modo di *occuparsi* di lui. Inoltre, una botta in testa raramente ottiene il risultato sperato, e cioè di far svenire il bersaglio. Se troppo leggera, ottiene solo di farlo arrabbiare. Se troppo pesante, lo ammazza. Fuentes tiene da conto la biologia, e usa le botte in testa solo per infastidire e distrarre, mai per bloccare un avversario. Per quello ci sono molte altre opzioni più sicure.

«Che cos'è?» chiede la più lontana delle due voci.

L'altro agente assaggia la pastiglia che ha appena calpestato, e fa un verso schifato all'amaro sapore salicilico. Proietta il fascio di luce in bagno, stavolta senza lasciarsi cogliere di sorpresa dal riflesso nello specchio. «Mi è sembrato di udire un rumore.» Si volta e il raggio passa su Fuentes per una frazione di secondo. Non ci fa caso. «Comunque, si tratta di qualcuno più importante di Valdez» dice, tornando nella sala. «Qualcuno di *enorme*.»

«Vuoi dire...» Il silenzio è una conferma. Lo squillo di un cellulare fa sobbalzare Fuentes, che per poco non lascia cadere il bicchiere. «Pronto?» Il silenzio si fa più intenso, come se la casa stessa volesse origliare. Fuentes ode solo una voce smorzata dall'altra parte della linea, poi l'americano riattacca. «Dobbiamo andare.»

«Cosa facciamo riguardo a Gomez?»

Fuentes spalanca gli occhi e tende le orecchie. Valdez sa che Gomez è già sospettato di qualcosa? È stato lui a darlo in pasto alle agenzie di quei due per proteggersi?»

«Non intendo perdere il sonno per lui. Può aspettare fino a domani.»

Fuentes li sente uscire, poi si avvicina alla finestra per vederli salire in macchina. Conosce i loro visi, il modello del veicolo e la targa. Domani mattina avrà i loro nomi. L'unica cosa che non sa è il motivo per cui sono venuti in quella casa. Cosa cercavano? Ha la sensazione che, di qualsiasi cosa si tratti, riguardi lui...

Va in camera da letto e si mette ad aprire cassetti. Come si aspettava, trova subito qualcosa: mezzo chilo di coca, di sicuro molto tagliata. Ma perché? Se pensano che Paredes sia stato incastrato, perché vogliono incastrarlo di nuovo? Fuentes si mette in tasca la cocaina, solo per incasinare i loro piani. Inoltre, potrebbe tornare utile. Non si sa mai.

21
Ventura

Ventura ha appena infilato la chiave nella serratura quando la porta si apre dall'interno, con tanta violenza da farla quasi cadere dentro casa. Carlos scruta la strada, poi sbatte la porta. L'ansia improvvisa di Ventura diventa sbalordimento quando nota le quattro valigie già pronte. «Che succede?»

Carlos la fissa con uno sguardo mai visto prima, come se non la riconoscesse. «Sei stata seguita?»

«Carlos, puoi dirmi che succede?»

«*Tutto*! Ecco cosa succede. Webvan. SanMarTel. Nykos e Inktomi. Sono tutti fottuti!»

Lei lo prende per le spalle. Carlos ha le guance solcate da tracce recenti di lacrime. Non lo aveva mai visto così. «Di cosa stai parlando?»

«Nessuno l'aveva previsto. Gli IPO erano spettacolari. E ora stanno crollando. Di colpo. È tutto finito quasi ancora prima di cominciare.»

Ventura non riesce a nascondere l'allarme nella sua voce. «Che cosa è finito?»

«Tutto!» Carlos afferra due valigie, ma poi le lascia cadere. «Non capisci? *Io* sono finito!» Dà un calcio alla porta, e Ventura ha un sussulto. «Non è colpa mia. *Nessuno* lo aveva previsto. Ma prova a spiegarlo a loro. Ormai sono un uomo morto.»

«Carlos, di qualunque cosa si tratti, possiamo trovare una soluzione insieme. È solo questione di soldi.»

«No, cazzo! È questione di *chi* mi ha dato quei soldi da investire.» La fissa di nuovo con quegli occhi, che guardano senza vedere. Familiari eppure estranei, come quelli del cane che Ventura aveva da piccola, prima che lo sopprimessero. Occhi che lei conosceva e amava, trasformati in quelli di un estraneo dalla paura, dalla malattia e dalla consapevolezza della prossimità della morte. Occhi che le spezzavano il cuore, perché non erano più quelli che aveva amato.

«Chi te li ha dati?» È una domanda stupida. C'è solo una risposta, specialmente a Ciudad Real. Ventura fa una seconda domanda stupida, abbassando la voce in un sussurro: «Quanto hai perso?». La risposta è un silenzio eloquente: ha perso *tutto*. «Vengo con te.» Carlos scuote la testa, riprende le valigie che aveva lasciato cadere e apre la porta. «Ma io *voglio* venire con te.»

«Pensavo che avresti capito... che fossi intelligente. Perché cazzo non vuoi capire?»

Lei lo segue fuori, trascinando le altre due valigie sul cemento.

Lui si ferma davanti a un'auto che Ventura non aveva mai visto prima. «L'ho noleggiata. A tuo nome. Questo mi darà un'ora in più.» Getta le quattro valigie nel bagagliaio e lo chiude di scatto. «Hai dei soldi?» Le getta addosso la domanda come se fosse disposto a picchiarla, nel caso non rispondesse. Lei fruga nella borsa e gli dà tutto quello che ha. «Questo è tutto?» Ventura fissa il viso terrorizzato di quell'estraneo. Prova ancora una volta a prendergli le mani. Lui le guarda il polso. «Il Rolex.» Dice quella parola in un tono così brutale che lei non capisce. Avrebbe anche potuto dire *il rinoceronte.* «L'orologio, cazzo!» Lei fa per toglierselo ma lui glielo sfila con uno strattone, facendole male. «Non preoccuparti, te ne comprerò un altro.»

Carlos distoglie lo sguardo, per la pochezza di quella menzogna.

«Non m'importa l'orologio. M'importi tu. Ho paura. Dobbiamo andare alla polizia.»

Lui le dà uno schiaffo.

Non è tanto l'impatto fisico a farle male, quanto la rabbia

che scatena dentro di lei. L'incredulità. Lo shock per qualcosa che non avrebbe mai creduto possibile. Amava quell'uomo. Credeva di conoscerlo. Sente montare un'ondata di disgusto.

Carlos dice, in tono acido: «Non menzionare mai più la polizia».

Ventura fa un passo indietro, scoprendo con sorpresa che la distanza la fa sentire meglio. Si massaggia la guancia, quasi per assicurarsi che sia tutto vero, che non si tratti di un sogno. Qualcosa si è rotto. Per sempre. Ha lasciato andare la cima di ormeggio e osserva una barchetta che si allontana nella notte. Prova qualcosa. Non lo sa ancora, ma si tratta di un senso rabbioso di libertà.

Fissa l'estraneo per la prima e ultima volta. Trova odiose le tracce di lacrime sul suo viso. Un uomo così debole. Così narcisista.

Così uomo.

Carlos sale in macchina e sbatte subito la portiera, per evitare che lei tenti di seguirlo. Ma Ventura non lo farebbe mai. Non più. «Ti chiamo quando arrivo a Phoenix.» Sembra un verso di una canzone patetica. Mette in moto e parte, ma si ferma subito. «Non restare in casa, stanotte. È il primo posto in cui verranno.»

Ventura segue con lo sguardo l'auto fin quando sparisce dietro l'angolo. Il silenzio della notte è inquieto. Si guarda intorno. La strada è deserta. Tende chiuse dietro finestre con le sbarre. Porte serrate a doppia mandata. Questa è la sua strada, e la sua casa, da quindici mesi. Ora tutto è cambiato. Ventura si sente minacciata. È una realtà concreta. Niente soldi. Nessun posto dove andare. E si trova nel primo posto in cui loro verranno.

Un cane abbaia. Lei rabbrividisce e guarda il cielo. In una notte come quella dovrebbe essere pieno di stelle. E lei dovrebbe vederle, come da bambina, quando guardava fuori dalla finestra e ascoltava l'ansito regolare del suo cane accanto al letto. La sua presenza calda e imponente la rassicurava. Il cane era grato del suo amore e proteggeva il suo sonno.

Ma quando Ventura non riusciva a dormire era lei a montare la guardia, come se vedesse già, in fondo al tunnel degli anni, l'epoca in cui il suo cane sarebbe stato vecchio e malato e spaventato; l'epoca in cui il cielo di Ciudad Real avrebbe perso le stelle per colpa dello smog e delle ciminiere. E delle forti luci di sicurezza accese intorno al perimetro delle *maquiladoras*. E dei gas di scarico sulle strade che collegavano il sud e il nord, un fiume di traffico e denaro spinto da false speranze e avidità che non si fermava mai. Era una marea continua, che saliva o scendeva seguendo gli umori del *mercato*.

Stanotte, come tutte le notti degli ultimi anni, non c'è spazio per le stelle. La loro luce celestiale è smorzata dai segni del progresso. Niente stelle, niente costellazioni. Niente oroscopi. Niente futuro. Nessuna prognosi o previsione. Nessuna possibilità di fuggire nei vasti misteri dello spazio, dell'esistenza o della profezia. Ventura è piantata in questa terra vuota, proprio come gli asteroidi che in tempi lontani martellavano il deserto, fino a portare alla grande estinzione. Si sente chiusa in un campo gravitazionale che la tiene ancorata alla terra, e che non la lascerà mai sollevarsi.

Ed è sola.

Ha paura. Ma più di tutto è arrabbiata con Carlos; è furiosa perché gli ha dato tutto il suo amore, incondizionato, e credeva che lui avesse fatto lo stesso. Lo considerava un brav'uomo e un vero amico, una persona onesta e gentile. E lui l'aveva picchiata. E poi era fuggito, non solo come un vigliacco, ma come un criminale. E l'aveva lasciata lì, pur sapendo i rischi a cui la esponeva. Come ha potuto lasciare entrare un uomo simile dentro di sé? Come ha potuto accettarlo come partner?

Fa i bagagli in fretta, trovando per fortuna dei soldi nell'altra borsetta. Non molti, ma abbastanza per fuggire. Può essere certa della propria sicurezza, ora, nella sua città? Il fatto stesso di doversi porre la domanda la riempie di dubbi e di rabbia per ciò che quella città è diventata. E di disprezzo verso se stessa per essersi posta la questione solo ora.

Quando è così vulnerabile.

Si siede sul bordo del loro letto... ora il *suo* letto, e pensa all'ingiustizia della situazione. È stata lei a trovare quella casa per tutti e due, Carlos era troppo occupato per dare una mano. Lei non ha fatto nulla di male. Perché dovrebbe fuggire? Ha appena deciso di ribellarsi e passare la notte in casa, quando squilla il telefono e va a rispondere. «Chi parla?» chiede una voce maschile.

«Chi parla?» chiede lei a sua volta.

«Dov'è Carlos?» chiede l'uomo.

Ventura esita un attimo di troppo. El Santo impreca e riattacca prima che lei possa mettere insieme una menzogna. Ora sanno che è fuggito. E anche lei deve fuggire, lo capisce immediatamente.

Fuggire il più in fretta possibile.

22

Padre Márcio

Quando Vicente Salinas era un bambino, più di mezzo secolo fa, le riviste avvertivano i lettori sui pericoli delle "cattive abitudini" e offrivano consigli su come evitarle. Ma per il futuro padre Márcio le abitudini, né buone né cattive ma semplicemente essenziali, erano la salvezza. Ogni mattina, appena sveglio, cominciava la giornata strappandosi le croste dai palmi.

Quando per la prima volta si era scavato con la matita quei buchi nella carne non aveva quasi provato dolore. Era in uno stato di forte stress: un bambino terrorizzato che accoglieva la morte, pensando che fosse una liberazione da ciò che era diventata la sua vita.

Molti anni dopo si era reso conto che il suo tentato suicidio era stato una conseguenza del dolore *metafisico* che lo aveva protetto dalle sofferenze del corpo. E quando aveva estratto il chiodo dal pavimento era stato protetto dal sollievo, anzi, dalla gioia, di aver trovato un modo di tenere vivo il suo sotterfugio.

Ma dopo quei due momenti, uno di angoscia e l'altro di euforia, aveva scoperto che il dolore fisico non si lasciava più ignorare. Aveva sopportato per mesi e mesi le sue sofferenze, ancora più dure perché doveva infliggersele deliberatamente.

Dopo quasi due anni, pensava di aver dominato quelli che i Piccoli Fratelli del Soccorso Perpetuo chiamavano i tormenti della carne; non sapeva di aver solo cominciato a neutralizzare i terminali nervosi delle mani, un risultato che la comparsa improvvisa delle larve aveva reso ancora più rapido.

Le ferite, come le persone, sono creature dell'abitudine. Se non permetti loro di guarire, alla fine si arrendono e fanno ciò che sono abituate a fare: restano aperte e si infettano.

Grazie alla credulità di Sua eccellenza, il periodo di sospetto che nemmeno i santi più venerati, come Bernadette o i pastorelli di Fatima, avevano potuto evitare, fu completamente saltato nel caso di Vicente. C'era una base escatologica nella posizione del vescovo. Quando aveva visto il ragazzo per la prima volta, le ferite erano già apparse. Vicente era già stato santificato dalla manifestazione del sacro segno di Cristo. Quelle lesioni miracolose erano solo la conferma della fiducia divina in un'anima innocente. E forse un messaggio urgente sugli Ultimi Giorni, per coloro che ancora credevano.

Vicente non conosceva a fondo quella logica ecclesiastica. Sapeva solo che poteva andare a dormire senza paura e a stomaco pieno. Per la prima volta nella vita provava quella sensazione di conforto e sicurezza che dovrebbe provare ogni bambino. Ma tutte le favole finiscono quando il bambino si addormenta.

Essendo a sua volta un impostore, il vicerettore dei Piccoli Fratelli avvertiva non solo l'inganno nella situazione di Vicente, ma anche l'opportunità. Andò a trovare il vescovo con una bottiglia di Dimple Haig e una ciotola di *escamoles,* parlando in modo rispettoso ma anche autorevole. Vicente era un bambino speciale, certo, ma era comunque un bambino, e aveva bisogno della cosa più importante per tutti i bambini: un'educazione cristiana. Era impensabile non garantirgliela, così com'era impensabile esporre una creatura tanto innocente alle tentazioni poste da altri scolari della sua età. Vicente meritava un precettore privato, non l'anarchia di un'aula, e il vicerettore era pronto a offrirsi volontario, sacrificando la propria posizione.

Il vescovo accettò con gratitudine quella pia offerta.

Quando Vicente lo venne a sapere, cadde in una forte depressione. Non c'era rabbia, in lui, e neppure paura. Aveva semplicemente compreso che tutto ciò che gli era stato concesso, tutto ciò che lo aveva salvato, gli era stato dato solo per rendere più devastante il momento in cui gli sarebbe stato tolto. Perché come si può conoscere il vero peso della dannazione, se prima non si è conosciuto il paradiso?

La sua caduta, di conseguenza, fu tremenda. Non si trattò di un semplice shock: Vicente divenne muto e precipitò in uno stato catatonico. Anni dopo, quando da seminarista lesse Dante, comprese cosa gli era successo quando il vicerettore era tornato nella sua vita: era come se dal primo girone dell'inferno fosse caduto direttamente nel nono, restando congelato nel suo tormento.

Il vescovo era così preoccupato dall'improvviso collasso di Vicente che si rivolse al proprio cuoco e giardiniere, Pablo Grande, un ventisettenne che si era già fatto una certa fama nella regione come erborista e *curandero*. Alcuni potevano trovare ironico che quell'ometto piccolo e nodoso, con occhi scuri del colore del *mole*, si chiamasse Grande, ma chi lo conosceva non lo trovava affatto strano. Sua eccellenza sospettava che Pablo Grande, pur essendo cattolico praticante, coltivasse in segreto oscuri rituali occulti. Ma il vescovo era disposto a far finta di nulla perché Grande otteneva risultati, sia che si trattasse di nutrire una tavolata di dieci persone con un solo pollo, sia di riportare in vita un giardino o un parrocchiano mezzo morto. Inoltre, se il vescovo dava la comunione al sindaco e al capo della polizia ogni domenica mattina, chiudendo un occhio sulle loro attività per il resto della settimana, poteva fare lo stesso anche per Pablo Grande, il quale, a differenza del sindaco e del capo della polizia, era un uomo onesto e aveva un notevole talento.

Grande prese a cuore la situazione di Vicente e in segreto eseguì varie *limpias*. Quelle cerimonie magiche di guarigione gli rivelarono che il bambino era stato vittima di orribili abusi e che il suo più grande aguzzino era molto vicino, in attesa di attaccare di nuovo.

Naturalmente, Pablo Grande non informò il vescovo di tali rivelazioni, perché rispettava la sua gentilezza, se non la sua ingenuità. La priorità più urgente era quella di risollevare il ragazzo dal torpore in cui era caduto. Fu un'ardua battaglia che durò vari giorni, durante la quale Pablo trovò e rimosse un verme di malizia, un ragno di disprezzo e uno scorpione di violenza sepolti dentro il corpo del bambino dai suoi nemici.

Uccise i primi due, schiacciandoli sotto i sandali, e ne bruciò i resti. Il terzo incantesimo fu molto più difficile da eliminare, e per poco non perse due dita nel tentativo. Schiacciò finalmente la creatura malvagia con un bastone che suo nonno aveva intagliato da un cipresso di Montezuma, poi sputò sopra il carapace polverizzato. La saliva ribollì in una schiuma calda, formando il profilo di un viso che Grande non conosceva, ma che riconobbe subito quando incrociò il vicerettore in giardino.

Naturalmente, Pablo Grande aveva subito identificato le ferite di Vicente per quello che erano: una difesa disperata contro un mondo crudele. Inserì in ciascuna ferita un minuscolo cristallo di speranza: la speranza non muore mai, quindi i cristalli avrebbero tenuto le ferite aperte per tutta la vita del ragazzo. Purtroppo, nonostante il successo nel liberarlo dalle maledizioni degli altri, mancò di notare altri due semi nel petto di Vicente, nascosti dietro il cuore; quei semi non erano stati messi lì dall'esterno, ma li aveva generati il ragazzo: rabbia e orgoglio. Quando Pablo finalmente li notò, era troppo tardi. Avevano già messo radici e non potevano essere estratti senza uccidere anche l'ospite.

Subito dopo la serie di *limpias* Vicente cominciò a migliorare. Il *curandero* gli somministrò tisane e decotti ricostituenti, e piccole radici da masticare per favorire la crescita di una corteccia protettiva intorno all'anima. Così avrebbe avuto almeno una difesa iniziale nei confronti di predatori come il vicerettore.

Pablo Grande osservò il vicerettore come fa un *brujo,* non con la coda dell'occhio, ma con gli occhi dietro la testa. E percepì, in modo lento e irrevocabile, i grandi peccati e crimini di quel prete malvagio. Decise che la cosa migliore, per il bambino e per il mondo in generale, sarebbe stata avvelenare il vicerettore con l'erba *kieri*. Si recò in una parte del suo giardino che era sempre in ombra, dove teneva quelli che considerava i rimedi estremi: le piante più velenose.

In un angolo, tra il muro della chiesa e un corvo sepolto, c'era una pianta di datura, i boccioli vivi e pesanti come pipistrelli addormentati, i petali chiusi intorno alle corna letali come ali membranose. Stramonio, erba del diavolo, campanella delle streghe... tutti i nomi comuni della datura rivelavano la saggezza degli antichi e la paura verso una pianta che rendeva mute e pazze le persone, che rubava loro i sensi e la mente, che le faceva volare in aria, in un'estasi che presto si trasformava in agonia. *Kieri loca*. La pianta che prometteva illuminazione e dava l'esatto opposto, intrappolando chi la usava nel tempo e nello spazio, e rendendolo pazzo nella prigione soffocante di una ripetizione invariabile.

I risultati di un avvelenamento da anticolinergici sono sempre brutti da vedere, figuriamoci da provare. I sintomi comprendono spaventose allucinazioni uditive, collasso respiratorio, blocco renale, idrocefalia. Rigidità così estrema dei lobi e della nuca da lacerare il muscolo della scapola. Paralisi che provoca attacchi di panico tanto forti da causare la morte per arresto cardiaco. Paranoia. Disidratazione grave. Viaggi astrali e viaggi nel tempo. Terzo occhio. Trasformazione della persona in un animale, pianta, o persino in un demone. Capacità di volare e di contattare i morti. Pablo Grande non prendeva alla leggera ciò che stava per fare. Prelevò un solo stelo, con cinque foglie, un fiore e un baccello pronto a scoppiare.

Fece macerare stelo, foglie e fiore, li mise in pentola con peperoncino, aglio, cipolla, zucchero, *cilantro* e olio di girasole, cuocendo a fuoco basso per tredici ore e diciotto minuti, la durata del giorno durante il solstizio d'estate. Poi versò il miscuglio in una spessa salsa *mole*, a cui aggiunse più cannella, cioccolato e noci del solito, perché gli zuccheri aiutano a mascherare il retrogusto fibroso dell'atropina. Macinò i semi con tutte le bucce e li mise a marinare in succo d'arancia.

Quella sera informò il vicerettore che avrebbe cenato da solo, poiché il vescovo aveva un gran mal di pancia (provocato da Pablo Grande stesso, aggiungendo alla zuppa che gli aveva servito a pranzo olio d'oliva, olio di semi di lino, polpa d'aloe, melassa e succo di prugna).

Quando il vicerettore ebbe finito il pollo al *mole,* Pablo Grande gli servì una torta di lime caramellata, decorata con fette d'arancia di Siviglia che in precedenza aveva deglassato con aceto e coperto con i semi macinati. La mescolanza di sapori dolci e amari serviva a mascherare ancora di più il sapore del veleno, in quel momento delicato in cui cominciava a tornare in gola alla vittima. Durante la cena, il vicerettore bevve quattro caraffe d'acqua e tre bottiglie di birra, senza immaginare che la sua grande sete fosse il primo sintomo di un attacco fatale di polidipsia.

Pablo Grande osservò in silenzio, da dietro la testa. Il vicerettore, sazio e intorpidito dopo il banchetto durato tre ore, sentì seccarsi lentamente le ghiandole salivari, come un cucciolo di coyote nato prematuro e abbandonato nel deserto. Anche il muco nelle fosse nasali e i lubrificanti naturali della faringe cominciarono a seccarsi, creando la sensazione inquietante di lacerare la trachea a ogni respiro. Eppure, malgrado la disidratazione interna, il vicerettore sentiva il corpo inzuppato di sudore. Sulla fronte e sulle guance, sotto le ascelle, sulla schiena, dove la camicia si appiccicava al corpo come un parassita. Le cosce e i piedi erano così bagnati che si convinse di essersi orinato addosso.

Voleva alzarsi, andare in camera sua, togliersi quei vestiti che lo tormentavano e farsi una doccia; voleva spruzzarsi il getto in faccia, ingollare tutta l'acqua possibile per attenuare la rigidità della gola, che cominciava già ad avere degli spasmi. Voleva fare tutte quelle cose, ma non riusciva a muoversi. Guardò la caraffa sul tavolo e ordinò alle mani di prenderla, riempire un bicchiere e portarlo alle labbra, ma il suo corpo non gli obbediva più.

Paralisi.

Di un tipo che non aveva mai conosciuto e che non poteva neppure immaginare; la mente frenetica, il corpo addormentato. E la vista di quell'acqua, il suo corpo arido all'interno e inzuppato all'esterno, cominciarono a provocargli una paura folle. Le lacrime gli salirono agli occhi, ma furono subito risucchiate dal calore corporeo, evaporando dentro i dotti lacrimali, un'altra prova della combustione interna che consumava tutta l'umidità disponibile. Pantaloni e camicia cominciarono a fumare, mentre il sudore si trasformava in vapore e si condensava in sale che gli pungeva la carne bollente. Sentiva le viscere andare a fuoco, i polmoni emettevano una specie di ronzio.

Un fischio nelle orecchie, iniziato quando stava mangiando il dessert, si fece così forte da sembrare un rumore esterno: un allarme antincendio, o magari la sirena di un'ambulanza venuta a salvarlo.

Si alzò in piedi, ma si accorse di essere ancora seduto. La caraffa era davanti a lui, ma allo stesso tempo fuori portata. Si guardò intorno e vide Pablo Grande che lo fissava con un paio d'occhi dietro la testa. Urlò, ma l'unico suono che gli uscì dalle labbra fu quello che sentiva nelle orecchie.

Attraversò la stanza di corsa, e si accorse di non avere i piedi; né il corpo. Era solo, solamente un grido nella caverna della morte. Delle facce, innumerevoli e familiari, gli facevano smorfie di scherno, le loro voci cancellate dal suo orribile urlo interno; erano le sue vittime, a centinaia, e indicavano qualcosa in basso. Il vicerettore vide che si trattava del proprio corpo, steso a terra. Il petto si agitava tanto nello sforzo furioso di respirare che lo sterno esplose e si aprì, mostrando le costole come due file di lapidi insanguinate.

La coscienza incorporea del vicerettore osservò, inorridita, Pablo Grande che si inginocchiava davanti al cadavere e gli inseriva una penna di corvo nell'orecchio; la penna sembrava farsi strada verso la fonte del calore tremendo che lo consumava: il cervello, che stava andando a fuoco.

Il vicerettore si svegliò di soprassalto da quell'incubo, balzando a sedere di scatto e battendo la testa contro il soffitto basso. Ci mise un secondo a capire che non era morto. Era stata solo una terribile allucinazione. Ma ci mise di più, quasi un intero minuto, a capire anche il resto.

Batté sul coperchio della bara, spinse, tentò di penetrare il legno con le unghie, spezzandole; allora un grido terribile riempì il suo angusto universo, consumando gli ultimi residui di ossigeno.

Pablo Grande si inginocchiò sulla terra fresca che copriva la tomba del vicerettore, e diede a Vicente le calendule da adagiare nella piccola nicchia che aveva scavato. Il ragazzino restò un attimo immobile, come in ascolto.

«Cosa c'è?» gli chiese Pablo Grande.

Vicente scrollò le spalle, tornando a guardare i fiori. «Mi è sembrato di sentire qualcosa, ma doveva essere il vento...» Un corvo sul muro del cimitero voltò la testa e gracchiò.

23

Nomen Nescio n. 352

Il deserto all'inizio è immerso nel silenzio. Poi si sente il rumore lontano e minaccioso di un convoglio che si avvicina. I fari tagliano la notte, diretti verso uno strano bagliore dietro le colline.

Un gruppo di pickup malridotti, berline costose, Suv e altri veicoli è fermo davanti a una fattoria recintata dalle cui finestre, chiuse con fogli di carta, emana una luce vibrante.

Da dentro sale un grido, seguito da una raffica di esclamazioni e da applausi sparsi. Una porta si apre, due uomini escono e pisciano oltre la balconata. I loro visi sono in ombra. Uno dei due ride.

II

IL MIRAGGIO DELLE DUNE

GIORNO 2

Vittima 874 – Nomen Nescio n. 352

24
Nomen Nescio n. 352

Un camion della spazzatura si ferma accanto a una rete metallica e due operai agganciano un cassonetto straripante. Uno dei due preme il pulsante e il bidone si solleva con un sussulto fino al cassone del camion, quindi si abbassa di lato e il suo contenuto cade all'interno, con una serie di tonfi sordi. Cade anche un corpo nudo, libero per un istante e poi sepolto di nuovo dai rifiuti.

L'operaio grida e preme il tasto di stop, prima che la pressa idraulica comprima la spazzatura. Sale a dare un'occhiata, poi salta giù e corre via, verso una cabina telefonica. Il suo partner lo segue con lo sguardo, poi si gira, si fa il segno della croce e guarda dentro a sua volta. Cade all'indietro, scioccato. Finisce a terra, rotola e si rialza in piedi.

Si appoggia alla rete metallica, resta un attimo immobile, poi vomita.

25
Ventura

Il campanello divide in due la notte, il suo squillo con echi di rame ha un effetto calmante, dopo le ultime tre ore. Ventura era uscita di casa subito dopo la telefonata e aveva guidato fino all'aeroporto, ma gli unici voli serali erano diretti a Ciudad Juárez, Santa Teresa e Città del Messico. Arrivare a notte fonda in una delle prime due era quasi più pericoloso che restare a Ciudad Real, e tornare nella capitale era impensabile, almeno per il momento. Aveva rinunciato a troppe cose, per tornare così presto, con una relazione finita, un conto in banca vuoto e un libro abbandonato come unico bottino.

Perciò era tornata nella città vecchia, e stava per fermarsi fuori dall'Hotel Los Arcos quando aveva visto un uomo nascosto nell'ombra accanto alla porta. Era ripartita a razzo, mentre l'uomo correva in mezzo alla strada, forse tentando di leggere la sua targa.

Aveva continuato a guidare, chiedendosi se fosse il caso di rischiare un altro albergo, e senza accorgersene aveva ripreso la via di casa. A tre isolati di distanza aveva notato le luci accese in camera da letto. Non ricordava se fosse stata lei a lasciarle accese. C'era un pickup blu parcheggiato fuori. Poteva appartenere a un vicino di casa, ma non l'aveva mai visto prima.

Forse si trattava di loro.

Ventura aveva sentito montare la rabbia e la paura dentro di sé, pensando a Carlos e a ciò che le aveva fatto.

Aveva pensato di attraversare il confine. Aveva con sé il passaporto e la BCC, il documento che le avrebbe permesso di rimanere dall'altra parte. Ma se al confine ci fossero stati dei narcos che la cercavano? E poi loro avevano uomini in abbondanza anche dall'altro lato del confine. Era tornata in centro, ed era stato allora che aveva pensato a Mayor.

Sta per suonare di nuovo il campanello, quando sente il rumore raschiante di un catenaccio vecchio stile e Felipe Mayor le appare davanti, avvolto in uno spesso accappatoio a strisce verticali blu scuro e celesti. Le prende di mano le valigie e la precede nel cortile.

Lei fa per seguirlo, poi torna indietro e chiude il cancello esterno, facendo scivolare di nuovo a posto il catenaccio. Il rumore metallico la inquieta, come se stesse chiudendo fuori una minaccia nota solo per finire nella trappola di una ancora ignota.

Le luci nell'ingresso e nelle stanze al pianterreno sono tutte accese, ma ci sono ombre negli angoli, ostinate come muli. L'interno è tutto soffitti con travi di legno a vista, muri bianchi e piastrelle in terracotta; mobili costruiti da persone morte cent'anni fa. Non c'è dubbio, quella è la casa di una persona di rango, e l'ex ambasciatore possiede la naturale fiducia in sé necessaria per riempirla. Si dirige subito al mobile bar. «Bevi qualcosa?»

Ventura scuote la testa. «Mi dispiace se ti ho svegliato.»

«Io sono come Balzac, scrivo soprattutto di notte. E comunque in questa fase della vita dormo pochissimo.» Versa un liquido ambrato in un bicchiere panciuto, lo annusa soddisfatto e si siede su una poltrona di pelle che sembra un trono, decorata da crudeli teste in ottone sbalzato. Estrae un sigaro da una scatola. «Me li manda Fidel in persona» spiega. Persino la sua voce piena si perde un po', in quella sala.

«Vivi solo?» chiede Ventura, sedendosi sul bordo di un divano.

«Ho otto persone di servizio, ma non ha senso andare a svegliarle. A differenza di me, loro di giorno lavorano.» Guarda le valigie. Sembra un gioielliere che valuta l'anello di una povera vedova, pensando a cosa chiedere in cambio.

«Quando si svegliano, dirò loro di preparare una stanza. Nel frattempo...»

«È solo per stanotte. Non volevo restare sola.»

«Sono felice che tu mi abbia chiamato. Nemmeno io voglio restare solo.» Esala una boccata di fumo, come per mascherare il suo sguardo. «È molto meglio stare con qualcuno, in momenti del genere, piuttosto che sopportarli da soli.» Posa sigaro e bicchiere e si avvicina al divano. Ventura si alza, ma lui è già lì, la tira verso di sé, nell'aroma di Aramis, fumo e cognac. Lei scatta indietro prima che possa baciarla. «Ho commesso un errore» dice. «Credevo di potermi fidare di te.»

«Non è un errore. Ma devi specificare le tue intenzioni.» Riprende in mano il sigaro e dice, in tono pensoso: «Normalmente una telefonata come la tua, nel cuore della notte, ha un significato preciso. Vuoi venire a letto con me o no?». Ventura scuote la testa. Un lento sorriso si fa strada sul viso di Mayor. «Un giorno discuteremo su chi dei due rimpiangerà di più questa decisione. Comunque ora sei sotto la mia protezione. Questo vuol dire che sei al sicuro. *Bueno.* Vuoi mangiare qualcosa?»

La domanda la coglie di sorpresa, perché fino a quel momento non si era resa conto di avere fame. «Solo qualcosa di semplice.»

«Le mie capacità in cucina purtroppo arrivano solo a quello.» La precede in una cucina che sembra uscita da un museo. Affetta cipolle e manzo e getta il tutto in una padella con olio di oliva caldo, facendo un passo indietro per evitare gli schizzi. Ventura, su sua richiesta, ha già sbucciato vari spicchi d'aglio. Mayor li taglia per il lungo, toglie i germogli verdi all'interno e li getta in padella, aggiungendo una manciata di peperoncini verdi e rossi. Abbassa la fiamma. Aggiunge alcune foglie di basilico e coriandolo che prende dai vasi sul davanzale, dopo averle rotte con le dita. Completa con sale e pepe e infine aggiunge i fagioli. Ventura fa per apparecchiare la tavola, ma lui la ferma. «In sala da pranzo» dice, indicando una stanza buia. «Non mangio mai in cucina.»

Ventura accende la luce. Un lampadario ricavato dalla ruota di un carro illumina un grande tavolo di quercia, circondato da sedici sedie rigide. Ventura apparecchia il posto a capotavola e quello subito a destra, prendendo i piatti da una credenza. Poi torna in cucina.

Mayor sta girando i contenuti della padella con un cucchiaio di legno. Le passa due bicchieri da vino, prende la padella in una mano e una bottiglia aperta di malbec argentino nell'altra e vanno in sala da pranzo. Riempie a metà tutti e due i bicchieri, senza far caso alle proteste di Ventura, poi si avvicina all'interruttore e abbassa l'intensità della luce.

Accende una candela sulla tavola e i piatti si illuminano di un bagliore morbido e oscillante. «A differenza di Hemingway, non sono un fan dei posti ben illuminati» dice, servendo a Ventura una porzione abbondante. «Ho vissuto a Parigi, e la metà del piacere di cenare, lì, è il bagliore degli occhi a lume di candela.» Alzano i bicchieri per brindare e il cristallo brilla nella casa silenziosa.

Ventura è sorpresa dalla robustezza calmante del vino e dal sapore intenso del cibo speziato. Non si sente soltanto meglio: si sente viva.

«Raccontami la tua storia» dice Mayor.

Lei esita. Lui ha qualcosa di rassicurante nello sguardo, che la spinge a cedere, a consegnargli, se non il suo corpo, i suoi pensieri. In fondo è seduta accanto a un maestro delle parole, in piena notte. Comincia a parlare.

26
Fuentes

Fuentes si ferma sulla soglia a guardare il grande letto al centro della stanza. Sopra quel letto ci sono Gomez e Marina, addormentati.

Bussa leggermente allo stipite e Marina apre gli occhi. Lo guarda per un lungo momento, sorpresa, e nel suo sguardo appare prima il panico, poi l'irritazione. Si volta e scuote Gomez. «C'è il tuo capo.»

«Partner» la corregge Fuentes.

Marina fa una risata secca. Scuote di nuovo Gomez e il lenzuolo si abbassa, scoprendo un seno. «C'è il tuo *partner* del cazzo.»

Gomez si volta, apre gli occhi, vede Fuentes e impreca. Scende dal letto, nudo, gli passa accanto e scompare dietro una porta in corridoio. «Mettiti comodo, eh?» Si sente il rumore di una pisciata. «Come sei entrato?»

Fuentes si volta verso la camera da letto. Marina si sta infilando un paio di boxer da uomo. Incrocia il suo sguardo. Indica la porta. Fuentes la chiude e torna a voltarsi verso il bagno. «Dalla finestra della cucina.»

Gomez esce, con un asciugamano intorno alla vita. Si avvicina a Fuentes e dice, con l'alito cattivo di chi si è appena svegliato: «Che cazzo ci fai in casa mia?».

Fuentes indica il cortile con un gesto del pollice. «In una macchina qui fuori ci sono un *gringo* e un agente della PJF.»

Gomez va in cucina, grattandosi il petto. «E che cazzo vogliono?»

«Non l'hai saputo?»

«È troppo presto per i tuoi giochetti.»

Fuentes se la prende comoda, accendendosi una sigaretta. «Ti ricordi del tuo ex partner? Paredes?»

Gomez annuisce, impaziente, mentre si versa un bicchiere di succo di frutta.

«L'hanno beccato a El Lobo.»

Gomez getta un'occhiata fuori e si tira indietro vedendo la macchina dall'altro lato della strada. «Per cosa?»

Fuentes lo osserva con attenzione. «Secondo te?»

«Quanta?»

«Quarantadue chili.»

Nello sguardo di Gomez appaiono rabbia e incredulità. L'incredulità vince. «Non è possibile.»

«Come puoi esserne così sicuro?»

«È stato il mio partner per due anni! Cento grammi qui, cento grammi là? Okay, può succedere. Ma contrabbandare un quantitativo che corrisponde a una condanna a vita o come minimo a vent'anni? Paredes non è pazzo.»

Secondo Fuentes nessuno nasce pazzo, sono le circostanze a farti impazzire. E al giorno d'oggi le circostanze stanno creando un esercito di folli. «Forse giocava d'azzardo. Forse doveva dei soldi a persone verso le quali non bisognerebbe mai avere debiti.» Forse era disperato.

Non è tanto che sul viso di Gomez si faccia strada il dubbio, è più che scompare l'incredulità. Guarda di nuovo la macchina fuori. «Che c'entro io?»

«Il tuo ex partner si è appena rivelato un corrotto. Loro pensano che quindi lo sia anche tu.»

Gomez bestemmia e dà un calcio a una sedia. «Ipocriti!»

«Vestiti. Usciremo da dove sono entrato. Ho la macchina sul retro.»

Gomez torna in camera da letto. Da dietro la porta chiusa giunge un bisbiglio concitato.

Fuentes ascolta per un paio di secondi, poi va in bagno a controllare l'armadietto delle medicine. Lo richiude e si reca nell'ampio soggiorno, notando il costoso impianto stereo, la bicicletta da corsa di alto livello, gli attrezzi da sollevamento pesi. C'è un angolo pieno di gadget tecnologici, alcuni ancora nelle scatole originali. C'è un mobile bar ben fornito di liquori costosi: cognac francese, whisky di malto, il miglior tequila *añejo*. Sulle mensole della libreria fanno bella mostra di sé trofei sportivi e di caccia; una pila di riviste con donne nude alta quanto un tavolino, accanto a un divano in pelle. Un ambiente al testosterone, pieno di giocattoli che Gomez non potrebbe permettersi. A meno che...

A meno che non sia corrotto come Paredes.

Accanto al telefono c'è una foto in cornice di Marina. Fuentes estrae la foto che ha trovato in casa di Paredes e la compara con quella incorniciata. È senza dubbio la stessa donna. Solo che ora è tornata bruna. Una questione di moda o un leggero travestimento?

Si apre la porta della stanza da letto e ne esce Gomez, con un aspetto quasi presentabile. «Andiamo.» Marina, evidentemente ancora incazzata, sbatte la porta alle sue spalle. Gomez si dirige verso la porta d'ingresso con il pilota automatico, ma Fuentes lo blocca e lo precede in cucina. Scavalca la finestra, atterrando acquattato e guardandosi intorno, per assicurarsi che siano soli. La casa vicina blocca la vista dalla strada. Quando Gomez atterra accanto a lui, gli cadono di tasca alcuni spiccioli. Impreca e si china a raccoglierli.

Fuentes lo fissa. «Lascia stare» dice, e si allontana, scomparendo oltre il recinto. Gomez alza lo sguardo per un attimo, poi torna a raccogliere le monete e solo dopo corre a raggiungere il partner.

Fuentes attraversa il patio posteriore della casa vicina. Ci sono dei bambini seminascosti dietro il bucato steso ad asciugare. Sale in macchina, si siede al volante e sblocca l'altra portiera mentre Gomez arriva di corsa, salendo a bordo dopo un'ultima occhiata nervosa in giro.

«Ora sappiamo come ci si sente.»

«In che senso?»

Fuentes accende la radio della polizia e scariche di interferenze riempiono l'abitacolo. Abbassa il volume e anche lui si guarda intorno prima di fare manovra in un vicolo. «Nei panni di un criminale.»

La strada è piena di autobus che rallentano il traffico, clacson dappertutto, la radio sembra calmarsi poi riprendono le scariche. Gomez sta per spegnerla quando sentono brani di conversazione. «...Vicino all'aeroporto?»

La distorsione non è abbastanza per bloccare la temuta risposta. «La donna era in un cassonetto.»

Fuentes allunga una mano per alzare il volume, ma ottiene solo lo stridio acuto di un'interferenza. Davanti al parabrezza appare un incrocio e Fuentes volta a destra di scatto, seguendo un cartello che indica l'aeroporto.

27
Ventura

La bottiglia è vuota, la storia è finita. All'inizio è stato difficile, ma andando avanti nel racconto di ciò che era successo con Carlos quella sera, intervallato da continue digressioni sulla loro vita insieme, Ventura si è sentita sollevata da un peso, tanto che ora, mentre appare la prima luce del giorno, ha la sensazione di essere quasi trasformata.

«E ora cosa pensi di fare?» chiede Mayor.

Quella conversazione le ha ricordato molto la sua prima confessione in chiesa: un monologo interrotto da qualche monosillabo ogni tanto. Mayor è stato un grande sostenitore della psicanalisi in Messico, e forse i suoi brevi commenti, a volte domande, a volte incitamenti, erano echi delle sue sedute di terapia. O forse Ventura non sapeva che tutti i bravi scrittori sanno ascoltare.

«Devo lasciare Ciudad Real. Ma prima voglio finire il mio libro.»

Lui prende un pacchetto di sigarette da una tasca dell'accappatoio. «Hai sentito di quel caso in Belgio?» chiede, chinandosi in avanti per accendere la sigaretta alla fiamma della candela. «Un uomo che teneva delle ragazze chiuse in cantina per usarle come schiave sessuali.»

Lei si fa indietro sulla sedia, subito attenta. «Perché me lo chiedi?»

«Capirai tra un attimo.» La costruzione della frase è allarmante. Dopo la sensazione di sicurezza provocata dalla cena e dalla conversazione, Ventura si sente di nuovo vulnerabile, come quando è arrivata e ha suonato il campanello. La fiducia è una cosa strana, come l'amore: un'emozione forte che nasce dal nulla, che dai per scontata e che ti devasta quando scompare. Torna a concentrarsi su Mayor e sulla storia orrenda che le sta raccontando. «...Condivideva quelle povere ragazze con gli amici. Quando si stancava di loro le uccideva e ne rapiva delle altre.»

Ventura rabbrividisce. «Un mostro.»

«Alla fine questo *monstruo* è stato catturato e le ragazze sono tornate libere. Poi sono cominciate le voci. Si diceva che le persone che usavano le ragazze fossero poliziotti, giudici e politici; che nei circoli più ristretti la cantina di quell'uomo fosse il segreto di pulcinella. L'opinione pubblica si è infuriata.»

«E cosa è successo?» chiede Ventura, in un sussurro.

«Una rivoluzione sociale. Scioperi, manifestazioni, proteste di massa. È caduto il governo.» Dalla strada arriva il suono lontano di un ritorno di fiamma in un'auto di passaggio. O forse era un vero sparo. Ventura si guarda intorno nella vasta sala da pranzo, inquieta. L'*hacienda* le sembra minacciosa in un modo oscuro e illogico. Come se potesse inghiottirla tra le sue ombre infinite. «E poi?»

«E poi... nulla. La storia è stata dimenticata da tutti. A parte le famiglie delle vittime, ovviamente.» Mayor sfrega un fiammifero, facendo sobbalzare Ventura, e accende una sigaretta anche a lei. Le guarda le braccia nude: ha la pelle d'oca. Spegne il fiammifero con un soffio e Ventura sente il suo fiato sulla pelle. «Nessuno immaginava l'Olocausto. Nessuno aveva previsto Pol Pot o il genocidio del Ruanda. Questa è la natura del male: non riesci nemmeno a immaginarlo... finché non succede. Sono i crimini della storia. E sono sempre messi in atto da persone potenti. È una lezione che qui, a Ciudad Real, non abbiamo ancora compreso. Pensaci un attimo: centinaia e centinaia di donne uccise e nemmeno una traccia? Nemmeno un indiziato? Nemmeno una possibile chiusura del caso in vista? Com'è possibile?»

«È impossibile.»

Mayor fa una risata brusca. «Peggio. È ridicolo. Se lo leggessi in un romanzo, non lo troveresti credibile. La realtà attuale di Ciudad Real va oltre la fiction. Ed è una cosa molto pericolosa.»

Si alza e va alla portafinestra, aprendo le imposte una alla volta. I cinguettii degli uccelli in giardino riempiono la stanza. Mayor si volta, la sua silhouette contro il cielo che comincia a schiarirsi. «Ventura, questo è il più grosso insabbiamento nella storia del nostro paese dal massacro del '68. Non esiste nulla di simile, non solo in Messico, ma in tutto il mondo. E nessuno, non una sola persona, sa chi c'è dietro.» L'aria del mattino circola dentro la casa, curiosa e aliena. «Sai cosa ripetono sempre i poliziotti, riguardo ai sospettati: il silenzio è indizio di colpa. Se vuoi un indiziato credibile per questi crimini, guarda a chi è stato zitto più a lungo: le autorità cittadine, quelle dello stato e quelle federali.»

Sopra di loro, il rumore lontano di un aereo disturba la pace del cielo. Ventura esce dalla portafinestra e va in giardino quasi di corsa, lottando contro un'ondata di panico. Fa una serie di respiri profondi per calmarsi, mentre le ultime otto ore le arrivano addosso di colpo. Si accorge che Mayor l'ha seguita. «Quale nazione può permettere che vengano uccise tante donne senza fare nulla?»

«La risposta ovvia è "nessuna", ma noi ci viviamo, in quella nazione.»

«Sono una stupida. Non ho nessuna possibilità di trovare delle risposte.»

«Ti sbagli. Hai me, e io conosco persone che possono darti una mano.» La riaccompagna dentro, e copia alcuni numeri da un'agenda Berluti su un foglio di carta intestata che poi le mette in mano.

Ventura guarda i nomi. «Chi sono?»

«Il primo è un organizzatore sindacale della CTON. È in gamba. Il secondo è un poliziotto di cui puoi fidarti. Li avviserò che li contatterai.» Alza gli occhi quando una domestica appare sulla porta. «Maya, puoi preparare una stanza per la nostra ospite, per favore? È stanca, ha bisogno di riposare.»

«No, sto bene, grazie. Voglio mettermi al lavoro subito.»

«Ti consiglio di approfittare dell'occasione, perché una volta cominciato non ci sarà più tempo per il riposo.»

28
Pilar

Entrando nella *cantina* dalla strada silenziosa e inondata di sole, Pilar subisce l'assalto asimmetrico di ombra e rumore e si trova vulnerabile sotto diversi occhi maschili che si voltano all'unisono, valutandola.

Pensando a cosa vorrebbero farle.

Si tratta di uomini giovani, vecchi e di mezza età. Con le basette, la pancia e l'alito cattivo. Con il viso segnato dagli elementi o dall'acne giovanile. Alcuni hanno denti marci e altri sono pelati, ma quando giudicano il corpo di una donna, soprattutto se è un'estranea, non pensano mai a se stessi. Non si tratta di un pensiero ozioso: quella valutazione è una loro prerogativa, e fanno in modo di esercitarla sempre, con giudizi rapidi e crudi: tette troppo piccole, culo troppo grande, o viceversa. L'importante è trovare dei difetti. Caviglie grosse, braccia magre, naso lungo, labbra sottili. Se la donna è truccata, è una puttana. Se no, è lesbica. In un modo o nell'altro, bisogna giudicarla e trovarla inadatta.

Nelle fantasie di quei maschi, le donne non possono vincere. E questo forse è il senso del gioco: anche i giudici sono tutti dei perdenti.

Juan Antonio è seduto da solo al bancone, e parla al telefono con un tono che alterna la supplica disperata e le minacce. Fa cenno a Pilar di avvicinarsi, attraverso la nuvola di fumo di sigaretta. In altre città, la telefonata potrebbe essere una lite tra amanti, il tedio di chiedere scusa senza esserne convinti, di fare quello che serve per riconquistare l'altro, almeno per una notte. Ma lì a Ciudad Real, una città troppo pericolosa anche solo per pensare al romanticismo, Pilar sa che Juan Antonio sta lavorando. Ha bisogno di farsi la barba e cambiarsi. I suoi capelli sono un disastro. Del suo aspetto non gliene frega un cazzo, e in fondo perché dovrebbe? Agli uomini sono perdonate tutte le cadute di stile che alle donne vengono rimproverate. «Venti autobus?» dice al telefono, in un tono che è come uno schiaffo. «Solo *venti*, cazzo?»

Copre il microfono con una mano e ordina un caffè per Pilar e un'altra birra per sé. Dal telefono esce una voce maschile lamentosa, che arriva da Città del Messico. La voce gli dice che dovrebbe essere contento di avere degli autobus da Guadalajara *e* Tijuana *e* Monterrey *e* Ciudad Juárez e se non riesce a mostrare nemmeno un po' di gratitudine quegli autobus se li può ficcare tutti nel culo.

Entrambi ridono, ma Pilar ha smesso di ascoltare. È la parte che odia, lo scambio di battute maschiliste in un mondo di donne. Donne che lavorano in fabbriche che sono prigioni. Donne che subiscono abusi in casa. Donne aggredite, violentate, uccise. Donne che combattono per le altre donne. Ma tutto è sempre controllato dagli uomini.

Il caffè è troppo forte. In passato lo beveva sempre così, a qualsiasi ora. Adesso, se ne beve più di una tazza al giorno, la notte non dorme. Dicono che sia una cosa legata all'età, ma lei sa che non è una questione fisica. Non ha bisogno di stimolanti, da quando la sua vita è diventata tutta una scarica di adrenalina. Non si sente esausta perché ha dormito solo due ore dopo il turno di notte, ma proprio perché ha dormito. E si sente in colpa. Dovrebbe essere con Maria e Lupita alla *maquiladora*, a lavorare con le altre donne, non a perdere tempo in una bettola con un mucchio di maschi pigri che tentano di svegliarsi a colpi di stimolanti.

Lascia cadere una zolletta di zucchero nel caffè e gira, guardando il televisore dietro il bancone. Degli annunciatori parlano in tono concitato, mentre alle loro spalle appare un grafico pieno di frecce che puntano tutte verso il basso.

La scena cambia e appare un'inquadratura di Wall Street, con urla e facce di azionisti spaventati.

Loro non hanno idea di cosa sia la vera paura.

Vuol dire essere una donna che torna a casa dal lavoro prima dell'alba, senza sapere chi c'è dietro i fari che appaiono all'orizzonte. Sorseggia il caffè pensando all'ironia del panico fiscale trasmesso in televisione. Alcune compagnie americane hanno chiuso in fretta e furia le fabbriche nel loro paese, spostando la produzione in Messico. Salari e costi di produzione sono calati sensibilmente, quindi ci si poteva aspettare che scendesse anche il costo dei prodotti. Ma aziende che già guadagnavano una fortuna non possono permettersi di non approfittare dell'occasione per guadagnare di più. I profitti da enormi sono diventati osceni, eppure non è ancora abbastanza.

Non è mai abbastanza.

E ora un'opaca variazione del mercato instilla il terrore improvviso che la storia non sia finita, che quei profitti non siano illimitati, che gli incassi possano diminuire. Pilar sa cosa può scatenare una paura del genere. Esuberi, fabbriche chiuse, fusioni e consolidazioni. Austerità. Tagli al personale. Sconvolgimenti a livello mondiale. Le navi da carico sono già nei porti, pronte a salpare verso la Cina.

Sullo schermo, un giornalista parla in tono lugubre del crollo dell'indice Nasdaq, come se stesse annunciando una strage di guerra. L'incredulità nei suoi occhi dice tutto: è un altro perdente, che si è giocato tutto alla roulette e solo ora si accorge che il gioco era truccato.

Juan Antonio alla fine riattacca. «Stamattina mi ha chiamato Felipe Mayor.» Il tono causale non maschera l'orgoglio di poter citare un nome così importante.

Pilar ha letto due libri suoi, a scuola. Ma non ne è rimasta impressionata. «Cosa voleva?»

«Donare cinquantamila pesos al fondo per lo sciopero.»

È una piacevole sorpresa, ma Pilar non vuole ammetterlo. «Potrebbe donare dieci volte di più.»

«Non esagerare. È un atto esemplare.»

«Un *gesto* esemplare, vuoi dire. Cosa vuole in cambio?»

Quello è il motivo per cui Juan Antonio ha tanto rispetto per lei e crede che abbia un grande futuro non solo nel sindacato, ma in politica. Ha un ottimo istinto. «Sei una cinica! Non vuole niente» mente. «Manderà persino qualcuno a coprire la storia.»

«Lasciami indovinare. Una giornalista donna?»

Juan Antonio fa una smorfia difensiva. «Credevo saresti stata contenta di avere una *periodista*.»

«A cui dovremo fare da babysitter solo perché la manda Mayor?»

«Piantala, capito? Stasera abbiamo un appuntamento con loro.»

«Io non vengo.»

«Invece sì.»

Ecco la differenza tra capi e impiegati. Tra uomini e donne. Uno dice no, l'altro dice sì. «Mayor mi ha detto anche che possiamo fidarci di quel poliziotto con cui hai parlato ieri.»

«Fuentes? Non è un poliziotto qualsiasi.»

Juan Antonio riflette un attimo, girando lentamente la sigaretta tra le dita per non far cadere la cenere. Poi finalmente capisce e lancia un'imprecazione. Il cilindretto di cenere gli cade sui jeans e lui lo spazzola via con la mano. «Che cosa non mi hai detto?»

«Mi ha riconosciuta da Tijuana.»

Che casino colossale, pensa Juan Antonio. «Sul serio?» dice, con la voce quasi sotto controllo. «E quando pensavi di dirmelo?»

«Ieri, ma...» Ma poi era esplosa la macchina, e aveva dovuto escludere qualsiasi cosa dalla sua mente, per trovare la forza di affrontare il turno di notte. Distoglie lo sguardo dagli occhi arrossati di Juan Antonio. «Mi ha detto che non è qui per i sindacati, ma per gli omicidi.»

«E tu gli credi? A un poliziotto del cazzo che si diverte a manganellare i sindacalisti?»

Pilar scrolla le spalle. Non vorrebbe credere a Fuentes, eppure in qualche modo gli crede. «Non lo so. Mayor si fida di lui, l'hai appena detto.» Lo guarda mentre finisce la birra. «Stai bevendo troppo. Hai sempre gli occhi rossi.»

«Sei tu che mi fai piangere di rabbia.»

«Non dovresti cominciare a bere così presto.»

«È solo una birra, e se tu dovessi fare quello che faccio io...»

C'è una pausa, in cui pensano entrambi a ciò che è stato detto.

«Secondo te quello che fai tu è più importante di quello che faccio io? Perché sei un uomo?»

«Pilar, quando capirai?»

«Cosa devo capire?»

«Che io sto dalla tua parte.»

«Certe volte non mi sembra.»

«E certe volte la sensazione è reciproca.» Canta un verso di una canzone *ranchera* mentre pensa a cosa fare. «Dobbiamo scoprire se è davvero qui per loro...» *Le donne morte*, pensa Pilar, *sono sempre "loro"*. «Oppure per noi.» Juan Antonio prende le chiavi della macchina che aveva posato sul bancone del bar. «Andiamo.»

«Dove?»

«A trovare la madre di Isabel Torres.»

29
Fuentes

Fuentes parcheggia dietro un'ambulanza. Gomez è già sceso, stringe mani e scherza con gli agenti in uniforme. Fuentes lo osserva da dentro l'auto, poi scende a sua volta e si guarda intorno. «Dov'è il corpo?»

Un poliziotto indica l'ambulanza. Fuentes impreca. All'improvviso tutti lo guardano. «Avevate l'ordine preciso di non toccare il cadavere fino al nostro arrivo. Chi comanda qui?»

Segue un silenzio imbarazzato. Un uomo fa un passo avanti. «Mi scusi, signore, ma non potevamo lasciarla lì in mezzo all'immondizia.»

Fuentes fa una risata sprezzante.

Gomez gli si avvicina, parlando a bassa voce. «Dai, capo, volevano solo fare la cosa migliore per la ragazza.»

Fuentes lo ignora e si rivolge al gruppo di poliziotti. «Questa è una scena del crimine, non una discoteca del cazzo. Il cassonetto e tutta la merda che contiene e anche il camion vanno sequestrati, in quanto prove, ed esaminati in cerca di impronte digitali. La zona deve essere delimitata e controllata in cerca di tracce di scarpe e di copertoni. Avreste dovuto farlo appena arrivati.»

I poliziotti annuiscono ma non si muovono. Fuentes va all'ambulanza e apre i portelli.

Dentro c'è un sacco salma con la cerniera chiusa. «Totalmente compromesso. Merda!» Si volta verso un poliziotto. «Portatela all'obitorio. Adesso!»

Il poliziotto lancia un grido all'autista. La luce rossa si accende, parte la sirena, con un urlo di protesta per la futilità della missione, e l'ambulanza si allontana.

Fuentes cammina lentamente, guardando a terra. Si china accanto alla rete perimetrale ed esamina qualcosa: macchie color ruggine come croste sul terreno. Gomez si abbassa sui talloni accanto a lui. «Sangue?»

Con una spatola di legno, Fuentes preleva un campione e lo sigilla in una busta da prove. «Probabilmente della vittima, ma... sarebbe ora che avessimo un po' di fortuna.»

Si mette in cerca di altre tracce. Accanto all'ingresso del terminal, le auto brillano al sole. Un aereo a elica passa lentamente sulla pista, facendo volare in giro la spazzatura. Fuentes si volta verso Gomez e scuote la testa. «È sempre così. Le uccidono altrove, poi lasciano i corpi nell'immondizia. Perché non le lasciano dove le hanno uccise? O perché non le uccidono al momento di gettarle via?»

«Testimoni?»

«Ma quali testimoni, cazzo? Nessuno ha mai visto il momento in cui vengono uccise, o quello in cui viene abbandonato un cadavere. La risposta è semplice.» Gomez lo guarda con occhi pazienti. Per lui non è così semplice. «È perché le fanno fuori in circostanze controllate. Anche se sanno che uccidendole altrove e trasportando i cadaveri rischiano di accumulare tracce nei veicoli: macchie di sangue, capelli, un orecchino, ci sono tante possibilità. Perché correre questi rischi?»

Gomez guarda i poliziotti intorno al camion della spazzatura, che ancora non si sono dati una mossa. «Perché ci considerano dei coglioni?»

Fuentes fa un sorriso feroce. «Perché *sanno* che siamo dei coglioni. Sanno che non ci verrà mai neppure in mente di cercare prove del genere nelle loro auto.»

Gomez dice, come se non gli fosse mai venuto in mente prima: «Intoccabili?».

«*Claro.*» Fuentes guarda il parcheggio fuori dal terminal. «E chi è intoccabile, a Ciudad Real?»

«I poliziotti?»

«E poi?»

«I narcos.»

Fuentes sorride con approvazione al suo allievo. «Poliziotti e narcos. E non dimentichiamo i *gringos*. Si tratta di membri di una di queste categorie, o forse di tutte. E sanno che noi siamo troppo stupidi, troppo avidi o troppo impauriti per metterci a cercare prove nelle loro auto.»

«Gli daremo la prova che si sbagliano.»

Fuentes guarda di nuovo verso il parcheggio dell'aeroporto. «Se non lo facciamo adesso, non lo faremo mai. È come una partita di calcio. Se perdi due a zero, o anche tre a zero, la rimonta è ancora possibile.» Risale in macchina, senza smettere di parlare. «Ma oltre un certo punto tutta la squadra abbandona la lotta. I giocatori sanno di avere perso. E noi, voglio dire tutto questo paese del cazzo, siamo a quel punto. Stiamo per dichiararci sconfitti per sempre.»

Fuentes riparte in direzione della città. Nel retrovisore, attraverso la cortina di polvere che si lasciano alle spalle, vede una berlina con targa del Texas che li segue. La indica a Gomez con uno scatto della testa. «Sono quelli che erano davanti casa tua stamattina. Non ci hanno visti uscire, quindi qualcuno deve aver fatto una soffiata.»

«Probabilmente hanno una radio della polizia.»

«Gli hanno fatto una soffiata.»

Gomez dice: «Hai detto che secondo te le uccidono altrove per un motivo...».

Fuentes guarda prima lui, poi lo specchietto. L'auto è rimasta indietro, ma continua a seguirli. Scrolla le spalle. «Penso che si tratti di omicidi rituali di qualche tipo. Messe nere.»

Gomez lo fissa con uno sguardo duro. «Cosa te lo fa pensare?»

«Ha senso, no? Omicidio in ambiente controllato. Secondo te che altro può essere?»

«Film *snuff*.»

Fuentes ci pensa su per un attimo. «Ne hai mai visto uno?»

«Video con persone torturate e uccise? Chi cazzo credi che sia?»

«Un poliziotto. Rispondi alla domanda. Hai mai visto un film *snuff*?» Gomez scuote la testa. «Nemmeno io. Ho visto qualsiasi altro tipo di film, con perversioni che non sapevo neppure esistessero, prima di vederle. Eppure non ho mai visto un film *snuff*.» Lancia al partner un'occhiata di sfida. «Come mai?»

«Distribuzione ristretta?» Fuentes batte un colpo rabbioso sul volante, borbottando. «Ha senso» insiste Gomez, in tono difensivo. «Devono pur aver paura di essere arrestati.»

«Si può dire lo stesso dei pedofili. Ma ci sono in giro *tonnellate* di quei video. Sai perché nessuno ha mai visto un film *snuff*? Te lo dico io: perché non esistono.»

«Forse hai ragione.»

«Al diavolo. Questo caso dura da un sacco di tempo e siamo ancora ai "forse". Forse questo, forse quello. Porca puttana, che ne diresti di un po' di lavoro clinico e preciso da detective?» Si volta verso Gomez e l'auto si sposta verso il ciglio della strada. Gomez mette una mano sul volante e la riporta in carreggiata. «Come la pensava Paredes, al riguardo?»

«Un assassino solitario» ammette Gomez, distogliendo lo sguardo con imbarazzo.

«Più di ottocento donne uccise, e questo è il meglio a cui riesce a pensare?» Fuentes ride, sprezzante. «Dev'essere un solitario stakanovista. Dieci volte più vittime di Camargo o di López nella metà del tempo. E gli altri due uccidevano con la copertura della guerra civile.»

«E qui non c'è una guerra civile?»

Fuentes detesta ammetterlo, ma Gomez ha ragione. «Cosa hai risposto quando Paredes ti ha parlato della sua teoria?»

«Che era impossibile. Ma lui non mi ascoltava.» Ha uno sguardo rabbioso. «Mi trattava come un bambino.» Per alcuni secondi il silenzio è interrotto solo dal rumore del motore. «La mia opinione non contava un cazzo.»

«Con me non è la stessa cosa.»

«Lo so. Tu sei perfetto.»

Fuentes lascia correre il sarcasmo. «Se quel sangue non è della vittima, com'è finito lì?»

«Forse lei ha lottato prima di essere uccisa? O l'uomo che trasportava il corpo si è tagliato con la rete?» Gomez fa una pausa, riflettendo. «Forse ha litigato con uno dei suoi complici?»

«Sono tutte ipotesi possibili. Ma vuoi sapere cosa penso io? Che si è tagliato radendosi. Ha ucciso quella donna, poi si è preparato per andare al lavoro: cesso, doccia e barba. E ha gettato via il corpo lungo la strada verso il suo caffè mattutino. Ormai è diventata una routine. Per questo lo prenderemo, e una volta preso lui avremo in mano anche gli altri. È semplicemente impossibile che sia l'opera di un uomo solo.» Fuentes si massaggia il mento, dove è già spuntata la barba, e guarda Gomez, che è nella stessa situazione. «Almeno, noi due abbiamo un alibi...»

La radio emette un fruscio e Gomez alza il volume. Ripete l'indirizzo ad alta voce. «Non può essere per noi, è un errore.» Fa per prendere il microfono dal cruscotto, ma Fuentes glielo toglie di mano e risponde: «Affermativo».

Gomez lo fissa. «Sei stato tu a chiederlo?» Il silenzio di Fuentes gliene dà la conferma. «Non capisco. Che cazzo speri di trovare in un buco di merda come Anaprata?»

«Risposte.»

30
Padre Márcio

Come un gruppo di toreri anziani che litigano per chi sarà il padrino di un giovane prodigio pronto a entrare nell'arena, tutti volevano avere l'onore di ordinare sacerdote padre Márcio. Due cardinali e il nunzio apostolico si erano dovuti spartire il ruolo minore di sponsor, perché Vicente Salinas aveva deciso che la cerimonia della sua trasformazione in padre Márcio fosse celebrata dal suo mentore, il vescovo di Ciudad Real.

L'ordinazione del prete con le stimmate fu una questione di rilevanza nazionale. Venne persino l'attrice Maria Félix, in pantaloni, cosa che creò uno scandalo quando le foto apparvero sui giornali, ma durante la cerimonia nessuno ci fece caso: tutti gli occhi erano fissi non sulla star del cinema, ma sul sangue che uscì spontaneamente dalle ferite non appena padre Márcio ebbe pronunciato i voti.

Persino l'ex presidente Alemán mandò un telegramma di congratulazioni, che arrivò con un giorno di ritardo perché il sindaco di Ciudad Real aveva proclamato una giornata festiva per l'occasione.

Padre Márcio trascorse la serata nella sua stanza del palazzo vescovile, riflettendo sul viaggio che lo aveva portato da bambino abusato a prete celebrato.

All'inizio provò orgoglio.

Un peccaminoso orgoglio.

Ma poi la rabbia, l'emozione più corrosiva di tutte, cominciò a espandersi nella sua anima fino a gonfiarsi in una tumescenza dolorosa, che scoppiò come una cisti. Per la prima volta gli era venuta in mente una cosa molto semplice: i cambiamenti positivi nella sua vita non avevano nulla a che fare con la misericordia di Dio, ma solo con l'astuzia disperata di un bambino. Eppure, tutti gli ospiti importanti alla cerimonia avevano lodato la grazia divina, invece del bambino. Avevano reso grazie a Dio, senza riconoscere la capacità di padre Márcio di sopravvivere nelle condizioni più orribili.

Di sopportare l'insopportabile.

Di mutare l'immutabile.

Come succede sempre quando la rabbia è intensa e bruciante, era diretta soprattutto verso Dio, anche se padre Márcio ne riservava una parte per sé. La capacità di sopportare tutto per sopravvivere era inutile, se non era seguita dalla vendetta. Il fatto che fosse sopravvissuto doveva avere delle conseguenze per i suoi aguzzini.

Si domandò come mai non ci avesse pensato prima. Era il sollievo di essere stato salvato dalle aggressioni dei Piccoli Fratelli ad averlo reso emotivamente passivo? O era il senso di colpa per aver evitato un destino che aveva schiacciato gli altri bambini dell'orfanotrofio?

Forse si trattava di qualcosa di più complesso: la fine del suo sotterfugio. I cristalli che Pablo Grande gli aveva inserito nelle mani mantenevano aperte le ferite senza bisogno dei suoi interventi quotidiani. Come tanti impostori, padre Márcio stava cominciando a credere al proprio inganno. In un modo o nell'altro, per la prima volta un'idea di futuro prendeva il posto di tutto il dolore del passato.

Il mattino dopo l'ordinazione, padre Márcio prese la sua prima decisione apostolica: chiese una visita a sorpresa, in compagnia del nunzio papale, dei cardinali e del vescovo, all'orfanotrofio dei Piccoli Fratelli del Soccorso Perpetuo. Furono accompagnati da una delegazione ufficiale che comprendeva il governatore dello stato, il sindaco e parecchi altri, tra cui gli editori dei tre giornali locali.

Come si aspettava, in quell'istituto costruito per facilitare la tortura e gli abusi sui bambini non era cambiato nulla. Padre Márcio conosceva tutti i passaggi segreti che conducevano alle celle di punizione e di isolamento. Mostrò ai suoi ospiti sbalorditi le vittime e i carnefici, spiegando tutte le procedure con cui le violenze sessuali venivano perpetrate nascondendosi dietro la santità dell'ordine e il nome di Dio.

Sostenne che si trattasse di un intervento divino. Disse di aver avuto un sogno quella notte stessa, dopo l'ordinazione, in cui gli era stato detto di trovare e rendere pubblici quegli orrori. La delegazione non ebbe altra scelta che credergli, perché qualsiasi altra opzione era impensabile. I più corrotti, eppure ingenui, tra loro si chiesero se il giovane prete un giorno avrebbe visto in sogno anche i loro crimini.

Padre Márcio sapeva che se avesse denunciato i Piccoli Fratelli solo alla Chiesa nessuno avrebbe fatto nulla. I preti non avrebbero subito alcun castigo per i loro crimini; sarebbero stati dispersi in altre parrocchie, dove avrebbero trovato altre vittime, e la piaga si sarebbe estesa. Ma davanti a quel gruppo misto non era possibile nascondere più nulla. Qualcuno avrebbe parlato e, cosa più importante, qualcuno avrebbe ascoltato.

Due ore dopo, i preti furono tutti arrestati e i bambini liberati e affidati alle cure di medici e specialisti. Mentre l'indignazione saliva come una febbre, le autorità giurarono di estirpare il crimine alla radice.

Padre Márcio convocò una riunione nell'alloggio dell'ex vicerettore, e fu lì che emersero le sue capacità politiche. Consigliò la discrezione. Disse che uno scandalo di quelle proporzioni non avrebbe distrutto solo l'orfanotrofio, ma la città stessa. Rassicurò i presenti che la responsabilità non era loro, che il loro comportamento era irreprensibile. Quindi, perché permettere alle colpe di pochi peccatori di danneggiare l'ordine sociale e la reputazione civica? Per non parlare del danno economico.

Si offrì volontario come supervisore dell'orfanotrofio: lo avrebbe ripulito dal peccato e riportato in una situazione di fiducia e decenza. E si impegnò a proteggere i bambini da ogni danno futuro. Quelle piccole anime avevano il potenziale per formare una legione santa e diventare soldati nell'esercito di Gesù e diffondere la Sua parola.

Tutti i dignitari si dissero d'accordo, con sollievo e gratitudine. I Piccoli Fratelli sarebbero stati privati della loro carica ecclesiastica e gettati nel penitenziario statale di Absalom in attesa del processo, un processo che non avrebbe mai avuto luogo.

Il colpo di stato era completo. Padre Márcio aveva raggiunto il primo obiettivo del suo progetto: assumere il controllo dell'ordine dei Piccoli Fratelli del Soccorso Perpetuo, non solo a Ciudad Real ma in tutto il Messico. Ed era riuscito ad assicurarsi la complicità di tutti i rappresentanti della comunità. Si stava preparando a prendere il controllo della città, e poi dello stato. C'era solo un uomo che poteva opporsi ai suoi piani.

L'uomo che conosceva una verità capace di far crollare tutto il suo lavoro.

Pablo Grande.

31
Pilar

Tutto era andato come previsto. Le due guardie giurate erano uscite alle otto per andare a fare colazione al chiosco ambulante, dopo che tutte le donne erano entrate e il direttore, che in realtà era il *figlio* del direttore, era in ritardo come al solito.

Pilar e tre altri agitatori tirarono giù le saracinesche anteriori e posteriori, bloccandole al suolo con i lucchetti. Un grido di trionfo si alzò dalle trentaquattro donne barricate all'interno.

Era iniziata l'occupazione.

In parte era stato il caso a determinare la *maquiladora* da cui far partire lo sciopero, ma Pilar sapeva che non avrebbero potuto sceglierne una migliore (o peggiore, a seconda dei punti di vista) in tutto lo stato della Baja California. Lì si applicavano i salari più bassi di tutta Tijuana, il che non era poco. La mancanza di igiene era così totale da costituire una minaccia anche per il personale delle fabbriche vicine. E la cosa più spregevole era che il prodotto di quella fabbrica era falso. "Artigianato indigeno" realizzato in catena di montaggio. Non si trattava solo di esproprio culturale, ma di furto vero e proprio. I monili d'argento, le sculture in legno, i dipinti e il vasellame contraffatto sottraevano introiti alle comunità yaqui, hopi e mayo. Le operaie stavano occupando la fabbrica, ma Pilar avrebbe preferito farla esplodere.

Tutto andò bene, all'inizio. Le donne erano unite dalla

rabbia per le proprie condizioni lavorative, per l'arroganza del giovane direttore, per le prepotenze delle guardie, che tentavano continuamente di ottenere favori sessuali con l'intimidazione. Le donne ce l'avevano anche con se stesse, perché sapevano di essere complici di una frode. Ma più di tutto ce l'avevano con chi comprava quella roba: cinici imbonitori da bancarella, turisti creduloni e persino proprietari di gallerie d'arte che avrebbero dovuto essere più competenti. L'occupazione conquistò subito i titoli dei notiziari. Le donne furono intervistate telefonicamente da una radio locale. Salutarono da dietro le finestre sbarrate i picchetti di sostenitori dello sciopero, sotto gli occhi delle telecamere. Eccitate dal successo, pranzarono insieme, ridendo e cantando.

Poi una di loro si introdusse negli uffici dell'amministrazione e trovò il denaro.

Ci furono discussioni. Juana, nota per la sua lingua pungente, disse che quei soldi appartenevano a loro, erano loro che sudavano chine sulle macchine, era il loro lavoro sottopagato a consentire al *pinche* giovane direttore e al suo *pinche* padre di accumulare una fortuna. Disse che era meglio prendersi quel denaro perché tanto avrebbero comunque perso il lavoro.

Pilar passò al contrattacco. Disse che loro non erano uguali ai loro capi; non erano criminali. Erano lavoratrici orgogliose, che scioperavano per difendere la loro dignità e condannare pubblicamente le scandalose condizioni di lavoro in cui operavano, oltre alla frode perpetrata dalla fabbrica.

Juana disse che i capi non avrebbero perso nulla: il denaro mancante lo avrebbe rimborsato l'assicurazione.

Pilar ribatté che avevano un dovere verso tutte le donne che lavoravano nelle altre fabbriche in condizioni di sfruttamento. Solo perché i loro capi erano dei delinquenti, non dovevano esserlo anche loro. A differenza dei capi, dovevano comportarsi con onore.

Juana disse che l'onore era un privilegio dei ricchi.

Pilar disse che era lo stendardo dei poveri e dei diseredati.

Dopo tante urla e pianti, decisero di votare. Il denaro restò dov'era. Tutte si sentirono orgogliose, persino Juana. Avevano provato a se stesse una cosa che tante persone non hanno mai l'occasione di scoprire: che non erano ladre.

Ma questo non cambiò nulla.

La polizia fece irruzione poco dopo le tre del pomeriggio e le arrestò tutte. Per violazione di proprietà privata, vandalismo e tentato sequestro. Nonché per il furto di denaro contante negli uffici amministrativi. (Fu il capo a sottrarre i soldi, accusando le operaie. E poi se li fece rimborsare dall'assicurazione. Juana aveva avuto ragione su tutti i punti. Qualsiasi cosa fai, vincono sempre i capi).

La violenza del raid fu eccessiva. La polizia municipale, rinforzata da un *pelotón* di *rurales*, entrò non solo con l'obiettivo di far cessare l'occupazione, ma di far del male alle donne, di umiliarle. I poliziotti restarono a guardare sorridendo, mentre i *rurales* strappavano vestiti e reggiseni e pantaloni, schiaffeggiavano, tiravano capelli, prendevano le donne a pugni sui seni e sulle natiche. Le operaie furono trascinate fuori, a volte per le caviglie, con schiena e braccia nude piene di lividi. Quando toccò a lei, Pilar si guardò intorno, piena di paura. Non c'era più un solo picchetto di sostenitori, niente telecamere.

Nessun testimone.

Furono costrette a salire su un autobus tra gli insulti. All'inizio restarono in silenzio vedendo che l'autobus si dirigeva a est, pensando che avrebbe preso il primo svincolo per Tijuana. Ma quando videro che continuava a proseguire verso La Presa, cominciarono a mormorare tra loro, spaventate. Le colline scure intorno alla diga sembravano volerla cancellare per sempre con le loro ombre. Il cielo si fece cupo, nuvole grigie di pioggia apparvero all'orizzonte. Pilar osservò dal finestrino le Jeep Cherokee che le accompagnavano. «Dove ci stanno portando?» chiese Juana. Nessuno rispose. Ora il mormorio era di preghiera, punteggiato da singhiozzi sommessi.

L'autobus si fermò davanti a una scuderia, nascosta dietro una grande fattoria e invisibile dalla strada. Il vento soffiava sulla terra arida; le donne si strinsero contro l'autobus come in cerca di protezione, mentre poliziotti e *rurales* scherzavano tra loro e il padrone della fattoria pagava una somma di denaro con indifferenza. I poliziotti ringraziarono con sorrisi servili, che furono subito sostituiti dal risentimento non appena tornarono alle loro auto, abbandonando le donne al loro destino.

Pilar si voltò e incrociò lo sguardo dell'autista dell'autobus, che indicò le scuderie con un cenno del capo. Alcuni bambini di circa dieci anni stavano portando fuori i cavalli, verso un campo recintato. Pilar tornò a guardare l'autista e l'uomo sorrise, rivelando un buco tra i denti che sembrava un pozzo abbandonato, scuro e minaccioso, un abisso senza fondo.

Gli uomini cominciarono a spingerle verso le stalle. Le donne di riflesso si misero in cerchio, schiena contro schiena, le più piccole e deboli al centro. Un raggio di sole riflesso da un'auto illuminò il volto di Pilar. L'auto aveva appena svoltato verso la fattoria, e il parabrezza tinto d'oro dalla luce del tramonto impediva di vedere chi c'era all'interno.

Il padrone della fattoria uscì dal gruppo. Pilar lo aveva visto spesso sui giornali. Raúl Abarca, un piccolo uomo con grandi ambizioni. Era un attivista del PRI nella città di Lomas Taurinas. Era stato presente al raduno del partito in cui Colosio, il candidato alla presidenza, era stato assassinato. Si diceva che Abarca fosse coinvolto nel commercio di sigarette contraffatte. «È meglio se collaborate» disse alle donne. «Soffrirete di meno.» Ci furono risate impazienti tra gli uomini, a quella promessa di pietà in una terra spietata.

Una raffica di vento sollevò la terra color cenere, formando una nuvola di polvere, come se la terra stessa volesse fuggire da ciò che stava per succedere.

«Non è per questo che ci avete portate qui?» disse Pilar. «Per farci soffrire il più possibile? Vigliacchi del cazzo!»

Abarca si voltò lentamente a fissarla. «Cominciamo da lei. Gettatela con il culo nella polvere.»

Pilar si voltò verso i *rurales,* che la fissavano con un misto di curiosità e disprezzo. «Noi non siamo senza nome. Siamo le vostre mogli, le vostre sorelle; le vostre figlie e le vostre madri. Pensateci!»

Ci fu un silenzio lungo e inaspettato che la rincuorò. Il capo la fissò per un lungo momento poi annuì. «Ho commesso un errore» disse. «Ti terremo per ultima.»

Gli uomini si mossero in fretta, afferrando le donne per il collo o per i capelli. Juana reagì e ne gettò uno a terra. Abarca tirava calci con gli stivali, gridando ordini con dispotica autorità. Pilar si divincolò e gli si gettò addosso, tirandogli uno schiaffo in cui mise la forza di tutto il corpo, e restando con la spalla indolenzita. L'uomo barcollò all'indietro, cadendo nella polvere. Si rialzò in ginocchio e sfoderò una Colt .45.

Pilar sarebbe stata uccisa in quel momento, se uno sconosciuto non l'avesse afferrata per le spalle, tirandola via. «Cosa cazzo stai facendo?» gridò l'uomo, Fuentes, al proprietario della fattoria. «Metti via quella pistola o finisce male.»

Abarca si guardò intorno. Era circondato da tre poliziotti, le mani sulle Beretta. Un momento di umiliazione, a cui seguì la riflessione e la scelta di sopravvivere. Rinfoderò la pistola.

«Calmati» disse Fuentes a Pilar, allentando un po' la stretta.

Lei abbassò la testa e lo morse sul polso, un morso che era come una presa alla gola. Feroce. Furioso. Implacabile. «Basta» le mormorò lui all'orecchio. Pilar strinse ancora più forte, ma poi rilassò i denti. La rabbia che aveva dentro sembrava scomparsa all'improvviso, come una pioggia tropicale, fortissima e breve. Aveva le labbra macchiate di sangue.

Fuentes la voltò in modo da guardarla negli occhi. Lei aveva uno sguardo nero d'odio. Fece per sputargli in faccia, ma all'ultimo momento cambiò idea; si allontanò da lui di scatto, pulendosi il sangue dalla bocca, e tornò verso le altre donne. Fuentes la seguì con lo sguardo, tenendosi il polso mentre la camicia si bagnava di sangue e il forte dolore iniziale diventava sordo e pulsante. Prese le manette e con un solo rapido gesto voltò Abarca e lo ammanettò con le mani dietro la schiena. Lo spinse avanti, verso le scuderie, tenendogli i polsi sollevati senza permettergli di piegare i gomiti. Nessuno sopporta un dolore del genere, meno che mai un vigliacco come Abarca. Fuentes si voltò verso i suoi poliziotti. «Voi due sorvegliate i suoi uomini, tu vieni con me.»

Non c'era bisogno di sorvegliare i *rurales*, i quali reagirono come avrebbero fatto i loro nonni vedendo il loro *hacendado* linciato dai banditi o giustiziato dagli uomini di Zapata: incrociarono le braccia e restarono da parte, abbandonando il loro capo al suo destino.

Il trio scomparve tra le ombre delle stalle sotto gli occhi di Pilar. Il buio di quelle baracche le ricordò il sorriso dell'autista dell'autobus: una caduta nelle tenebre. Rabbrividì. Non voleva seguirli, ma sapeva di doverlo fare e lo fece, mossa da un impulso simile a quello che spinge alcune persone ad avvicinarsi all'orlo di un precipizio: un terrore irresistibile combinato con il bisogno bruciante di sapere.

Le scuderie erano un labirinto di ombre indistinte, invase dalla puzza acida del letame. La paglia sotto i piedi sembrava essere stata sistemata come per mascherare una trappola. Pilar aveva la sensazione che il pavimento potesse scomparire da sotto i piedi. L'ansia che la pervadeva era terribile, come se si preparasse a ricevere una rivelazione spaventosa che però aveva bisogno di conoscere. A tutti i costi.

Un cavallo diede un calcio impaziente contro una parete, facendola sobbalzare. Finalmente scorse gli uomini mentre scomparivano dietro un box che sulla porta aveva il disegno di un grande cavallo. Pilar per poco non inciampò in un rastrello e si sostenne contro il bordo di un box. Guardò dentro la piccola stalla.

E urlò.

Udì qualcuno correre verso di lei, mentre cercava di aprire il chiavistello. Alla fine scavalcò il portello e atterrò su un mucchio di paglia dall'altro lato. In un angolo c'era una giovane donna nuda, le mani legate a un gancio di ferro nel muro. Pilar tentò di sciogliere i nodi della corda ma non ci riuscì. La donna restava immobile, senza reagire. Alle sue spalle, qualcuno cominciò a prendere a calci la porta, sfondandola. Entrò Fuentes e si chinò sulla donna, cercando una pulsazione. Si tolse la giacca, esponendo il metallo bluastro della pistola che portava vicino al cuore, e coprì la sua nudità. Con un pezzo della porta sfondata fece leva per scalzare l'anello dal muro, poi prese in braccio la donna e uscì dal box. L'anello che pendeva ancora dalle mani legate della donna strisciava sul pavimento mentre lui camminava verso la luce.

Fuentes era quasi fuori dalla scuderia quando si bloccò, voltando la testa come se qualcuno lo avesse chiamato per nome. Affidò la donna svenuta al collega, estrasse la Colt Python e la puntò alla bocca di Abarca. «Quante altre?»

Abarca lo fissò, calcolando il rischio. Fuentes tirò indietro il cane, spostando la mira sulla pancia. Tre giorni di agonia, prima della morte. «Non te lo chiederò un'altra volta.»

«Cinque» rispose Abarca. «Sei, compresa questa.»

«Sparagli» disse Pilar. Fu come il canto di una sirena per Fuentes: non voleva ascoltarlo ma ne era attratto.

Forse era così che Dio rispondeva alle preghiere.

Alle labbra di Abarca salì una parola, la stessa che aveva udito così tante volte da dimenticarne il significato. Una parola senza valore che all'improvviso valeva moltissimo. Una parola di cui ora scopriva la forza per la prima volta, in tutta la sua miserabile vita. «Pietà» sussurrò. Era la cosa peggiore che potesse fare: supplicare per ciò che aveva sempre negato agli altri.

«Dove sono le altre?»

«Vi ci porto io. Da tutte.»

Fuentes gli fece cenno di precederlo.

«Lo lasci andare?» Più che una domanda era un abisso di incredulità. «Questo porco?»

«Ci sono altre donne. Devo trovarle.» Tornò con Abarca di nuovo nel buio della scuderia. Pilar fece per seguirli, ma lui le parlò dal buio: «Torna con le altre. Assicurati che non ne manchi nessuna. Falle salire sull'autobus e aspettate lì».

«Cosa dobbiamo aspettare, di essere sequestrate un'altra volta?»

«Aspettate di vedere se torno vivo.»

32
El Santo

«Se pago quegli stronzi è perché devono lavorare per me, non per la DEA o per Los Pinos.» El Santo rimesta rabbioso i carboni del barbecue con un lungo cucchiaio di metallo, ricordando le parole di sua madre: "Se ceni col diavolo usa un cucchiaio lungo". Non ha mai capito perché un cucchiaio. In compagnia del diavolo, non sarebbe più adatta una forchetta, per fare il paio con il suo forcone?

«Ma loro lavorano *veramente* per la DEA e Los Pinos.» El Feo scrolla le spalle, come fa sempre quando ha un'opinione personale. Una cosa che gli succede un po' troppo spesso, ultimamente.

«Lo so. Perché credi che li abbia assunti?» Gli dà uno spintone sul petto e attraverso tutto quel grasso sente il contraccolpo con almeno due secondi di ritardo, come l'eco di un grido in un tunnel. «Non me ne frega un cazzo di chi gli paga i contributi per la pensione. Se non mi trovano delle risposte non ci arrivano, alla pensione. Dove cazzo è Mary Ellen? Chi cazzo è questo Paredes? E che cazzo ci faceva al volante della macchina di Mary Ellen?»

«Forse l'ha ammazzata per fregarle il carico.»

El Santo per poco non ammazza lui. Ha pensato esattamente la stessa cosa, ma detesta sentirla dalla bocca di un idiota come El Feo. «Qualcuno mi sta prendendo per il culo, e non mi piace. Devi scoprire chi è. Voglio risultati, non opinioni, cazzo.»

«Forse dovresti pagare tutti un po' di più?»

El Santo vorrebbe cauterizzargli la gola con la parte incandescente del cucchiaio. «Perché, forse adesso pensano che la lealtà è qualcosa che si vende al miglior offerente?»

El Feo fa un passo indietro, scioccato da quelle parole. Non è che pensano che la lealtà sia in vendita. Lo *sanno*. Si chiede se non sia il caso di riconsiderare l'offerta di Tijuana. Dopotutto, quanto può essere difficile uccidere El Santo? «Lavorano duro per te, capo. Ogni informazione che forniscono ai loro capi riguarda sempre Tijuana o Juárez, mai Ciudad Real. Ti stanno facendo un favore, eliminando la concorrenza.»

El Santo è nell'ambiente da abbastanza tempo per sapere che quando qualcuno si mette a giustificare chi lavora per due padroni, significa che anche lui lavora per qualcun altro. Forse dovrebbe dire a Oviedo di pedinare El Feo. Oviedo è in piedi sulla porta della cucina e li guarda mentre affila una piccola mannaia con un acciaino zigrinato. Ecco cosa gli piace di lui. Oviedo è industrioso, non perde mai tempo, al contrario di El Feo. Se solo riuscisse a far stare zitto quel fottuto cane, non ci penserebbe due volte. «Se continuano a cantare con la DEA e la PJF come hanno fatto finora, tra un po' non resterà nulla da dire.» El Feo lo guarda come se non sapesse di cosa sta parlando. El Santo si rende conto di doverglielo spiegare. Di nuovo. «Non lo capisci? Quando non resterà altro, tradiranno *noi*.»

El Feo mette una mano nel secchio del ghiaccio e tira fuori una birra. El Santo lo bacchetta con il cucchiaio. «Lascia stare la Noche Buena. Natale è lontano e la mia scorta sta finendo.»

«L'avevo presa per darla a te» mente El Feo, massaggiandosi la mano. Poi con un gesto risentito afferra una Pacifico e la apre con i denti, se si possono chiamare così. «Insomma, cosa vuoi che facciamo con quei due?»

«Non lo so. A volte penso che la cosa più semplice sia farli fuori e reclutare qualcun altro.»

«Ma... non puoi. Sono protetti.»

El Santo, a differenza di El Feo, non è stupido. Sa benissimo che se togliesse davvero di mezzo Byrd o Gordillo, il giorno dopo si troverebbe sepolto sotto una montagna di merda grande come il Tamaulipas. Ma nessuno ha il diritto di dirgli cosa può o non può fare, specialmente un *pendejo* come El Feo. «Qual è il problema? Perché se hai un problema, posso dare il lavoro a qualcun altro. Oviedo è ambizioso, non vede l'ora di darmi una mano.»

«Quel viscido bastardo? Stai scherzando?»

«Sarà anche viscido, ma almeno non discute i miei ordini.»

«Non li discuto nemmeno io, capo. È solo che... è complicato.»

«Che mi dici allora del partner di Paredes? Possiamo sequestrarlo e strappargli delle risposte. Di lui non frega un cazzo a nessuno.»

El Feo s'illumina, sempre che si possa immaginare una tinozza di catrame irradiare luce. «Sicuro. Possiamo eliminarlo insieme al suo nuovo partner, quel coglione di Tijuana.»

«Così non solo sarà un avvertimento, ma Gordillo e Byrd faranno anche la figura degli stupidi.» I due fanno cincin con le bottiglie di birra. «Primo problema risolto. Ora parlami dell'altro coglione, Carlos. Lo avete trovato?»

«Abbiamo perquisito a fondo la casa. La sua donna ha noleggiato una macchina. Pensiamo siano diretti a Phoenix.»

«Come mai?»

«Abbiamo trovato un'agenda. Carlos ha dei parenti in Arizona.»

Ieri sembrava un disastro, oggi s'intravede una luce. El Santo finalmente sorride. «Trovali, tutti e due. Darò un esempio che nessuno dimenticherà mai.»

El Feo è tutto compiaciuto. «Ci penso io, capo.»

«Qualche notizia su quell'auto esplosa?»

«Il proprietario lavora per la stessa organizzazione sindacale per cui lavorava quello che è andato arrosto nell'hotel.» Quello che non era il vero obiettivo, intende dire. «Si tratta del capo locale.»

El Santo deve seguire quella faccenda con molta cura. Aveva un contratto per eliminare una giovane sindacalista, e se l'è lasciata scappare. Lo stesso giorno, a sua insaputa, qualcun altro tenta di eliminare il capo della ragazza. Per fortuna non ci riesce, così il casino fatto da El Santo all'hotel sembra meno grave, ma è sempre una mancanza di rispetto: per un omicidio a Ciudad Real qualcuno si è rivolto a Tijuana o a Juárez. El Santo ora può presentare le cose in modo da dare l'impressione che a Ciudad Real non succeda nulla a sua insaputa. Può far sembrare l'uccisione dell'uomo al posto della ragazza un atto deliberato, ordinato da lui dopo aver scoperto il piano per far saltare quell'auto. Fingere che si sia trattato di un modo per mostrare il suo dispiacere per il fatto che qualcuno offra contratti a squadre di altre città. Questo lo rafforzerebbe, e tra Los Zetas, El Chapo e altri che gli tengono il fiato sul collo, El Santo ha bisogno di rafforzarsi. Una cosa che deve capire in fretta è il motivo di tutto questo improvviso interesse per i sindacati. Qual è la posta in gioco? Cosa sanno gli altri che lui non sa? Finisce la birra, meditando su quel mistero. Il rutto di El Feo lo riporta alla realtà. «Ultima cosa. Che sappiamo di questo prete che ruba macchine?»

«Padre Márcio» lo corregge El Feo.

El Santo non apprezza il tono reverenziale, anche se non gli dispiacerebbe udirlo quando la gente pronuncia il suo nome. «Padre, papa, chiamalo come ti pare. Ruba macchine e le rivende. Deve pagare la tassa come tutti gli altri.»

«Dai, capo. Padre Márcio aiuta i poveri.»

«Anch'io aiuto i poveri!» El Feo ha un lampo negli occhi, a quella menzogna. «Non capisco perché ti ecciti tanto per questo prete.»

«È stato segnato da Dio.»

«E allora? Non è il primo ad avere le mani bucate. Forse le ha alzate vedendo arrivare la polizia e loro gli hanno sparato lo stesso.»

«Non parlare così. Quelle mani sono sacre!»

El Santo gli afferra un polso e gli preme la mano sulla piastra bollente. «Te le faccio vedere io le mani sacre!» grida, al di sopra dell'urlo di El Feo. Lascia andare la mano fumante, e l'altro la immerge subito nel ghiaccio, tra un tintinnio di bottiglie che tentano di allontanarsi dalle sue dita cotte. «Un po' di rispetto, è chiedere troppo?» El Santo aspetta finché la pelle rimasta sulla piastra si cuoce diventando trasparente come cipolla, poi la raschia via e la getta sui carboni, dove prende fuoco e si riduce in cenere.

El Feo piange. Di sicuro lo fa apposta, perché se c'è una cosa che il capo non sopporta sono le lacrime. «Smettila!» grida El Santo. Prende una bottiglia di Noche Buena e gliela rompe in testa. Schegge di vetro atterrano sulla piastra. Scende un silenzio improvviso, disturbato solo dallo sfrigolio della birra che evapora.

El Feo si rimette in piedi a fatica. Da un taglio sul sopracciglio sinistro, il sangue scende fino alla camicia. El Santo fissa il collo della bottiglia che gli è rimasto in mano, poi lo getta sul prato. «Guarda cosa mi hai fatto fare! Ora devo aspettare l'inverno, per sostituire quella bottiglia!»

El Feo dice qualcosa che suona come: «Non volevo...».

«Se non chiudi la bocca riguardo a quel prete, la prossima volta ti arrostisco la lingua.»

«Peccatore.»

Qualcosa non va. El Feo parla ancora, nonostante l'ordine di chiudere la bocca. «Cosa?»

«Sporco bastardo peccatore.» El Santo sente lo sparo, vede il fumo uscire dalla pistola, e all'improvviso si ritrova a terra, steso su un fianco. Ha sbattuto la faccia a terra e gli fa male. Le scarpe di El Feo gli ballano davanti al naso. Non trova subito il collegamento tra i due eventi. Prima il *bang*, poi il mondo visto dal livello del suolo, come se fosse sempre stato steso a terra e sanguinante.

«Ora ti spedisco all'inferno, sporco...»

Il terreno ha un leggero sussulto, El Santo è investito da uno spruzzo di sangue sproporzionato rispetto alla scossa che ha sentito. Cerca di allontanarsi strisciando dal corpo agonizzante di El Feo. Solo una pistola può fare un botto del genere e ridurre un uomo a una poltiglia sanguinolenta. Smith & Wesson modello 29. E solo uno dei suoi sicari porta sempre in giro una modello 29.

Oviedo.

El Santo si alza a quattro zampe. Ha l'inguine bagnato ma è solo sangue, la sua dignità è salva. Il proiettile di El Feo ha trapassato la fibbia d'argento della cintura di coccodrillo, perforando i suoi Levi's irrestringibili e l'elastico delle mutande Calvin Klein, per poi fermarsi, finalmente esausto, nelle pieghe della sua pelle.

«Stai bene, capo?» chiede Oviedo, nel tono piatto con cui un negoziante chiederebbe: "Contanti o carta di credito?".

«Niente di grave.» Il fatto grave è che il suo braccio destro abbia appena tentato di ucciderlo. Si spargerà la voce, e si ritroverà tutti addosso. Quel genere di tentativo è come lo scolo: altamente contagioso.

«Stai pisciando sangue, capo. Bisogna andare dal veterinario.»

El Santo esplora con delicatezza la ferita. Frammenti di metallo, cuoio e tessuto sono sepolti nella sua pelle intorno a un pezzo di piombo che si intravede appena. Forse può tirarlo via con le dita, ma c'è il rischio di spingerlo ancora più a fondo, in quella misteriosa caverna nota con il nome collettivo di "viscere". E a quel punto sarebbe fregato. Per non parlare dei rischi di infezione. «Niente veterinario. Qui ci vuole una clinica vera.»

«Conosco quella giusta.»

«Prendi degli uomini. Togli di qui questo sacco di merda e fanne un esempio.»

«Certo, capo.»

«Elimina tutta la sua squadra.»

«Ci penso io.»

«Domani. Tutta la famiglia sarà all'hotel Heartbreak, per il compleanno di suo fratello Curro. Quello è il momento giusto.»

«Perfetto, capo.»

Merda. Con uno come Oviedo a disposizione, perché cazzo ha sopportato El Feo per tanto tempo? Lealtà? Amicizia? Sono soltanto miti, come il Natale e la sfortuna, inventati per farti sentire in colpa. «Aspetta.» Prende Oviedo per un braccio, lasciandogli un'impronta rossa sulla manica della camicia bianca. «Tu credi in Dio?»

Oviedo fa una smorfia. «Chi cazzo sarebbe?»

El Santo sorride. «Sei l'uomo giusto.»

33
Pilar

La baracca in cui viveva la povera Isabel Torres era deserta. Fuentes aveva scostato la lastra di fibra di vetro sul retro e aveva guardato dentro, giusto per assicurarsi che davvero non ci fosse nessuno. In cambio di venti pesos, una vicina gli aveva detto che la madre di Isabel era andata via un'ora prima, con una giovane donna, diretta a casa di Rosario Flores. La donna si era voltata verso sud, stringendo gli occhi contro il sole. Fuentes aveva chiesto chi era Rosario Flores.

Domanda sbagliata.

Lo sguardo della vicina si era fatto vuoto. Se avesse avuto una porta, gliel'avrebbe sbattuta in faccia.

Era stata una reazione impulsiva, quasi fisiologica, a un terribile errore di giudizio: aver rivelato un'informazione a qualcuno che avrebbe dovuto ignorarla. Le informazioni sono l'unica cosa che ha un valore, in un posto come Anaprata. E non le vendi per quattro soldi. Di solito riguardano i narcos, ma a volte, come nel caso presente, pensava Fuentes, riguardano un livello più alto: esoterico, forse anche divino. Dieci a uno, Rosario Flores era una *bruja*. E il mondo dei *brujos* è come quello dei narcos: è inutile chiedere spiegazioni o informazioni specifiche. O sei abbastanza fidato da guadagnarti il biglietto d'ingresso, oppure sei chiamato direttamente dagli spiriti.

A quel punto, Fuentes e Gomez si erano messi a esplorare le strade di Anaprata. E dopo circa mezz'ora era arrivato il colpo di fortuna. Fuentes dà una pacca sul braccio del partner e indica Pilar, che sta uscendo da una *miscelánea* illegale con una cassetta da frutta piena di generi alimentari. La osservano dirigersi lungo una strada sterrata, sollevando una polvere torpida a ogni passo. Gomez rallenta e resta indietro, per non farsi notare.

Le baracche lungo la strada sono fatte di compensato, di blocchi di cemento grezzi o hanno muri di mattoni crudi dipinti di bianco. I tetti sono quasi tutti di plastica e carta catramata, e frusciano al vento. La strada è ingombra di rifiuti; buste di plastica rotolano pigramente qua e là. Un cane dorme su un materasso macchiato di piscio, all'ombra di un'auto bruciata.

Due giovani dentro una vecchia Chevrolet fischiano al passaggio di Pilar, ma senza entusiasmo. Lei li ignora con suprema indifferenza. Fuentes e Gomez la vedono scomparire oltre uno stretto ingresso verde. «Non capisco» dice Gomez. «Perché sempre lei?»

«Sai cosa ho notato?»

«Cosa?»

Fuentes gli dà un buffetto consolatorio sulla spalla. «Ci sono un sacco di cose che non capisci.» Scende e si avvia verso la Chevy, mentre Gomez resta in macchina.

Uno dei ragazzi sta frugando nel giubbotto di jeans in cerca dell'accendino, con una canna appena rollata tra le mani, quando dal finestrino entra una mano, offrendo un fiammifero acceso. Il ragazzo ringrazia con un cenno del capo e si china ad accendere. Poi oltre la nuvoletta di fumo vede Fuentes e scatta indietro. Fuentes lo afferra per il bavero e lo tira fuori dal finestrino, gettandolo in strada. L'amico salta giù dall'altro lato con un coltello in mano, gli occhi spaventati di chi sa che potrebbe doverlo usare davvero.

Fuentes gli mostra il distintivo attaccato alla fondina, controllando la situazione solo con la minaccia, senza vera violenza. Il coltello cade a terra. Fuentes lo spinge con un calcio sotto la macchina. Quello che ha tirato fuori dal finestrino si rialza in piedi, e i due fissano il poliziotto con espressioni di sfida e di paura, guardandosi intorno alla ricerca di una via di fuga. Fuentes indica l'ingresso verde. «Chi abita lì?»

I due si scambiano un'occhiata. Come quasi tutti, a Ciudad Real, soffrono di amnesia a breve termine. Due secondi prima tremavano di apprensione, ora sono tornati all'abituale atteggiamento da bulli. Uno scrolla le spalle. Fuentes si muove in fretta: li prende per i capelli e sbatte le teste una contro l'altra. Rumore di pneumatici sulla ghiaia, lo sbattere di una portiera, e Gomez ha già bloccato uno dei due in una morsa.

Fuentes spinge l'altro dietro l'auto della polizia e apre il bagagliaio. Gomez è perplesso ma lo segue con il suo prigioniero. Fuentes spinge la testa del giovane nel bagagliaio e dice al collega: «Portali nel deserto e ammazzali.»

Gomez lo fissa, confuso, mentre il giovane tra le sue mani sembra accasciarsi. Fuentes tenta di spingere il primo nel bagagliaio, ma il ragazzo urla: «Aspettate!».

«*Ora* vuoi parlare? Troppo tardi.» Gomez si guarda intorno, preoccupato. I vicini guardano dalle finestre. Fuentes muove le labbra, formando le parole "Non preoccuparti".

Approfittando del momento, il ragazzo di Gomez si divincola e supplica: «No, ti prego».

Fuentes getta a terra il suo prigioniero e afferra l'altro per i capelli. «Chi abita lì, stronzo?»

«Rosario Flores.»

Il ragazzo a terra si rialza e taglia la corda, correndo a tutta velocità. L'amico lo vede sparire tra le baracche e il tradimento lo scuote. Gomez sta per mettersi all'inseguimento, ma Fuentes scuote la testa e si rivolge all'unico prigioniero rimasto. «Mi serve più di un semplice nome.»

«È una *bruja*. Parla con i morti.»

«Chi c'è con lei ora?»

La voce del ragazzo è un sussurro. «La mamma di Isabel, quella che hanno trovato morta. Non so altro, lo giuro.» Fuentes annuisce e Gomez allenta la stretta. Il ragazzo resta un attimo interdetto, poi tende la mano. Fuentes lo fissa. Un attimo prima supplicava per la sua vita, e ora vuole essere pagato? Il ragazzo fa spallucce. «Le informazioni sono informazioni.»

Gomez gli dà uno schiaffo su un orecchio. «Togliti di torno, prima che cambiamo idea.» Il ragazzo si allontana fino a distanza di sicurezza, poi si volta e alza il dito medio. L'unico movimento nella strada è quello delle tende dei vicini che tornano a posto. Fuentes sistema le maniche della camicia e si dirige verso la casa.

Gomez lo segue, scuotendo la testa. «Che cazzo stiamo facendo?» Ma Fuentes è già dentro.

Fuentes scruta le ombre in movimento appena oltre l'ingresso. Sgancia il fermo della fondina. Qualcosa lo urta alle spalle. È Gomez, che si toglie gli occhiali da sole con frettoloso imbarazzo.

Percorrono un corridoio illuminato da candele votive ed entrano in una stanza dove ce ne sono almeno un'altra dozzina. Donne di tutte le età siedono in cerchio sul pavimento, cantilenando. Fuentes attende che gli occhi si adattino alla luce, e osserva le pareti coperte di maschere, piume e oggetti sacri.

Nel gruppo è seduta anche Pilar. Li vede prima che loro vedano lei e si alza in piedi, stupita. Altre donne si voltano a guardare e la cantilena gli muore sulle labbra. Fuentes le guarda in faccia una per una, finché i suoi occhi non si fermano su una donna di mezza età dall'aria esausta, con il viso scavato dall'incredulità di un lutto recente. Indossa un *sarape* con un'immagine della *Guadalupana*. «*Señora* Torres? Sono l'ispettore Fuentes.» La donna alza gli occhi, arrossati da ore di pianto. «E lui è il detective Gomez. Stiamo indagando sull'omicidio di sua...» La donna volta il viso, come in risposta a una chiamata segreta che solo lei ha udito. Le donne si prendono di nuovo per mano e ricomincia la nenia. Fuentes ora la riconosce: è un rosario.

Pilar gli fa cenno di seguirla ed esce da una porta sul retro. Gomez fa per avviarsi dietro di loro ma Fuentes scuote la testa. Gomez fa una smorfia di disappunto e si appoggia al muro, mentre Fuentes si chiude la porta alle spalle. Fissa le donne, prima annoiato, poi cullato dalla familiarità della cantilena, dalla sua promessa di aiuto, se non di redenzione. Ritrova ricordi lontani: le donne della sua famiglia, la loro forza, la loro devozione, la loro protezione; e le sue labbra ritrovano automaticamente le parole, muovendosi con la sincronia innata di un bambino che recita le tabelline.

Fuori fa fresco, lo stretto cortile è ombreggiato da lenzuola umide stese ad asciugare. Pilar è seduta su una cassetta del latte rovesciata e si è accesa una sigaretta. Parla senza guardare in faccia Fuentes. «Mi avete seguita?»

Fuentes nota il suo sguardo sfuggente. «Siamo venuti a parlare con la madre.»

«Non mentire. Come sapevi che era qui?» Lui non risponde e Pilar alza gli occhi, rabbiosa. «Mi hai seguita, cazzo.»

«Che importanza ha come l'abbiamo trovata? Abbiamo bisogno del suo aiuto.»

«Non avrete nulla da lei. Non prima del funerale.»

«Non possiamo permetterci di aspettare. Tu perché sei qui?»

«Sono un'amica di famiglia.»

«Ieri non sapevi nemmeno come si chiamava.»

Pilar si alza in piedi lentamente, osservando gli occhi di Fuentes come se fossero quelli ciechi di una statua, la cui somiglianza alla realtà serve solo a sottolineare la loro distanza dall'uomo. «Oggi, ogni donna di Ciudad Real è un'amica di famiglia.»

Fuentes sospira, sottraendosi a quello sguardo intenso. «Voglio fermare gli omicidi.»

«Come volevi fermare gli scioperi a Tijuana? Non hai avuto successo neppure lì.»

Sul viso di Fuentes appare un spasmo di rabbia, che però scompare subito. «Possiamo lavorare insieme. Condividere le informazioni.»

«Io non lavoro con la polizia.»

«Di me puoi fidarti.»

«Non insultare la mia intelligenza.»

«Anche se i colpevoli sono dei poliziotti, non siamo tutti uguali.»

«Non ho mai detto che si tratti di poliziotti.»

«L'ho detto io. Non sei stupida. Hai sentito le voci. E so che ci credi.»

Pilar gli rivolge un'occhiata penetrante. «Tu no?»

Lui le mette in mano un biglietto da visita. «Un giorno avrai bisogno di un poliziotto di cui puoi fidarti. Soprattutto se si scoprirà che le voci sono vere.»

Pilar guarda il rettangolo di cartoncino. «Continui a darmi delle cose.»

«Sempre meglio che togliertele.» Lei si mette il biglietto in tasca. «Se hai bisogno di me, in qualsiasi momento, chiamami.» Fuentes torna dentro. Pilar fissa la sua schiena, stringendo gli occhi dietro il fumo della sigaretta, e pensa a ciò che lui ha appena detto.

Fuentes si chiude la porta alle spalle e resta immobile per qualche secondo, per riadattarsi alla penombra. Gomez è dove l'aveva lasciato, appoggiato al muro, e mormora il rosario. Fuentes si muove lungo il perimetro della stanza, per non disturbare il cerchio di donne. Ma a un tratto il canto si ferma e la casa si riempie di silenzio. Fuentes si volta a guardare il gruppo. La signora Torres è in piedi, con le braccia tese verso di lui. «Mi riporti mia figlia.» I suoi occhi sono appannati, guardano senza vedere; quando parla di nuovo la sua voce è più forte, e ha un tono cantilenante. «Riporti indietro Isabel.» Le altre donne lo ripetono come un ritornello, creando un'eco inquietante.

Fuentes prende la donna per un gomito, forse per sostenerla, forse per allontanarla. «*Señora*, le prometto che riavrà il corpo di sua figlia non appena possibile.»

La signora Torres all'inizio sembra placata dalla promessa e sposta lo sguardo. Poi grida, facendo sobbalzare Gomez: «Rosario, è vero?». Tutte le donne si voltano verso Rosario Flores, la cui faccia fiera e antica è incorniciata da capelli bianchi tirati indietro con tanta forza da dare alla testa l'aspetto di un teschio disseccato. La donna alza in aria le mani, con le labbra tremanti.

Nella stanza cala il silenzio. Persino Fuentes ne avverte il potere. Lascia andare la signora Torres, che comincia a piangere piano e scambia un'occhiata con Gomez, che lo supplica con lo sguardo di andare via di lì.

Prima che possa muoversi, Rosario gli è accanto con una

velocità stupefacente, per una donna così vecchia. Gli afferra i polsi e gli volta le mani con i palmi in alto.

Fissa i palmi nella luce bassa e poi emette un lungo gemito. Fuentes tenta di liberare le mani ma la stretta è forte. La donna grida, in tono fervente: «Vedo morte. Vedo morte!».

Anche lei piange, lasciando andare i polsi di Fuentes e cadendo in ginocchio. Comincia a dondolarsi piano avanti e indietro, mentre le altre le si affollano intorno. Nella stanza entra un raggio di sole. Fuentes alza gli occhi e vede Pilar in piedi sulla porta aperta. Lei guarda prima Rosario, poi Fuentes, e gli fa cenno di andare via.

I due poliziotti ripercorrono in fretta il corridoio illuminato dalle candele. Gomez sfiora una maschera con la spalla, facendola quasi cadere dal muro. La riaggiusta, poi d'impulso la solleva. «Guarda, capo.» Getta un'occhiata verso la stanza, per assicurarsi che nessuno li stia guardando, e si mette la maschera sul viso. Qualcosa gli fa il solletico e l'allontana di scatto. Nell'incavo della maschera si annida una tarantola dalle ginocchia rosse. «Porca puttana!»

Sbatte di nuovo la maschera sul muro e il ragno scompare dentro una fessura. Una zampa pelosa vibra sopra un occhio della maschera, i peli incastrati tra le schegge. Gomez corre dietro a Fuentes e gli va di nuovo a sbattere contro, nella luce accecante dell'esterno. Entrambi si mettono gli occhiali da sole.

«Carino, il balletto della maschera.»

Gomez è scosso da un brivido. «Odio i ragni.»

«Allora perché te ne sei messo uno in faccia?»

«Non sapevo che c'era!»

«Non lo sapevi perché non hai guardato. Questo è un serio problema che hai: non guardi.»

«Cazzo, con te è tutta una predica, una lezione, una fottuta parabola! Non dare la colpa a me per quella roba che succede là dentro. "Vedo morte! Vedo morte!" Che cazzo vuol dire? Non so nemmeno perché siamo... Oh, no!» Si blocca, disgustato. Sul cofano della macchina campeggia una merda umana.

Gomez si guarda intorno, ma nella strada non c'è segno di vita. «Tutta la strada è innocente, hai visto?» Si volta verso Fuentes. «È stato uno di quei *niños* che hai minacciato di uccidere. Vedi cosa ricaviamo dal tuo atteggiamento? Solo merda!»

«Cosa ricavi tu. La merda è dalla tua parte. Toglila tu.»

Gomez raccoglie un pezzo di cartone e raschia via lo stronzo, voltando la testa per la puzza. Guarda di nuovo la strada deserta, le case povere, le auto abbandonate e quel cane del cazzo che dorme ancora sul suo materasso macchiato di piscio. Picchia un pugno sulla capote. «Perché cazzo siamo venuti qui?»

Fuentes apre la portiera e lo guarda. «Perché nessun altro ci sarebbe venuto.»

34
Fuentes

Quando Fuentes entra senza bussare, Valdez alza gli occhi e ruota sulla sedia girevole, protetto dalla massa della scrivania vuota, una frontiera ancora più difficile da attraversare del confine con gli States: l'abisso tra capo e sottoposto.

Di fronte a Valdez sono seduti i due che erano in casa di Paredes la notte prima. Valdez presenta Fuentes all'americano, che si dà l'aria di essere il capo della squadra, e al suo partner messicano, che lo lascia nella sua illusione. «L'ispettore Fuentes è incaricato del caso. Si è trasferito da Tijuana per assumere il controllo delle indagini. Fuentes, ti presento l'agente Gordillo, della PJF e il suo ospite, l'agente Bush...»

«Byrd» lo corregge l'americano, spostandosi sulla sedia.

«Certo, mi scusi. L'agente Byrd della DEA. È venuto fin qui da El Lobo per parlare con noi.» Se il *gringo* ha colto l'ironia non lo dà a vedere. «Dal Texas. Avete giustiziato qualche mio connazionale, ultimamente?»

«Avremmo dovuto?» Byrd cerca di scambiare un sorriso con Gordillo, il quale fa finta di niente. Allora si massaggia delicatamente il naso, come per controllare che non stia per staccarsi. «Facciamo tutto quello che serve per ridurre la criminalità.»

«Come facciamo anche noi» ribatte Valdez.

Gordillo si rivolge a Fuentes. «Ha già effettuato qualche arresto?» C'è un momento di pausa, poi Byrd tossisce, nel vano tentativo di mascherare una risata.

«Lo trova divertente?» dice Fuentes, freddo. «Visto che viene nel mio paese a ficcare il naso, dovrebbe almeno sforzarsi di imparare un po' di spagnolo.»

«Venga lei nel mio paese e mi trovi un messicano che parla un po' di inglese» ribatte Byrd.

Il viso di Fuentes è attraversato da un fremito. Fa un sorriso gelido e si china sulla scrivania dando le spalle a Valdez. «A cosa dobbiamo il piacere della visita?»

«Come se non lo sapesse» dice Gordillo.

«Illuminatemi, per favore.»

«Ecco, è... una faccenda di frutta» dice Byrd.

Gordillo ride, stavolta sostenendo lo *yanqui*. Fuentes squadra Byrd dall'alto in basso, misurandone il valore, o la sua mancanza. «La United Fruit?» chiede, con una sfumatura minacciosa nella voce. «State progettando un altro colpo di stato, come in Guatemala?»

«Nulla di così complesso.» Byrd si sposta sulla sedia, come per ripararsi dall'ostilità di Fuentes. «Abbiamo solo trovato una mela marcia.»

«E stiamo cercando l'albero da cui è caduta» aggiunge Gordillo.

«Allora vi suggerisco di cercare a Cali o a Medellín.» Torna a rivolgersi a Byrd. «O meglio ancora, nei vostri quartieri residenziali, nei vostri college, nei vostri nightclub. A Hollywood.»

Byrd e Gordillo si scambiano un'occhiata, poi alzano insieme gli occhi al cielo. «Sappiamo dov'è l'albero e intendiamo scuoterlo per bene» dice Byrd. «Le mele marce cadranno una dopo l'altra, e quando avremo finito è probabile che sull'albero non resti più nulla.»

«Non è un quadro ottimista» interviene Valdez.

«Se pioveranno mele,» dice Fuentes «attenti che non ve ne cada una in testa.»

Byrd lo fissa. «È una minaccia?» ribatte, contento di passare all'aggressione aperta.

«Solo una riflessione sulla legge di gravità.»

Gordillo ignora Fuentes, rivolgendo un vago cenno di saluto a Valdez. «Grazie del tempo che ci ha dedicato, *el jefe*. I due escono senza un'altra parola.

«È un piacere collaborare con voi in un'operazione extraterritoriale, signori» grida loro Valdez.

Fuentes li segue con lo sguardo attraverso i vetri dell'ufficio. «Non sarebbe più corretto chiamarla "umiliazione extraterritoriale?"» Si volta e si siede su una delle sedie appena abbandonate.

Valdez scrolla le spalle e appoggia i piedi pesanti sopra la scrivania. «Paredes era un bugiardo, un ladro e un contrabbandiere di droga. Perché dovrebbero fidarsi di noi?»

«Comunque penso che Gomez sia pulito.»

«La situazione è cambiata. "Penso" non è abbastanza. È solo una risposta evasiva. Ci servono fatti. Dobbiamo *sapere* che Gomez è pulito.»

Fuentes sospira. «Casa sua era sorvegliata, stamattina. E quando siamo usciti ci hanno seguiti all'aeroporto.»

Valdez mette giù i piedi di scatto. «Quei due?»

«Quello che mi chiedo è: sono qui per indagare su di noi, o per impedire a noi di indagare?»

Valdez lo scruta con attenzione. «Tu cosa dici?»

«So solo che qualcuno è nei guai.»

«Chi?»

«La persona che aveva garantito a Paredes un passaggio sicuro.» Fuentes si alza e va verso la porta. «Quella persona è già morta o sta per morire.»

Valdez gli grida dietro: «Dove vai?».

«A vedere se siamo fortunati.»

35
Ventura

«Il deserto...» mormora Mayor, accendendo il ventilatore appeso al soffitto. L'immobilità del primo pomeriggio vacilla sotto le pale rotanti. «Nel deserto l'unica cosa più crudele del calore pomeridiano è il gelo notturno. Per forza da bambino ero sempre malato.» Posa la cartellina con gli appunti di Ventura accanto al caffè. «Ma del resto direi che è andata bene così: tutti i bravi scrittori erano malaticci da piccoli.»

Ventura guarda la cartellina, da cui sporgono alcune pagine che si agitano al ritmo del ventilatore. «Cosa ne pensi di quello che ho scritto?» chiede, tentando di non sembrare apprensiva.

Mayor si siede di fronte a lei, prende la macchinetta del caffè e le riempie di nuovo la tazza. «Quando eri a scuola, ti hanno mai raccontato dei soldati che morirono tra le dune fuori città?»

Ventura scosta i capelli con una mano mentre si china verso il fiammifero offertole. «Non mi ricordo.»

Lo scrittore fa un sospiro nostalgico. «Era una bella storia. Si trattava di irregolari che speravano di unirsi alle truppe di Pancho Villa, ma si persero tra le dune.» Fa una pausa drammatica. «Quando trovarono i loro corpi, scoprirono che avevano la bocca, la gola, persino lo stomaco pieni di sabbia.»

«Una tempesta di sabbia?»

«Solo che non c'è nessuna traccia di una tempesta simile.

Il motivo di quelle morti misteriose è allo stesso tempo ovvio e incredibile: sono annegati in un miraggio.»

«Vuoi dire che hanno scambiato la sabbia per acqua?» chiede Ventura, senza nascondere lo scetticismo.

«La risposta è più complessa. Quando accettiamo una realtà, per definizione ne escludiamo un'altra. Ma i miraggi non sono un'alternativa alla realtà che accettiamo, ne rappresentano invece una faccia. Per questo ingannano e confondono. Sono dei paradossi, come lo specchio, che riflette in modo esatto ma imperfetto: la sinistra diventa destra, e quello che era dietro di te diventa davanti a te. Perciò, nella logica del riflesso, una persona che dice "Ti amo" in realtà sta dicendo "Ti odio". E la vita diventa morte.»

Prende una zolletta di zucchero di canna e la lascia cadere nella tazza, sciogliendola con il cucchiaino. «Immagina le condizioni di quei soldati: persi nel deserto, con una sete terribile, sofferenti, disperati. Le vittime delle *maquiladoras* sono come loro: hanno trovato il loro miraggio nel momento in cui erano più vulnerabili, e non sono state capaci di rispondere alla domanda essenziale: da che parte dello specchio mi trovo?» Si china in avanti e dà un colpetto sulla cartellina. «Tu sei dalla parte sbagliata dello specchio. Stai seguendo dei miraggi.»

Ventura ha dormito sette ore filate, ma invece di sentirsi riposata si è svegliata piena di ansia e irritazione. E ora le tocca pure l'indovinello. «Non so cosa significa» risponde.

«Devi smettere di guardare dentro di te, ipnotizzata dai riflessi.»

Ventura si alza ed esce nel patio. All'alba l'aria era fresca e tonificante, ora invece è calda e umida e, a respirarla, come irruvidita dalla polvere del deserto. Dal giorno in cui ha cominciato a lavorare, è sempre stato così: uomini che le dicono cosa fare, o che quello che sta facendo non va bene. Si volta verso Mayor, che l'ha seguita in terrazza. «Quando ho scelto questa storia, sapevo che non sarei più stata una giornalista fotografa, ma una corrispondente di guerra. Per questo ho chiesto il tuo aiuto. Ho bisogno di alleati, non di persone che mi dicano che sto seguendo delle fantasie. A te può sembrare così, ma io sono una donna, e come tutte le donne di qui non sono in grado di garantire la mia sicurezza. Questa è la realtà. Persino uscire da sola di sera è un rischio. E ora, grazie a Carlos, non posso nemmeno tornare a casa.» Prende Mayor per i polsi. «Ho bisogno di qualcosa di concreto da te; non di indovinelli.»

«Per questo ho organizzato l'incontro di stasera. Quelle persone ti daranno una mano, e quello che saprai da loro darà corpo alla tua storia. E tutti noi, insieme, ti proteggeremo. È normale avere paura.»

Lei esce dall'ombra e sotto il sole le gira subito la testa. «Hai mai pensato che forse le donne vogliono un normale migliore?»

Mayor ride, prende un cappello di paglia appeso all'angolo di una sedia e glielo porge. «Vieni. Ti faccio vedere come salvare un albero di limoni morente.»

Lei lo guarda passare sotto un arco di terracotta, scomparendo in una macchia di limoni striata di ombre nere e del verde brillante delle foglie. «Ehi» gli grida dietro. «E la mia storia?» Attende una risposta, ma le rimane solo il calore pulsante del sole e il ronzio degli insetti che la chiamano dall'ombra.

36
Padre Márcio

Pablo Grande scrutò il cielo, leggendo i movimenti delle nuvole e il passaggio rapido degli uccelli, le cui sequenze rivelavano segreti. Ascoltò il vento tra le chiome dei pini, il cui fruscio ricordava il passato e avvertiva del futuro, e le api sopra il *mesquite,* che ronzavano come per esprimere una profezia. Seguì il volo curvo dei falchi, che salivano sulle correnti d'aria calda e poi si lanciavano come stelle cadenti verso prede nascoste.

Pablo Grande sapeva.

Era aperto alle possibilità.

Era preparato.

Perciò, quando all'orizzonte apparve l'auto del vescovo, diretta verso la fattoria dove lui lavorava come cuoco, aveva già adottato una dieta di mele, aglio, lime, miele e zenzero, per fortificarsi contro i veleni che stavano per scatenarglisi contro.

Il messaggio dell'autista era adulatorio, ma Pablo Grande era immune all'adulazione, perché il suo mondo era così grande che in quella vastità aveva perso l'ego. Il vescovo stava morendo, disse l'autista; solo un uomo poteva salvarlo. Pablo Grande salì in macchina sapendo che si trattava di una trappola. Come un pescatore di perle che infila la mano in un'ostrica gigante, si affidava ai suoi riflessi per sopravvivere.

Il vescovo era invecchiato male, come succede agli uomini di buona volontà con una natura debole. Pablo Grande vide subito che sua eccellenza era incurabile, tuttavia il dolore poteva essere alleviato. Preparò una pozione di carboni attivi e basilico, e dopo avergli purificato l'intestino gli diede anche qualcosa per dormire. Gli avrebbe fatto bene una *limpia*, ma il vescovo credeva che tali cerimonie fossero stregonerie, e Pablo Grande rispettò le sue convinzioni. Tanto non era stato portato lì per curare il vescovo, ma per affrontare l'uomo più influente di tutto lo stato. Padre Márcio era un sacerdote ma anche un politico, e sapeva che l'unica cosa più potente di un miracolo era mantenere privato uno scandalo pubblico.

Il prete aveva continuato la sua opera contro la corruzione della Chiesa, assumendo il controllo di decine di orfanotrofi, scuole e ospizi, dopo aver assicurato alla giustizia i criminali che li dirigevano prima di lui. I notabili della città continuavano a capitolare davanti al sant'uomo che portava alla luce i crimini del clero: bambini violentati, governanti che avevano figli fuori dal matrimonio, denaro sottratto da progetti edilizi, da fondi di beneficenza e persino dalle cassette delle elemosine, preti in limousine che bevevano vini francesi e pagavano una fortuna per ristrutturare i loro presbiteri. L'ira di padre Márcio era come quella di Cristo nel tempio. Rovesciava tavoli, frustava colpevoli, sfondava porte e lasciava entrare la luce del sole negli angoli bui dove allignavano il vizio e l'avidità.

Più orrori scopriva, più potere gli conferivano i notabili, perché vivevano nel terrore che un giorno padre Márcio puntasse i suoi occhi a raggi X sui loro affari: pance piene, panni sporchi, conti correnti in Svizzera o a Panama. Meglio offrirgli le teste degli ecclesiastici corrotti, che correre il rischio che si mettesse a perseguitare la corruzione negli ambienti secolari. La sua ascesa al potere era un semplice algoritmo matematico. Più le autorità civili capitolavano davanti a lui, più lui diventava forte.

E la forza si misurava con il silenzio.

Padre Márcio doveva molto al silenzio di Pablo Grande. Per questo aveva la necessità di eliminarlo.

I deboli possono essere minacciati, ma i forti devono essere contrastati, presto o tardi. Padre Márcio sapeva di essere diventato potente tra i deboli, ma non ancora tra i forti. Pablo Grande non era solo l'uomo più potente che avesse mai incontrato, era anche l'unico a conoscere il segreto delle sue stimmate.

Il suo piano era semplice e brutale: avvelenare il *brujo* e seppellirlo a faccia in giù sopra la tomba del vicerettore. Così i suoi occhi sarebbero stati rivolti per sempre al passato, e padre Márcio, libero da quello sguardo inquisitore, avrebbe finalmente abbracciato il suo destino: fondare un proprio ordine monastico, l'Esercito di Gesù, e prendere il controllo prima dello stato, poi della nazione e infine...

L'arroganza è prerogativa dei potenti e degli ignoranti. L'errore di padre Márcio fu quello di credersi in grado di avvelenare il *brujo*. Pablo Grande accettò il caffè offertogli nel palazzo vescovile, sapendo che conteneva una dose di arsenico letale per qualsiasi persona normale. Ma si era preparato per quel momento. Fissò negli occhi padre Márcio e disse: «Non ho paura della morte, solo delle menzogne».

Padre Márcio gli mostrò le mani. «Di queste menzogne non hai avuto paura.»

«Quando ti ho aiutato non erano menzogne. Erano una manifestazione della verità.»

«Una verità che ho portato alla luce.»

«Eppure ora vuoi nasconderla con il caffè che mi hai appena offerto. Le violenze che hai subito sono terminate. Sei stato vendicato. Questo non cambia il tuo passato, ma cambia il tuo futuro. Ricorda sempre che non c'era bisogno di fare ciò che hai fatto.»

In quel momento una nuvola di passaggio nascose il sole, e la luce nella sala si abbassò di colpo. Poi il sole tornò in tutto il suo splendore.

In quell'istante intenso di ombre sfuggenti, Pablo Grande non distolse mai gli occhi da padre Márcio. Bevve il suo caffè in un solo sorso e posò la tazza sul tavolino barocco. «Hai commesso un terribile errore» disse. «Io non ho bisogno di te, ma tu hai bisogno di me.»

«Non ho bisogno di nessuno, meno che mai di un uomo che sta per morire» ribatté padre Márcio, bevendo a sua volta e posando la tazza sul piattino con un gesto di soddisfazione, la cui delicatezza era esagerata dai suoi guanti senza dita.

«Noi siamo quello che siamo, bambini venuti al mondo con un unico scopo: morire. A me la morte non fa paura. Vediamo se per te è lo stesso...» I suoi occhi calarono sulla tazzina del prete, come i falchi che aveva osservato per mesi calavano sulla preda.

Padre Márcio si bloccò, la mano che teneva il piattino cominciò a tremare, mentre l'orrore si faceva strada dentro di lui. Lentamente si chinò in avanti ed esaminò la tazza vuota. Tra i fondi del caffè si scorgeva la macchia bianca dell'arsenico. Tazza e piattino caddero sul pavimento, andando in frantumi nel silenzio stupefatto della stanza.

«Per un uomo della tua abilità, ti sei rivelato facile da ipnotizzare. Non senti ancora un dolore dietro gli occhi, come dopo aver morso un cubetto di ghiaccio? E un calore non spiacevole alla base del collo?»

Padre Márcio afferrò la tazza di Pablo Grande e notò i fondi di un marrone uniforme. Balzò in piedi, rovesciando il tavolino. «Impossibile.»

«Ho semplicemente scambiato le tazze quando ti ho ipnotizzato.»

«Menti...» Ma padre Márcio sentiva in gola il sapore della verità.

Pablo Grande notò la sua reazione e annuì. «Se sei intelligente come penso, avrai già identificato l'antidoto.» Uscì dal salone e andò nel giardino di cui in passato si era occupato con tanta cura.

Padre Márcio fu invaso da una furia mai provata prima. Prese un attizzatoio dal caminetto e seguì il *brujo* fuori, riparandosi gli occhi con la mano a causa di una fotofobia improvvisa, primo sintomo dell'avvelenamento. Si guardò intorno, abbagliato dal sole. Poi lo udì: il verso di un corvo da sopra un cipresso di Montezuma. Pablo Grande era seminascosto nell'ombra alla base del pino. Padre Márcio gli si gettò addosso con l'attizzatoio e vibrò un colpo tanto forte da lasciare un solco nel tronco. Pablo Grande era scomparso. Si guardò intorno, incredulo e sbalordito. Un fischio acuto nelle orecchie gli dava una sensazione di nausea, come se fosse sul ponte di una barca con le vele che gemevano al vento. Non era solo un fenomeno interno, ma uno strappo nel tessuto dell'atmosfera che lo circondava.

Alzò gli occhi e vide un corvo sollevarsi sopra la chioma del cipresso. Pablo Grande stava volando via. L'attizzatoio gli cadde di mano.

37
Fuentes

C'era una strana atmosfera di lutto al quartier generale di Tijuana, come se la squadra locale avesse appena perso in casa la finale di coppa all'ultimo minuto dei supplementari. Le facce non erano soltanto cupe, ma addolorate.

Dodici *rurales*, l'autista dell'autobus e quattro stallieri erano stipati nella cella di custodia più grande. Il loro capo, Abarca, era seduto in corridoio e tentava di fumare malgrado le manette ai polsi. Ogni volta che si portava alle labbra le mani unite per una boccata, sembrava pregare. Solo che nessuno avrebbe pregato con una tale rabbia dipinta sul volto, nemmeno Satana.

Fuentes sapeva che l'umore nero nella stazione di polizia non dipendeva dalla necessità di sacrificare alcuni agenti: quello era l'unico risultato positivo degli arresti alle scuderie. Dava ai capi l'opportunità di epurare poliziotti corrotti o turbolenti. E forse di regolare i conti con altri che avevano la propensione a creare problemi. Persone come Fuentes.

I suoi superiori sarebbero stati felicissimi di dare a lui la colpa di tutto e di gettarlo sotto la luce impietosa di una sala interrogatori o di un riflettore televisivo. Ma la sua condotta era stata impeccabile, non solo durante la retata, ma anche dopo. Normalmente si cercava sempre un errore di procedura a cui aggrapparsi, ma in quel caso non ne trovarono nemmeno uno. Fuentes aveva smantellato un'organizzazione dedita al sequestro, allo sfruttamento sessuale e alla schiavitù che si era sviluppata sotto il naso delle autorità, salvando la vita di sei ragazze, per non parlare delle attiviste sindacali, ed era in grado di fornirne le prove. Per il momento era intoccabile. Era diventato la cosa più sfuggente e contraddittoria mai vista in una stazione di polizia di Tijuana: un eroe.

Naturalmente tutti i colleghi lo odiavano per ciò che aveva fatto. Non vedevano giovani donne salvate da un destino orribile, ma solo denaro gettato dalla finestra. Nel tempo si erano abituati alla generosità di Abarca, che gestiva bordelli e bische clandestine, vendeva erba e metamfetamine ai turisti e forniva spacciatori di coca minorenni ai cartelli. Al riparo dell'incompetenza e dell'avidità dei tutori della legge, era diventato un uomo grande in una piccola città. Di conseguenza mancava di prospettiva, soprattutto per ciò che riguardava se stesso. Aveva immaginato di cavarsela sempre, qualsiasi cosa avesse fatto. Aveva l'arroganza scontrosa di un uomo privo di immaginazione.

Adesso sedeva tutto ingobbito, borbottando imprecazioni come il cliente di un ristorante costretto a una lunga attesa per il dessert. Be', poteva andare affanculo. Fuentes, che lo stava osservando, gli diede un calcio sugli stivali da cowboy cuciti a mano.

Abarca alzò la testa di scatto. Gli occhi, incorniciati da capelli e baffi brizzolati, lo fissarono con un'incredulità che gli diede ancora più fastidio dell'arroganza. Fuentes gli diede un altro calcio sullo stinco, più forte. «Sveglia, *viejo*!» Finalmente, nello sguardo del vecchio oltre alla furia apparve una cosa che Fuentes fu felice di vedere.

La paura.

Alla fine Abarca stava cominciando a capire.

Fuentes lo prese per un braccio e lo fece passare davanti alla cella affollata, rivolgendosi ai prigionieri. «Non fatevi illusioni. Andrete tutti in galera. Ma chi di voi firmerà una confessione, dicendo di essere stato costretto a commettere crimini sotto minacce di violenza da parte di questo vecchio stronzo, riceverà uno sconto di pena per aver collaborato con le autorità.»

In un secondo si alzarono diciassette mani. Era ciò che Fuentes voleva mostrare al vecchio: un ammutinamento totale. Lo spinse in una stretta cella in fondo al corridoio. Abarca sollevò i polsi. «Toglimi queste.» Non una richiesta, ma una pretesa.

«Lascia che se la faccia addosso» disse una voce dalla cella grande. Seguì una risata collettiva. L'umiliazione finalmente penetrò la corazza di Abarca, facendolo sembrare cinque anni più vecchio.

«È quello che tu facevi a quelle donne. Insulti. Umiliazioni. Torture. Ricordatelo, quando ti tortureranno in prigione. Credi di essere troppo anziano?» Fuentes scosse la testa, con una risata selvaggia. «Ci sarà sempre l'amico di qualcuno la cui moglie o figlia era finita tra le tue grinfie. Quando succederà, ricordati che te la sei cercata.»

Vide l'indecisione sulla faccia del vecchio. Gli aveva rivelato ciò che lo aspettava, e pazienza se Abarca avesse deciso di suicidarsi. In un modo o nell'altro, avrebbe pagato per i suoi crimini.

Al piano di sopra, stavano prendendo le impronte digitali alle ultime attiviste dello sciopero. Le loro dita macchiate d'inchiostro svolazzavano come falene nell'aria fumosa, mentre parlavano tra loro, a volte litigando ma sempre a bassa voce.

Normalmente Pilar si sarebbe messa alla loro testa, protestando perché venivano trattate come criminali e chiedendo a gran voce un avvocato. Ma al momento, come le altre, era solo felice di essere viva. Aveva il cuore così pieno di rabbia che minacciava di scoppiare, come un frutto già maturo sotto il sole, portando alla luce tutto ciò che lei voleva nascondere. Paura. Sollievo. E persino una gratitudine rancorosa per averla scampata. Sapeva quanto fossero arrivate vicino a... Sapeva che erano state salvate da un uomo buono al servizio di un sistema corrotto. Era doloroso doverlo ammettere, ma appena lo fece fu in grado di non pensarci più. «Perché ci trattengono ancora?» chiese a Fuentes. «Non siamo criminali.»

«Interpretare la legge è compito dei giudici.»

«E gli animali che hanno fatto tutto questo?»

«Sono stati arrestati.»

«Sai che ce ne sono altri.»

Fuentes lo sapeva benissimo. Solo la settimana prima, nella

capitale era stata arrestata un'intera squadra di poliziotti a cavallo per lo stesso crimine. All'inizio si erano limitati a tenere le donne per il proprio divertimento, poi avevano cominciato a noleggiarle. Proprio come Abarca. La domanda adesso era: chi erano i suoi clienti? Fuentes voleva scoprirlo. «Farò del mio meglio per far cadere tutte le imputazioni contro di te e le altre.»

«E quelle contro quei bastardi? Sono sicura che farai cadere anche quelle!» Pilar non ci credeva davvero, ma doveva dirlo lo stesso. Era il suo ruolo: dire e fare le cose che altri avevano paura di dire e fare.

«Ti do la mia parola.»

«La parola di un poliziotto antisommossa di Tijuana?» La risata di Pilar fu un miscuglio di disprezzo e paura. Fuentes la fissò, il polso ancora pulsante di dolore. «Voglio vedere le donne sequestrate.»

«Va' pure da loro, se le loro famiglie ti permetteranno di vederle. Sei libera. Siete tutte libere.» Si voltò e scese di nuovo verso le celle di custodia.

Lì scrutò le facce dei *rurales*. «Chi comanda, tra voi?» Nessuno rispose, ma tutti si allontanarono leggermente da un detenuto. Non avevano l'intenzione cosciente di tradirlo, la loro era una reazione istintiva al pericolo, una reazione da mandria. Un impulso naturale. I poliziotti si mossero come un'onda: uno aprì la porta della cella, altri afferrarono l'uomo isolato e lo trascinarono fuori. Lui gridò, aggrappandosi alle sbarre, ma un poliziotto lo colpì sulle dita con il manganello. L'uomo urlò più forte, la sua voce che rimbalzava tra il soffitto e il pavimento, mettendosi la mano sotto l'ascella per calmare il dolore.

Mani crudeli lo sollevarono, lo colpirono, lo mandarono a sbattere contro un bancone, e tutti udirono il rumore di costole spezzate. Lui lanciò un grugnito più di paura che di dolore; adesso temeva il peggio. Fuentes chiese con un gesto il manganello, la bacchetta magica degli interrogatori, e gli fu consegnato. Lo batté con forza sul mobile e il prigioniero sobbalzò. A un suo cenno, un poliziotto lo afferrò alle spalle, bloccandogli il collo in una morsa, mentre gli altri gli tennero la mano buona premuta sul bancone, come un'offerta sacrificale.

Fuentes vibrò un colpo, a pochi centimetri dalla mano, con una forza tale da aprire una crepa nel legno. I poliziotti sussultarono istintivamente.

«Te lo chiederò una volta sola...» Gli piantò il manganello nel plesso solare, togliendogli il fiato, poi lo usò per sollevargli il mento, costringendolo a guardarlo negli occhi. «I nomi di tutti quelli che andavano in quelle scuderie.» Un altro colpetto di manganello. «Ogni singolo nome.» Il prigioniero borbottò qualcosa e lo trascinarono alla scrivania per fare una deposizione.

Fece ventinove nomi e ci vollero sette ore per controllarli tutti. Dopodiché Fuentes li lesse agli altri prigionieri, i quali acconsentirono a testimoniare. Cinque ore dopo, tutte le deposizioni erano state trascritte. Il resto degli interrogatori servì solo a ottenere una ragionevole certezza che nessun nome fosse stato lasciato fuori dalla lista in modo deliberato. A parte un medico abbastanza noto, che lavorava gratis in ospedale tutti i giovedì mattina, e che era stato chiamato una volta che una delle ragazze sembrava in pericolo di vita, gli altri nomi non erano molto significativi. Politici che avevano influenza solo a livello municipale. Un esportatore di lime. Un negoziante. Un maestro di scuola. Un ex conduttore radiofonico noto per le sue sbronze. Persone rispettabili, tutto sommato. Persone a cui avresti chiesto di dare una mano alla comunità, in caso di bisogno. Aveva senso, era prevedibile, eppure Fuentes non era convinto. Non erano pesci abbastanza grossi.

Mandò a prendere di nuovo il primo prigioniero, a cui intanto un medico aveva bendato le dita rotte. Quelle dita sarebbero venute utili per ulteriori trattative. Fuentes gli disse che voleva i nomi veri, altrimenti lo avrebbe chiuso in cella con Abarca. Incredibilmente, il prigioniero non parlò.

C'era qualcos'altro che lo spaventava di più.

E una sola cosa faceva più paura della morte.

I narcos.

Ma per quale motivo il cartello di Tijuana avrebbe voluto associarsi, anche solo in modo indiretto, con un verme come Abarca? Fuentes ebbe un'intuizione: la risposta doveva trovarsi nell'identità di una delle donne che aveva salvato.

38
El Santo

El Santo si siede sulla barella, con le gambe penzoloni, premendosi una compressa di garza sullo stomaco, mentre il medico gli taglia i jeans.

Ha mandato Oviedo a comprargli dei vestiti nuovi e ora si domanda se non sia stato un grave errore.

Nell'ambiente si deve già essere sparsa la voce del tentativo di ucciderlo. Il problema dei narcos è che il novantanove per cento del tempo se ne stanno seduti a bere birra, a fumare crack e a spettegolare dei capi o delle loro donne; o anche delle donne delle loro donne. Più o meno come a scuola, solo che sono tutti armati di Uzi e fortemente alterati.

Ma ora El Santo si rende conto che la sua richiesta di privacy in ospedale lo ha lasciato indifeso. Chiunque può entrare e sorprenderlo letteralmente con le braghe calate. E sa cosa succederebbe in quel caso. I cunei sotto le rotule sarebbero il minore dei suoi problemi. Il solo pensiero gli fa aumentare le pulsazioni, il che aumenta la velocità del sangue, il che a sua volta... «La vogliamo cambiare questa cazzo di benda? Sto sanguinando!»

Il dottore sospira, va ad aprire un armadietto, prende un'altra compressa di garza grande come un pannolino, apre il pacchetto sterile con un rumore di unghie sulla lavagna. «Ho detto di *premere* sulla ferita!» Preme forte la benda sullo stomaco di El Santo, poi gli prende la mano come se fosse un burattino e gliela schiaccia contro la benda. «Deve applicare pressione.»

Ha un atteggiamento del cazzo, che è sempre il segno caratteristico di un bravo chirurgo, anche se ti fa venire voglia di ucciderlo. El Santo aveva dimenticato cosa si prova a essere rimproverati. «Si stenda e cerchi di non muoversi.» A un tratto viene inondato da una luce forte e uniforme. Gruppi di lampadine alogene che sembrano galleggiare in un portalampada a forma di disco volante. In sottofondo sente i rumori dei preparativi: lo schiocco dei guanti di lattice, il fruscio di mascherine di carta e cuffie per capelli, lo scatto metallico degli strumenti chirurgici. Nel suo campo visivo appare un ago, con una goccia trasparente sulla punta.

Afferra il medico per la manica. «Niente scherzi!»

Il dottore fa un passo indietro, sottraendosi alla stretta. «Vuole che glielo tolga, questo proiettile, sì o no?»

Lunga pausa. Anche ferito e sanguinante, El Santo è ancora in grado di alzarsi e dare una bella scarica di botte al chirurgo. Ma a che servirebbe? Il problema di quel pezzo di metallo con la coda di rame che gli scava nelle viscere come un insetto resterebbe irrisolto. Fa un cenno d'assenso al dottore, consolandosi con il pensiero di essere superiore a El Feo e agli altri narcos, costretti a vivere nell'immediato presente perché hanno abbandonato il passato e venduto il futuro. Sono impulsivi come mosche: non importa la puzza, volano sempre sulla merda calda. El Santo è come Amado. Un pianificatore. Un uomo che intende arrivare alla meta. Il che significa farsi estrarre quel proiettile.

Un ago nel braccio. Capirai che dramma. Ce la può fare.

Il contatto freddo del Betadine sul corpo. Rosso, poi arancione. Brivido, solletico, brivido. Frizione, frizione, puntura. Poi il dottore, tenendo una compressa di garza con un paio di pinzette, annuncia: «Le farà male». Ha un'aria sincera.

«Merda, cos'è quello?»

Il chirurgo non risponde ma El Santo può indovinare un sorriso ironico dietro la mascherina. La luce della lampada sembra più forte, come per sottolineare la gag. «Ora le inietto l'anestetico locale» dice il medico con voce monotona, come quella che recita le istruzioni di sicurezza in aereo. Quella voce sa che la probabilità di precipitare è scarsa, ma che se si verificasse, moriranno tutti. Nessuno riuscirà a *prendere il giubbotto di salvataggio sotto il sedile.* Si tratta solo di chiacchiere per riempire il tempo, finché arriva il momento di mettersi al lavoro sul serio e cominciare a servire il pranzo.

«Sentirà una punturina.»

Punturina un paio di palle, sembra una pugnalata. Nello stomaco. Nel punto più tenero. El Santo ricorda la campagna per le vaccinazioni antirabbia, da piccolo, e la sua decisione di rischiare di morire pazzo e con la schiuma alla bocca piuttosto che sottoporsi a dieci iniezioni nella pancia. *Grazie, El Feo.* Se non fosse già morto, lo ucciderebbe. Un'altra pugnalata, ancora più dolorosa, se possibile. «Merda!»

«Non si muova. Sto praticando l'incisione.»

«Ahi!»

«L'ha sentito?»

«Sì, cazzo!»

«Impossibile.»

«Non mi dica quello che sento io. Ho bisogno di un'anestesia generale.»

«Mi ha detto che ha mangiato meno di un'ora fa. Mi ha detto che ha bevuto e assunto droghe per tutto il giorno.»

«Un po' di coca, e allora?»

L'ago brilla sotto la luce fredda. «In via eccezionale, le somministro un'altra dose.»

In via eccezionale, pensa El Santo, *non ti pianto un proiettile in testa.* I medici curano le persone. Dovrebbero avere compassione. Ma sono stronzate. Si tratta solo di macellai strapagati. «Allora? Me la dà o no questa dose?»

«Già fatto.» Una buona notizia, finalmente. «A volte la reazione è ritardata. Nel suo caso, probabilmente a causa delle droghe già presenti nel suo organismo.

El Santo farebbe volentieri a meno della predica. «Si tratta solo di un po' di coca... Ahi!»

«Non posso operarla se continua a muoversi.»

«Mi muovo perché lei mi fa male.»

«È impossibile che abbia sentito qualcosa, adesso.»

«Invece l'ho sentito eccome.»

«Deve avere una bassa soglia del dolore.» El Santo non sa cosa significhi, ma sembra un insulto. «Le do un altro sedativo.»

Stavolta glielo inietta nel braccio, facendogli un male cane, ma El Santo cerca di far finta di niente. In culo al chirurgo e alla bassa soglia del dolore. «Perché cazzo non me l'ha dato prima?»

«Glielo avevo già dato. A volte la tossicodipendenza può causare fenomeni di ipersensibilità. O può anche darsi che il suo organismo sia così carico di tossine da essere immune.»

«L'immunità è una cosa buona, giusto?»

«Cerchi di restare immobile. Devo procedere con l'incisione.»

Si sente il rumore metallico del bisturi gettato in un vassoio d'acciaio a forma di fagiolo. «Senta, lei deve collaborare.»

«Me ne sto qui zitto e buono mentre lei mi fa a fette senza anestesia. Che altro posso fare?»

Il medico gli preme sulle guance, aprendogli la bocca, e gli inserisce tra i denti cinque o sei spatoline di legno l'una sull'altra. Poi gli chiude la bocca. «Sopportare» dice.

El Santo morde il legno fin quasi a spaccarlo. Lancia un gemito lungo e soffocato mentre il medico apre la ferita con il bisturi; il suo corpo si contrae ma non si muove. Sente il freddo delle pinze che gli frugano dentro, e poi nella testa appare un lampo bianco. Il chirurgo borbotta imprecazioni, mentre El Santo avverte una sensazione di bagnato tra i fianchi e le cosce. Poi un oggetto grosso come un cuore e pesante come un cavallo viene estratto dal suo stomaco e cade nel vassoio di metallo. Il rumore sembra quello delle porte dell'inferno che si chiudono di scatto. Il dottore sta già ricucendo. El Santo solleva la testa e guarda nel vassoio. Tutto quel dolore per un pezzetto di metallo calibro .22? «Ho sempre saputo che El Feo era un bambino.»

«Si consideri fortunato. Se le avesse sparato con una .45 ACP questa sarebbe un'autopsia, non un'operazione. Non si muova, non ho ancora finito di mettere i punti.»

El Santo odia il modo in cui quello stronzo gli parla. Per fortuna sono soli, così la mancanza di rispetto resta un fatto privato. È contento di aver mandato Oviedo a comprargli dei vestiti nuovi. Alla fine si è rivelata la decisione giusta. Si alza a sedere con un grugnito.

«Piano» dice il medico. «Niente movimenti improvvisi.»

Se qualcuno dovesse entrare in quel momento, El Santo sarebbe in grado di reagire, afferrando la sua SIG Sauer P226 nove millimetri e vuotando il caricatore contro gli aggressori. Non è più possibile prenderlo vivo. È già qualcosa. Il chirurgo nota dov'è diretto il suo sguardo ed El Santo si sente subito meglio; più forte; più arrabbiato. «E lei si definisce un uomo di medicina?»

«Lei stava morendo. Ora vivrà.»

«Non esageriamo.»

«Rischiava di morire dissanguato.» Si avvicina alla barella ed El Santo nota la mascherina macchiata di sangue. Del *suo* sangue. Getta un'occhiata alle bende nel cestino: sono inzuppate di rosso. Nessuna meraviglia che si senta girare la testa. Il chirurgo si toglie la mascherina e la sua voce non è più piatta e smorzata, ma diretta e forte. Critica. «Oppure sarebbe morto di setticemia.»

Quell'uomo ha un carattere del cazzo, e se El Santo non si sentisse così male gli darebbe una lezione di buone maniere. Ma in ogni modo gli ha salvato la vita.

Ora vuole solo pagare il dovuto, ripulire il sangue da cosce e fianchi e stomaco e uscire di lì rivestito a nuovo. Allunga la mano verso il portafogli, che si trova accanto alla P226, e il dottore ha un sussulto. Anche questo lo fa sentire meglio. L'ordine normale del suo mondo è stato restaurato. «Quanto le devo?»

«Nulla.»

El Santo non se lo aspettava, e l'inaspettato non gli piace. «Stronzate. Cinquantamila dovrebbero coprire tutto.»

La stanza si riempie di rumori secchi mentre il medico si toglie i guanti e li getta via. «Non voglio i soldi dei narcos. Passo già abbastanza tempo con le vostre vittime.»

Qui finisce male, pensa El Santo. «Sa una cosa?» dice. «Di quello che vuole lei non me ne frega un cazzo. Prenda questi soldi.»

L'idiota scuote la testa.

El Santo scende dalla barella. I piedi nudi sembrano piccoli e indifesi senza gli stivali da cowboy, come molluschi senza la conchiglia. Si sente ridicolo, nudo e coperto solo da un velo di carta blu allacciato dietro la schiena, che lascia il culo scoperto. Il sangue ha trasformato in cartapesta gli orli di quella assurda vestaglia. «Altrimenti la faccio fuori.»

Il chirurgo lo fissa come se l'idiota fosse *lui* e indica un computer dall'altro lato della stanza. «Sa cos'è una webcam?»

El Santo non lo sa, ma capisce il senso della domanda. «Ha filmato la mia operazione?» Si copre in fretta le palle sotto il velo blu. «Pervertito!»

«È la mia assicurazione. Faccia qualcosa a me, a un mio famigliare o a qualcuno del mio staff e il video va dritto ai media.»

El Santo inclina la testa di lato, incredulo. Quell'uomo non gli sembra reale. «Non ci metto nulla a portarmi via il video.»

«È un *live feed* verso un server sicuro.»

El Santo non conosce quell'espressione, ma suppone di essere stato fregato. «Ha fatto una fatica inutile. Io sono un uomo di parola. Un uomo d'onore.» Sul viso del medico appare un lampo sprezzante. El Santo prende il portafogli, che sembra un pezzo di filetto crudo, da quanto è insanguinato. I soldi che ne estrae sono sporchi di sangue, in senso letterale. «Uno come me onora sempre i suoi debiti.»

«E uno come me onora sempre i suoi pazienti.» Il silenzio nella sala operatoria è rotto solo dal sangue che dalle banconote gocciola a terra. «Dia quel denaro a qualcuno che ne ha bisogno, qualcuno che non ha nulla a che fare con lei. Lo dia a qualcuno come padre Márcio.»

El Santo per poco non scoppia a ridere. Getta il fascio di banconote nel vassoio d'acciaio. «Ci si pulisca il culo, se vuole. Per me fa lo stesso.» In quel momento entra Oviedo, senza bussare. «Siamo pronti?» chiede, gettandogli un paio di Calvin Klein nuove.

«Prontissimi, come no.» El Santo si infila le mutande con un gemito di dolore. «Tu sai qualcosa di computer?»

Oviedo fa spallucce. «La tastiera non fa per me.»

«Conosci qualcuno che sa qualcosa di computer?»

«Certo, capo.»

Il medico fa una faccia ansiosa. Ha capito dove vuole andare a parare. «È troppo tardi, non può farci nulla.»

Stronzate. C'è sempre qualcosa che si può fare, ed El Santo la fa da quando era piccolo. Prende la pistola, stringendo i denti perché i punti gli fanno male, e spara al petto al chirurgo, il quale sbatte contro il muro, poi si accascia sul pavimento, lasciando una scia di sangue. El Santo indica il computer con la pistola. «Ha fatto un video dell'operazione. Trova qualcuno che ci capisca qualcosa e distruggi il filmato.»

Oviedo va al computer, strappa via alcuni cavi e lo solleva, appoggiandolo contro un'anca.

«Monitor e telecamera li lasci lì?»

«Qui c'è tutto quello che serve, capo. Abbiamo finito?»

El Santo getta un'ultima occhiata al medico, ai suoi occhiali rotti sul pavimento. «Sì, cazzo, abbiamo finito.»

39

Nomen Nescio n. 352

Fuentes entra nel freddo lucente e nella puzza da macello dell'obitorio, smorzata solo dalla puzza di prodotti chimici. Gomez lo segue, facendosi d'istinto il segno della croce.

Su uno dei tavoli autoptici giace un cadavere coperto da un lenzuolo, da cui sporge una mano macchiata di nero. Quelli della Scientifica le hanno preso le impronte e hanno lasciato l'inchiostro a seccarsi sulle dita. Una mancanza non solo di rispetto, ma anche di intelligenza. Qualsiasi prova presente sulle mani ormai è contaminata.

Forse era proprio quella l'intenzione.

Fuentes abbassa il lenzuolo fino alle spalle, scoprendo il viso di una donna sui ventotto anni. La morte ha sbiancato la pelle olivastra e tracciato cerchi scuri sotto gli occhi. Nell'incavo della gola è annidato un crocifisso d'oro. Fuentes si infila i guanti di lattice, poi, con una lentezza riverente, stacca il crocifisso e lo fa scivolare in una busta da prove. «È stata battezzata appena nata, e ora attende di nuovo di ricevere un nome. Non è così, NN?»

Sa cosa succederà. Nei prossimi giorni una madre verrà in quell'obitorio, pregando che non si tratti di sua figlia. O tra qualche mese sarà seduta a esaminare cartelle di fotografie in una stazione di polizia, in un altro stato. O spedirà l'ennesima lettera negli Stati Uniti, chiedendo risposte.

Solleva i capelli della donna, rasati sui lati in un taglio che permette di coprire o esporre le rasature a seconda dell'occasione. Non era un'operaia delle *maquiladoras*, ma forse un'impiegata di un ufficio o di un negozio di un certo livello, che doveva vestirsi in modo rispettabile al lavoro ma possedeva uno spirito ribelle. Una persona con dei segreti, forse con una doppia vita. Responsabile di giorno, scatenata di notte.

Le orecchie hanno diversi buchi, ma niente orecchini. Alcuni assassini tengono i gioielli delle vittime come trofeo, ma quelli a cui Fuentes sta dando la caccia sono diversi. Disciplinati, come se ubbidissero a direttive precise e temessero le conseguenze in caso di errori. La mancanza di orecchini probabilmente indica solo che la donna si trovava nel suo ambiente rispettabile, quando è stata sequestrata: forse andava o tornava dal lavoro.

Una banca, uno studio legale?

Sulla spalla destra c'è un tatuaggio della Vergine Maria. «Bel lavoro» commenta Gomez. «Molto professionale.» E facile da nascondere, al bisogno. Fuentes abbassa il lenzuolo fino alla vita. Su entrambi i capezzoli ci sono piercing a manubrio. I seni mostrano lividi recenti. Confermano l'ipotesi di Fuentes: conformismo in pubblico (il crocifisso), ammutinamento in privato (i piercing e il tatuaggio). Sfila con delicatezza i piercing e li infila in una seconda busta da prove. Per quanto improbabile, potrebbero esserci sopra delle impronte latenti.

Nelle regioni transascellari e periareolari e nel solco intramammario si notano le cicatrici leggere di un intervento di chirurgia plastica al seno. Un altro dettaglio insolito. La possibilità che NN sia un'operaia delle *maquiladoras* si fa sempre più lontana. I tatuaggi hanno qualcosa da raccontare, ma le cicatrici raccontano intere storie, e il lavoro di Fuentes è quello di interpretarle.

Il denaro non le mancava. Lo spendeva per se stessa. Il tatuaggio della Vergine era un atto di contrizione o un ex voto per grazia ricevuta? Forse la grazia erano i soldi per pagarsi l'operazione al seno? Fuentes fissa il viso immobile della donna con un'attenzione paziente, quasi in attesa di una risposta.

Abbassa il lenzuolo fino alle ginocchia. Gomez fa un fischio. «Caspita, capo.»

Sul monte di Venere depilato c'è il tatuaggio di una farfalla. Per appagare il suo senso del bello, o per eccitare un amante? O magari dei clienti? Non ci sono i segni, le lesioni o i buchi da siringa che ci si aspetterebbe di trovare sul corpo di una prostituta al soldo dei narcos. Fuentes è certo che NN avesse una doppia vita, ma per scelta. La farfalla gli parla di qualcosa che va oltre il dare piacere agli uomini, gli parla di trasformazione, di volo. Comincia a pensare al riciclaggio di denaro, forse al ricatto. Sarebbero entrambi moventi validi. Rispetto alle altre, quella vittima è anomala, asimmetrica sotto ogni aspetto tranne il modo in cui è morta, che è lo stesso delle altre. NN è il loro primo legame tra i due mondi. «Ci servono foto dei tatuaggi, da far circolare nei laboratori. Qualcuno riconoscerà il lavoro. Inoltre bisogna mandare le sue fotografie anche a tutte le cliniche di chirurgia plastica, anche a quelle che non si occupano di mammoplastica. Qualcuno deve averla indirizzata, qualcuno deve conoscerla.»

«Che senso ha?» chiede Gomez, sconfitto da quella mole di lavoro ancora prima di cominciare. «Abbiamo le sue impronte digitali.»

«Al diavolo le impronte. Guardala. Non è una con un passato criminale, non la troveremo nei database. Dobbiamo usare l'intelligenza; mostrare la sua foto in ogni banca, in ogni studio di avvocati o commercialisti della città.»

«Credi che lavorasse per i cartelli?»

«Credo che fosse venuta a conoscenza di cose che non doveva sapere. Credo che questa donna sia la chiave per risolvere il caso.»

Le porte a molla si aprono e Gomez ha un sussulto. Entra un medico frettoloso, gli occhi su un portablocco. «Il gruppo sanguigno è zero positivo.»

«E i campioni di sangue prelevati sulla scena del crimine?»

Il medico alza lo sguardo. «A positivo.»

Fuentes gli dà una pacca sulla schiena e corre fuori.

«Dieci a uno che troveremo delle impronte sui gioielli» dice a Gomez in tono eccitato. «È così che funziona: quando te ne va bene una, te ne va bene tutta una serie.»

Il sole, fuori, è brutale, e il rumore del traffico assordante dopo il silenzio dell'obitorio. «Facciamo venire subito un fotografo.» Le chiavi della macchina brillano come un portafortuna, mentre esce dal parcheggio tagliando la strada a un autobus e ricevendo una strombazzata rabbiosa. «I test tossicologici hanno la priorità.» Gomez si sporge fuori dal finestrino, rivolgendo una *mentada de madre* da manuale all'autista del bus. «Chiediamo un mandato per ottenere le cartelle cliniche di tutti gli impiegati municipali, statali e federali di Ciudad Real.»

Gomez si volta a guardarlo. «Perché?»

«Perché gli assassini, alcuni se non tutti, sono poliziotti.» Notando lo sguardo sorpreso del collega aggiunge: «Non ci eri arrivato da solo?».

«L'ho sentito dire, ma... mi sono sempre rifiutato di crederci.»

Fuentes sposta leggermente lo specchietto. L'auto con la targa del Texas è quasi nascosta dietro un camion alle loro spalle. «Credici. La domanda è: quali poliziotti?»

«Vuoi dire, statali o municipali?»

«No, voglio dire, messicani o americani?»

40
Fuentes

Gordillo sonnecchia, al volante dell'auto parcheggiata, mentre Byrd punta il binocolo verso una finestra illuminata.

Gomez e Marina sono in cucina. Lui le passa un braccio intorno alla vita e le stringe un seno. Lei inclina la testa di lato e gli dà una serie di bacetti sul braccio. Gomez le preme una bottiglia di birra fredda dietro il collo, lei sobbalza, ridendo, poi lo abbraccia a sua volta e abbassa le mani ad afferrargli le natiche, stringendole forte. Si baciano. «Per forza da voi non funziona niente» dice Byrd, svegliando Gordillo. «Tutti sono troppo occupati a scopare.»

Gordillo prende il binocolo e vede Gomez infilare la mano sotto la maglietta di Marina. «Perché cazzo perdiamo tempo a spiare quello stronzo? È chiaro che non c'entra.»

«Il capo ha detto di farlo.»

«El Santo è uno stronzo anche lui. Se vuoi la mia opinione, si tratta solo di un diversivo.»

«Da cosa?»

«Non ne ho idea, ma non ce l'ha nemmeno El Santo. Questi attentati contro i sindacati non hanno senso. Ma qualcosa di grosso bolle in pentola. E di qualsiasi cosa si tratti, voglio la mia parte.»

Quello è il problema di Gordillo: vuole sempre una parte di tutto, il che, oltre a dimostrare la sua avidità, è impossibile. Byrd si stiracchia sul sedile. Ha le gambe indolenzite dopo tanta inattività. Non vuole rischiare una trombosi. Prima riesce a tornare su un campo da golf, meglio è.

Dall'altro lato della strada, Fuentes osserva da dietro un oleandro l'auto con la targa del Texas che spia Gordillo che spia Gomez. Si volta e torna verso la sua auto, tenendosi al coperto per non essere visto.

Il viaggio fino al prossimo laboratorio di tatuaggi della sua lista è lungo e deprimente. Si era fermato un attimo vicino a casa di Gomez per vedere se era ancora sotto sorveglianza, e aveva visto la scena affettuosa tra i due. Gomez e Marina gli ricordano la sua vita prima di Ciudad Real. Prima di Tijuana. Quando tutto sembrava chiaro. Comprensibile. Normale. Quando credeva ancora nella grandezza delle piccole cose: l'amore, il sesso, il matrimonio, i bambini. La famiglia, la santità della casa. La fiducia. La nobiltà e lo scopo di una carriera in polizia. La possibilità di fare una differenza.

Una alla volta, tutte quelle convinzioni gli sono state tolte, finché è rimasta solo la carriera da poliziotto e la possibilità, solo la *possibilità* di occuparsi di un'ultima cosa. E la sua "ultima cosa" sono gli omicidi delle donne di Ciudad Real.

È tipico di Fuentes, aver scelto l'obiettivo più grande possibile. Ma sa, dopo nove anni a Città del Messico e tre a Tijuana, che non importa se scegli una cosa piccola o grande: alla fine della fiera cambiare qualcosa è così difficile, ci vuole uno sforzo così enorme, che tanto vale mirare alto. E se non sarà in grado di fare una differenza reale, almeno avrà tentato di porre fine a qualcosa di vasto e orrendo; qualcosa di incomprensibile, così saturo di malvagità che la politica, la polizia e la stampa fanno tutto il possibile per ignorarlo. Per mantenere una cortina di silenzio intorno agli omicidi di centinaia di donne.

Non è un silenzio di tomba. È un silenzio cosmico. L'accettazione muta di un rituale indicibile, che si ripete attraverso i secoli e i millenni: il sacrificio umano, l'adorazione del diavolo. Lo *tzompantli* che espone i teschi offerti a una divinità folle.

Offerte bruciate sotto un sole rosso azteco.

È una spiegazione assurda. Inconcepibile. Ridicola.

Ma è l'unica che ha senso. L'unica che offre un motivo per l'orrore selvaggio di ciò che succede a Ciudad Real.

L'unica che ha una logica.

Fuentes accelera. I fari illuminano ampi spazi di terra bruciata, poi li abbandonano al buio, come sepolture esumate e poi ritumulate in fretta. Un'auto sbuca dietro una curva e lampeggia, colpendolo con uno schiaffo di luce. Fuentes impreca e sterza, poi vede un lampo rosso nel retrovisore, un singolo fanale posteriore che scompare rapido nelle tenebre.

Frena, accosta e scende. Si appoggia con una mano alla portiera aperta e vomita. Conati violenti, che gli fanno male e lo lasciano senza fiato, ansimante, indolenzito. Finalmente si raddrizza e guarda la strada. Davanti a lui, come su un palcoscenico illuminato dai fari, svolazzano centinaia di falene, che sbattono l'una contro l'altra nel desiderio frenetico di estinguersi sotto la luce bruciante.

Il tatuatore è rivestito d'inchiostro e spirali di colore, che formano sul suo corpo un paesaggio di ritratti, simboli ed espressioni di devozione. Muove lentamente le dita, scorrendo le righe di un'agenda compilata con una calligrafia elegante. «Eccola qui.» Volta l'agenda verso Fuentes, per consentirgli di leggere il nome: Mary Ellen. Accanto al nome, un numero di telefono.

«Ha pagato con carta di credito?»

«Non accetto carte di credito. Ti fregano troppi soldi con le commissioni.»

«Cosa può dirmi di lei?»

L'uomo inarca un sopracciglio decorato da un piercing e riflette. «Buon gusto musicale. Rage Against the Machine, Chimaira, Stone Temple Pilots. A volte cantavamo insieme. Ricordo la farfalla. Ho provato a convincerla a lasciar perdere, ma...» Scrolla le spalle, come un sommelier dopo aver suggerito un ottimo vino che il cliente non sembra apprezzare. «Non era un tipo da *mariposa*, capisce? Mary Ellen...» pronuncia il nome con una lentezza deliberata, quasi assaporandolo. «Mi dispiace quello che le è capitato. Davvero.»

«Veniva qui da sola?»

«Sono le regole della casa. Solo io, il cliente e l'inchiostro. Ho sempre lavorato così.»

«L'ha mai vista in compagnia di altre persone?»

Lui si guarda intorno. I muri sono coperti dai suoi lavori. Psichedelici. Totemici. Astratti. Iperrealistici. «Non esco molto.» Si tocca una tempia. «Non ne ho bisogno, capisce?»

«Mary Ellen ha mai accennato a un uomo, o a qualche problema sul lavoro?»

L'artista sospira, con disapprovazione. «Il mio studio è un santuario. Qui dentro non porti i tuoi problemi, ma i tuoi sogni. È uno spazio dedicato alla creazione, tutta la merda negativa resta fuori. È una cosa su cui insisto, e i miei clienti l'apprezzano.»

Fuori, lo smog illuminato dai lampioni crea tremolii nell'aria. Fuentes si sente stranamente in pace. Forse solo perché ha vomitato qualcosa di intossicante che aveva mangiato, o forse perché finalmente ha una pista solida su un caso che va avanti da troppo tempo. O magari è l'atmosfera che si respirava nel laboratorio di tatuaggi: un rifugio per i sogni e l'immaginazione.

Un rifugio in una città che ne è priva.

Risale in macchina. Quando era arrivato, quindici minuti prima, pensava di tornare a casa subito dopo aver parlato con il tatuatore. Pensava di essere esausto. Ora invece non sarebbe capace di riposare. Non con in tasca un numero di telefono che gli fornirà un cognome e un indirizzo che potrebbero essere il primo passo per arrivare agli assassini. Forse è vero ciò che il tatuatore ha detto di Mary Ellen. Forse non era una *mariposa*. Ma quella sera ha subito una metamorfosi, passando da NN a Mary Ellen. Da donna senza passato a donna con una storia.

41
Ventura

Pilar e Juan Antonio sono seduti di fronte a Ventura e Mayor; il tavolo del ristorante è coperto di piatti e bottiglie di birra vuote; il portacenere è un cimitero di cicche. Un gruppo di giovani al tavolo accanto non riesce a distogliere gli occhi dalle due donne. Se fosse lo sguardo continuo di un uomo solo, sarebbe già inquietante. Ma quella concentrazione collettiva è intimidatoria. Implica il diritto di guardare e il bisogno di dominare, di prendere quello che si vuole. Ventura dà loro un'occhiata e si volta subito.

Pilar sembra non aver nemmeno notato la presenza di quei giovani. Ha partecipato pochissimo alla conversazione. L'unico momento in cui è emersa da quell'atteggiamento annoiato è stato per fare una battuta sarcastica quando le hanno presentato Ventura. Ora è visibilmente stufa, tiene i gomiti poggiati sul tavolo e la guancia sinistra nel palmo di una mano.

La sua evidente mancanza di interesse deve risultare irritante per Mayor, eppure lui non sembra farci caso. Juan Antonio, al contrario, pende dalle sue labbra. E ogni parola dorata dello scrittore ha un solo scopo: vendere Ventura. Ovvio che Pilar l'abbia accolta in modo così ostile. Chiunque avrebbe tratto la sua stessa conclusione: che lei va a letto con Mayor in cambio di una mano a farsi strada nel mondo.

Ventura deve ammettere di aver conosciuto parecchie donne che hanno agito così. Antonia, la sua migliore amica, cioè, la sua *ex* migliore amica, dopo mesi di molestie da parte del suo supervisore, nella sezione amministrativa di uno studio legale, alla fine era andata a letto con lui.

Ventura ne era rimasta sconvolta. Come aveva potuto fare una cosa del genere, le aveva chiesto. Scopare con un uomo che l'aveva trattata male non una volta sola, ma ogni giorno, fino a distruggere l'amore di Antonia per il lavoro.

Invece di prendersela con il supervisore, Antonia se l'era presa con lei. Ventura aveva insistito, dicendole di chiudere con quell'uomo, per amore di dignità. Le aveva spiegato che alle donne venivano negati potere e uguaglianza sul lavoro proprio per renderle vulnerabili, e Antonia aveva il dovere di opporsi, non solo per se stessa, ma in nome di tutte le donne. Alla fine, con chi andava a letto la sua amica non erano affari suoi, eppure Ventura sentiva che Antonia aveva fatto una scelta sbagliata. Si sentiva persino in colpa per lei, per non averla aiutata abbastanza. Era complicato, come conoscere una vittima di violenze domestiche e non essere in grado di fare nulla al riguardo. L'impotenza è un sentimento contagioso, come la mancanza di fiducia in sé. Antonia e Ventura avevano cominciato a vedersi sempre meno, e in quelle rare occasioni Antonia evitava del tutto l'argomento lavoro.

Il Natale successivo, Antonia era stata l'unica impiegata a ricevere un bonus. Ventura l'aveva pregata di non accettarlo. Avevano avuto una discussione accesa e Ventura non l'aveva più vista per settimane. Poi era venuta a sapere che il suo capo e amante aveva avuto una promozione, e Antonia aveva fatto domanda per il posto di supervisore rimasto libero. Aveva chiesto delle referenze al suo amante, ma lui gliele aveva negate.

Così non aveva avuto il lavoro.

Antonia era la sua migliore amica dai tempi della scuola. Le voleva bene; avrebbe fatto qualunque cosa per lei. E all'improvviso era diventata un'estranea. E nulla le avrebbe mai più riavvicinate.

Perciò Ventura capisce l'atteggiamento di Pilar verso di lei. I suoi sospetti. Ma ne è anche offesa. Perché vede il danno causato dal comportamento di Antonia, il danno che la sua amica ha causato non soltanto a se stessa, ma alle sue colleghe, a tutte le donne. Certo, le donne sul lavoro hanno tutti gli svantaggi, ed è sempre stato così. Ma non è una scusa. In questo mondo maschile, una donna deve soprattutto essere solidale con le altre donne e orgogliosa di sé. E la irrita il fatto che Pilar le neghi quella solidarietà basandosi su presupposti falsi.

Mayor sta terminando il suo discorsetto. «Non conta nient'altro, in questo paese» dice, rivolto più allo sguardo attento di Juan Antonio che a quello passivo di Pilar. «Finché non risolviamo questo, non potremo risolvere nulla. Credetemi, so di cosa parlo. Conosco il Messico meglio di chiunque altro.»

Quelle parole spingono Pilar a uscire dal torpore. «*Crede* soltanto di conoscerlo, perché passa tutto il suo tempo a spiegarlo ai *gringos*.»

«Pilar!» esclama Juan Antonio; Mayor lo calma con un gesto della mano.

«È vero» dice. «Non posso negarlo. Tutti noi che viviamo qui cominciamo ad accettare le cose così come sono, solo perché ci abbiamo fatto l'abitudine.»

«Io no» dice Pilar, finendo la sua birra.

«Ma immagini di dover spiegare *tutto* ad altri» insiste Mayor. «Il modo in cui pensiamo, le cose in cui crediamo. Perché viviamo come viviamo. *Come* ci riusciamo. Il nostro atteggiamento verso la morte. È impossibile!»

Juan Antonio sorride, compiacente. «Nessuno può capirci, perché non capiamo noi stessi.»

«Non è vero che non capiamo!» protesta Pilar. «Capiamo che viviamo nell'ombra di un grande potere, che il governo e la polizia sono corrotti; che i poveri resteranno sempre poveri. Il problema non è che non capiamo, ma che capiamo troppo bene.»

«L'accettazione non è comprensione» dice Ventura.

«Proprio come la comprensione non è accettazione.» Pilar si alza in piedi. «Non ho tempo per la filosofia. Ho del lavoro da fare.» Si volta verso Juan Antonio. «E anche tu.»

«Continueremo questa discussione un'altra volta» dice Juan Antonio a Mayor, imbarazzato, mentre Pilar se lo trascina dietro. «Grazie del suo sostegno!»

Mayor scaccia con un gesto quelle parole di ringraziamento come se fossero insetti a un barbecue. «Conto su di voi.»

«È stata una scortesia, andarsene così» protesta Juan Antonio con Pilar.

«Non metterti a piangere. Su cosa ha detto di contare?» chiede Pilar, uscendo e lasciando che la porta si richiuda in faccia a Juan Antonio.

«La ragazza.»

«C'è sempre una ragazza, intorno a Mayor. E comunque quella era una donna, non una *ragazza*.»

«Domani lavorerà con te.»

«Non esiste, cazzo!»

«Ha bisogno di vedere com'è il lavoro.»

«Si tratta di azione, non di ricerca.»

«È una professionista.»

«Mai sentita nominare. Ti chiedo attivisti con esperienza e mi dai una bambina.»

«Non è una bambina, l'hai detto tu.»

«Non abbiamo bisogno di lei.»

«Non è una scelta che spetta a te fare, ma a me. E l'ho fatta.»

Fuentes sta facendo il giro della piazza, i suoi fari passano su coppie e gruppetti, e all'improvviso illuminano il volto di Pilar.

Rallenta, osservandola nel retrovisore. È con un uomo che ha l'aspetto magro e letale di un lupo; pericoloso ma paziente, che sa quando non conviene attaccare. Dal modo in cui camminano Fuentes capisce che non stanno parlando di problemi sindacali. Accelera lentamente, attraversando la piazza. La sagoma di Pilar si perde tra le ombre.

«Devi capire...»

«Capisco solo una cosa: tu sei innamorato della tua voce, proprio come Mayor.» Si allontana da lui e saluta con un abbraccio le tre donne che aspettano accanto all'auto un passaggio per il lavoro.

«Scusate il ritardo. Siamo stati trattenuti dal suo ego...» Nota l'espressione sul viso di Juan Antonio. «Avanti, dillo.»

Lui apre la bocca, poi scuote la testa e apre la portiera. Pilar si guarda intorno. Per la folla in quella piazza la notte sta per finire. Per lei e le altre tre donne, sta per cominciare. Lo scatto della portiera sbloccata sembra quello di una trappola che si chiude. A un tratto si sente afferrare per un braccio e ruota su se stessa, pronta a difendersi. È quella ragazza. «Io darò una mano, con te o senza di te.»

Pilar libera il braccio con uno strattone. «Padronissima.»

«Stai facendo tutto il possibile per tagliarmi fuori.»

Pilar esita. Non sa quale accordo hanno stretto Juan Antonio e Mayor, ma è chiaro che la *chica* non si toglierà di torno. Meglio tenerla sotto controllo che lasciare il comando a Juan Antonio. «Al funerale avremo bisogno di tutte le persone possibili.»

Ventura s'illumina in viso, nonostante il riferimento funereo. «Non ti deluderò.»

«Non ti permetterò di farlo.» Pilar sale in macchina, posando la testa contro il finestrino e chiudendo gli occhi. Juan Antonio guarda Ventura passare davanti ai fari, mentre torna verso il ristorante, poi getta un'occhiata a Pilar, che si è già addormentata. Sono in anticipo, pensa, uscendo dal parcheggio. La lascerà dormire il più a lungo possibile.

42
Byrd e Gordillo

Byrd osserva la casa di Gomez. Le luci sono spente. Si volta verso Gordillo, che russa leggermente, poi guarda l'orologio e impreca, stufo di quella merda. Nel quadro generale, che importanza ha se l'ex partner di Paredes è coinvolto nel traffico di droga? Chi se ne frega? Paredes è colpevole, e probabilmente lo è anche Gomez. Da quella parte del confine sono sempre tutti colpevoli, compreso Gordillo. È inevitabile.

Byrd sa esattamente di cosa parla: ci è caduto anche lui, anche se ora non ricorda più il momento esatto. È stata la solita trappola lenta: seduzione, poi corruzione. Vedeva degli stupidi con in mano un sacco di soldi; più soldi di quanti ne avesse mai visti prima. Quantità inimmaginabili. Più stupido eri, più soldi facevi, o almeno così gli sembrava. Bastava guardare El Santo, per esempio. Mica era Steve Jobs.

E poi era arrivato il giorno in cui si era posto la domanda che era sempre riuscito a evitare: perché loro sì e io no? Quando ti fai quella domanda, è perché conosci già la risposta.

Così aveva deciso di sporcarsi le mani.

Gli vengono ancora i brividi, quando pensa a ciò che ha dovuto fare per entrare nel gioco. Ma l'ha fatto. Certo che l'ha fatto. Per i soldi. E sapere che lo fanno anche tutti gli altri lo fa sentire più sicuro, ma non allevia il senso di colpa... e non fa smettere gli incubi.

Perciò questa storia su Paredes e Gomez gli sembra così strana. Sono pesci piccoli, è facilissimo trovare prove contro di loro. Anche Valdez e il generale sono vulnerabili: quando si tirano giù i fanti tutti sanno chi c'è alle loro spalle, e *perché* bisognava farlo. C'è sempre un motivo logico. Ma stavolta non c'è. Per non parlare degli attentati contro il sindacato. L'incertezza è preoccupante. Qualcuno sta agitando le acque, ma chi? O qualcuno dall'altro lato del confine vuole destabilizzare il sistema esistente, per trarne profitto, o un altro cartello si sta preparando a prendere il potere. Sia come sia, tanto di cappello. Stanno facendo le cose per bene. Quarantadue chili non sono niente; una bazzecola, di questi tempi. Ma addosso a un poliziotto messicano, quarantadue chili sono una quantità enorme. Più grande delle tonnellate che altrimenti avrebbero dovuto sacrificare per ottenere i titoli di testa. Una quantità sufficiente a placare i sospetti e allontanare l'attenzione.

Ma allontanarla da cosa?

L'unica risposta sensata è: dall'idea di buttare giù El Santo. Avevano lavorato anni, pensa Byrd, per far arrivare il loro uomo vicinissimo a El Santo. E quando si erano accorti che il loro uomo era un idiota, era troppo tardi. Almeno El Santo è in grado di ripetere informazioni non troppo complesse. E ora El Feo sembra scomparso all'improvviso, e non è da lui. La cosa più difficile del lavoro con El Feo è sempre stata convincerlo a starsene tranquillo. A tacere, senza correre da loro ogni cazzo di giorno. E ora sembra proprio che qualcuno l'abbia messo a tacere, pensa Byrd.

Per sempre.

Mette in moto e parte. Gordillo si muove ma non si sveglia. Byrd prende una strada sterrata, deserta. Il confine, all'orizzonte, sembra un livido scuro che emerge dalle ombre profonde del fiume. El Feo ha detto che il posto è uno di quelli usati da Oviedo. El Feo odia Oviedo, con l'invidia dell'imbecille per qualcuno con un minimo di intelligenza. El Feo pensa che Oviedo abbia messo in piedi un traffico di coca per i fatti suoi. Un crimine capitale. Un soldato non fa mai nulla di sua iniziativa. È un servo, perpetuamente al servizio del capo. L'ambizione è anormale, un segnale di pericolo.

Byrd nota qualcosa dall'altro lato del Rio Bravo: un gruppetto che risale la riva e si nasconde tra i cespugli bassi. Poi arriva il segnale, il lampo di una torcia elettrica, e un'altra dozzina di persone emergono dalle acque fangose. Byrd le osserva per qualche secondo dallo specchietto laterale, poi decide di fare la chiamata. Di solito fa finta di nulla, ma quello è un colpo facile. Da come hanno risalito la riva con difficoltà, devono essere ragazzini o anziani. Quindi sono vulnerabili ai pericoli del deserto e a quelli rappresentati dai *coyote*, come vengono chiamati i trafficanti di esseri umani sul confine. Rischiano estorsioni e tradimenti, e Byrd sta facendo loro un favore, facendoli arrestare. Allunga la mano verso la radio, ma qualcosa attraversa la strada di corsa, davanti ai fari. Subito dopo, un botto sordo.

«Merda!» Byrd inchioda e l'auto si ferma con uno stridio di gomme. Gordillo si sveglia con un'imprecazione confusa. Byrd scende ma non si muove, in attesa che si posi la polvere; l'unico rumore è quello del motore nell'aria fredda della notte. Quando arriva davanti al cofano, vede un cane bianco e marrone che guaisce sul ciglio della strada. Torna all'auto e apre il vano portaoggetti.

Vedendo la pistola, Gordillo drizza la schiena. «Che diavolo pensi di fare?»

«Quello che farebbe chiunque.»

È sempre così, quando in cambio delle mazzette devono fare qualcosa di più che voltarsi dall'altra parte. Si fanno prendere dal panico, come se si rendessero conto per la prima volta di cosa sono diventati, e questo li rende moralisti. E paurosi. Fino a quel momento è stato tutto abbastanza facile: il mutuo pagato, una macchina nuova; un'amante. E tutto senza fare praticamente nulla. Ma quando arriva la richiesta di un "favore" (e arriva sempre), il mondo tranquillo della negazione, il mondo del "tecnicamente non ho fatto nulla di illegale", trema dalle fondamenta, e allora si cerca il sostegno della stabilità, della normalità, e la vita si concentra sulle piccole cose, perché le grandi sono già finite in un fiume di merda. «Sparare al cane attirerà l'attenzione» dice Gordillo. «Se vuoi mettere fine alle sue sofferenze, usa una pietra.»

Byrd fissa il suo complice; il suo aguzzino. Solo vederlo lo riempie di paura. Perché Gordillo è l'immagine di ciò che anche lui è diventato. Un vile complice in tasca a qualcuno, pronto a essere tirato fuori come un fazzoletto sporco quando ce n'è bisogno. Il cane, vedendolo avvicinarsi, capisce cosa lo aspetta. Con un latrato di terrore, riesce ad alzarsi in piedi e si avvia zoppicando verso le ombre di una collinetta, in direzione della statale e delle *maquiladoras*. Verso la civiltà. In cerca di salvezza. Byrd lo osserva, prendendo la mira, finché scompare alla vista. Risale in macchina. Ha le lacrime agli occhi. Aveva un cane che amava, tanto tempo fa. Prima che dentro di lui tutto marcisse.

43
El Santo

El Santo osserva Oviedo che spiega alla squadra l'azione di domani sera. Faranno un ingresso col botto, letteralmente. È probabile che non tutti ne usciranno vivi, ma ehi, ragazzi, è il nostro lavoro, sì o no? Gli risponde un coro all'adrenalina. «Sì, cazzo!»

Idioti.

Ma deve ammettere che Oviedo possiede quella qualità indefinibile che ti spinge a seguirlo sotto uno sbarramento di fuoco. Che sia vero o no, gli uomini hanno la sensazione che lui li proteggerà. La coca, il tequila e i soldi sul tavolo davanti a loro aiutano a motivarli.

La storia di copertura raccontata da Oviedo è così convincente che persino El Santo sente salire la pressione, come se tutti i suoi cinque litri di *sangre* spingessero contro i punti di sutura, minacciando di esplodere in una nuvola rossa. El Feo era un infame, grida Oviedo. Una spia del cazzo al soldo del cartello di Tijuana. Tutti urlano «*Buuu*». Un grazie al nostro brillante capo, El Santo, campione nello scoprire le stronzate. Le grida stavolta sono più sommesse, condite di occhiate timorose in direzione del *jefe*.

Non fatevi illusioni, grida Oviedo. Se provate solo a *pensare* di fare il doppio gioco con El Santo, *questo* è ciò che vi aspetta!

È il segnale per la presentazione rituale della testa tagliata di El Feo, estratta da un sacco verde della spazzatura, impastata di sangue ma riconoscibile. Lo sguardo degli uomini è spaventato ma di assoluta reverenza. Un momento di potere, per il quale vale quasi la pena di essersi beccato quel proiettile, pensa El Santo. Seguono brividi di orrore e risatine sprezzanti. Diciamolo, El Feo non era popolare, come luogotenente, e a molti dei presenti non frega un beneamato cazzo che sia stato ucciso. Ma tutti lo conoscevano. Alcuni di loro ci hanno parlato stamattina stessa. E ora lo rivedono trasformato in una maschera in 3D del giorno dei morti.

È qualcosa che lascia il segno, anche in gente indurita come loro.

Sguardi di attesa.

È il momento di El Santo.

Chiude fino al collo la cerniera della giacca di pelle. Spera proprio di non mettersi a gocciolare sangue davanti a quindici delinquenti pompati di coca. «Chi ha mandato a puttane, volontariamente, l'omicidio della sindacalista?»

Silenzio inquieto. Quei cretini non ne hanno idea. Oviedo arriva al salvataggio. «Questo *hijo de la chingada,* El Feo!»

«Esatto. E ricòrdate il casino a quella festa di compleanno, ieri? Chi è stato a lasciar scappare Los Toltecas?»

Gli uomini hanno imparato in fretta. «Questo *hijo de la chingada,* El Feo!»

«Proprio così. Ora, il fratello di El Feo festeggia il compleanno, all'Heartbreak. Ci sarà tutta la sua squadra. È un'occasione unica per cancellare da questo pianeta chiunque condivida i geni traditori di El Feo.» Sguardi confusi tutto intorno. «Stermineremo il suo dna, per impedirgli di riprodursi!» El Santo è troppo scientifico. Corregge il tiro. «Li ammazzeremo tutti quanti!» Quella parte la capiscono tutti. Urla di guerra, la musica metallica di armi che fanno scivolare il colpo in canna. «Domani, il resto della squadra di El Feo lo raggiungerà nella tomba!» Tecnicamente non è così, visto che intendono appendere il corpo di El Feo a un cavalcavia, con un cartello attaccato a ciò che resta del collo. «Domani faremo la storia.» El Santo fissa i suoi uomini, i quali fissano non lui, ma il denaro sul tavolo. In ogni modo, gli sembrano pronti. Si volta verso Oviedo. «Di' loro del clown.»

Scende un silenzio totale. Questa è roba seria.

Hanno deciso di mandare un clown della morte. Una cosa che si usa solo per le esecuzioni di alto livello, come quella di Colosio o quella del cardinale Posadas. È una storia cominciata nel 1993, all'aeroporto di Guadalajara. Decine di testimoni dichiararono di aver visto dei clown camminare sulla pista, ridendo come pazzi. Anche gli equipaggi degli aerei e gli impiegati delle torri di controllo giurarono di aver visto dei clown che crivellavano di proiettili l'auto del cardinale. Oviedo rompe il silenzio. «Completo verde. Capelli rossi. Un classico. Quando lo vedrete arrivare, toglietevi di torno in fretta, perché se vi guarda siete morti.»

Una serie di mani svolazzano come uccellini, tracciando il segno della croce. Un paio di uomini baciano uno scapolare. «Ora ritirate la paga e consegnate i cellulari. Li riavrete domani, a cose fatte.» Traduzione: non ci fidiamo di voi. Ma a loro non interessa. Con occhiate furtive alla testa di El Feo, si mettono a bere e a tirare coca. L'umore si fa festoso, come El Santo vuole che sia, perché domani avranno un doposbronza assassino: pessimo umore, mal di testa da suicidio, folle aggressività e obbedienza cieca agli ordini, finché sarà tutto finito e potranno bere di nuovo per curarsi i dolori.

Adesso comunque vanno a tutto gas. È un peccato che Mary Ellen sia scomparsa. Avrebbe fatto salire ancora di più la temperatura. Pazienza. Gli uomini si scambiano battute, insulti, pacche sulla schiena, e guardano tutto il denaro ammucchiato sul tavolo, calcolando quanto ci metteranno a farlo sparire. Quanto? El Santo conosce la risposta.

Un batter d'occhio.

E allora? Da come stanno andando le cose, gira tanto denaro che è impossibile spenderlo tutto. L'universo forse si sta contraendo, ma il *narcocosmo* è una galassia in espansione. E nulla, assolutamente nulla, può ostacolarlo.

44
Pilar

Il tonfo ripetuto dei macchinari è assordante. Decine di donne lavorano in fila alle catene di montaggio, cucendo i pezzi di un gigantesco puzzle collettivo, fatto di suole di gomma, pezzi di pelle sagomata e tacchetti in gomma a colori vivaci.

Alla fine di questo processo apparentemente casuale, come per magia appaiono delle scarpe da jogging. Scarpe che i liceali infileranno al volo senza nemmeno sciogliere i lacci quando rischiano di arrivare tardi a scuola. Scarpe che i manager sovrappeso useranno per la loro camminata di un'ora ogni domenica mattina, nello sforzo di espiare la doppia porzione di dolce. Scarpe che le madri indosseranno prima di accompagnare i figli al campo da calcio. Scarpe che le giovani stagiste useranno per correre sul tapis roulant mentre ascoltano musica sul walkman e pensano a come evitare gli sguardi famelici dei loro capi. Scarpe che i pensionati indosseranno alle cinque del mattino, prima di portare fuori i loro cani anziani e incontinenti, chiedendosi per quanto ancora potranno ritardare l'inevitabile eutanasia e facendo di tutto per non pensare alla loro salute deteriorata.

Quelle scarpe abbracciano un intero universo di opportunità e scelte, alcune meravigliose, altre mondane, quasi tutte fuori dal regno delle possibilità per le donne chine alla catena di montaggio.

La piatta luce elettrica illumina le superfici bianche, disegnando sotto gli occhi delle operaie cerchi scuri da maschere del teatro kabuki.

Due guardie giurate le sorvegliano, fumando e facendo commenti sui loro culi, da cui spostano gli occhi solo per guardare il televisore dietro i vetri dell'ufficio. È in corso una partita di calcio europea, e i commentatori alzano costantemente la voce, eccitati. «Non ha ancora segnato nessuno» dice una guardia, osservando un replay. «Com'è possibile? Quel portiere non è umano.»

Il replay finisce e le telecamere tornano a trasmettere la partita. Un annunciatore grida: «Rigore! Rigore!» come se fosse il nome di sua figlia, intrappolata in camera da letto durante un incendio.

Pilar prende quelle urla isteriche come un segnale, e comincia a spostarsi lungo le file, distribuendo volantini alle operaie. Alcune li prendono in silenzio, ripiegandoli e mettendoli via. Altre li rifiutano scuotendo la testa, o tenendo lo sguardo fisso in avanti come quando ignorano un mendicante in strada, fingendo che non esista. Pilar getta un'occhiata nervosa alle guardie. Il calciatore segna, ma l'arbitro ordina di ripetere il rigore. «Invasione un paio di palle!» esplode una guardia. «Sono tutti dei venduti» dice l'altro. «Gli arbitri sono peggio dei poliziotti.»

Pilar si avvia verso l'ultima fila, ma le donne hanno avuto il tempo di preparare una risposta, e come sempre in casi del genere quella risposta è no.

Sentendosi osservata, Pilar si volta. Le due guardie la stanno fissando. Si allontana in fretta, tagliando le file, mentre loro la inseguono. Si mette a correre, diretta verso la sala successiva, ma uno dei due riesce ad afferrarla.

I volantini cadono a terra ondeggiando. I due la trascinano in un ufficio e consegnano un volantino al direttore notturno, il quale indossa un camice blu sopra una canottiera bianca. L'uomo ci mette un tempo incredibile a leggere il volantino.

Finalmente alza lo sguardo su Pilar, in piedi tra le due guardie, la manica del grembiule strappata sulla spalla. Gli occhi del manager sono pieni di disprezzo, ma anche allarmati. Sa che è in pericolo il suo posto di lavoro. «Vuotatele le tasche» dice.

Le guardie tirano fuori sigarette, monete, il cellulare che le ha dato Juan Antonio. Il manager apre un cassetto e getta il tutto all'interno.

«È roba mia.»

L'uomo sorride, come suo padre sorrideva a lui quando tornava a casa ubriaco e si preparava a picchiarlo. «Chi ti ha mandata qui?»

Pilar alza il mento. «Le donne di questa città.»

Lui le schiaffeggia il braccio con il volantino. È un gesto inefficace, quasi come scacciare una mosca. Ma è abbastanza per aprire le porte alla rabbia che finora è riuscito a contenere. «Te lo chiedo un'altra volta. Chi ti ha mandata?»

«Tua moglie, tua madre, tua sor...»

Il manager le dà uno schiaffo sulla guancia, così forte da farsi male alla mano. «Troia sindacalista. Buttatela fuori!»

«Voglio il mio cellulare.»

«Per chiamare i tuoi amici comunisti?»

«Ho bisogno di un passaggio!» Pilar si lancia in avanti, nel tentativo di aprire il cassetto. La guardia la blocca, strappando il resto della manica. La sbatte contro il muro e le torce le braccia dietro la schiena.

Il manager si rivolge all'altra guardia. «All'uscita perquisite tutte le donne. Licenziate tutte quelle che hanno questi volantini.» Le guardie si scambiano un'occhiata soddisfatta, perché il manager notturno sta dimostrando di avere gli attributi. L'uomo avverte la loro approvazione, e mentre escono chiede: «Chi sta vincendo?».

«Il Real Madrid.»

Il manager impreca. «Sempre la stessa cosa. Ricchi del cazzo.» Le guardie annuiscono, d'accordo. Lui torna a sedersi, i pensieri traboccanti odio. Vaffanculo al Real Madrid, e ai suoi ricchi sostenitori, con uffici nei grattacieli di Monterrey e appartamenti a Miami e a Dallas. Possono andarsene affanculo, con il loro esercito di cameriere, bambinaie, guardie del corpo e autisti. E con le ville a Cabo San Lucas e Acapulco, i loro figli viziati con l'apparecchio ai denti e l'inglese perfetto e le settimane bianche in Colorado. Mentre lui deve lavorare di notte, e vive in una casa vicino a un torrente inquinato come una ferita infetta che scorre dove giocano i suoi figli. Vaffanculo ai narcos e alla polizia. Vaffanculo a Televisa e ai suoi programmi idioti. Vaffanculo ai partiti: PRI, PAN e PRD. Vaffanculo alla Chiesa e al suo stupido papa polacco.

E vaffanculo a quella sindacalista del cazzo, perché mi ha fatto pensare.

Apre il cassetto, spinge da parte il cellulare di Pilar e si versa delle pasticche nel palmo della mano. *Ma soprattutto,* pensa, *vaffanculo alla mia paura di perdere il lavoro. Vaffanculo a me. Perché l'unica cosa che ho ottenuto dalla vita è fare ogni notte il tiranno di donne che sono proprio come mia madre, le mie sorelle e mia moglie.* Inghiotte le pastiglie con un sorso di caffè freddo e si prende il viso tra le mani.

45
Padre Márcio

Pablo Grande aveva ragione. Padre Márcio aveva fatto ricerche sul veleno così come sull'antidoto ed era riuscito a salvarsi. Ma il trauma gli aveva cambiato la vita. Il fischio nelle orecchie non era mai scomparso; era un ronzio continuo che sentiva persino in sogno. Gli occhi erano diventati ipersensibili alla luce e quindi vedeva tutto come attraverso un filtro.

All'inizio aveva reagito con rabbia, ma dopo alcune settimane l'intelletto aveva ripreso il controllo e si era reso conto di aver avuto fortuna a sopravvivere all'incontro con un *curandero* tanto potente. Sapeva che Pablo Grande non si sarebbe fatto vivo per molto tempo, dopo aver mostrato in pubblico la sua capacità di trasformarsi in animale. Solo un *brujo* di alto livello avrebbe potuto farlo, soprattutto di giorno. Un anno dopo, padre Márcio pensava ancora di scovare Pablo Grande, se non altro per tentare di comprendere e acquisire i suoi poteri. Ma abbandonò il campo dell'arcano e dell'esoterico per la forza bruta del mercato, quando il Natale seguente conobbe Joaquín Lázaro Morales nel palazzo del vescovo.

Joaquín aveva un viso inaridito dal sole del deserto, dal vento delle montagne e dall'indifferenza congenita del governo verso la povertà di contadini e fattorie. Ma nonostante le mani callose, i vestiti da *ranchero* e la patina di polvere grigia in servizio permanente sugli stivali, Joaquín non mostrava la solita fede servile dei poveri quando vedevano le sue ferite miracolose. Aveva la dignità severa di un boia in attesa di aprire la botola sotto la forca. Ed era accompagnato da un ragazzino silenzioso e osservatore.

Gli spiegò che suo figlio Amado aveva perso la madre in una disputa tra *gomeros,* i coltivatori di papaveri da oppio, tra le montagne di Badiraguato. E voleva chiedere a padre Márcio di trovargli un posto in un orfanotrofio di Ciudad Real, lontano dai pericoli del Sinaloa. Estrasse un pacchetto dal *morral* di lana che portava appeso alla spalla e osservò con occhi di serpente padre Márcio mentre lo apriva e guardava le mazzette di banconote.

Padre Márcio avrebbe detto di sì in ogni modo, tuttavia non restituì il denaro. Era semplicemente troppo, per considerare un gesto del genere.

Quella sera, accompagnando il ragazzo all'orfanotrofio dell'Esercito di Gesù, non pensava al denaro, ma al luogo da cui proveniva. Padre Márcio era abituato a ricevere donazioni "pulite" da latifondisti e politici corrotti che le scalavano dalle tasse. Era la prima volta che vedeva il denaro sporco (anche letteralmente, dopo il viaggio lungo strade sterrate di montagna) di banditi rurali e coltivatori di droga.

Nel 1961, per molti agricoltori degli *ejidos* le piantagioni di marijuana e papavero da oppio non erano tanto un buon affare, quanto l'unico affare possibile. Il lavoro nei campi era duro, i rischi alti e i profitti appena decenti. Tuttavia, rispetto a quelli garantiti dalle alternative (fattorino in un hotel di Dallas, raccoglitore di frutta nella valle di Salinas o pescatore nel golfo) si trattava di profitti enormi. E più del denaro contava il prestigio di essere un *gomero* rispettato, invece di un anonimo *peón* che si spaccava la schiena in Texas. Padre Márcio sapeva una cosa che i ricchi ignoravano: più povero è l'ambiente da cui provieni, più è importante l'autostima. E aveva capito che per Joaquín contava parecchio.

L'uomo tornò tre mesi dopo, con tre bambini, un maschio e due femmine, tutti sotto i sette anni. Erano fratelli? «Cugini» spiegò Joaquín, una nozione molto fluida sulla sierra. «E comunque, tutti gli orfani sono della stessa famiglia.»

Padre Márcio non fu sorpreso dal sentimento espresso dal *gomero*: dopotutto lui e Joaquín erano legati, non dal dolore ma dall'astuzia. «Non ho mai perdonato l'uomo che mi ha reso orfano» disse, senza riconoscere quella confessione spontanea per ciò che era: il primo segnale di complicità.

«Mi dica come si chiama quell'uomo, e me ne occupo io.»

«È il suo lavoro, occuparsi delle cose?»

«Un uomo nella mia posizione...» L'orgoglio era il peccato più difficile da nascondere, più della rabbia, persino più della gelosia. Joaquín non finì la frase, con uno scatto del mento. «Sarei felice di occuparmi di chi l'ha resa orfano.»

«Ci ha già pensato Dio.»

Joaquín scrollò le spalle con la finta modestia degli uomini potenti. «Anche Dio può aver bisogno di una mano.»

«Resistere anche a una sola cattiva azione fa avanzare l'opera di Dio più di mille buone azioni» disse padre Márcio, felice che l'ipocrisia fosse il peccato più facile da nascondere.

«Ma dopo aver commesso mille cattive azioni, una sola buona azione non sarebbe molto più potente?» Joaquín spinse avanti i bambini. «La prego, li consideri tre buone azioni.»

«Lei come li considera?»

Joaquín sorrise senza calore, senza umanità. Era il sorriso di un'icona scolpita, pagana e remota. «Non è meglio la minaccia di uccidere, invece dell'omicidio?» In quel momento risuonò un tuono lontano, dietro le montagne che nascondevano la promessa di una vita diversa, lontano dal calore bruciante, dalla sabbia e dai confini ostili del deserto. Padre Márcio comprese che il tuono era un segnale, ma di cosa? Sconfitta o futuro trionfo?

Joaquín disse: «Sappiamo entrambi che, quando vieni scelto per una missione, ci sono dei sacrifici da fare; crimini da dimenticare, se non da perdonare». Gli consegnò una pesante valigetta. «Non è la via del Signore, ma è la via del mondo. Del *nostro* mondo.»

Nel corso dei dieci anni seguenti, Joaquín portò all'orfanotrofio molte altre valigette e molti altri bambini. A volte erano figli di uomini che aveva ucciso, altre volte figli di uomini morti combattendo per lui. Ma in gran parte erano ostaggi passivi, in una strategia che mirava a una conquista senza spargimento di sangue. Cosa spingeva Joaquín a rompere la tradizione, a controllare i padri, invece di ucciderli, risparmiando allo stesso tempo la vita dei figli? Nella terra delle faide, non bastava togliere la vita a un uomo: dovevi sterminare tutto il suo clan, altrimenti la rappresaglia non era un rischio, ma una certezza. Joaquín era spinto da una sorprendente compassione, o da un orgoglio sconsiderato che ignorava le minacce di vendetta? Oppure era solo uno stratega innovativo, che aveva capito che era più facile conquistare cuori e menti, invece di eliminarli?

Quando gli anni Sessanta finirono e iniziarono i Settanta, le piantagioni di Joaquín si estesero e i profitti aumentarono. Le droghe, che prima contavano su una fascia ristretta di consumatori, si erano diffuse in tutti gli strati sociali, dall'altro lato del confine. La fame di droga dell'America sorpassava quella di zuccheri e guerra. E ogni volta che Joaquín tornava con altri bambini, le donazioni erano più generose. Finché un giorno di quaresima si presentò senza bambini. Solo, per la prima volta. «Voglio acquistare questo palazzo» disse.

Padre Márcio restò sorpreso della propria reazione offesa. «È da sempre la casa di veri servitori del Signore.»

«I veri servitori del Signore non si nascondono nei palazzi.»

Quella semplice verità era schiacciante. Padre Márcio restò senza parole, soprattutto dopo aver udito la cifra che Joaquín gli offriva. Non si trattava più di una donazione, e nemmeno di un acquisto. Quello era riciclaggio.

E padre Márcio stava per diventarne un maestro...

46
Pilar

Dopo la violenza con cui l'hanno fermata, Pilar è sorpresa dall'atteggiamento contenuto delle guardie. La scortano oltre i cancelli senza nessun altro contatto fisico. Nemmeno uno spintone o il classico calcio nel sedere, l'ultima umiliazione prima di sbattere la porta del furgone della polizia o quella di una cella.

Nemmeno un insulto mentre chiudono i cancelli e tornano dentro, sagome scure contro la luce all'ingresso della fabbrica, che scompaiono in pochi secondi. Forse vogliono solo tornare in fretta alla loro partita di calcio. Oppure hanno fidanzate, mogli o sorelle dell'età di Pilar, che magari lavorano in altre *maquiladoras*. Forse i loro padri erano membri del sindacato, ai tempi in cui i sindacati contavano ancora qualcosa. O forse temevano di vedere cose che era meglio non vedere. Buttare fuori una donna sola nel cuore della notte poteva trasformarsi facilmente in una condanna a morte. E la condizione di testimone a Ciudad Real è una malattia terminale. I cartelli puniscono chi parla, anche se si tratta di un argomento che non li riguarda direttamente. Il terrore dei narcos ha reso muta la società civile. Perché la censura è preferibile alla mutilazione. Le persone si mordono la lingua volentieri, se l'alternativa è farsela strappare con un paio di pinze incandescenti. E ora lo stesso terrore si è imposto in tutte le attività commerciali, e persino nelle case. Il silenzio è il primo alleato dei tiranni; più sono crudeli, più il silenzio è assoluto. E le guardie lo sanno.

Lo sa anche Pilar.

O forse la spiegazione è ancora più semplice: quegli uomini, proprio come lei, hanno paura di trovarsi soli di notte.

La sua presenza là fuori è un urlo di sfida capace di svegliare i mostri che banchettano con le spoglie della città: gli assassini, i narcos, i politici, i padroni delle fabbriche, i paurosi e i diseredati.

Pilar guarda il paesaggio deserto. L'unico posto in cui rifugiarsi, in caso di bisogno, è la fabbrica da cui è stata appena espulsa. Se hanno chiuso il cancello alle sue spalle non è tanto per chiudere fuori lei, ma il pericolo che è in agguato nella notte.

La bestia.

Pilar si avvia a passo svelto lungo la strada che porta in città. Da un lato c'è il fiume e il confine; dall'altro i grossi camion del NAFTA lungo la strada che collega i due paesi, i due sistemi, le due realtà: una espansionista e sicura di sé, dominante; l'altra schiva e defilata, ma piena di astuzie che le permettono di sopravvivere. Pilar sente il rumore dei tir all'orizzonte, vede la luce dei fari che amplifica il buio e poi scompare per sempre, lasciandosi dietro ipnotiche luci rosse. Sulla strada dove cammina lei non c'è alcun movimento, nessuna luce a parte una luna vigliacca che si ripara dietro le colline, timorosa di mostrarsi in quel paesaggio tremante.

Le sembra di udire qualcosa. Si ferma ad ascoltare.

Un rumore che riconosce all'istante; un suono che aveva il terrore di udire: il motore di un'auto che si avvicina.

Guarda avanti. Nulla. Si volta e vede due fari che vengono dalla direzione della *maquiladora*. È per questo che l'hanno lasciata andare e poi sono corsi via? Per andare a prendere le auto e darle la caccia sulla strada deserta, senza testimoni?

Pilar cerca salvezza e la trova in una conduttura di cemento poco lontana. Corre nel buio, fidandosi dei piedi, mentre il rumore dell'auto si fa più forte. Scende nella cunetta per raggiungere l'apertura della conduttura, inciampando sul terreno sassoso. Mentre sta per entrare, un animale sfreccia fuori, sfiorandole una gamba; un ratto o un gatto, forse un coniglio. Un animale piccolo, spaventato come lei. Pilar lancia un urlo ma lo soffoca immediatamente, furiosa con se stessa per essersi tradita. Tende le orecchie nel silenzio improvviso.

Un lampo di luce attraversa i campi. Pilar abbassa la testa un attimo prima che l'ingresso della conduttura sia illuminato dai fari dell'auto.

L'auto passa lentamente, il motore vibrante nella quiete notturna. Pilar arrischia un'occhiata: è un Lincoln Navigator, con il fanale posteriore sinistro rotto.

Sta cercando di leggere la targa, quando il Suv frena con uno stridio da animale in trappola. Pilar torna ad abbassarsi nel suo rifugio di cemento, che amplifica il suono del respiro. Ascolta.

Nulla.

L'auto prosegue ancora per qualche metro, come trascinata dal peso delle tenebre davanti ai fari, poi frena di nuovo. Il fanalino rosso sembra l'occhio di un ciclope.

Una potente torcia elettrica illumina i campi coperti di spazzatura e privi di nascondigli. Le erbacce sembrano inchinarsi davanti al fascio di luce, che si ferma su un mucchio di immondizia. C'è un movimento, e il raggio resta puntato, poi un animale scappa e una busta di plastica si alza nel vento.

L'auto avanza di nuovo, lentamente. A un tratto accelera di colpo, come in risposta a un richiamo segreto. Pilar la guarda svanire nel velluto nero della notte. Esce dal riparo e cerca di decidere cosa fare: proseguire o aspettare, nel caso che l'auto torni indietro.

Aspetta una mezz'ora. Ormai devono aver capito che non può essersi allontanata tanto a piedi, e magari credono che abbia tagliato per i campi verso la statale. Se avessero pensato che si era nascosta, di sicuro sarebbero venuti a cercarla.

Sempre se stavano cercando lei.

Pilar risale la cunetta, facendo presa con le mani sui sassi scivolosi, si inerpica sul ciglio della strada e riprende a camminare verso la città, in compagnia della luna vigliacca, che brilla leggera sull'acqua ferma del fiume.

Dietro una curva vede qualcosa sulla strada. Un cane bianco e marrone. Si avvicina con prudenza, temendo di essere attaccata, ma poi si rende conto, dalla posizione del corpo e dalla curva sbagliata dei fianchi, che il cane è ferito. Gli parla in un tono basso, affettuoso, e lo accarezza tra le orecchie appiattite. All'inizio l'unica reazione è uno sguardo grave, consapevole. Impaurito. Poi l'animale alza gli occhi nella notte, come per vedere un'ultima volta qualcosa di urgente, importante, e si ferma sul viso di Pilar. Con un guaito quasi impercettibile, gli occhi si girano all'indietro con una grazia quasi armoniosa. Pilar riesce quasi a sentire la vita che se ne va, come un movimento che passa attraverso la sua mano.

Comincia a piangere, un mormorio di lacrime nel deserto; poi finalmente si alza e prende in braccio il cane, andando a posarlo contro un masso lontano dalla strada.

Riprende a camminare verso la città, costringendosi a non pensare a nulla che non sia il prossimo passo, il prossimo secondo. Se potesse vedersi, circondata dal buio, le gambe e i piedi coperti dalla polvere che solleva al suo passaggio, sarebbe ansiosa. Si renderebbe conto di risaltare fortemente nel paesaggio, un obiettivo contro l'arco dell'orizzonte.

Ma non le interessano il mondo esterno, il suo corpo che si muove in un ambiente ostile, le pietre che le mordono le scarpe. È concentrata sull'interno: la sete, la stanchezza; la rabbia; e la paura furtiva di non avere, stavolta, le risorse per superare la propria vulnerabilità.

Ricorda le camminate difficili della sua vita. Andare a scuola al mattino contro i desideri di suo padre, con le cavallette come unica compagnia. Il rumore tremendo del traffico quando andava a prendere l'autobus per l'università, mentre gli uomini nelle auto di passaggio rallentavano per gridarle complimenti osceni. I corridoi del carcere dopo la prima condanna, i suoi passi esitanti sotto la spinta di un manganello. La ghiaia sulla strada del cimitero dopo il funerale di sua madre, e la sensazione di non poter vivere con tanto dolore.

La marcia verso i poliziotti schierati, stringendo uno striscione tra le mani.

Più che di ricordi specifici, si tratta di emozioni accumulate nel profondo di sé, come anticorpi. È una risposta immunitaria non alla malattia, ma alla sofferenza e al senso di sconfitta. Ed è quella reazione organica che la mantiene in piedi, la spinge avanti, un passo dopo l'altro. Che le proibisce di crollare.

Passa lungo una rete metallica sormontata da filo spinato. Dietro la rete, file di bidoni coperti da un telone. La città dev'essere più vicina. Un cane da guardia cammina al suo fianco, dall'altro lato del recinto. Tutti e due sono contenti della compagnia.

A un tratto il cane lancia un guaito e si blocca. Pilar si ferma, attenta, spaventata. La notte porta il rumore lontano di un'auto. Poi sente una cosa che la terrorizza: il cane si è messo a ringhiare sommessamente.

Il suono della paura.

Pilar si getta a terra, dietro il relitto di un'auto abbandonata, e aspetta, con il cuore in gola, mentre il veicolo in movimento si avvicina, implacabile. Il cane si mette a latrare, una protesta selvaggia contro ciò che sta per succedere.

Lo schiaffo dei fari passa sopra di loro, violento e veloce. Mentre il Navigator procede lungo la strada vuota, l'unico fanale posteriore brillante come un fuoco, un altro rumore penetra la notte, un rumore che fa tacere il cane e spinge Pilar ad alzarsi in piedi.

Un urlo di donna.

Pilar guarda fuggire gli assassini; il cane guaisce dal lato opposto del recinto. Pilar fa una cosa che non si aspettava.

Si mette a correre dietro la macchina.

III

L'ALTRO LATO DELLO SPECCHIO

GIORNO 3

Vittima 875 – Gloria Delgado

47
Gloria

Gloria si scosta dall'uomo, tentando ancora una volta di aprire la portiera, e in quel momento vede Pilar, in piedi davanti a un'auto abbandonata. Lancia un altro grido per attirare la sua attenzione, ma loro la prendono per i capelli e la gettano a terra, pestandola sotto i piedi come se stesse andando a fuoco e volessero spegnere le fiamme.

Sviene.

Riprende conoscenza quando aprono la portiera, la tirano su per le ascelle e la fanno camminare come i poliziotti quando fermano un manifestante: un po' spingendo e un po' tirando.

Gloria urla e la sua voce riempie la notte d'angoscia. Ma nessuno viene in suo aiuto, nessuno reagisce. È come fare le prove in un teatro vuoto.

Seguendo il fascio di luce di una torcia superano una strana formazione rocciosa, come gradini che salgono verso un edificio in rovina; il terreno è aspro, costellato di cespuglietti di creosoto e formicai abbandonati.

Dall'altro lato della roccia c'è una fattoria, circondata di macchine parcheggiate. Attraversano un recinto e un rottweiler abbaia da dentro un pickup, il muso feroce premuto contro i vetri come un selvaggio in catene.

Le finestre della casa sono oscurate da fogli di carta, ma la luce riesce a filtrare ugualmente, come sangue tra le bende. «Vi prego!» singhiozza Gloria. I suoi aguzzini si comportano come se non avesse parlato.

Come se fosse già un fantasma.

48
Pilar

Scalzo e coperto solo da un paio di boxer, Juan Antonio corre fuori dalla stanza da letto, mentre il bussare alla porta si fa più forte. Prende una mazza da baseball in un angolo e ne agita la punta davanti allo spioncino.

Smettono di bussare. Aspetta ancora un attimo, allontanandosi dalla porta. «Chi è?»

«Io, *cabrón*. Apri!»

Juan Antonio fa scorrere il chiavistello, poi apre la serratura. Pilar entra di corsa e sbatte la porta. Juan Antonio guarda l'orologio. «Cosa è successo?»

«Figli di puttana!» Pilar si mette a camminare avanti e indietro, rabbiosa. Lui le versa un bicchiere di tequila, tentando di non fissarle le gambe coperte di polvere. Pilar lo beve in un sorso, tossendo.

«Pilar?»

«Mi hanno beccata.»

«Merda. Ti hanno fatto del male?»

«Mi hanno buttata fuori. E mentre tornavo, a piedi, ho visto la macchina.» Le trema la voce. Si prende un attimo per ricomporsi, poi comincia a parlare in fretta, cercando di buttare fuori tutto finché può ancora farlo. «Sono venuti a cercarmi. Mi sono nascosta finché sono andati via. Più tardi sono tornati indietro. Con una donna. Strillava...» Pilar si mette a piangere. Juan Antonio le passa un braccio intorno alle spalle, ma lei lo spinge via. «Non mi toccare!»

Lui si allontana, lasciandole spazio. Pilar è scossa da singhiozzi che riesce a controllare solo in parte, e parla tra le lacrime. «Ho visto l'auto. Erano loro, gli assassini.»

«Hai detto che cercavano te?»

«L'auto veniva dalla *maquiladora*. Quando poi è tornata indietro mi sono nascosta e ho sentito gridare quella donna. L'ho sentita!»

«Hanno scoperto chi sei?»

«Cosa?»

«Alla *maquiladora*. Sanno il tuo vero nome?»

«La *maquiladora*? Hanno rapito una donna! Che cazzo c'entra il mio nome?»

«Se sanno chi sei, scopriranno dove abiti.» Juan Antonio si infila i pantaloni in fretta. «Dobbiamo andare via subito.»

Pilar si tasta una tasca e tira fuori un biglietto da visita. «Dobbiamo trovare Fuentes.»

49
Fuentes

Mary Ellen González. Nata a San Diego, in California, nel 1975, da madre messicana e padre colombiano. Curiosamente, quelle tre coordinate formano il triangolo d'oro del narcotraffico.

Fuentes lascia perdere la geometria e si concentra sull'aritmetica: Paredes è stato arrestato a bordo di un'auto registrata a nome di Mary Ellen. Un legame diretto tra un poliziotto corrotto, il traffico di droga e l'omicidio di una donna. Un omicidio che segue l'esatto modello degli altri, con una sola differenza: la vittima era una escort d'alto bordo, laureata e con un passaporto americano, invece di un'operaia povera e ignorante. Il profilo non corrisponde a quello delle altre vittime ma... non si tratta di un errore. Gli assassini volevano far pensare alla polizia che si trattasse di un femminicidio, un altro di una serie infinita. E avevano seguito così bene il modello degli altri da rivelare che dietro tutti quegli omicidi ci sono loro. Perché nessuno sa cosa fanno alle vittime alla fine. Nessuno, a parte la polizia. E quando è stata l'ultima volta che la polizia è riuscita a tenere un segreto del genere? Mai. L'unica spiegazione logica è che stiano tentando di coprire i propri delitti.

Fuentes torna alla geometria del rompicapo. Non è solo il triangolo del narcotraffico, è anche un cerchio che sta per chiudersi. Loro sono i mastri muratori di quella costruzione criminale. Silenziosi. Riservati. E sanno tutto.

Per infiltrare un'organizzazione segreta ci vuole una via d'ingresso. E l'unica a disposizione di Fuentes è Paredes. Deve trovare un modo di parlare con lui. Ma tutti gli ingranaggi nella sua testa scattano a vuoto. Non lo lasceranno mai arrivare a Paredes, a meno che possa offrire qualcosa in cambio.

Qualcosa di immenso...

Apre le tende. Banchi di nuvole a est sembrano esplodere con la luce dell'alba, come se il cielo stesso non sopportasse l'idea di un altro giorno uguale al precedente. Tutte le finestre dell'appartamento palpitano d'angoscia celestiale, infiammate dal riflesso dell'alba, dalla frustrazione per l'ultima cosa che ha scoperto e di un'altra notte in bianco piena di incubi insonni. L'incidente. Le scuderie di Abarca. Le mani di Adán ballonzolanti nell'olio della friggitrice.

E ora a quella galleria di orrori si aggiungerà anche Mary Ellen. Dovrà notificare la sua morte alle autorità degli Stati Uniti, ma prima vuole riuscire a entrare in casa sua. L'auto con targa del Texas che segue sia lui che Byrd può essere collegata a lei. Forse al volante c'è uno degli uomini che l'hanno uccisa. Una cosa è certa: Mary Ellen non è una semplice pista, è la chiave di tutto. E lui non intende passare una scoperta così importante a qualcuno di cui non si fida.

Toglie una Glock 26 dal nascondiglio segreto sotto la libreria, controlla il caricatore e l'assicura a una fondina alla caviglia. Quel peso aggiuntivo gli offre un po' di stabilità in un mondo che non ne ha.

Dal comodino prende la Colt Python e la infila nella fondina ascellare. In un fodero alla cintura, accanto alle manette, fa scivolare un coltello con una lama di dieci centimetri, poi si mette in tasca un paio di clip con proiettili di riserva. È la sua routine al risveglio, invariabile come il caffè. È la sua promessa mattutina: mettiti contro di me e ti uccido.

Si guarda intorno, come un viaggiatore in procinto di lasciare una stanza d'albergo, chiedendosi se dimentica qualcosa di importante. Quella è una differenza tra la gioventù e la mezza età che può risultare fatale: il momento in cui la routine sostituisce l'istinto. Va in cucina e apre la credenza.

Dal cassetto in alto prende il disegno in cima alla pila: una spiaggia, con i raggi gialli del sole che si perdono quasi sulla carta bianca. Lo infila nella tasca interna sinistra della giacca. Poi apre la porta, controlla che fuori sia tutto tranquillo, esce e chiude a tripla mandata.

Auto parcheggiate. I primi autobus del mattino. Donne dirette al lavoro. Assorbe ogni cosa lentamente. Sa che si sta avvicinando alla soluzione. Non si tratta solo di Mary Ellen, è qualcosa che sente nell'aria. La sensazione che sia arrivato l'ultimo atto. È il momento in cui è necessaria la massima prudenza. È sempre in dirittura d'arrivo che rischi di cadere, e non si tratta solo di stanchezza, ma di vanità. L'autocompiacimento è una reazione da coglione.

Non è finita finché non è finita.

Guarda a destra e a sinistra lungo la strada. Ci sono segni che impari a riconoscere. Uomini fermi dentro auto sconosciute. Furgoni senza finestrini parcheggiati abbastanza vicino da captare una frequenza. Un motociclista con casco che si avvicina in fretta. Ombre rapide nella visione periferica. Una divisa qualsiasi. Le divise saltano all'occhio, e paradossalmente questo le rende invisibili.

La sua è una strada tranquilla, quindi potenzialmente pericolosa. Gli omicidi a contratto nascono nella mondanità; richiedono l'abitudine, non il caos. Apre il bagagliaio, prende uno specchietto angolato e lo passa sotto l'auto. Niente perdite di fluidi. Niente cavi. Niente detonatore annidato in un blocco di C-4. Non apre il cofano, perché lo chiude sempre con una leva di sicurezza. L'auto è sicura, almeno per un altro giorno.

E mentre si congratula con se stesso, in quel momento in cui l'attenzione scivola nel compiacimento, ode i passi affrettati alle sue spalle. Ruota su se stesso, ma non ha nemmeno il tempo di estrarre la pistola. Pilar gli afferra un polso e lo spinge verso la macchina. «Dobbiamo fare in fretta.»

«Di che si tratta?»

Pilar fa per aprire la portiera, ma è bloccata. «Li ha visti» dice Juan Antonio, ansimando per la corsa. «Hanno cercato di sequestrarla.»

Fuentes non deve chiedere "chi". Apre la portiera immediatamente. «Quanto vantaggio hanno?»

Pilar sale a bordo. «Quasi due ore.»

«Non è abbastanza» commenta Fuentes, sedendosi al volante.

Juan Antonio esita, poi sale a sua volta. Fuentes accelera e intanto ha già chiamato Gomez al cellulare. «Tra cinque minuti sono da te.»

«Stai perdendo tempo» protesta Pilar.

«È sulla strada. Comunque abbiamo bisogno di aiuto, e...» Fuentes stringe il volante, senza guardarla. «Lui è tutto quello che ho.»

50
Padre Márcio

Proprio come il Vaticano, tutto ciò che padre Márcio possedeva era dovuto a una crocifissione, o meglio alla sua manifestazione fisica. Ma i proventi della vendita del palazzo vescovile gli diedero l'opportunità di andare oltre i limiti delle sue stimmate, forgiando il proprio destino.

Con quei soldi costruì orfanotrofi a Ciudad Juárez, Tijuana e Matamoros, dove fu ricevuto come un santo, se non come un salvatore. Ansiosi di mettere a frutto il suo nuovo status, politici e uomini d'affari gli offrirono sostegno, contatti e accesso a donazioni. Anche i più cinici tra loro non potevano evitare di ammirare la sua energia ed efficacia. Padre Márcio fondò orfanotrofi in cui i bambini potevano sentirsi sicuri, assumendo professionisti laici, invece di preti predatori.

Eppure quei cambiamenti rivoluzionari non lo appagavano. La volontà di migliorare le cose era solo una parte della sua motivazione. Ciò che realmente lo consumava era l'idea della vendetta. Il suo obiettivo era nientemeno che la distruzione della Chiesa cattolica. Solo che gli mancava un piano coerente per raggiungere un simile risultato. Le cose iniziarono a cambiare quando si scontrò con l'opposizione dell'arcivescovo di Santa Teresa, il cardinal Degoutta. La città aveva già un orfanotrofio, gli disse sua eminenza. Se ne avessero aperto un altro, sarebbe servito solo a incoraggiare l'arrivo di bambini abbandonati da altre parti del

Messico, con l'inevitabile aumento della piccola criminalità e della promiscuità sessuale.

Padre Márcio era abbastanza intelligente da capire che la frode era come un falso specchio. Più la praticava, più cominciava a credere alle menzogne che raccontava agli altri. Quello era il lato a specchio, che rivelava solo ciò che gli altri desideravano vedere. Ma se qualcuno tentava di ingannarlo, padre Márcio se ne accorgeva immediatamente. Quello era il lato trasparente. La differenza era molto semplice: guardare dentro e guardare fuori. Lui poteva ingannare se stesso, ma nessuno poteva ingannare lui.

Meno che mai un altro prete che sosteneva di parlare in nome di Dio.

La famiglia del cardinal Degoutta era fuggita in Messico da Barcellona ai tempi della guerra civile spagnola, quando Degoutta era appena stato ordinato sacerdote. Non erano nazionalisti, e di sicuro non lealisti. Erano una famiglia di monarchici ultrareazionari "alfonsisti", e sapevano che chiunque avesse vinto, li avrebbe bollati come fondamentalisti, condannandoli al destino di tutti gli estremisti durante una guerra civile.

Perciò raggiunsero un parente nello stato messicano del Michoacán, dove il giovane Degoutta trovò lavoro in una chiesa locale e acquisì il gusto per l'alcol, le minorenni e il denaro. Era solo questione di tempo prima che si spostasse a nord, verso la frontiera, dove le nuove *maquiladoras* attiravano una folla di donne povere e piene di speranze. Facili prede per un ecclesiastico corrotto e in ascesa, che sapeva come condividere i propri gusti con alcuni funzionari statali.

Appena nove anni dopo Degoutta fu nominato vescovo, e il Vaticano cominciò a considerarlo una stella spuntata nel Nuovo Mondo. Era un predicatore vecchio stile, tutto zolfo e fiamme dell'inferno, che insegnava una teologia basata sull'intimidazione e non sulla liberazione. Il fatto che fosse europeo di nascita gli spianò la strada per diventare cardinale, così come le sue tendenze medievali. Santificava i ricchi e perseguitava i poveri. Negava la contraccezione a madri esauste dopo troppi parti e il divorzio a mogli maltrattate;

allo stesso tempo organizzava annullamenti di matrimoni per le star del cinema e vendeva indulgenze postume alle vedove credulone di politici e uomini d'affari corrotti.

Il cardinal Degoutta aveva il carisma e la fiducia in sé che solo un imbroglione sincero può emanare. Si congratulò con padre Márcio per le stimmate, chiedendogli come aveva fatto a procurarsele. Se non era troppo doloroso, spiegò, avrebbe voluto sottoporre allo stesso trattamento un suo nipote molto pio, magari procurandogli le stimmate anche ai piedi, oltre che alle mani. Disse che lo avrebbe ricompensato bene per l'informazione. Padre Márcio avrebbe sempre avuto un posto alla sua tavola, solo che in quell'affresco da *Ultima cena* tutti gli apostoli avrebbero avuto in mano borse piene d'argento. Padre Márcio uscì dal palazzo arcivescovile ribollente di un odio che gli ripeteva una sola cosa: il cardinale andava fermato.

Contattò Joaquín, il quale naturalmente propose una soluzione.

Pochi giorni dopo, una delle giovanissime "cameriere" di sua eminenza andò a trovarlo dopo cena, come al solito, e fece una terribile scoperta: il cardinale si era impiccato.

Nella lettera che aveva lasciato confessava crimini così arcaici che il capitano della polizia incaricato delle indagini dovette consultare il dizionario. Inoltre, la lettera accusava vari membri dell'élite sociale di Santa Teresa. Lo scandalo stava per esplodere. Era come una fiamma sopra un bidone di trementina aperto.

Perciò quando padre Márcio propose un incontro d'emergenza con le autorità di Santa Teresa, nessuno mancò, poiché tutti temevano che si venissero a sapere le loro malefatte. Il pesce puzza dalla testa, annunciò padre Márcio, e occhiate nervose percorsero tutta la sala.

Per fortuna, il cardinale peccatore si era tagliato la testa in tempo, e il resto del pesce era ancora commestibile. Quindi perché gettarlo via, visto che c'erano tanti affamati?

Si scatenarono mormorii eccitati. Il gruppo avvertiva nell'aria se non l'intervento divino, almeno l'idea di contenere i danni. Padre Márcio alzò le sue mani benedette, chiedendo silenzio. E propose una versione moderna del miracolo dei pani e dei pesci. Se l'assemblea gliene avesse dato mandato, disse, si sarebbe assunto la responsabilità di salvare la reputazione di Santa Teresa e delle sue risorse ecclesiastiche.

Il sindaco chiese in tono dimesso come avrebbero potuto spiegare in modo soddisfacente il suicidio del cardinale. Padre Márcio propose al coroner e al capo della polizia, entrambi presenti alla riunione, di dichiarare che la causa della morte era un collasso respiratorio; del resto, in fondo, era la verità.

Il suo piano fu accettato dalle autorità civili, ma trovò resistenze in seno alla Chiesa. Le gerarchie ecclesiastiche insistevano per indicare un proprio amministratore ad interim, fino alla designazione di un successore da parte del Vaticano. Ma dopo un franco scambio di opinioni con padre Márcio sulle conseguenze di tale posizione, diedero il beneplacito al prete con le stimmate.

Padre Márcio impiegò mesi prima di comprendere la piena estensione delle frodi del cardinale. Degoutta versava ufficialmente al Vaticano il dieci per cento di tutte le donazioni ricevute nella sua diocesi, ma dichiarava solo una piccola parte della cifra totale. Padre Márcio ne dichiarò un quarto, prendendosi il merito di quell'improvviso aumento delle donazioni. E raddoppiò la parte destinata al Vaticano, portandola al venti per cento. Con l'aumento dei redditi, svanì ogni sospetto residuo sulla sua amministrazione. Per quanto riguardava le autorità messicane e quelle del Vaticano, il prete con le stimmate era davvero capace di fare miracoli.

Padre Márcio vendette a Joaquín le vaste proprietà immobiliari della diocesi, tra cui grandi estensioni di terreno desertico senza valore che i proprietari avevano donato alla Chiesa per gonfiare le detrazioni fiscali. Quei terreni erano molto vicini al confine. Con l'aiuto di uno studio legale di Panama, aprì dei conti correnti presso la Bank of Credit and Commerce International e la Nugan Hand Bank; quindi fondò una compagnia con sede legale in Delaware, di cui

Joaquín era socio di maggioranza e padre Márcio di minoranza. Joaquín contava sull'abilità del sacerdote perché i loro terreni nel deserto venissero dotati di strade asfaltate, elettricità, acqua potabile e impianti fognari, il tutto a spese della municipalità.

E naturalmente così fu.

I due soci decisero di replicare quel corso d'azione a Tijuana, Ciudad Juárez, Matamoros e Ciudad Real. Nel 1977, la loro compagnia affittava terreni alle *maquiladoras* più di ogni altro latifondista della regione. Ma i redditi di quei contratti d'affitto erano infinitesimali, a paragone di quelli procurati da una nuova merce di esportazione: la cocaina.

51
El Santo

Il garage di Enrique è al confine tra la periferia di Ciudad Real e la distesa assolata del deserto di Sonora. Le montagne azzurre chiudono l'orizzonte come bastioni di un antico forte sahariano sbriciolato dai secoli.

Passano sotto un cartello consunto dal tempo che cigola sulla sua catena al passaggio dell'auto. Davanti a loro vedono tre grandi capannoni aperti pieni di auto e un ufficio chiuso sul retro. Un cane alla catena, la testa massiccia posata sulle zampe anteriori, segue con lo sguardo El Santo e Oviedo mentre scendono dal pickup e si dirigono verso il suo padrone.

Enrique è chino sul cofano aperto di una Suburban del 1997 rubata, e fissa il motore come in attesa di una risposta. Scuote la testa, contrariato, si volta e va ad accogliere i due visitatori inattesi. Il suo viso si tinge di verde per il riflesso del sole che filtra dal tetto in fibra di vetro del capannone. «Non mi piacciono le otto cilindri con cambio automatico. Troppi problemi con l'albero a camme.»

«È una questione di età» dice Oviedo. «Lei è un artigiano.»

Enrique ride, pulendosi le mani su uno straccio che puzza di trementina. «Siete qui per vendere o per comprare?»

«Per riscuotere» dice El Santo, con la voce che gli sembra un po' tremula. Il proiettile, l'operazione e il viaggio fino a quel posto in culo al mondo lo hanno provato. In più non ricorda quando è stata l'ultima volta che ha dormito. A occhio, direbbe "mai".

Enrique lo fissa come se la sua faccia fosse un radiatore rotto, e stesse cercando di capire se è riparabile o da sostituire. «Riscuotere cosa?»

«Le tasse non pagate.»

Enrique si volta e sputa sul terreno macchiato d'olio per motori. «Allora dovete parlare con il mio capo.»

«Padre Márcio?»

A Enrique non piace sentire quel nome sulla bocca di un uomo come El Santo. «Il mio capo non ha un nome.»

«Certo. Da quanto tempo lavori per padre Márcio?»

«Da abbastanza tempo da sapere che il mio rispetto per lui è meritato.»

«A volte il rispetto è meritato, altre volte è imposto.» Oviedo afferra Enrique da dietro. Il meccanico non oppone resistenza. «Quante auto rubate rimetti a posto ogni settimana?»

La risposta è un silenzio imbronciato. Poi Enrique alza il mento in un gesto di sfida che El Santo ha visto così tante volte da averne la nausea. È ridicolo il numero di criminali che pensano di avere il gene del martirio e vogliono mostrare quanto sono tosti. E leali. Pensano di non poter essere intimiditi, di avere le palle per resistere. "Pensaci meglio", è la regola che El Santo ha visto funzionare sempre, ogni singola volta; l'unica legge che viene sempre rispettata. Il silenzio non dura mai a lungo; almeno non finché sei ancora vivo.

Oviedo getta Enrique contro l'auto. Dietro di loro la catena si tende di scatto e il rottweiler si mette a latrare come un pazzo. Oviedo apre la portiera e la richiude sulla mano di Enrique. «Quante auto sistemi alla settimana?»

Enrique parla tra le lacrime. «La mia mano, cazzo!»

«La prossima volta sarà la tua testa, se non rispondi alla domanda. Quante?»

Il meccanico sputa la risposta come un nocciolo che minaccia di soffocarlo. «Cinque.»

El Santo fa cenno a Oviedo di riaprire la portiera. La mano

di Enrique cade fuori e va a rifugiarsi sotto un'ascella. El Santo tira da parte Oviedo, tenendo d'occhio Enrique nel caso gli venga qualche idea stupida. «Non ha senso.»

«Lascia che me ne occupi io, capo.»

Il meccanico alza gli occhi dalle dita rotte e vede sparire Oviedo tra le file di auto. «È violazione di proprietà privata» dice, con la voce tremante di dolore.

El Santo si farebbe una risata, ma evita, per non rischiare di far saltare i punti. «Violazione, vecchio? Questa è un'invasione in piena regola.» Il cane, ritto sulle zampe posteriori, rischia di soffocare per la rabbia. El Santo si mette a esaminare la Suburban. C'è una cosa che lo infastidisce da giorni, anzi due, contando il proiettile che El Feo gli ha piantato in corpo, ma del resto anche quello rientra nella prima cosa che lo infastidisce: in questo mondo nulla ha più un senso. Come quella Suburban verde lime. Perché cazzo prendersi il disturbo di rubare un'auto così mediocre? Non è da collezionisti e non è un oggetto del desiderio. Come fonte di pezzi di ricambio è patetica ed è così brutta da saltare all'occhio, quindi non la si può usare nemmeno per fuggire dopo una rapina.

Le auto in quell'officina non sono destinate alla rivendita. Volume e qualità sono troppo scarsi. Allora la risposta deve essere un'altra. Non si tratta delle auto, ma di ciò che possono nascondere. E cosa si può nascondere, da quel lato del confine? Deve trattarsi di una classica operazione di contrabbando. El Santo si mette a tastare gli interni e a guardare sotto i tappetini dell'abitacolo e del portabagagli. Lancia un fischio a Oviedo, così penetrante da zittire anche il cane. La testa di Oviedo appare da dietro una Ford Ranger ammaccata. «Vieni a vedere...»

Oviedo si fa strada tra le auto ammassate l'una accanto all'altra, sotto lo sguardo vigile del cane che spera di vederlo passare a una distanza utile per i suoi denti. El Santo apre i pannelli con la sicurezza di un venditore che smonta un frullatore. Nicchie sui lati. Un doppiofondo nel bagagliaio. Comparti nascosti sotto i sedili. «Ce n'è uno persino sotto l'airbag, cazzo. Come ci sono riusciti?»

«Devono aver rimosso la valvola e il meccanismo» dice Oviedo, con una traccia di risentita ammirazione nella voce. Infila un braccio nello spazio dietro il volante, come un veterinario con una cavalla incinta. «Niente meccanismo di gonfiaggio» conferma. Guarda El Santo. «È un ottimo lavoro, capo. Roba di classe.»

Non solo l'esecuzione, ma l'intero concetto. Davvero di classe. «Sì, certo, ma come eludi i cani?»

Oviedo fa spallucce. «Un pacco sottovuoto in una scatola di metallo? Se ti beccano, ti beccano e amen. Ma questa è *arte*, capo. Con un lavoro del genere non ti beccano.»

«Specialmente se attraversano il confine a Tijuana.» Oviedo alza la testa, sorpreso, ed El Santo si convince di aver ragione. Quel prete del cazzo... è in gamba, deve ammetterlo. Un sistema così semplice; così intelligente. Rubi auto familiari a Ciudad Real, le prepari, le porti a Tijuana e attraversi il confine. Per poi dirigerti a San Diego, Los Angeles o Frisco. A Vegas o a Chicago. Oppure vai a est e attraversi a Brownsville, dopodiché vai a Houston, New York o Miami, o risali la costa orientale fino a Washington, New York e Boston. Non importa dove la vendi, una volta che sei riuscito a portarla fuori dal Messico. «Quanti chili muovono, secondo te?»

Lo sguardo di Oviedo si fa distante, mentre fa due conti a mente. «Una quarantina. Per un valore di... duecentottantamila dollari circa, se vuoi liberarti del carico in fretta.»

Lo scarico rapido prevede che la roba non sia tagliata, e rappresenta un ritorno economico notevole per un freelance, qualcuno come Mary Ellen. Ma se appartieni a un'organizzazione, è inaccettabile da un punto di vista finanziario. E l'inaccettabilità finanziaria non trova posto nei cartelli. Finalmente El Santo capisce. «Cazzo!»

«Cosa c'è, capo?»

«Non si tratta di cocaina, ma di altro.»

«Altro?»

Oviedo lo guarda con un'espressione scettica che non gli piace. Per questo si sente costretto a rivelare ciò che ha in mente. «Contanti. Non esportano droga, ma dollari.»

Oviedo lo guarda, un sorriso dubbioso che è quasi una mancanza di rispetto sta per apparirgli sulle labbra, ma si ferma prima di arrivarci. «Capo, i contanti possono spostarli come fanno tutti, passando da Panama o dalle Isole Vergini per arrivare in Lussemburgo o in Delaware. Con le banche online, come la HSBC.»

Ha ragione, ma questo non significa che El Santo si sbagli. Ci pensa su. Perché non fare dei semplici bonifici? Perché nessuno sa che hanno quel denaro. Ma questo è impossibile, perché nella terra dei narcos tutti sanno chi possiede cosa. Lo sa persino il governo, che prende soldi proprio per far finta di non saperlo. Ma quella è una cosa diversa. Un progetto grosso; importante.

El Santo non sa di cosa si tratti, ma vuol farne parte. «Immagina: quaranta chili di banconote da cento dollari. È un milione di dollari a viaggio. Per cinque viaggi alla settimana. E da quanto tempo va avanti? Quel prete me lo ricordo da sempre.»

«Questa storia dei contanti non mi convince, capo.» Nemmeno El Santo è del tutto convinto. «Se vogliono tagliare la roba e venderla un po' alla volta, invece di accontentarsi dello scarico rapido, quaranta chili di coca valgono quasi cinque milioni. Perché rifiutare la possibilità di guadagnare cinque milioni?»

È una buona domanda. Quale persona sensata farebbe una cosa del genere? A meno che... «E se non è tanto fare soldi che gli interessa, ma trasferire i soldi che hanno già fatto?»

«Non gli interessa fare soldi?» stavolta Oviedo permette al sorriso smargiasso di atterrare sulle labbra. «Dai, capo. Si tratta sempre di droga. Guarda quel poliziotto del cazzo, quel Paredes. Scommetto quello che vuoi che la sua auto veniva da qui. E l'hanno fermato con quaranta chili di coca.» Quarantadue, per l'esattezza. «Non c'è nient'altro che abbia senso.»

El Santo deve convenire con lui, ma la sua pancia, o quel che ne resta, non è d'accordo. Allora vaffanculo al senso, lì si tratta di dollari.

Torna da Enrique. «Cosa trasportano queste auto?»

Il vecchio alza il viso, ma stavolta con un'espressione di resa, non di sfida. Una lacrima gli scivola sulla guancia, lenta come un verme che emerge da un cadavere. «Bibbie» dice. «Da mandare in Cina.»

El Santo deve riconoscere che padre Sacre Stimmate è un asso nel vendere le sue menzogne. Quel povero meccanico con una mano rovinata crede davvero di giocare per la squadra di Cristo.

Va nell'ufficio sul retro del capannone. Anche a quell'ora del mattino lì dentro è già un forno, e puzza come tutto il mondo merdoso di quel vecchio: kerosene, tabacco nero e sudore della fronte. Ci sono casse di legno piene di targhe rubate e vari portablocco appesi al muro con sopra nomi, numeri di patenti e polizze di assicurazione. Sembra che il vecchio Enrique non abbia mai sentito il detto: "Non mescolare e non preoccuparti".

La sconsideratezza di tenere tutte quelle prove nello stesso posto dice un'unica cosa: sono certi che le autorità non verranno mai a ficcare il naso. El Santo ha appena cominciato a sfogliare il primo portablocco quando sente lo sparo. Lascia cadere le carte e afferra la pistola.

Che cazzata.

Non hanno nemmeno ispezionato l'officina. Potrebbero esserci dieci uomini armati, con le armi puntate contro quell'ufficio. Il silenzio amplificato che segue sempre uno sparo inatteso è rotto solo dai guaiti del cane. «*Oye?*» grida.

«Tutto a posto, capo.»

El Santo si affaccia alla porta, con la pistola in mano. Oviedo è in piedi sopra il cadavere di Enrique. «Perché cazzo l'hai ucciso?»

«Ha tentato di fuggire.»

Non sembra che sia arrivato lontano. «Merda, avevo altre domande da fargli.» Un'altra alzata di spalle. Forse El Santo si sbaglia su di lui. Forse Oviedo è solo appena un po' più in alto di El Feo nella scala evolutiva. Non che si aspettasse davvero una rivoluzione quanto al quoziente intellettivo. «Ci sono dei documenti nell'ufficio. Ci servono.» Oviedo entra e comincia a raccogliere carte dal pavimento e portablocco dal muro. Almeno ubbidisce subito, senza lamentarsi del mal di schiena, come El Feo.

Stando attento a non pestare il sangue, El Santo perquisisce il meccanico, e se ne pente subito. In tasca gli trova solo due santini, la foto spiegazzata di due adolescenti e un fazzoletto pieno di muco. Si pulisce le mani sui jeans di Enrique. Intanto Oviedo è tornato, con le carte dentro una scatola di cartone che tiene sotto il braccio. El Santo avverte la vibrazione di un ringhio basso alle loro spalle, intensa come se venisse da un intero branco di iene. «Sistema il cane.»

«Ma, capo...»

«Non puoi lasciare un cane legato in mezzo al deserto, cazzo. Non è giusto.» Dire quelle parole lo fa sentire meglio rispetto al cadavere di Enrique che giace sul terreno, in una pozza di sangue. Non che gli importi davvero, ma gli piace considerarsi una persona gentile verso gli animali. O almeno, presentarsi come tale. Per esempio, non approva i combattimenti di galli. Li odia. Ma non fa nulla per impedirli. Il profitto è profitto.

Oviedo si avvicina lentamente al rottweiler e si lascia annusare la mano. Il ringhio smette. C'è un rumore di catene e a un tratto il cane è senza collare.

«Che diavolo fai?»

«Sistemo il cane, capo, come mi hai detto.»

Sta facendo il furbo. El Santo non intendeva in quel senso, e lui lo sa. «Perché cazzo ti preoccupi? È solo un'altra bocca da sfamare.»

«Non tieni un cane per sfamarlo, capo.» Oviedo prende il cane per la collottola e lo conduce verso il pickup. «Lo tieni per togliere di mezzo gli avanzi.»

Il terreno sotto i piedi è così caldo che sembra abbia la febbre. El Santo segue il tirapiedi e il suo nuovo cane a bordo del pickup. Per fortuna Oviedo ha fatto salire il rottweiler nella cabina posteriore, da dove non può azzannarli alla gola se gliene dovesse mai venire voglia. El Santo si chiede se sarebbe una buona idea prendersi un cane. Lo chiamerebbe Héctor o César, un nome antico che parla di nobiltà e coraggio. Potrebbe anche aiutarlo a calmare l'ansia che lo tormenta in questi giorni, come se avesse dimenticato una cosa importante e non ricordasse di che si tratta.

Oviedo sta sistemando la scatola di cartone con i documenti nello spazio davanti al sedile, quando nota qualcosa oltre il parabrezza. Con i movimenti lenti di un cacciatore estrae il coltello; la lama si apre con un sussurro crudele. El Santo lo osserva mentre attraversa lo spiazzo, diretto verso un Lincoln Navigator. Infila il coltello sotto uno dei fanali posteriori e lo scalza con uno scatto preciso del polso. Poi torna verso il pickup, lanciando in aria il fanalino e riprendendolo al volo, compiaciuto. «Quello di mio cognato è rotto» dice sorridendo. Come se non potesse permettersi di entrare in un negozio di ricambi e comprarne uno nuovo. Ma perché comprare qualcosa che puoi rubare? È la regola d'oro di tutti i criminali, e la segue anche El Santo.

«Cosa facciamo ora, capo?»

« Prima di scatenare l'inferno all'Heartbreak, andiamo a trovare padre Imbroglione e scopriamo che cazzo sta combinando.» Perché, qualunque cosa sia, è enorme. Ed El Santo non ha mai detto di no alla parola "enorme".

52
Pilar

Fuentes rallenta mentre si avvicinano all'auto abbandonata. «Sei certa che sia questo il posto?»

Pilar osserva l'auto e la rete metallica. In lontananza vede anche il cane, appiattito in una macchia d'ombra, che alza la testa come se l'avesse riconosciuta. «Al cento per cento» dice.

Fuentes accelera in direzione della *maquiladora*. Pilar guarda il paesaggio: solo poche ore prima la terrorizzava, ma alla luce del giorno è solo una banale desolazione. «Dimmi dove hai smesso di correre.»

«Dopo la curva che immette sulla statale...»

«Ci siamo già.» Guarda il contachilometri. Circa trecento metri. «Sei sicura che non abbiano imboccato la curva?»

«Sì! Te l'ho già detto!»

«Calmati» dice piano Juan Antonio. «Stanno solo cercando di fare il loro lavoro.»

«E perché non lo fanno, allora? Dobbiamo trovare quella donna.»

«La troveremo, te lo prometto.»

Fuentes non dovrebbe dire una cosa del genere. Una promessa è una menzogna a metà. Il cellulare di Gomez squilla e lui risponde. Ascolta con attenzione. «Un Lincoln Navigator nero senza fanale posteriore... Certo, dovete fermarlo. E fate attenzione, si tratta di gente pericolosa, capito? *Bueno.*» Fa il classico sospiro di chi deve avere a che fare ogni giorno con degli idioti, e si volta verso Fuentes. «Il blocco stradale a Juárez è a posto» dice.

«Vuoi dire che l'hanno messo solo *ora*?» chiede Pilar.

Gomez la fissa, con crescente irritazione. «C'è voluto solo un quarto d'ora.»

«Un quarto d'ora adesso, due ore prima. Ormai è tardi. Non li prenderemo mai.»

«Pilar, calmati» dice Juan Antonio. Lei vorrebbe schiaffeggiarlo, furiosa per il suo atteggiamento condiscendente, ma si limita a scostarsi da lui, appoggiandosi al finestrino. Il ricordo di ciò che ha visto la riempie di orrore, ma combatte le lacrime. Non teme tanto che dentro di lei si spezzi qualcosa, se dovesse cedere al pianto; teme che le parti già spezzate prendano forza e la distruggano del tutto. E Juan Antonio le dice di *calmarsi*. A Pilar sembra di aver passato tutta la vita tentando di calmarsi, ma lui non ne ha la minima idea.

«Anche se hanno proseguito senza fare soste, c'è una buona probabilità che li fermino a quel posto di blocco» dice Gomez, con il tono di chi spiega le cose a un bambino.

«E a cosa ci serve, una buona probabilità?»

«È il meglio che abbiamo mai avuto, perciò accontentati» interviene Fuentes. «Comunque per me non sono diretti a Juárez.»

Gomez gli lancia un'occhiata. Sembra sorpreso, ma la sua potrebbe anche essere paura. «Cosa te lo fa pensare?»

«Ciudad Juárez è troppo lontana per il loro *modus operandi*. Sono molto più vicini.»

«È quello che continuo a ripetere: il Navigator è partito dalla *maquiladora*.»

L'auto accelera, come tentando di sfuggire alla tensione interna. Pilar guarda il contachilometri. C'è un lampo di sole sul fiume. Un ricordo. La luna vigliacca che sbirciava da dietro le colline, come un testimone dietro una tenda che non osa rispondere al grido d'aiuto della vittima ma è incapace di distogliere gli occhi dal delitto. «Eccola» dice Juan Antonio, indicando la brutta sagoma della *maquiladora* a nord. Passano con la velocità di una cometa davanti al cancello. Pilar si volta, confusa. «Non ti fermi?»

«Ho mandato due auto in quella fabbrica. Stanno per arrivare.»

«Due auto piene degli stessi poliziotti che hanno passato anni a non trovare gli assassini?»

Gomez fa un grugnito seccato. «Pilar, basta!» sbotta Juan Antonio, con una smorfia di rabbia.

L'auto sobbalza sopra una griglia posta di traverso alla strada per impedire il passaggio del bestiame. Le vibrazioni scuotono tutto il telaio dell'automobile. Fuentes bestemmia, poi si ferma. Scende. Gomez sfrega con forza un fiammifero e si accende una sigaretta tra le mani a coppa, prima di raggiungerlo. Scende anche Pilar, e non appena si trova in piedi ha un capogiro. Tre giorni quasi senza riposo. Ondeggia, il terreno sembra sfocato sotto i suoi piedi. Fuentes l'afferra per un braccio. «Piano.»

Lei si scosta di scatto. «Non preoccuparti per me, preoccupati per lei!» Gomez passa un cellulare al partner, come per distogliere l'attenzione dalla donna. Fuentes ascolta per un attimo, con espressione irritata. «*Quando* sarà disponibile?» Riattacca. «Domani.»

«Stronzi bugiardi.»

«Niente elicotteri» dice a Pilar, poi fissa l'orizzonte. «Quella strada è vicina al confine. La probabilità di farsi notare è troppo alta. E quell'altra torna indietro verso la statale.» Indica in avanti. «Dobbiamo continuare da questa parte.»

53
Fuentes

Attraversano un paesaggio che il vento del deserto e il sole brutale hanno eroso fino a trasformarlo in una distesa indistinta color ocra, più simile a una macchia sbiadita che a un vero e proprio luogo. Juan Antonio sospira. «Quanto ci vorrà ancora?»

Gomez si volta sul sedile, con un sorriso cattivo. «I tuoi amici *gringos* non ti hanno insegnato che il tempo ha un valore diverso, da questa parte del confine?»

«Non ho amici americani.»

«Sul serio? Pensavo che si facessero in quattro, per aiutare gli agitatori come te.»

«Fallo star zitto» dice Pilar, guardando il retrovisore. Ma Fuentes non la sente. Non sente nemmeno la discussione in corso. Ha già visto la cosa importante.

L'ha notata non appena la strada ha cominciato a scendere in un bacino arido attraversato da collinette rosate e punteggiato dal bagliore del quarzo sotto il sole: una stradina sterrata che attraversa un basso canyon. Conduce a una fattoria accucciata tra le ombre come se volesse nascondersi.

Frena, e tutti si chinano in avanti allo stesso tempo, come pellegrini arrivati a destinazione. Prende il binocolo dal vano portaoggetti. La casa è protetta da un recinto metallico. Davanti c'è un Suv nero parcheggiato accanto a un pickup rosso. Passa il binocolo a Gomez. «Eccolo» dice, facendo uno sforzo per controllare la voce. Si sente quasi sopraffatto dall'emozione. Quello è un momento che ha sempre desiderato, ma non sapeva se sarebbe arrivato davvero. E adesso che è arrivato non c'è tempo di assaporarlo. Sta già cominciando la fase successiva, quella dell'azione rapida e violenta.

Pilar scende e osserva a sua volta il paesaggio desolato. Se fosse stata sola, anche se avesse notato la casa, il che era improbabile, non avrebbe fatto il collegamento. Il suo aspetto così anonimo è un camuffamento perfetto. Prova un riluttante moto di rispetto per Fuentes, il quale è già al telefono. «Di' loro di non usare le sirene e di mantenere il silenzio radio» dice. «Questo vale anche per le ambulanze. E si tratta di un ordine.»

Apre il bagagliaio dell'auto. Dentro ci sono tre *shotguns*: un Mossberg e due Remington. Carica il Mossberg e si riempie le tasche di proiettili, Gomez fa un fischio. «Dove li hai presi?» chiede, prendendo un Remington e tirando indietro il carrello.

«Da persone che non ne avevano più bisogno.» Fuentes offre l'altro Remington a Juan Antonio. «Lo sai usare?»

L'uomo fa un passo indietro, fissando l'arma come se fosse puntata verso di lui. Pilar la strappa di mano a Fuentes. «Attenta!» dice Gomez, facendo un finto saltello di paura. Tende la mano per farsi consegnare il fucile, ma Pilar non lo molla. «Per favore. Le armi bisogna saperle usare.»

«Il proiettile in canna lo so mettere» dice lei, tirando indietro il carrello e rilasciandolo con un movimento fluido.

Gomez fa un altro fischio. «Caspita. Meglio della Regina del Pacifico» dice, riferendosi alla narcotrafficante più famosa del Messico. Poi rivolge uno sguardo incazzato a Fuentes. «Perché metti armi in mano a dei civili?»

«Perché così possono difendersi. Nel caso che a noi succeda qualcosa.»

«Ti prego, dimmi che restiamo qui ad aspettare i rinforzi.» Nel silenzio che segue, Gomez sente il sospiro del vento attraverso i finestrini dell'auto. «Le auto dalla *maquiladora* saranno qui tra un quarto d'ora, venti minuti al massimo!»

«Non possiamo rischiare.»

«Ma possiamo rischiare di farci ammazzare?»

Fuentes indica la fattoria. «Loro non sanno che siamo qui. Quanto durerà? Sai anche tu che ci sono dei poliziotti coinvolti in questa storia. Dobbiamo entrare ora. Quando possiamo contare sul vantaggio della sorpresa.» Si volta verso i due sindacalisti. «Quando arriviamo, voi restate in macchina e tenete la testa bassa.» Chiude il bagagliaio e fissa Pilar. «E non usare quel fucile a meno che non sia assolutamente necessario.»

Salgono a bordo e ripartono in direzione del bivio. Nell'auto indugia un silenzio meditativo, costruttivo, non di rabbia o paura ma rispettoso e distaccato, come una preghiera al capezzale di un estraneo morente.

Fuentes affronta la svolta a velocità sostenuta, seguendo il letto secco di un torrente la cui sponda destra è un po' più alta. Gomez lancia un'imprecazione. «Stai sollevando una scia di polvere!»

Fuentes guarda lo specchietto laterale e rallenta. Pilar guarda la riva destra e nota qualcosa che scompare subito. Guarda meglio e lo vede di nuovo: un movimento sulla cresta. Ma prima che possa reagire o dare l'allarme, l'avvoltoio collorosso si lancia in aria, sbattendo le ali con forza prima di sparire oltre l'altra riva. Gomez la guarda mentre osserva il rapace, poi spinge in alto la canna del fucile tra le mani di Pilar, finché è puntato di nuovo verso la capote dell'auto. «Nervosa?»

Lei lo fissa, dura. «E tu?»

Gomez fa una risatina cinica. «Non sono mai nervoso, quando sono costretto a fare cose da pazzi.»

L'auto si ferma appena prima di lasciare la protezione del letto del torrente. «Tu resta qui con loro» dice Fuentes a Gomez.

«Non ci penso neanche.»

Il pickup fermo davanti al recinto è a meno di cinquanta metri. Fuentes scende e striscia davanti all'auto, osservando il terreno scoperto. Il Suv è quasi invisibile, dietro una strana formazione di roccia che somiglia a una cattedrale in rovina, con una scalinata protesa verso il cielo. Poco più avanti c'è la casa.

Gomez si rivolge a Pilar. «Sta' giù. E se la polizia arriva mentre siete ancora qui, nascondi subito quel cazzo di fucile.» Apre la portiera e scivola fuori in silenzio, fermandosi accanto a Fuentes. «È il Navigator?»

«Non riesco a vederlo bene, dietro quelle rocce. Per avvicinarci alla casa usiamo le rocce e i veicoli come copertura.»

Gomez corre piegato in due verso la formazione rocciosa. Fuentes lo copre, aspettandosi un movimento, o un rumore. Ma non succede nulla. Raggiunge Gomez e tutti e due si mettono di spalle contro la pietra. Il retro del pickup è quasi al loro livello. Ancora nessun movimento. Fuentes si affaccia dal suo lato. A bordo del Lincoln Navigator non c'è nessuno.

Da dentro l'auto, Juan Antonio e Pilar li guardano sparire alla vista, in direzione della casa. A un tratto Pilar scende.

«Pilar!» Il sussurro rabbioso di Juan Antonio risuona nel silenzio del deserto. Lei si mette un dito sulle labbra e corre verso il pickup. Juan Antonio impreca, si guarda intorno e alla fine la segue e la raggiunge accanto al veicolo. «Che cazzo fai?»

Pilar non risponde ma fa per aprire la portiera. Lui le afferra il polso con forza. «E se c'è un antifurto?» Lei tira via la mano come se avesse preso la scossa, poi si sposta in avanti, osservando la casa da dietro il cofano. Juan Antonio si guarda intorno. Sono protetti dal lato della casa, ma completamente esposti da quello del torrente. Impreca tra i denti.

Fuentes e Gomez hanno attraversato di corsa il tratto di terreno scoperto tra stanchi cespugli di creosoto e antichi termitai sbriciolati, sollevando nuvolette di polvere. Si fermano dietro il Navigator. Il cancello del recinto è chiuso, ma non c'è traccia di lucchetto. Le finestre della casa sono coperte da fogli di carta, attraverso i quali filtra una luce. Si scambiano un'occhiata... e si mettono a correre.

Il cancello ha una serratura, ed è chiusa. Gomez passa a Fuentes il suo fucile a pompa e si issa sul recinto, scavalcandolo e cadendo acquattato dall'altra parte. Fuentes gli passa entrambi gli *shotguns* e scavalca a sua volta, strappandosi la giacca mentre salta giù. Si riprende l'arma e tutti e due avanzano verso i gradini all'ingresso, piegati in due, con le orecchie tese e gli occhi attenti a qualsiasi movimento.

Gomez fa un cenno con il capo, per indicare che farà il giro della casa. Fuentes aspetta che abbia voltato l'angolo e sale lentamente i gradini, attento a ogni cigolio traditore, a un rumore di passi alle spalle o allo scatto metallico di un'arma nascosta.

Pilar osserva Gomez che passa piegato in due sotto le finestre della fattoria. Quando lo vede scomparire, si sporge a osservare Fuentes davanti alla porta. Juan Antonio la tira al riparo. «Ti farai scoprire!» Lei sposta il fucile da una mano all'altra, asciugandosi i palmi sudati sui jeans.

Fuentes è accanto alla porta, l'orecchio al muro, in ascolto. C'è un mormorio basso e indistinto; ritmico. Voci. Forse musica.

Lo sparo è così improvviso che Fuentes sobbalza e si getta a terra senza nemmeno sapere se il proiettile era diretto a lui. In risposta ode un colpo di pistola, poi dei passi si avvicinano alla porta. Fuentes si mette in posizione, un ginocchio a terra, e punta l'arma. A un tratto un uomo esce di corsa, con una Walther P.38 in mano, salta i gradini ma perde l'equilibrio; atterra, rotola e mentre si rialza vede Fuentes. Da dentro la casa risuona un altro sparo. Fuentes gli punta lo *shotgun* alle ginocchia. «Giù la pistola.» L'uomo alza il braccio per sparare. Fuentes fa fuoco per primo, falciandogli le gambe e catapultandolo di faccia nella polvere.

Pilar osserva la scena, scioccata. Juan Antonio è appena dietro di lei. Fuentes entra in casa, puntando il fucile in tutte le direzioni. Un attimo dopo c'è un altro sparo e un giovane barbuto esce sfondando una finestra laterale. Atterra sulle ginocchia, tra una pioggia di vetri, e la pistola gli sfugge di mano. Si alza. Ondeggia un attimo, con il viso distrutto, e la raccoglie. Guarda verso la finestra sfondata e fa fuoco due volte all'interno della casa. Poi corre verso il retro.

Altri spari. Juan Antonio tira giù Pilar, spingendola sotto il pickup. Sopra di loro sibila un proiettile, seguito da un rumore di vetri rotti. Pilar si copre la testa con le mani, respirando un odore acido di sabbia e paura.

Fuentes si ripara dietro lo stipite di una porta. Da dietro la casa arriva un altro scambio di colpi. Un uomo corre verso di lui, con una pistola in mano, e vedendolo fa una smorfia di paura. Fuentes esce dal suo riparo e spara, di nuovo mirando basso. L'uomo va a sbattere contro un muro in cartongesso, lo sfonda e scompare nella nuvola di polvere. Fuentes guarda attraverso il buco nella parete, poi sfonda la porta. Dentro la stanza c'è una donna, legata a un letto. L'uomo tenta di allontanarsi strisciando sui gomiti, con le gambe spezzate che si lasciano dietro una scia di sangue e calcinacci. I piedi sono girati in un angolo impossibile. Fuentes alza il fucile e lo cala come una clava sulla nuca dell'uomo. Scende il silenzio del coma.

Tasta un piede della donna, cercando una pulsazione. È viva. Dietro di lui esplode una raffica alta, che scava buchi nel muro e nel soffitto. Un AK 47. Qualcuno ha raggiunto l'armadietto delle armi. Significa che le probabilità di uscire rapidamente e senza danni sono appena precipitate.

Fuentes taglia i legacci della donna, che è in stato di incoscienza, la solleva dal letto e l'adagia in un angolo, poi rovescia il letto, in modo che rete e materasso le offrano un po' di protezione. Prende la Beretta dell'uomo che ha abbattuto, e dopo aver inserito la sicura la infila nella cintura, dietro la schiena. Quindi si dirige verso il punto dove è in corso la sparatoria.

Solo quando esce dalla stanza capisce che non stanno sparando dentro la casa, ma fuori. Fa scivolare un proiettile nella canna dello *shotgun* e controlla tutta la casa. Spalanca una porta con un calcio e il sole invade il corridoio. La finestra della stanza è sfondata, pezzi di giornale strappati ondeggiano nel vento come insetti irritati. Controlla la stanza successiva. Vuota. Si sposta lentamente verso la cucina, l'ultima da controllare. Due cadaveri. Uno con in mano una Long Colt .38 e l'altro con un fucile Ruger M77. Tutti e due con buchi da *shotgun* in corpo. Non c'è traccia di Gomez. Prende il Ruger con la mano libera e guarda fuori dalla finestra.

A una ventina di metri, un giovane dalla barba macchiata

di sangue, al riparo di un palo della staccionata, innaffia la casa di proiettili, sparando a casaccio. Fuentes si getta dietro i fornelli. Uno dei due cadaveri sussulta, colpito da altri proiettili. Silenzio. Fuentes urla il nome di Gomez, e in risposta sente un colpo di *shotgun*. Gomez deve essere fuori, forse bloccato dal fuoco del giovane.

Pilar sta appena emergendo da sotto il pickup, per vedere cosa succede davanti alla casa, quando una raffica la costringe a gettarsi dietro una ruota. Juan Antonio la tira dietro il pickup. «Dobbiamo andare via.» Ma un'altra raffica, più lunga della precedente, li costringe ad appiattirsi sul terreno. Ciascuno cerca negli occhi dell'altro una risposta su cosa fare.

Fuentes vede il ragazzo da un buco di proiettile appena sopra il battiscopa. Il suo addestramento riprende il controllo. Vuota la mente, raggiunge una posizione ottimale di fuoco, steso sul pavimento, le gambe allargate, le caviglie girate verso l'interno, i gomiti piantati a terra, la guancia destra inclinata. Prende la mira, il calcio pesante contro il muscolo pettorale. Espira. Esercita una prima pressione sul grilletto. Spara.

Sotto la forza dell'impatto, il ragazzo scompare alla vista. Fuentes aspetta finché vede un segno: il tremito di una scarpa, che si ferma con un ultimo sussulto. «Gomez?»

«Fuori tutto libero.»

Udendo la risposta di Fuentes: «Dentro tutto libero» Pilar alza gli occhi verso la casa. Gomez esce da dietro un frassino, in posa da cacciatore, il fucile a pompa puntato contro qualcosa che lei non vede. Scompare dietro la casa. Pilar si rende conto di non avere più il suo fucile. Si infila di nuovo sotto lo chassis e lo trova nella polvere.

Fuentes apre la porta posteriore con un calcio e si dirige lentamente nel punto in cui ha visto cadere il giovane, il fucile alla spalla, coperto sulla destra da Gomez, il quale fa il giro della staccionata.

Arrivano vicini al corpo nello stesso momento. Il giovane ha un foro in mezzo alla fronte. «Cristo» dice Gomez. «L'hai preso proprio...» Non finisce la frase.

Si voltano entrambi verso la collina, da dove due auto della polizia scendono a tutta velocità verso di loro, le luci lampeggianti praticamente invisibili sotto il sole; l'urlo delle sirene denota, più che l'urgenza, l'incompetenza dei poliziotti dentro quelle auto, che hanno disobbedito deliberatamente agli ordini. «Figli di puttana» dice Gomez.

Accanto al pickup, Pilar ha recuperato il Remington e sta per alzarsi in piedi quando il rumore di un veicolo messo in moto la fa rabbrividire. Si affaccia da dietro la formazione rocciosa e vede il Navigator che accelera verso di loro.

Esce allo scoperto e mira all'uomo al volante.

Udendo lo sparo, Fuentes e Gomez si mettono a correre. Gomez arriva per primo al recinto e lo scavalca con un balzo. Il Navigator è precipitato nel letto del torrente, andando a sbattere contro una parete della gola. Le ruote posteriori girano ancora, come volessero scavare nella pietra.

Fuentes, davanti alla casa, scopre che l'uomo che aveva ferito non c'è più e il cancello è aperto. Segue la scia di sangue fino al punto in cui era parcheggiato il Navigator.

Gomez si avvicina al veicolo, con un'occhiata a Pilar. «Mettiti al coperto.» Lei non reagisce. Fuentes le toglie gentilmente il fucile di mano e la guida dietro il pickup. Tornando indietro, nota Juan Antonio seduto sul terreno, con le mani sulla fronte e il sangue che filtra tra le dita.

Fuentes si avvicina al Navigator dal lato del passeggero. Il conducente è accasciato dietro il volante, un airbag sgonfio gli avvolge il corpo come un sudario. Fuentes infila la canna del Mossberg attraverso il finestrino e tocca la testa dell'uomo. Nessuna reazione.

Gomez apre la portiera e si allontana di scatto. Il corpo cade fuori. Fuentes scavalca il cofano e atterra dall'altro lato. Volta l'uomo a faccia in giù e lo ammanetta, poi cerca una pulsazione. Alza gli occhi e dice: «Questo figlio di puttana è duro a morire».

Le sirene ormai sono vicinissime. Pilar sta cercando di fermare il sangue che impasta i capelli di Juan Antonio. «Cosa è successo?» chiede Fuentes.

Juan Antonio si sforza di ridere. «Non lo so. Forse mi ha

sparato lei...» Si passa le dita sulla fronte, ma le ritrae subito con un gemito. «O magari è una scheggia di vetro, quando ha sparato a quell'auto.» Stringe gli occhi e fissa Pilar. «Quello che so è che sei proprio *loca*.»

Gomez allunga una mano dentro il Navigator e spegne il motore, fermando il girare infinito delle ruote. Il lamento delle sirene ora ingoia tutto il resto. Le auto della polizia si fermano in derapata, sollevando nuvole di polvere. I poliziotti scendono con le armi in pugno e le facce distorte dall'adrenalina e dalla paura. «Mettete via le armi» grida Fuentes. Obbediscono con riluttanza. Due di loro corrono verso Pilar e Juan Antonio e tirano su la donna con uno strattone. «Lasciatela, è una vittima.» I due la mollano di scatto e lei per poco non cade. «Dove sono le ambulanze?»

«Circa cinque chilometri dietro di noi.»

«Mandate un'auto sulla statale, per segnalare il bivio. Accesso proibito a chiunque non sia della polizia o dei servizi d'emergenza. È chiaro?» Si rivolge a Gomez. «La donna è dentro. È ancora viva.»

Pilar fa per seguirli, ma Juan Antonio la ferma. «Lei ha bisogno del mio aiuto.»

«Lasciali lavorare.»

«Non sarebbero qui se non fosse per me.»

«Anche se non fosse per Fuentes. È lui che ha capito dove cercare.» Pilar cerca di girargli intorno ma Juan Antonio la blocca di nuovo. «Non è più un tuo problema.»

Lei lo spinge via. «Non sai quanto ti sbagli.» Corre dietro i poliziotti. Sentendo i suoi passi sui gradini Fuentes si volta e la ferma, abbracciandola. «Credimi, è meglio se non entri.»

«Devo vederla.»

«Certo. Ora la portiamo fuori. Ma non puoi entrare. Questa è una scena del crimine, capisci?» Pilar si volta e si siede su un gradino. Tenta di accendersi una sigaretta ma non ci riesce. Le tremano così forte le mani che il fiammifero si spegne. Dentro la casa, sente Gomez che lancia una bestemmia.

54
Padre Márcio

L'ultima volta che padre Márcio lo vide, prima che sparisse dalla circolazione, Joaquín Lázaro Morales arrivò accompagnato da un giovane snello con gli occhi scuri. Occhi non risentiti, come quelli di tanti giovani, ma affamati di conoscenza e potere. Occhi uguali ai suoi.

«È mio figlio.»

Padre Márcio ci mise qualche secondo, ma poi lo riconobbe. Era Amado. Il ragazzo cresciuto in orfanotrofio non aveva perso il suo atteggiamento silenzioso, ma attivo e intelligente. Era riuscito a diventare un uomo senza danni, senza ferite. Fu un momento di soddisfazione, un peccato d'orgoglio. Amado era stato il primo bambino che gli era stato affidato. Il primo sotto la sua diretta responsabilità. Un bambino vulnerabile inviato in un istituto che lo aveva cresciuto, istruito. E non aveva abusato di lui. Ormai di bambini così ce n'erano migliaia. Per loro padre Márcio era san Martín de León; un mantello protettivo. Per la Chiesa era san Miguel, che con la spada infuocata ricacciava i nemici all'inferno.

«Amado da ora in avanti prenderà il mio posto.» Padre Márcio restò sorpreso. Significava che Joaquín si stava preparando a scomparire o a morire. Una cosa era certa: un uomo come lui non si sarebbe lasciato prendere prigioniero. «Tutto ciò che fa, tutto ciò che ti chiederà di fare, sarà in mio nome e sotto la mia autorità, per ora e per sempre. Puoi accettarlo?»

Padre Márcio comprese perfettamente il momento, e non disse né sì, né no. Doveva prima aspettare l'offerta. «In cambio» continuò Joaquín, ma padre Márcio lo interruppe. «Non in cambio, in società. Deve essere una società. Non necessariamente tra uguali, ma tra fratelli. Altrimenti dovrò ritirarmi.»

«Posso farti uccidere. Posso chiedere ad Amado di occuparsene.»

Padre Márcio si voltò verso il giovane, che lo fissava in silenzio con la fredda pazienza di un assassino. «Puoi farlo. Oppure possiamo scegliere di prosperare insieme in modi nuovi e straordinari.»

Amado fece un passo verso di lui, e un raggio di sole brillò sulla lama che aveva sfoderato, dandole un aspetto ancora più crudele. Il padre gli posò una mano sulla spalla e il giovane si fermò, senza smettere di fissare padre Márcio. «Cosa può fare per me un prete?»

«Renderti l'uomo più ricco del Messico.»

«E cosa ci guadagneresti?»

«Diventerei il secondo uomo più ricco.»

«In che modo?»

«A scopo di esenzione fiscale, ho già registrato l'Esercito di Gesù come associazione benefica negli Stati Uniti d'America. Prenderò a prestito denaro dalla Chiesa messicana e dall'Istituto per le Opere di Religione...» Notò lo sguardo perplesso di Joaquín. «Quello che i giornali chiamano la banca vaticana. Poi comincerò a comprare proprietà immobiliari da entrambi i lati del confine, per mezzo di alcuni *blind trust* creati a Panama, in Lussemburgo e in Delaware. Il controllo di questi fondi sarà nostro, e la Chiesa non ne saprà mai nulla.»

«Qual è il tuo piano?»

«La Chiesa mi ha chiesto di espandere il mio ordine. Identificherò una dozzina di immobili da acquistare negli Stati Uniti e chiederò i fondi per comprarli. Ma questi fondi saranno trasferiti su un conto della BCCI a Karachi, e poi trasferiti di nuovo alle Isole Vergini e in Liechtenstein. Ricicleremo il tuo denaro usandolo per versare una caparra del dieci per cento su centoventi proprietà, e prenderemo a prestito il resto da istituti di risparmio e di credito nel sudovest, usando il Vaticano come garante. Ristruttureremo in fretta le proprietà, rivendendole con profitto ed evitando gli utili di capitale grazie al nostro status che ci garantisce l'esenzione fiscale. Poi ci rivolgeremo agli stessi istituti di risparmio e di credito, stavolta chiedendo prestiti dieci volte maggiori, per acquistare migliaia di altri immobili. Venderemo in contanti i titoli ipotecari su quegli immobili a una holding, riciclando altro denaro tuo. Questa holding emetterà due tipi di obbligazioni. Noi saremo prestatori garantiti, ma il prestatore non garantito, e futuro debitore, risulterà essere la Chiesa.»

«Perché le banche dovrebbero approvare un piano del genere?»

«Gli istituti di risparmio e credito attualmente pagano alla Federal Reserve dei tassi d'interesse che superano i guadagni. I loro debiti aumentano, ma continuano a lavorare per guadagnare tempo, nella speranza che prima o poi i tassi scendano. Ma per poterlo fare, sono costretti a concedere prestiti ad alto rischio. È un sistema insostenibile e un giorno crollerà. Per il momento tuttavia è legale. Il trucco è agire in fretta ed evitare le conseguenze dell'inevitabile fallimento degli istituti.»

«Ci sarà pure qualcuno, nella Chiesa, in grado di scoprire l'imbroglio.»

«Stiamo parlando di preti, non di astuti amministratori. Cardinali anziani in cappa di ermellino e pantofole di seta, non finanzieri incalliti. Uomini che si sono allontanati volontariamente dal mondo e quindi sanno poco di come funziona. Specialmente quando si tratta di strutture finanziarie complesse.»

Un sorriso incantato di possibilità. Anche un narcotrafficante come Joaquín, ancorato alla dura realtà della sierra, alla terra dove i suoi antenati si spezzavano la schiena, si faceva facilmente sedurre dal moderno eldorado della *tierra gringa*, proprio come gli adolescenti dei *barrios ñeros* di Città del Messico. «Cominceranno presto a farsi delle domande.»

«Non se io farò in modo di fargli arrivare un reddito aggiuntivo costante, ogni mese. È tutto ciò che serve. Il trucco è portarli a credere nella magia del denaro.» Padre Márcio comprendeva il modo di pensare dei tiranni. Una manciata di monete gettate ai mendicanti da una carrozza era abbastanza per allontanare barricate e rivoluzioni.

«E quando scopriranno che i loro fondi sono stati spostati e le loro obbligazioni sono senza valore?»

«Ci metteranno decenni a scoprire la frode. E tu e io saremo già morti.» Si voltò verso Amado, notando con sollievo che la lama era scomparsa. «Sarà la prossima generazione a doversi occupare della questione.»

Joaquín fece una cosa rara per lui: scoppiò a ridere, scoprendo pezzi di fosfato di calcio giallastro sparsi tra capsule d'oro. Sembrava più un'oscenità che un'espressione di gioia. «Sembra troppo bello, quindi deve esserci un trucco. Cos'altro vuoi, padre?»

55
Gloria

Quando raggiungono l'ospedale Fuentes scende di corsa dall'ambulanza, precedendo i medici, e impreca vedendo le telecamere davanti all'ingresso dell'edificio. Copre rapidamente il viso di Gloria con il lenzuolo, tentando di bloccare le inquadrature con le mani, mentre la barella passa tra le forche caudine dei media. Gli obiettivi si rivolgono allora verso Valdez, in atteggiamento solenne accanto alla porta, mentre passa la processione. La barella entra nell'ospedale e i media restano fuori, con le loro domande urlate. Valdez fissa la testa coperta di Gloria, poi Fuentes. «Hai detto che era viva.»

Fuentes vorrebbe strapparsi i capelli. «Non lo resterà a lungo, se la tivù trasmette le immagini del suo viso. Abbassa il lenzuolo fino alle spalle della donna, mentre la processione si affretta lungo un corridoio, con i medici che corrono loro incontro. «Avevo detto niente giornalisti, cazzo!»

«Sai come sono i media.»

La barella viene spinta attraverso porte di plastica morbida nel pronto soccorso, e loro due restano fuori, soli. Fuentes è stato spesso definito un bravo poliziotto, ma è un errore. Un grave errore. Un bravo poliziotto è controllabile. Ragionevole. Malleabile. E in quel momento lui non è nulla del genere. Il che lo rende un poliziotto cattivo. «Doveva essere un'operazione sotto copertura!»

Valdez gli afferra un braccio con una forza sorprendente.

«No. È stata un'operazione *non autorizzata*. Con le tue azioni sconsiderate hai messo in pericolo la vita di quella donna.» Fuentes non l'ha mai visto così, prima. Il burocrate cinico e laconico è diventato tagliente e pericoloso come un vetro rotto. Tenta di liberare il braccio ma non ci riesce. «Perciò attento a come parli, altrimenti non mi limito a sospenderti, ma ti spezzo in due.

Lo lascia andare, come se il contatto con lui lo disgustasse. «Rapporto completo sulla mia scrivania, oggi.» Non è una richiesta e nemmeno una pretesa. È più una sentenza di condanna. «Ora vieni con me.»

Tornano fuori. I giornalisti sono ancora assembrati nel parcheggio delle ambulanze. Valdez ignora le prime domande urlate e con un gesto chiede silenzio. «Oggi sono stati uccisi tre uomini, nel corso di un'operazione di polizia orchestrata con cura e collegata ai sequestri di un certo numero di donne avvenuti a Ciudad Real nei mesi scorsi.»

"Un certo numero", non centinaia. La scelta delle parole rivela la menzogna non solo di quella singola frase, ma di un intero linguaggio. Un lessico di disprezzo e insabbiamento. Per la prima volta Fuentes avverte il vero potere di Valdez, un uomo che può strappargli non solo il lavoro, ma anche la reputazione e forse la libertà. Un uomo che in quella conferenza stampa condotta a braccio sta riscrivendo la storia. Un trio di serial killer, non un complotto che abbraccia tutta la città e forse la nazione. Pochi mesi, non anni. Se Fuentes gliene darà motivo, Valdez non esiterà a schiacciarlo; non tanto come castigo, ma come avvertimento per gli altri. Al suo arrivo a Ciudad Real, Fuentes lo aveva sottovalutato. Lo aveva identificato rapidamente per ciò che era: un ingranaggio in un sistema corrotto. Ma lo credeva quasi ornamentale; un componente luccicante disegnato solo per ruotare su se stesso e attrarre l'attenzione, per poi trasferire ai suoi superiori le questioni più importanti. Invece è una ruota potente il cui scopo non è avanzare, ma schiacciare tutto ciò che passa sotto di essa. Fuentes si è lasciato accecare dalle proprie supposizioni, dalla sua lettura sbagliata di un uomo falso e pericoloso.

«La prigioniera è stata liberata senza aver subito danni.»

«Come si chiama?»

«La famiglia ha chiesto di rispettare la sua privacy. Ha passato momenti terribili e al momento è affidata alle cure del personale medico. Alle sei di stasera ci sarà una conferenza stampa ufficiale. Nel frattempo, desidero ringraziare tutti i miei uomini e il personale medico che hanno portato a termine questa operazione di salvataggio con professionalità e valore. Questo raid rappresenta il culmine di una lunga indagine ed è stato effettuato dopo una meticolosa pianificazione tattica che ha neutralizzato i rapitori.»

"Rapitori", non violentatori e assassini.

I giornalisti urlano domande tutti insieme. «*Ya me cansé*» borbotta Valdez, voltandosi a fissare Fuentes un'ultima volta, prima di scomparire dentro un'auto. Il suo sguardo è un misto di rabbia fredda e trionfo: lo sdegno altezzoso di una divinità. Ovviamente è stato lui a contattare la stampa. Altrimenti perché si sarebbe fatto trovare lì in attesa dell'ambulanza, come un ministro degli Esteri sulla pista d'atterraggio, pronto ad accogliere un capo di stato? Il fatto non è sospetto di per sé. Valdez è più un politico che un poliziotto, lo si nota anche da come è riuscito a elaborare i particolari dell'operazione pur con così poco preavviso. È il tipico carrierismo del burocrate di successo, che cerca sempre la luce dei riflettori. Ma ciò che turba Fuentes, ciò che trasforma i campanelli d'allarme nella sua mente in una sirena antincendio, è il fatto che Valdez non ha menzionato i due arrestati feriti.

O non ne è a conoscenza, il che è impossibile.

O li ha già presi in custodia. Personalmente.

Fuentes afferra per un braccio un medico, che gli recita una diagnosi preconfezionata. La prognosi è incoraggiante. La donna è sotto shock, naturalmente, ma gli esami indicano che è abbastanza in forze da sopportare una sedazione profonda, in pratica un coma farmacologico che sarà prolungato per almeno ventiquattr'ore.

«E i campioni di dna?»

«Abbiamo ricevuto istruzioni di non procedere, per il momento.»

«Come mai?»

«Prima di tutto, la vittima non ha dato il consenso. Secondo...»

«Come può dare il consenso se l'avete mandata in coma?»

«Abbiamo *indotto* il coma. Secondo, non abbiamo nemmeno il consenso di un parente prossimo. Non è ancora stata identificata.» Quindi Valdez ha mentito, parlando della famiglia che chiedeva il rispetto della privacy. «Terzo, non ci sono prove che sia stata aggredita sessualmente.»

«C'erano macchie di sperma sulle lenzuola.»

«Che possono risalire a episodi precedenti.»

Il medico si sta trasformando in avvocato. «Non potete procedere *presumendo* che sia stata sottoposta a violenze sessuali, date le circostanze del sequestro?»

Per la prima volta, nella voce del medico si manifesta l'irritazione. «Non conosciamo le circostanze del sequestro.»

«È stata rapita, legata e violentata. Le ho appena dato un motivo ragionevole per procedere.»

«Il capitano Valdez ha spiegato chiaramente al primario che solo lui è responsabile di questo caso e che noi non dobbiamo eseguire ordini provenienti da altre autorità di polizia.» Fuentes ingoia la notizia con tutte le implicazioni: Valdez lo ha rimosso dal caso. «Senta» dice il dottore. «Noi non siamo il nemico, qui. Stiamo facendo del nostro meglio per aiutare la vittima. Ma non possiamo fare altro. Se lei ha dei problemi con il capitano Valdez, deve risolverli con lui.»

«Ho bisogno del suo aiuto.»

«Le ho appena detto...»

«Non per la donna; ci sono altri due pazienti con ferite da arma da fuoco. Non li ho visti arrivare.»

Il dottore sospira, guardando l'orologio. «Vado a vedere, poi saprò dirle qualcosa.»

Nell'attesa Fuentes chiama Gomez. «Come sta andando la Scientifica?»

«Hanno trovato una tonnellata di impronte. La ragazza tuttavia non è stata ancora identificata.»

«Cosa sai dei due feriti?»

Il silenzio perplesso di Gomez non gli piace affatto.

«Erano nell'ambulanza che ha seguito quella dov'eri tu. Perché?»

«Non sono ancora arrivati.»

«Prova al reparto traumi balistici del San Vicente.»

Fuentes vede il dottore tornare verso di lui. Con tutti gli eventi della mattinata, non è ancora riuscito a parlare di Mary Ellen a Gomez. «Ti richiamo.»

Il dottore si stringe nelle spalle. «Quegli uomini non sono qui. Ho chiesto anche negli altri ospedali. Nessuno ne sa nulla.»

«Ha chiesto al San Vicente?»

«È stato il primo che ho chiamato.» Il medico scruta il viso di Fuentes, ed evidentemente vede qualcosa che lo spinge a sbilanciarsi. «Ha provato a contattare l'obitorio?»

56
Ventura

Dopo che Ventura era tornata al ristorante, la sera prima, Mayor l'aveva invitata a passare la notte a casa sua, assicurandole che sarebbe stata una notte tranquilla. In altre parole, non avrebbe tentato di sedurla.

Ventura aveva acconsentito con il pretesto di riprendersi la macchina, che aveva lasciato parcheggiata lì, fingendo di ignorare il vero motivo: era una donna sola a Ciudad Real, e aveva paura. E stava cercando protezione presso un uomo più potente ed esperto di lei. Questo un po' la faceva vergognare e un po' la rassicurava. Ora che aveva deciso di prendere il controllo del proprio lavoro, forse poteva riprendersi anche il controllo della propria vita. Una cosa a cui con Carlos aveva gradualmente rinunciato.

Per tutta la mattina aveva continuato a rivivere gli ultimi momenti con Carlos; il suo pianto, come se fosse una vittima innocente. Come se fosse lui quello abbandonato. Per molte donne, vedere l'uomo che amano crollare e scoppiare in lacrime è un momento di angoscia insopportabile. Anche le donne più forti spesso non lo sopportano. Credono il loro uomo capace, indistruttibile; lo considerano un loro pari e all'improvviso lo vedono crollare, non come un uomo ma come una donna; con la differenza che le donne sono abituate alle lacrime e al dolore; al peso faticoso del martirio.

Ma Ventura non è una di quelle donne. Lei odia le lacrime, nelle donne e soprattutto negli uomini. Non le considera solo un segno di debolezza, ma di manipolazione. Piangere vuol dire capitolare, scaricare la propria angoscia su qualcun altro che non la vuole. E spesso è un'occasione per sfruttare l'altro. Quante volte ha visto uomini tradire le loro donne e poi tornare da loro con la voce tremante di emozione, gli occhi umidi, in cerca di pietà come cani bastonati. Usurpando le lacrime delle donne che hanno tradito. Quante volte ha visto i suoi vicini di casa singhiozzare, abbracciando le loro mogli e coprendo di baci gli occhi pesti e i lividi sulle braccia, dicendo che non volevano farlo, che non è stata colpa loro. Erano ubriachi. Erano gelosi. Erano stressati. Come se la loro violenza fosse colpa delle donne; donne come le loro madri.

Ventura si mette a disseppellire i brutti ricordi dell'infanzia. Suo padre che spiegava a sua madre che se davvero non voleva essere punita, non avrebbe dovuto fare quello di cui la stava accusando: vestirsi come una puttana, guardare un altro in un modo sconveniente, passare troppo tempo al lavoro, rivolgersi a lui in pubblico in modo poco rispettoso... Oppure chiedeva perché la cena non era pronta quando era arrivato a casa, mentre il pugno sbattuto sul tavolo toglieva senso alla parola "casa". La casa dovrebbe essere un rifugio, non un posto da spartire con un mostro violento e instabile.

Pensieri bui continuano a emergere dal passato mentre si fa la doccia e si veste. Le salgono le lacrime agli occhi ma le ricaccia testardamente indietro. Passeggia su un tappeto di fiori di jacaranda nel giardino di Mayor, grata per quei colori in una città tutta in bianco e nero, e per la solitudine in un'epoca di sirene. Ricorda il suo primo ragazzo, che con voce tremante le spiegava che non voleva picchiarla, ma lei non aveva il diritto di dire le cose che aveva detto. Dopodiché era scoppiato in singhiozzi di autocompatimento, come se fosse stato lui a essere picchiato. Lasciandolo quel giorno, Ventura era diventata la donna che era adesso. Una donna in grado di dire di no. Di voltare le spalle per proteggere se stessa e la propria dignità. Una donna in grado di badare a se stessa in un mondo di privilegi maschili. Grazie al suo lavoro era stata notata, e aveva potuto fare la vita che voleva. E scegliersi gli uomini, invece di essere scelta da loro.

Aveva scelto Carlos.

E lui aveva rovinato la sua autostima.

È vero ciò che si dice, che i figli sono condannati a ripetere gli errori dei genitori? Che le ragazze finiscono sempre per sposare il loro padre, e i ragazzi la madre? Che questa spirale di fallimenti non può essere interrotta? Questo cosa dice di lei? E del paese intero?

La rabbia verso Carlos la sommerge come una marea, trascinandola in una fredda corrente di disprezzo. Per lui. Per lei. E per la nazione. Ne sente il sapore sulla lingua: un sapore metallico, che sa di iodio.

Un sapore tossico.

Carlos non si è preso il disturbo di contattarla dopo la sua fuga, e Ventura ne è sollevata. Non sopporta il pensiero che gli uomini del cartello lo trovino e mettano in scena la classica vendetta. Ma se non trovano lui tenteranno di trovare lei. Ventura ora lo odia, ma solo due giorni fa pensava ancora di amarlo. È un cambiamento troppo traumatico per pensarci. Così lo ha bandito dalla sua mente, fino a stamattina. Ora sa che deve fare l'inevitabile: fuggire, come Carlos. Deve fuggire da tutto il suo passato. Dalla sua eredità di violenza maschile, tradimenti e infedeltà.

Fuggire da una vita di rischio e paura solo perché è donna, e sola.

Lasciare Città del Messico per tornare a Ciudad Real è stato un colossale errore. Aveva permesso a Carlos di dettare i termini di quel ritorno per via dei benefici fiscali che ne avrebbe tratto. Aveva lasciato prevalere i bisogni di Carlos. E ora a causa di quella decisione le danno la caccia, ma allo stesso tempo si sente stranamente libera.

Libera da un uomo che ha mentito sul proprio amore, che è stato così sconsiderato da provare a fregare dei killer professionisti.

Libera di lasciare la sua città e stavolta di non tornare più. Mai più.

Ma prima di andare via, prima di fuggire dal passato verso un nuovo futuro, ci sono tre cose che deve fare.

Vuole portare a termine la ricerca per la sua storia, perché raccontarla è suo dovere come donna.

Vuole dare una mano agli scioperi delle *maquiladoras*, perché anche i sindacalisti hanno ragione: le donne non saranno mai al sicuro finché non godranno degli stessi vantaggi degli uomini: uguaglianza economica e protezione contro lo sfruttamento. Il fatto che lei debba nascondersi in casa di Mayor ne è la prova. Juan Antonio l'ha detto a cena la sera prima: l'unico modo di far sentire sicure le donne di Ciudad Real, e le donne che lavorano in generale, è quello di migliorare le loro condizioni di vita e di lavoro, così che abbiano l'indipendenza economica necessaria per scegliere come vogliono vivere e con chi. Così che, se desiderano allontanarsi da una situazione di violenze domestiche o anche solo da una relazione che non funziona, possano farlo.

Ma la cosa principale che Ventura vuol fare è fotografare tutto; non come reporter, ma come una specie di testamento. Quella non è semplice materia per un reportage, è qualcosa di molto più grande. E, quando quel qualcosa accadrà, lei sarà presente, dal lato giusto della storia. Il suo lato. Ha fiducia nel proprio lavoro, e nel proprio talento. Ha fiducia nel suo istinto, e più di tutto ha fiducia nella sua ambizione. Se tutto andrà bene, quella sarà l'eredità che lascerà al mondo.

Solo tre cose, pensa, e poi sarà libera.

57
El Santo

A El Santo non è mai piaciuto andare in chiesa. Non è solo che si annoia mortalmente, è che non ne vede il senso. Perché perdere tempo a preoccuparsi di cosa succederà dopo la morte? Come se non lo sapesse. La risposta è semplicissima: assolutamente nulla.

La vita eterna?

L'anima immortale?

El Santo ha guardato dentro così tante persone che neanche un cardiochirurgo; ha aperto corpi umani mentre i loro proprietari urlavano, chiedendo a Dio di salvarli. E indovina? Dio non è mai intervenuto. El Santo sa per esperienza personale che i miracoli non esistono, e l'anima neppure. Ci sono soltanto muscoli, tendini e una quantità indecente di sangue. Stessa cosa con la chiesa. È vuota. Se vuoi davvero dimenticare le tue preoccupazioni terrene, meglio andare in discoteca.

Il modo stesso in cui le chiese sono costruite è assurdo. Tutta quella pietra ti fa sentire come in un castello, e questo non è male, in realtà. Ma poi rovinano il lavoro con tutto quel vetro. E un posto invulnerabile diventa vulnerabile. Che senso ha? L'unica cosa che un po' gli piace sono le opere d'arte. Non tanto i crocifissi con il sangue finto come in un film di George A. Romero. Quello che gli piace sono i *retablos*. Tutti quei quadrati dipinti che narrano storie di aiuto, salvezza e grazia divina. Quando era piccolo li leggeva come se fossero fumetti. Il Santo Niño de Atocha che arrivava alla festa con un cesto di cibo. Le lacrime della Vergine che spegnevano un incendio. Sacri cuori nel cielo come dischi volanti, che proiettavano raggi su poveri bambini malati. La sua *lámina* preferita mostrava un diavolo snello e blu come Mister Fantastic che un Santiago incazzato come una iena gettava dentro un vulcano. Quelle scene e le storie che raccontavano erano davvero belle.

Poi era venuta l'epoca della Casa della Morte e non c'era stato più tempo per stupidi sogni e disegni *naïf*, o per le chiese e le prediche sulla salvezza.

Perciò ora è strano per lui trovarsi in una chiesa, a parlare con un vecchio che sembra Jerry Garcia in una versione con le stimmate; un vecchio che forse è pazzo, ma più probabilmente astuto come un topo di fogna. Una cosa è sicura: non è un santo.

«Il quindici per cento è offensivo» dice padre Márcio, ma più che offeso sembra annoiato a morte. Forse anche per lui vivere in chiesa è una cosa da spaccarsi la testa.

El Santo si produce nella sua classica alzata di spalle. «È la tassa normale.»

«Io non sono un cliente normale.» Su quello El Santo non discute. «Faccio del bene a tante persone con il denaro che raccolgo. Perché vuoi togliere il pane di bocca a dei poveri orfani?»

«Perché la merda d'uccello è bianca? Così va il mondo, padre.»

Il prete si siede sui gradini dell'altare e unisce le mani, raccolto non in preghiera ma nei suoi calcoli, come un allibratore che esita prima di rivelare i suoi pronostici. «Il tuo mondo, forse. Non il mio.»

El Santo e Oviedo si erano presentati in cattedrale subito dopo pranzo. Non che El Santo possa digerire nulla, nemmeno un bicchiere di Noche Buena. Da come si stanno mettendo le cose, quel proiettile nella pancia gli costerà almeno cinque chili, e lui era già un paio di chili sotto la definizione di "magro". Lo stesso metabolismo di sua madre. Lei lo sapeva. Gli stava sempre addosso perché prendesse una seconda porzione, mentre i grassoni come El Feo, gente che poteva fare il casting per l'omino Michelin, mettevano su peso solo passando davanti a una *panadería*. L'ultima cosa di cui El Santo ha bisogno è un aspetto emaciato: la gente penserà che si droga, e i boss che abusano del prodotto che vendono sono come i tossici che a volte si vedono per strada, seduti in mezzo al loro piscio: irrecuperabili. E quindi è meglio porre fine alle loro sofferenze alla prima occasione, per evitare imbarazzo a tutti.

Quando erano entrati in chiesa una suora battagliera si era messa a svolazzare loro intorno, tentando di mandarli via. Li aveva identificati come peccatori non appena erano emersi tra il fumo dell'incenso. Ma il senso della chiesa non era proprio quello? Accogliere i buoni e i cattivi, i ricchi e i poveri, i sani e i morenti, e le persone come El Santo, che spesso possono decidere chi resta sano e chi no?

Ma quando sorella Hitler aveva visto i soldi che El Santo le aveva agitato in faccia, era subito corsa a chiamare il vecchio con le stimmate. Il quale si era messo ad ascoltare come se El Santo si trovasse dal lato opposto di una strada a otto corsie e stesse gridando i nomi dei piatti di un ristorante cinese. Solo quando padre Sacre Stimmate aveva notato Oviedo in piedi accanto al fonte battesimale aveva deciso di cambiare atteggiamento. El Santo ricorda ciò che diceva Amado: il rispetto nasce dall'intimidazione. E l'intimidazione, aggiunge lui, nasce dal non minacciare a vuoto. Potrebbe schioccare le dita e Oviedo ammazzerebbe padre Márcio sui due piedi, dentro la cattedrale. Poi si scatenerebbe un ciclone di merda, ma... è quello il motivo per cui la gente ha tanta paura dei narcos: perché ai narcos non frega un cazzo delle conseguenze delle loro azioni. Si comportano come se fossero completamente fuori di testa, e molti lo sono davvero. Perciò, vedendo Oviedo in piedi nell'ombra, il vecchio prete ha subito cambiato atteggiamento. «Perché siete qui?»

«A cosa servono quei comparti?»

«Comparti?»

«Non puoi fregare un ladro, padre.» Sente la presenza intimidatoria di Oviedo alle sue spalle. Viene un po' di paura persino a lui, figuriamoci come si sente il prete. «Sai benissimo di cosa parlo.»

Padre Márcio osserva Oviedo, poi distoglie lo sguardo. Oh, sì, la paura sta facendo la sua magia. «I vani nelle automobili?»

Ecco perché El Santo non sopporta i preti. Mai una parola semplice. Defunto al posto di morto, scomunicato al posto di vaffanculo, e così via. «A cosa servono?»

«Contrabbando.»

Ci sta provando di nuovo. «Per me lì dentro ci vanno dei soldi. Potrebbe anche essere droga, ma ne dubito. Qualsiasi cosa dirai, non dire "Bibbie."»

«Ciò che trasportano quelle auto non ti riguarda.»

«Ecco dov'è il problema. Tutto ciò che attraversa il confine mi riguarda.»

«Ti offro un forfait di cinquantamila dollari per ogni attraversamento.»

«Voglio il quindici per cento. Fa centocinquantamila a ogni attraversamento.» Tre milioni al mese, se i suoi calcoli sono giusti. Il prete comincia di nuovo a torcersi le mani. Logico che poi sanguinano tutto il tempo. Prosegue: «Per chi lavori?».

«Come puoi immaginare, non posso dirlo.»

El Santo riconosce un'affermazione falsa quando la sente. «Mi sa che il mio amico, qui, la pensa diversamente.»

Padre Márcio lancia un'altra occhiata a Oviedo, rendendosi finalmente conto che a uno come Oviedo nulla farebbe più piacere che far del male a un prete come lui. Perché Oviedo è l'incubo peggiore per un uomo di fede: un credente devoto. Non in Dio o nel diavolo, ma nel sottoprodotto del diavolo: il tormento. La sofferenza eterna. Gli sembra già di sentirlo mentre affila il coltello sull'acciaino, quel rumore graffiante e metallico che ti gela il sangue.

El Santo riconosce l'espressione sconfitta sul viso del prete. La resa. O, come direbbe lui, la capitolazione. Be', ha fatto in fretta.

«Pagherò la cifra esorbitante che hai chiesto, ma non posso dirti per chi lavoro.»

«Allora dovrò ucciderti.»

«Allora non vedrai mai i tuoi soldi. Il libero arbitrio: ecco cosa rende gli esseri umani diversi dagli animali. Io ho fatto la mia scelta, ora devi fare la tua.»

El Santo deve ammettere che il prete ha due bei coglioni, per uno che non li usa. Ed è bravo a parlare. Sono tutti bravi con le parole, se lo ricorda dai tempi del catechismo. *Va bene, intanto prendiamo i soldi,* pensa. *Poi arriveranno le informazioni.* «Non finisce qui» dice.

Il prete sorride. È un sorriso che anche un narcotrafficante non credente come El Santo non si sarebbe aspettato di vedere in una chiesa. Un sorriso maligno. «Questo è sicuro» dice padre Márcio.

58
Gomez

Gomez è ancora alla fattoria quando riceve la chiamata di Fuentes. I due arrestati feriti sono morti in ambulanza e sono all'obitorio. Fuentes si agita come se fosse tutto un grande complotto, ma Gomez aveva visto in che stato erano. Quello in camera da letto aveva le gambe attaccate al corpo praticamente solo da un po' di sangue raggrumato. E il *güey* che avevano estratto dal Navigator, dopo essere sopravvissuto a un colpo di *shotgun,* aveva provato l'emozione di andare a schiantarsi a tutta velocità contro una parete di roccia.

Sono morti, e per Gomez è meglio così. Meglio che spendere denaro pubblico per un processo che si sarebbe concluso con una condanna a un paio d'anni e forse con una causa per disabilità permanente intentata al dipartimento per uso eccessivo e non necessario della forza. Nessuno aveva chiesto a quei due di sparare contro due poliziotti, come nessuno gli aveva chiesto di sequestrare e violentare la ragazza. Per Gomez stanno meglio morti. Quando cominci a provare rimorsi per assassini del genere, è meglio se restituisci il distintivo, perché a Ciudad Real ogni sicario ha tre proiettili che si chiamano "pietà", "esitazione" e "rimorso".

La prima volta che aveva ucciso, Gomez non riusciva a smettere di pensarci. La prima settimana, dopo aver premuto il grilletto e visto un tossico armato di coltello fare una rapida piroetta e una lenta caduta, non riusciva a togliersi la scena dalla testa. Ortega, il suo primo partner, si era avvicinato lentamente al corpo, tenendolo sotto mira, mentre una donna lanciava urla isteriche da una finestra. Ortega aveva allontanato il coltello dalla mano del morto con un calcio, mandandolo a sbattere contro una porta annerita dal fuoco. Quindi si era voltato verso Gomez con un odioso sorrisetto, dicendo: «Ora sei diventato un uomo». Come se avesse beccato un nipote adolescente mentre usciva da un bordello di Chatarrita.

Dopo aver sparato al tossico, era calato un silenzio totale per qualche istante, poi la donna alla finestra aveva cominciato a strillare. È il ricordo di quelle grida, come un motivetto che non riesci a toglierti dalla testa, a far ripartire la scena nella sua mente. Un ricordo perpetuo che dominava le ore del giorno e infestava quelle della notte. Anche quando Gomez riusciva ad addormentarsi, si svegliava di colpo con la forza di quelle urla sopra la testa. Tentava di ricordare le parole precise. Era un avvertimento? Una richiesta d'aiuto? Una manifestazione di paura isterica? O semplicemente una sequela di insulti, la maledizione universale contro ogni poliziotto con la pistola in mano? Non importava. Per lui quelle urla non erano più un tentativo di comunicare, ma la colonna sonora di un incubo che non si sforzava nemmeno di distinguere tra giorno e notte, tra lucidità e incoscienza. Tutti i suoi pensieri precipitavano verso quel singolo momento omicida. Era una sinapsi fatale, che cominciava a minacciare la sua sanità mentale.

Poi, dopo un mese, quel fardello si era alleggerito. Gomez si stava versando una birra dopo il lavoro quando si era reso conto che, dalla sera prima, non pensava più all'uomo che aveva ucciso.

Era libero. Quello che dicevano tutti era vero. Il ricordo era scomparso da solo con il passare del tempo. Così aveva pensato di aver superato quel primo omicidio.

Ma si sbagliava.

Era come togliere le erbacce in giardino: dopo un po' rispuntano. Ma stavolta i ricordi dello sparo non erano come prima, un peso costante che obliterava ogni altro pensiero, ogni altra emozione. Erano diventati qualcosa di attivo e imprevedibile, che si accendeva nei momenti più impensati. Gomez preferiva la prima versione, quando dominavano la sua mente e lo costringevano a raccogliere le forze nel tentativo di andare avanti. Ora lo coglievano di sorpresa, tendendogli agguati e lasciandolo scioccato e pieno di dubbi su se stesso. Si chiedeva se sarebbe stato capace di difendersi se la sua vita fosse stata di nuovo minacciata. E quella domanda ne portava con sé un'altra, che fino ad allora era riuscito a evitare: un tossico con un coltello a serramanico, dall'altro lato della strada, costituiva davvero una minaccia mortale?

Al primo criminale ucciso in servizio ne seguirono altri. E altre reazioni, anche se mai gravi come la prima volta. Ma lasciavano sempre uno strascico: qualcosa che faceva male ma era anche utile. Come una seconda pelle, a prova di proiettile ma di una taglia più stretta. Gomez si sentiva cambiato. Indurito.

Poi venne il momento in cui lui e Paredes si trovarono davanti due rapinatori seriali. Due tossici pericolosi: avevano accecato una delle loro vittime, storpiandone un'altra. Il loro non era tanto "intento doloso", ma qualcosa di peggio: noncuranza egoista, incompetenza da decerebrati. Avevano bisogno dei soldi per la prossima dose e li prendevano come potevano. E ora Gomez e Paredes li avevano messi all'angolo. Si guardarono e, senza scambiarsi alcun segnale visibile, giustiziarono quei due stronzi sul posto.

Dopo di allora, non ci furono altri rimorsi.

O altri ricordi.

O altri dubbi.

Non su quell'esecuzione, e nemmeno sul primo tossico a cui aveva sparato. Le grida di quella donna alla finestra finalmente si spensero. Gomez divenne un poliziotto che non si curava di ciò che accadeva ai nemici dei poliziotti: i criminali. La morte violenta faceva parte del suo mondo. Si sparava continuamente e qualcuno finiva sempre per lasciarci la pelle. Poteva capitare anche a lui.

Per questo, ora non ha nessun rimorso riguardo ai due uomini che ha ucciso alla fattoria o a quello centrato in fronte da Fuentes, e non gli importa nemmeno che i due feriti siano morti. La ragazza è viva. La Scientifica sta raccogliendo le prove. E Fuentes si sbaglia. Non c'è nessun complotto. Gli innocenti muoiono perché ci sono in giro troppi bastardi che impongono il male al mondo. Ammazzarli serve a fare la differenza.

A salvare qualcuno.

Stavolta è toccato a quella ragazza. Gloria Delgado. È stato lui a trovare la sua carta d'identità nella fattoria. Fuentes gli ha detto di non dirlo a nessuno, per il momento. Fuentes è un paranoico del cazzo.

Gomez se ne torna in città. Fuentes gli aveva detto di restare alla fattoria per assicurarsi che la Scientifica non facesse casino o non fosse controllata dall'alto. Fuentes ha capito tutto al contrario. Non sono i ragazzi della Scientifica, il problema, ma quelli che poi manipolano le prove. Persone come Valdez, che decidono cosa tenere e cosa nascondere per "errore", o cosa distruggere sotto l'etichetta di "campioni contaminati". Persone potenti, molto più potenti di qualsiasi delinquente di strada.

Persone contro le quali è meglio non mettersi.

Gomez va dritto all'ospedale. Il personale gli indica la strada verso il pronto soccorso come fosse un parente agitato. Come se non avessero mai visto prima un poliziotto.

Gomez svolta l'angolo. Fuentes esce all'improvviso da una stanza, lo vede e il suo viso si trasforma in una brutta maschera. Ecco che arriva la rabbia e la predica per aver disobbedito agli ordini. Gomez ne ha abbastanza. Dopo la follia di quella mattina, dopo i rischi assolutamente non necessari che hanno corso. E marcia verso di lui pronto a dirgli dove può ficcarsi la sua indignazione del cazzo, quando vede due agenti della polizia municipale, al capo opposto del corridoio, avvicinarsi a passi rapidi alla stanza da cui Fuentes è appena uscito.

Sicarios.

Gomez estrae la pistola. Vede il dubbio, poi un lampo di comprensione sul viso di Fuentes, il quale estrae a sua volta l'arma e si volta. I due poliziotti municipali si bloccano, valutano rapidamente le probabilità e comprendono che sono a loro sfavore. Si voltano e scappano, urtando medici e infermieri e facendo cadere le apparecchiature.

Un raggio di sole illumina i loro volti quando aprono l'uscita antincendio, e scompare appena la porta si chiude. Gomez e Fuentes li seguono fuori nella luce forte di mezzogiorno. Il suono di due spari; il sibilo di un proiettile molto vicino; il rimbalzo di un altro. E l'urlo di un'auto che parte sgommando. Una berlina nera senza insegne. Fuentes la insegue, alza l'arma prendendo la mira, poi l'abbassa lentamente mentre l'auto scompare nell'aria tremolante per il calore che sale dall'asfalto.

La ragazza è davvero in pericolo.

Quello stronzo di Fuentes aveva ragione.

Di nuovo.

Tornano insieme nella stanza della ragazza. Fuentes gli dice a bassa voce ciò che ha scoperto, tra l'ansimare ritmico del ventilatore e il pulsare di un monitor nell'angolo. La vittima sconosciuta di ieri si chiamava Mary Ellen González. Niente precedenti penali ma quasi certamente escort d'alto bordo e corriere della droga. La sua doppia cittadinanza è ciò che la rende importante.

«Importante *come*?» chiede Gomez.

Fuentes gli spiega il suo piano. A Gomez vengono i sudori freddi solo a sentirlo. È geniale, è fattibile, e potrebbe anche funzionare. Ma non è questo a farlo sudare, bensì le conseguenze. Salvare una vita distruggendo un intero regno. Sarà un'apocalisse, e a Fuentes sembra non importare nulla. Della carriera, della libertà, nemmeno della sua vita. Figuriamoci delle carriere e delle vite *degli altri*. Fuentes è flippato. Vede solo il suo momento di splendore. Di sfida.

Di redenzione.

Salverà una vita innocente, e una è meglio di nessuna. Ma il costo, per lui e per Gomez, sarà devastante.

Gomez resta in silenzio, facendo respiri profondi al ritmo del ventilatore.

«Allora?» chiede Fuentes.

«Vaffanculo, ci sto.»

59
Pilar

Prendono un taxi e si fanno portare all'*hacienda* di Mayor. Juan Antonio osserva tutto da sotto la benda che gli copre il sopracciglio, tentando di non mostrarsi impressionato quando i cancelli si aprono per loro.

«È una stupidaggine» protesta Pilar, richiudendo il cancello alle loro spalle. Ventura e Mayor li osservano dall'ombra della veranda, mentre loro attraversano il pavimento a mosaico del cortile. Poi si rivolgono a Pilar con una serie di parole che non significano nulla: "Contenti". "Al sicuro". "Terribile". «Non voglio parlarne» dice lei. I due annuiscono, comprensivi, e si rivolgono a Juan Antonio. «È grave?» chiede Ventura, toccando la benda come se così la ferita potesse guarire più in fretta. Pilar interrompe la risposta modesta di Juan Antonio. «Non abbastanza» dice. «Non riesce a pensare, ma può ancora parlare.» Ventura ride, Juan Antonio si volta verso Pilar e le mostra la lingua.

Entrano tra le ombre secolari che indugiano nell'*hacienda*. I ventilatori sul soffitto sottolineano il silenzio. «Grazie, *señor* Mayor» dice Juan Antonio, con un rispetto nella voce che sminuisce la sua dignità.

«Perché lo ringrazi?» chiede Pilar. «È una stupidaggine. Non siamo in pericolo.»

Juan Antonio sospira, come se il suo cane avesse appena pisciato su un tappeto persiano. «Ora non essere irrazionale.»

«*Irrazionale?*» La sua inflessione sembra burlarsi non solo di Juan Antonio, ma dell'esistenza stessa di quella parola. «È quello che dicono sempre gli uomini alle donne che non sono d'accordo con loro.»

«Accidenti, Pilar, smetti di fingere che stamattina non sia successo nulla.»

Lei risponde, con voce rotta dall'emozione: «Non trattarmi con sufficienza. So molto meglio di te cosa è successo stamattina.» Si avvicina a una libreria e si mette a guardare i titoli.

«Allora sai che abbiamo bisogno di protezione.»

«Qui ci stiamo nascondendo, non cercando protezione.» Si rivolge a Mayor. «Nemmeno un libro di una donna?»

«Guardi meglio. Troverà le opere di Woolf, Matute e Mansfield. Lispector e Meireles. Campobello e Castellanos. Atwood e De Beauvoir.»

«È un uomo perfetto. C'è una scrittrice di cui *non* ha i libri?»

«Ibárruri.»

La risata di Pilar è quasi offesa. «Cosa ne sa un uomo come lei della *Pasionaria*?»

Mayor la fissa con uno sguardo duro. «Troppe cose.»

«I giudici ricchi. Ecco cosa fanno, invece di lavorare.»

«Pilar, per favore.»

Lei fissa Juan Antonio con rabbia. Ventura le si avvicina. «Ti faccio vedere la tua stanza.»

Pilar scosta il braccio di scatto. «Non sono tua amica.»

«Che le piaccia o no, siamo alleati» dice Mayor. «Qui è al sicuro. Dovrebbe riposare.»

Lei si volta verso Ventura. «Anche a te dice tutto quello che devi fare?»

«Ha ragione» risponde Ventura, in tono gentile.

«Voi siete dei testimoni» dice Mayor. «E sapete cosa succede ai testimoni, in questa città.»

«Esatto» gli fa eco Juan Antonio. «Hanno già messo una bomba nella mia auto. Dobbiamo essere prudenti. Se dovesse succederti qualcosa, metterà in pericolo lo sciopero di domani.»

«Qui siamo al sicuro» sussurra Ventura. «Ed è bello sentirsi al sicuro, tanto per cambiare.»

Pilar osserva le tre persone che la stanno fissando; il loro sguardo è peggio che intimidatorio, è come se tentassero di capire una mente che li lascia perplessi. Attraversa la sala da pranzo, con il suo enorme tavolo feudale, e va in cucina. Una cameriera si gira vedendola entrare. «Posso aiutarla?»

Pilar vede un bicchiere vuoto rovesciato accanto a uno dei lavandini. «Sono abbastanza grande da prendermi da sola un bicchier d'acqua, grazie.» Ma la cameriera va a prelevare un bicchiere dalla credenza. «L'acqua la preferisce frizzante o naturale?» Pilar prende il bicchiere accanto al lavandino e lo riempie d'acqua del rubinetto. «La prego. Quello non è un bicchiere per gli ospiti.»

«E per chi, allora?»

«Per il personale.»

Pilar scuote la testa, dispiaciuta di aver indovinato la risposta ancora prima di fare la domanda, e beve la sua acqua. La cameriera si accorge di Mayor sulla porta. «Mi dispiace, *señor* Mayor.»

Lui sorride, parlando così piano che Pilar fatica a distinguere le parole. «Non è colpa tua, Maya. Lei non è scortese apposta, è solo sconvolta.» Pilar lo fissa, oltraggiata. «Va' pure di sopra ad aiutare gli altri a preparare le stanze.» Maya scruta Pilar con un'occhiata curiosa, prima di uscire.

Per Pilar è un momento raro, perché deve pensare prima di parlare. «Una donna per lei è solo...»

«Chiudi la bocca e ascolta, per una volta nella tua vita. Magari impari qualcosa. Ma ne dubito, visto il tuo ego e la tua arroganza.» Pilar diventa rigida di rabbia, il viso paonazzo, gli occhi feroci. Alza il bicchiere come per scagliarlo a terra. «Se rompi quel bicchiere, richiamo Maya e le chiedo di pulire tutto davanti a te.»

«Porco!»

«Non mi interessa se insulti me, ma non umiliare mai più il personale.»

«Io non ho...»

«L'arroganza delle persone come te...»

«Non sai nulla di me!»

«Una come te posso assemblarla in catena di montaggio con gli occhi bendati.»

«Sei disgustoso.»

«E tu ripeti sempre le stesse cose. Tutto il tempo. Ora chiudi la bocca e ascolta, per favore, perché a differenza di te io non sono abituato a ripetermi.»

Pilar cerca di decidere se gettare comunque il bicchiere a terra o invece in testa a Mayor.

«Otto persone lavorano in questa casa a tempo pieno. Dodici, contando i giardinieri. I giardinieri alloggiano in una casetta sul retro, ma gli otto domestici vivono qui, con coniugi e figli. Guardati intorno. È una casa grande, con un grande terreno intorno. Ma credi che ci vogliano davvero dodici persone, per occuparsene? Per occuparsi di me? Io potrei vivere benissimo da solo.»

«Hai dodici servitori perché ti piace giocare al signore feudale, il grande latifondista, il *criollo*!»

«Il motivo delle assurdità che dici è che non sai nulla della vita delle persone che sostieni di rappresentare.»

«Invece un uomo nato tra i privilegi ne sa qualcosa?»

«Io permetto allo staff di andare avanti con il lavoro, e loro permettono a me di andare avanti con la scrittura. Così siamo contenti tutti. Non è semplice collaborazione economica. È una comunità. È una società che funziona. Una cosa di cui un'attivista politica di professione come te sa poco o nulla. E quando io ho degli ospiti, i miei domestici ne sono contenti perché hanno qualcosa in più da fare, per dimostrare che sono sempre in grado di svolgere un ottimo lavoro, per una persona come per dieci. Non hanno bisogno di una *apparatchik* rude e scortese che si metta a predicare una rivoluzione che non vogliono; perché lascerebbe senza casa loro e le loro famiglie.»

«La tua logica di dominio è perfetta, come quella dei proprietari delle piantagioni, che predicavano la libertà attraverso lo schiavismo.»

«Io sono uno scrittore, per questo non mi capisci. Io uso il potere delle parole, tu quello degli slogan.»

Lei si avvicina e fa per schiaffeggiarlo. Mayor le blocca la mano. Pilar getta a terra il bicchiere e la cucina si riempie del rumore tintinnante di vetri rotti. Ventura arriva di corsa, scioccata di vedere la mano di Mayor intorno al polso di Pilar e le schegge di vetro tutto intorno. Maya arriva subito dietro di lei. «Non si preoccupi, *señor,* pulisco subito.»

Pilar si volta a guardarla, tesa. «Ci penso io.»

«Questa è la mia cucina» ribatte Maya, in tono secco e sprezzante. «Non voglio il suo aiuto. Ha già causato abbastanza danni.» Si inginocchia e comincia a spazzare i vetri. Pilar si china a raccogliere i pezzi più grandi, ma la cameriera la respinge. «Ho detto che faccio da sola.»

Pilar torna da dove era venuta, calpestando le schegge.

Ventura attende un attimo, poi la segue oltre la sala da pranzo e nello studio. Quando la vede, raggomitolata su un divano, Pilar dorme già.

60
Fuentes

Gomez non è stato felice del piano. Benvenuto nel club. Ma alla fine ne ha accettato la logica: in una società di estremi, solo misure estreme possono avere efficacia. Estrema povertà. Estrema ricchezza. Estrema corruzione.

Estrema malvagità.

Lo schema è semplice: ha dato a Gomez l'indirizzo di Mary Ellen, chiedendogli di trovare e prendere il passaporto della donna. A tutto il resto ci penserà lui.

A mezzogiorno c'è stata una completa rotazione dello staff ospedaliero. Il dottore con cui aveva parlato Fuentes è andato via. Il personale del pronto soccorso non sa esattamente cosa sia successo, a parte il fatto che qualcuno ha tentato di uccidere una paziente sorvegliata dalla polizia e ci sono stati alcuni spari, fuori dall'ospedale. San Vicente è più sicuro, ha spiegato Fuentes, firmando un modulo. Nessuno ha obiettato. La ragazza è solo un'altra NN, parenti prossimi ignoti. E ora è anche un bersaglio.

Gloria è stata trasferita in ambulanza, la sua sottile cartella clinica tra le mani di Fuentes. Nessuna scorta della polizia. Servirebbe solo ad attrarre l'attenzione, ha spiegato Fuentes, e non era del tutto una menzogna.

Sulla strada per San Vicente riceve la chiamata di Gomez. Scatta la parte successiva del piano. Ignorando i due infermieri, grida al conducente che c'è stato un contrordine. Hanno appena identificato la paziente. Si tratta di una cittadina americana ricercata dai cartelli. Nell'ambulanza climatizzata si diffonde un'ondata di paura. Una potenziale testimone a bordo significa solo una cosa: un potenziale agguato.

Fuentes dice loro di portarla al confine. La sirena dell'ambulanza aumenta la frequenza, come urlando la domanda che si stanno ponendo i suoi occupanti: "Perché noi?". Il resto del viaggio trascorre preparando l'incontro con un'altra ambulanza dall'altro lato del confine, ed è costellato dalle imprecazioni del conducente che cerca di destreggiarsi nel traffico, ansioso di liberarsi del suo carico fatale il più in fretta possibile. Fuentes ha già partecipato a tre evacuazioni mediche a Tijuana, e conosce la procedura. Ha già in mano la carta di credito ancora prima che gliela chiedano.

Gomez lo aspetta al confine e prende possesso di tutte le sue armi e munizioni, poi gli consegna il passaporto di Mary Ellen. Da adesso Gloria è Mary Ellen. E ha anche un'assicurazione sanitaria. Questo renderà più facile il suo ricovero, ma andrà ad aggiungersi alla lista dei crimini di Fuentes. Frode, furto d'identità, agevolazione, trasporto e ingresso illegale di una messicana negli Stati Uniti. Forse anche traffico di esseri umani, se vorranno davvero schiacciarlo. Consegna a Gomez la cartella clinica di Gloria e gli spiega cos'altro deve fare.

«Avevi promesso che non ci sarebbe stato altro.»

«Devi solo consegnarla al bancone.»

«Ma mi conoscono.»

«Se ci sarà un problema, dà tutta la colpa a me.»

«Ci sarà, puoi scommetterci. E sta' pure tranquillo che darò tutta la colpa a te.» Si allontana in fretta. Niente arrivederci. Niente buona fortuna. E perché dovrebbe essere diverso? Fuentes se n'è accorto solo di recente: Gomez è *molto* più intelligente di lui.

61
Pilar

Pilar dorme un'ora. Sogna di aver perso qualcosa ma non ricorda cosa. Solo quando si avvicina a un laghetto e ci guarda dentro capisce che si trattava della luna, che splende dietro i suoi capelli con una luce bianca e azzurra. Si sveglia, ancora con un piede nel mondo dei sogni, e riposa altri dieci minuti, finché le pulsazioni si normalizzano, la vista torna a fuoco ed è in grado di alzarsi in piedi senza rischiare di svenire.

Si fa una lunga doccia, si cambia indossando i vestiti che aveva portato con sé, poi scende al pianterreno. La cucina è vuota, il pavimento splende. Nessun segno di furia, e nemmeno di vita. Prende qualcosa da mangiare dal frigo. Sente dei passi alle sue spalle che si bloccano all'improvviso. Si tratta di Maya. Pilar apre la bocca per dire qualcosa, ma la domestica è già scomparsa.

Va a mangiare fuori, nell'aria calda. Poi lava il piatto e il bicchiere, torna di sopra e prende la borsa. «Cosa fai?» dice Juan Antonio, vedendola attraversare il cortile. Non è una domanda. È un'accusa.

«Vado a lavorare.»

Juan Antonio le taglia la strada, mettendosi tra lei e il sole. «Sei fuori di testa?»

«Non rivolgerti a lei in questo modo.» È Ventura, che li osserva dall'ombra.

«Pilar si sta comportando in modo assurdo. E tu stanne fuori.»

«Non rivolgerti *a lei* in questo modo» dice Pilar. Le importa davvero come si rivolge alla ragazza, o parla davvero con il pilota automatico?

Juan Antonio la fissa. «Non dormi da più di due giorni. E lo sciopero è domani.»

«Per questo devo andare al lavoro.»

«Hai già fatto tutto quello che potevi. Ti prego, Pilar, sii ragionevole, solo per questa volta. Risparmia le forze per domani.»

Pilar lo aggira. Lui la guarda allontanarsi, tra l'esasperato e l'ammirato. «Sei la persona più testarda che abbia mai avuto la sfortuna di conoscere.»

«E tu la più ripetitiva» ribatte lei, chiudendosi il cancello alle spalle. Lo sente riaprirsi e si volta, pronta a un altro confronto con Juan Antonio. Ma si tratta della ragazza. Anzi, della *donna*. La raggiunge e si mette a camminare al suo fianco.

«Vengo con te.»

«Non mi serve il tuo aiuto.»

«Ma io voglio aiutare.»

«Non m'interessa. Non ti voglio con me.»

«Non puoi fermarmi» dice Ventura.

«Posso fare quello che voglio.»

«Anch'io.»

Pilar sospira e affretta il passo, dicendo, senza voltarsi «Allora datti una mossa. E se vuoi renderti utile dammi tutti gli spiccioli che hai.»

Ventura mette una mano nella borsa della macchina fotografica e tira fuori una manciata di monete. Pilar le prende tutte, infilandole in varie tasche. «Perché ci servono tante monete?»

«Perché faremo una maratona in autobus...»

62
Paredes

Grazie all'informazione di Fuentes sul tunnel e sul laboratorio di metamfetamine, Charlie Addsen era dovuto uscire allo scoperto come agente della DEA, e così lo avevano trasferito a Washington. Si trattava di una promozione, ma per lui era anche una Grande Fuga. Charlie sentiva la mancanza del clima, ma era un prezzo ridicolo in cambio di un lavoro sicuro dietro una scrivania, buone scuole per i figli e un aumento di stipendio che gli consentiva di poterle pagare.

A San Diego nessuno lo ricordava come un eroe, ma piuttosto come un collega che aveva tradito la causa per diventare l'ennesimo burocrate a Washington. A El Lobo, tuttavia, aveva l'autorità che l'ufficio centrale ha sempre sulle succursali. Certo, alle sue spalle gli agenti si lamentavano e lo insultavano, seccati dalla sua interferenza. Ma facevano ciò che gli diceva di fare; non perché Addsen fosse un ex agente operativo pluridecorato, ma semplicemente perché rappresentava l'ultima speranza. Il budget di El Lobo era di nuovo sotto attacco. E Addsen poteva mettere una buona parola con chi reggeva i cordoni della borsa all'ufficio centrale. Quindi loro gli stavano facendo un favore, aspettandosi di riceverne uno in cambio.

Naturalmente, le autorità di El Lobo non impazzivano dalla felicità, all'idea di permettere a Fuentes di parlare con Paredes. Le parole di Addsen, secondo cui si trattava di un poliziotto onesto in cerca di una pista per un importante caso di omicidio, non avevano rassicurato nessuno, ma c'erano tre cose in favore di Fuentes. Era nuovo a Ciudad Real, quindi nessuno sapeva molto di lui. Aveva delle riserve riguardo a Byrd, che era sospettato di corruzione e quindi sotto sorveglianza segreta. E, cosa più importante di tutte, aveva appena salvato una cittadina americana da una brutta morte sotto tortura.

La guerra alla droga era tutta in bianco e nero, come i titoli dei giornali che ne parlavano. Ma il terreno sul quale si combatteva era di un colore molto diverso, e la DEA di El Lobo sapeva lavorare con le sfumature. Concessero a Fuentes trenta minuti in una saletta riservata. Fuentes sapeva che li avrebbero spiati da dietro il falso specchio, registrando ogni parola, e gli andava bene. Avrebbero ascoltato, ma senza capire. L'argomento della sua conversazione con Paredes erano alcuni dettagli, non i narcos.

Quando era arrivato, le settantadue ore di fermo preventivo per Paredes erano già scadute, ma il suo avvocato aveva chiesto una proroga, così lo avevano lasciato in una cella di custodia della contea. Il trasferimento in un carcere federale avrebbe annullato qualsiasi possibilità di una visita.

Fuentes si era mosso con rapidità e astuzia, dopo che i due feriti della fattoria erano riapparsi all'obitorio con un cartellino appeso all'alluce. Per toglierli di mezzo bastava solo che li avessero lasciati dissanguare. Fanculo, poteva persino trattarsi davvero di morte accidentale, anche se "accidentale" non rispecchiava lo stile di Valdez. Secondo Fuentes, Valdez più che legare i capi sciolti, li tagliava via. Lui e Gomez avevano salvato Gloria Delgado, ma prima o poi qualcuno sarebbe riuscito a eliminarla. La vera domanda era chi veniva prima sulla lista, Fuentes o Gloria. Doveva trovare un modo per farla uscire dall'ospedale. E aveva pensato a Mary Ellen González.

Gloria e Mary Ellen avevano grosso modo la stessa età, altezza e peso. Il colore degli occhi e dei capelli corrispondeva. Con un po' di sforzo potevano passare per cugine, se non proprio per sorelle. Ma una donna in stato di incoscienza con abrasioni facciali, sopra la barella di un'ambulanza, con un passaporto attaccato al portablocco di un ospedale, e accompagnata solo da una flebo al posto di un parente prossimo, tendeva a non attrarre sguardi indagatori. La simpatia era sempre il miglior travestimento. Nessuno avrebbe esaminato Gloria con troppa attenzione. Si sarebbero accorti dello scambio di identità solo dopo che avesse ripreso coscienza. *Se* questo fosse successo. Fuentes aveva anche allertato un avvocato specializzato in immigrazione, per una richiesta d'asilo d'emergenza, nel caso le autorità avessero deciso di rimpatriare immediatamente Gloria, una volta scoperta la frode. Fuentes sapeva che nulla avrebbe salvato la sua carriera, ma intendeva fare tutto il possibile per salvare la vita di Gloria. E distruggere quelle di chi voleva ucciderla.

Paredes conosceva Mary Ellen. Questo poteva rivelarsi un problema, in seguito, ma Fuentes non aveva scelta. Doveva recitare la parte del salvatore, per conquistare la fiducia di un uomo di cui non si fidava. Se fosse riuscito a far sentire Paredes in debito con lui, forse non avrebbe avuto bisogno di Gloria.

Paredes è in gamba. Atteggiamento contenuto. Scettico. Professionale. Si capiscono subito. Comunicano in silenzio. I suoi occhi dicono: "So che dietro quello specchio la DEA è in ascolto, perciò esprimiamoci in codice". Dicono: "Sono stato incastrato e probabilmente tu lo sai". Dicono: "Forse sono colpevole di altre cose, ma non di questa".

«Ho bisogno di un avvocato?» Solo per gettare fumo negli occhi.

Fuentes scuote la testa. «Si tratta solo di una chiacchierata informale.»

«Allora qualsiasi cosa dirò non sarà ammissibile in tribunale, giusto?» chiede Paredes, pur conoscendo la risposta. Fuentes annuisce. Paredes sorride. I suoi occhi dicono cose che Fuentes comprende. Tijuana. Guerra tra i cartelli. Operazione di copertura. I suoi occhi dicono che sono fottuti tutti e due.

Ma la sua bocca racconta una storia confezionata per chi

è in ascolto dietro lo specchio. È bravo a parlare. Si era innamorato di Mary Ellen dopo averla sorpresa in una discoteca mentre tirava una pista di coca. Si annoiava, aveva bisogno di distrarsi un po'. Ma quando lei aveva alzato gli occhi a guardarlo... colpo di fulmine. E chi poteva biasimarlo? Naturalmente non l'aveva arrestata. Aveva tenuto segreto il suo rapporto con lei, allora e anche in seguito. Le faceva dei favori. Lei li ricambiava. Era diventata la sua amante e la sua spia.

Mary Ellen era in parte *chamaquita*, in parte *gringa*, in parte colombiana e al duecento per cento capace di ballare. La sua specialità erano i trasporti di grosse quantità per brevi distanze. Minimo quindici chili, massimo venticinque. Così poteva fare un po' di casino quando le toccava pagare per il bagaglio extra. «Questa tassa costa più del biglietto! Imbroglioni!» Era un numero con cui riusciva a farsi notare, quando voleva. Non che altrimenti passasse inosservata, con i suoi calzoncini cortissimi e le canottiere elastiche di una taglia in meno. Faceva il check-in presto, si recava nella lounge e cominciava a ubriacarsi, a parlare e ridere forte (il che in fondo era abbastanza normale, nel suo caso). Poi andava a comprare un sacco di roba al duty-free.

Altri drink sull'aereo, chiacchiere allusive che portavano a una rapida amicizia con qualche accompagnatore improbabile. I doganieri tendevano a notare più il manager in completo scuro al suo fianco che lei. Psicologia inversa con un tocco d'invidia.

Di solito passava la dogana barcollando, e non solo per via del tacco dodici. Se la fermavano, il che accadeva spesso, non era perché sospettassero di lei, ma per divertirsi un po'. Mentre cercava il passaporto, Mary Ellen faceva in modo di lasciar cadere "per sbaglio" qualcuno dei suoi acquisti al duty-free, per poi piangere sui cocci di champagne Cristal e Chanel n. 5. Prima o poi uno degli agenti faceva la classica battuta sul latte versato, e in quel momento Mary Ellen dava il meglio della sua recita, che poi non era una vera recita, perché pensava: *E se oggi mi beccano?* E quel pensiero conduceva all'unica risposta possibile: *Da vent'anni all'ergastolo.*

Così le lacrime scorrevano in modo naturale e lei a volte si chiedeva se fosse quello il sistema usato dagli attori che seguivano il metodo Stanislavski.

Aveva usato quella routine in più di una dozzina di aeroporti diversi e gli agenti della dogana finivano sempre per scusarsi con imbarazzo, oppure ridevano della stupida bambola che aveva fatto tutto quel casino; e comunque, anche se la prendevano in giro, se lei avesse chiesto un passaggio a casa nessuno di loro avrebbe detto di no.

Quello era il suo segreto, completato da un bagaglio da schifo, perché se ti vedono arrivare con valigie Louis Vuitton o Briggs & Riley, capiscono che hai tanti soldi da non sapere nemmeno come spenderli tutti e vogliono fartela pagare. Così cominciano a perquisire finché non trovano l'oggetto di lusso che stavi tentando di far passare senza pagare il dazio.

Quindi sempre valigie del cazzo piene di caffè, perché se porti in giro abbastanza caffè i cani non riescono ad annusare la cocaina. Era vero? Chi lo sa, ma per lei sembrava funzionare.

E tutto il tempo, Mary Ellen faceva la spia per Paredes.

La relazione funzionava benissimo sul piano professionale, ma su quello personale era un'altra storia. Paredes tentava di rimandare il più possibile il momento della rottura, ma era ovvio che sarebbe arrivato. Mary Ellen era una *loca*. E i costi da pagare erano troppo alti. Così alla fine l'aveva lasciata. Lei l'aveva presa bene, in realtà. Paredes si aspettava una scenata, ma evidentemente tutti e due sapevano, in qualche modo, che era la cosa migliore. Ogni tanto scopavano ancora, ma era più che altro lavoro mascherato da piacere, uno scambio di cortesie. Paredes non aveva mai accettato nemmeno un peso da lei. Mai. Mary Ellen lo pagava in informazioni, ed era la migliore informatrice che avesse mai incontrato. Lo teneva sempre aggiornato, nell'universo confuso e mutevole dei narcos. Per esempio, gli aveva parlato del nuovo capo del cartello di Ciudad Real, El Santo, che era pazzo ma niente affatto stupido. Ed era stato grazie a Mary Ellen che Paredes era riuscito a ricavare qualcosa da El Feo, il braccio destro di El Santo.

El Feo aveva perso la testa ed era passato al lato oscuro, coltivando contatti segreti con El Chapo, con Tijuana, con El Chayo. Persino con Los Zetas, cazzo.

Paredes, con una rapida occhiata al falso specchio, aggiunge: «Anche con un agente corrotto della DEA, di nome Byrd».

El Feo aveva fatto il passo più lungo della gamba e aveva i giorni contati, ma era così stupido da non capirlo. Paredes se lo era lavorato in fretta, perché sapeva che gli ultimi tempi prima di un'esecuzione annunciata erano sempre un momento di rivelazioni. Come la morfina per un malato terminale. Ciò che attrae non è la fine con la effe maiuscola, ma la promessa di una fine del dolore. È un istante di appagamento, un momento di negazione ed euforia, che scioglie tutti i dubbi e spinge a parlare, con un compiacimento dovuto a un falso senso di immunità. Paredes voleva estrarre da El Feo tutte le informazioni possibili, prima che inevitabilmente lo portassero nel deserto e il suo corpo finisse in pasto ai corvi tra le dune.

El Feo pensava che Paredes fosse un poliziotto corrotto. Era logico, ce ne sono moltissimi da un lato e dall'altro del confine. E Paredes sapeva che qualcuno lo aveva incastrato. Non Mary Ellen, lei non lo avrebbe mai fatto. Ed El Feo è troppo stupido. Perciò restavano El Santo o Tijuana. Chi lo sa, conclude. Il punto è che lui è innocente e il suo avvocato lo proverà.

Gli passa un lampo nello sguardo. Un avvertimento: ascolta bene, dicono i suoi occhi. Sta per dire la cosa più importante. E dice di avere un grande avvocato, uno uscito da Yale. Il migliore. Mai sentito parlare di quel club *yanqui*, Skull and Bones? L'avvocato ne fa parte. È una cosa puerile, ma funziona. Sei costretto a sottoporti a un'iniziazione segreta e roba simile, ma dopo sei nel sistema per sempre. E hai amici che contano tra avvocati, giudici, persino nella corte suprema. Il suo avvocato è influente, ha contatti dappertutto. Tienilo a mente, dice a Fuentes. Non si sa mai, un giorno potresti averne bisogno. Poi il suo sguardo si fa duro. Il colloquio è finito. «Come l'ha presa Gomez?»

«Male.»

Paredes scrolla le spalle, come un non fumatore a cui hanno offerto una sigaretta prima dell'esecuzione. «Gli passerà. Si scopa ancora la mia ex?» Il sorriso cattivo copre l'informazione nello sguardo. La donna è la chiave. «Digli di mandarmi una foto di Marina. Qui mi sento solo.»

Fuentes gli rivolge un finto sguardo disgustato, a beneficio delle persone dietro lo specchio. Sua madre era professoressa di disegno in un liceo, e uno dei consigli che ripeteva agli studenti era: «Se volete scoprire i difetti di un ritratto, esaminatelo davanti a uno specchio». La scena è familiare: due messicani in una stanza circondata da sbarre, osservati di nascosto da *gringos* che non hanno idea di cosa sia realmente successo. Fuentes sa che il suo lavoro è equilibrato, coerente. Ha una certa integrità strutturale ed è in grado di superare anche un esame approfondito. Si volta per bussare alla porta ma qualcuno la sta già aprendo.

«Cosa voleva da lui, alla fine?»

«Una conferma.»

L'agente della DEA scuote la testa davanti a tanta ingenuità. «Paredes è colpevole, al cento per cento. E parlerà solo in cambio di un accordo.»

«Cosa pensate di fare riguardo a Byrd?»

«L'abbiamo fatto prelevare non appena lui ha fatto il suo nome. In questo momento gli staranno già leggendo i suoi diritti.»

«L'auto con la targa del Texas che seguiva Byrd.» In realtà Fuentes sa che seguiva lui. «Vostri uomini?»

«Sono informazioni riservate.» Traduzione: "Vaffanculo".

Fuentes era arrivato con l'ambulanza, che lo aveva mollato al confine. E gli era sembrato di scorgere Byrd sul sedile posteriore di un'auto con targa del Texas, che attraversava il confine dal lato opposto. Yin e yang. Dare e avere. Gloria per Mary Ellen, Byrd per Paredes, sangue per soldi. Per un attimo si sente sopraffatto dall'emozione. Non è dolore, ma rimpianto. Paredes non è soltanto in gamba. È eccezionale. Ha risolto il caso da solo. Per questo l'hanno incastrato, perché sapevano che sapeva. Mary Ellen è stata solo una candela spenta per evitare un incendio. Un mezzo per un fine. E quel fine è assicurarsi che Paredes non parli.

Lo uccideranno non appena sarà trasferito. E nessuno ne farà un dramma. Un poliziotto corrotto in galera rappresenta un'occasione di vendetta per chissà quanti detenuti. Paredes sa di essere spacciato, perciò ha trasmesso ciò che sa. Non aveva cercato Fuentes, ma lo aveva riconosciuto non appena era entrato: un poliziotto abbastanza intelligente da riuscire a ottenere un colloquio in territorio ostile. Un cercatore di verità. Forse persino onesto.

Fuentes torna a casa attraversando una pozzanghera stagnante che è quasi un fiume, sentendosi osservato da tutti e due i lati del confine. Le ombre che nota con la coda dell'occhio non appartengono a persone che lo seguono, ma al vuoto enorme che lo circonda. Un'assenza di luce. Di ossigeno. Di tempo e spazio. La clessidra si sta riempiendo. Intere dune di sabbia stanno per coprirlo, per soffocarlo, e solo lo stretto collo di vetro è ancora libero. Ancora qualche respiro, poi... la fine di tutto. Fuentes vede chiaramente il futuro: Paredes oggi, lui domani. Ode il sussurro della sabbia che lo circonda, che tenta di zittirlo, che lo spinge con calma e costanza verso il silenzio inevitabile.

63
Pilar

Il cane che Byrd aveva investito la notte prima è rigido e gonfio sotto il sole ustionante. Il passaggio dell'autobus costringe le mosche a sollevarsi dal cadavere un istante per poi tornare a posarvisi.

Pilar, seduta nella metà posteriore dell'autobus, arringa le operaie. È così che lei e Ventura hanno trascorso le ultime tre ore: predicando sugli autobus. Pilar sa di non poter trovare lavoro così in fretta in un'altra *maquiladora,* e anche se fosse possibile non servirebbe. Lo sciopero è domani, quindi è finito il tempo della ragione. Ora è il momento delle emozioni, il momento della propaganda nuda e violenta. Ventura l'ha seguita con pazienza, dando una mano in silenzio. Pilar non lo ammetterebbe mai, ma è contenta di avere accanto un'altra donna, anche se inesperta.

Soprattutto dopo ieri notte.

La maggior parte delle donne sull'autobus ascolta senza espressione, mentre alcune, sedute in fondo, sussurrano commenti sarcastici. Pilar è abituata alle facce annoiate o perplesse, mentre le facce acide le fanno capire che dovrà fare del suo meglio per ottenere la reazione che desidera: la capacità di immaginare un futuro migliore, invece di adattarsi a un presente devastante.

Ventura è seduta di fronte a lei e scatta foto in modo discreto, senza ascoltare realmente il discorso, isolata nel proprio lavoro e concentrata solo su mettere a fuoco, inquadrare e scattare. «...Perciò se restiamo unite, saranno costretti ad ascoltarci.»

Un'operaia, che il cartellino sul petto identifica come Lucía, fa una risatina ironica. «Io lavoro qui da più di vent'anni, e posso dirti che a Ciudad Real nessuno resta unito.»

Ventura sposta l'obiettivo verso di lei. Non ha quasi sentito le parole, ma avverte nell'aria il disaccordo. Lucía invece avverte un'attenzione sgradita. Dà una manata alla macchina fotografica, facendola quasi cadere a terra. «Toglimi quella roba dalla faccia, stronza!»

Ventura lancia un grido di sorpresa più che di protesta. Mette subito il cappuccio protettivo all'obiettivo. «Sto solo cercando di aiutare.»

La parola "aiuto", proprio come "speranza" e libertà", non va mai pronunciata davanti a persone a cui ciò è sempre stato negato. «Guardatele!» Lucía indica Ventura, poi Pilar, con la mano tremante di rabbia. «Chi cazzo sono queste due?» Le altre passeggere restano in silenzio, come una giuria. «Qualcuno le ha mai viste prima?» Le donne scuotono la testa, in attesa dell'inevitabile risposta a quella domanda retorica. Pilar osserva, attenta e allarmata. Ha frequentato troppi raduni per non riconoscere i segni: il risentimento collettivo che si trasforma rapidamente in qualcosa di fisico, qualcosa che ha bisogno di uno sfogo. Solo che di solito lei è l'istigatrice di quella collera, non il bersaglio. «Perché ci scattano foto? Per chi lavorano?»

Pilar alza la mano e riesce a far tacere le donne, come una maga che calma le onde. È una professionista, sa parlare, sa mettere a proprio agio il pubblico, o almeno proiettarne il rancore verso un obiettivo scelto da lei. «Vi prego, *amigas*, non stiamo facendo nulla di male. Stiamo solo...»

«Chi siete?» ruggisce Lucía. «Poliziotte? Spie della compagnia?» Molte donne si sono già alzate e urlano insulti a Pilar e Ventura, o urlano tra loro tentando di capire che diavolo stia succedendo. Il conducente si volta, spazientito, e gli dice di tacere, ma nessuno gli presta attenzione. Le donne sono tutte concentrate sui bersagli. Sul loro odio. «È così che lavorano quei bastardi. Ci scattano foto e poi ci licenziano.»

«*Amigas*, per favore, calmatevi.»

«Così puoi rubarci il lavoro? Stronza bugiarda!»

Un'onda nera esplode dentro l'autobus; mani colpiscono Pilar, dita crudeli rovinate dal lavoro in fabbrica le tirano i capelli. Due donne tentano di strappare la Leica dalle mani di Ventura. Lei si piega in due, proteggendola come una madre protegge il suo bambino, incassando pugni sulla schiena e graffi sulla faccia, le unghie che cercano gli occhi.

L'autobus inchioda. Alcune donne cadono a terra per la frenata improvvisa. L'autista sale in piedi sul sedile. «State a sentire! Non riparto se non smettete subito questa scenata!»

Le teste si voltano; sguardi furiosi e intensi fissano l'uomo in divisa, uno dei tanti che le minacciano ogni giorno. La voce di Lucía è come un manganello in cerca di un punto debole. «Non parlarci così, *cabrón,* o ti tagliamo le palle.» Il silenzio che segue è carico di minaccia e paura. Lucía indica Pilar. «Fa' scendere queste due prima che le uccida.» Mani tirano in piedi Ventura, tentando di nuovo di strapparle la Leica. Lei continua a proteggerla con il proprio corpo mentre, quasi piegata in due, viene trascinata per i capelli verso la portiera. Al passaggio qualcuno le dà un calcio in culo e le piovono addosso insulti e oscenità. Lei sopporta in silenzio, ogni sedile una stazione della Via Crucis.

Pilar cerca di proteggerla dai colpi. Qualcuno le dà una botta in testa con una busta di plastica e una bibita in lattina da dentro la busta la colpisce forte sopra un orecchio. La pelle si stacca, il sangue schizza, i calci l'accompagnano verso l'uscita. L'autista rimane a guardare con un sorriso falso, tentando di nascondere l'ansia per se stesso, in quel caos che fa oscillare pesantemente l'autobus. Apre le porte anteriori e Pilar e Ventura vengono buttate fuori, atterrando a quattro zampe tra le grida di giubilo delle donne. Poi le porte si chiudono di scatto.

L'autista si rivolge alle donne, ma loro neanche se ne accorgono. Sono tutte concentrate a insultare dai finestrini Pilar e Ventura che ancora non si rialzano, come se volessero nascondersi dentro il polverone che hanno sollevato. L'autista si risiede al volante e riparte a razzo, senza nemmeno un'occhiata al retrovisore. Le donne continuano a urlare mentre l'autobus si allontana.

Sul ciglio della strada, Ventura aiuta Pilar ad alzarsi. Sente il pulsare del sangue tra i capelli. Poi si mette a fotografare l'autobus che si allontana. Pilar guarda con rabbia e impotenza la nuvola nera dei gas di scarico. Si volta verso Ventura. «È tutta colpa tua!»

Ventura abbassa lentamente la macchina fotografica, stupefatta. «Pilar... non è colpa di nessuno.»

«Col cazzo! Ti sei messa a fotografarle come animali allo zoo.»

«Non era quello che...»

«Che diavolo stavi pensando?»

«Cercavo solo di dare una mano.»

«Ma non capisci?» La voce diventa un grido d'angoscia. «Nessuno può aiutarci. Nessuno *vuole* aiutarci. Nessun aiuto è possibile, ma tu sei troppo stupida per capirlo.» I singhiozzi la scuotono e riescono a uscire, nonostante i suoi tentativi di reprimerli. Ventura la tocca e Pilar si ritrae di scatto. «Ma che parlo a fare? Devo essere stupida proprio come te.» Si incammina verso la città, lasciandosi dietro una sottile scia di sangue. «Dove vai?» le grida dietro Ventura. Pilar si ferma e si volta. «È finita» dice.

«Forse per quelle donne. Ma ce ne sono migliaia di altre. È quello che hai detto. È quello che continui a ripetere.» Ventura alza una mano verso un autobus in arrivo, che passa senza fermarsi, gettando loro addosso una nuvola di polvere.

«Cosa pensi di fare?»

«Di finire il lavoro che abbiamo iniziato.» Ventura si mette in mezzo alla strada e tenta di fermare un'auto, che invece accelera, con un colpo di clacson che è come una mazzata, e per poco non la investe.

Pilar, una mano premuta sulla tempia, urla per farsi sentire oltre il rumore furioso del traffico: «Non essere stupida!».

«Se lo puoi fare tu, posso farlo anch'io.»

«Tu non sei come me.»

«Lo so. Io non mi arrendo.»

Pilar fa per colpirla, ma si trattiene. «Sei patetica.»

«E tu no?» Ventura solleva la Leica. «Almeno io tento di fare il mio lavoro.»

Pilar apre la bocca per ribattere, poi scuote la testa e si incammina di nuovo. Ventura la segue con lo sguardo, piena di rabbia. Poi le corre dietro, gridando nel traffico.

«Credi di essere migliore di me? Cosa te lo fa pensare?»

«Lasciami in pace.»

«Il mio è il lavoro più importante che esista.»

«Vendere prodotti di bellezza sulle riviste? Far sembrare le donne più belle, così che a degli uomini annoiati viene voglia di scoparsele? Molto importante.»

«Il mio lavoro è dire alla gente cosa succede davvero» ribatte Ventura, mettendosi davanti a lei e tagliandole la strada. «Raccontare la verità.»

Pilar fa un gesto vago verso gli autobus che passano senza fermarsi. «*Quale* verità? Che gli operai sono sfruttati? Credi sia una novità? Perché dovrebbero aver bisogno di qualcuno che gli dica quello che sa qualsiasi operaio? Alla gente importa del cibo in tavola e dell'istruzione dei figli e della salute dei genitori. Cose astratte tipo *la verità* non importano un cazzo a nessuno.»

«A me sì, e non sono l'unica. Come me ce ne sono milioni.»

«Milioni come te che non lavorano nelle *maquiladoras,* che vivono in comunità recintate, che invece degli autobus prendono la macchina e invece di capi hanno bambinaie e cameriere. Ma quelli come noi sono decine di milioni; gente che fa lavori di merda perché non ha scelta, e che paga per le vostre scuole private, le vaccinazioni e i dentisti.»

«Io non sono così.»

«Il fatto è che ti *comporti* come se lo fossi! E attrai l'attenzione. Guarda Mayor, riesce a stento a tenerlo nelle mutande, quando tu sei lì vicino.»

Ventura la prende per un braccio. «Le persone che vuoi aiutare hanno appena tentato di ammazzarci.»

«Perché sono povere e impaurite.»

«Perché sono ignoranti.» Lascia il braccio di Pilar. «Se conoscessero i fatti; se sapessero cosa sta succedendo davvero a questo paese...»

«E una dilettante come te le illuminerà? È ridicolo.»

La voce di Ventura sale oltre il frastuono dei veicoli. «Io racconterò questa storia, che la gente voglia sentirla oppure no.»

Pilar la guarda, vede come trema di rabbia, pronta a combattere, pronta a difendere la sua macchina fotografica. Il suo lavoro. I suoi valori. E vede in Ventura una cosa che finora le era sfuggita, una cosa che la sbalordisce.

Vede se stessa.

Pilar non ha mai vissuto con moderazione, o controllando le emozioni. La sua furia si sgonfia con la stessa rapidità con cui era montata. Ne prova vergogna. «Va bene.» Si avvicina, ma Ventura si volta e parla con voce tremante. «Io lo racconterò. Vedrai!»

Pilar le afferra i polsi e la tira via dalla strada, con gentilezza. «Allora non dirlo. Fallo.»

In quel momento un forte colpo di clacson le fa sobbalzare entrambe. Si voltano. Un pickup bianco si è fermato in una delle corsie che vanno verso la città. Il conducente si sporge dal finestrino con un sorriso sdentato. «Ehi, bellezze, volete un passaggio?»

Pilar lo guarda malissimo, poi scuote la testa.

Un uomo barbuto allunga il collo dal sedile del passeggero. «Perché non salite e ci fate un bel pompino?»

Ventura alza la testa di scatto, scostandosi i capelli dagli occhi. «Se vi serve tanto, fatela semplice: succhiatevelo a vicenda.» Le due donne scoppiano a ridere. Lo sguardo voglioso degli uomini scompare, lasciando il posto a ciò che c'è sotto: violenza. Il conducente fa il gesto della pistola con le dita. «Sei morta.» Il pickup parte con uno stridio di gomme, evitando per un pelo di investire un motociclista, e si immette nel traffico. Poi fa un'inversione a U e si allontana. Pilar e Ventura lo vedono entrare in una stazione di servizio duecento metri più in là.

Aspettano che i due uomini scendano, diretti verso un garage sul retro. Poi cominciano a correre.

64
Ventura

Ventura, da dietro un telefono pubblico, vede la stazione di servizio in lontananza. Pilar riattacca. «Ha detto che arriva tra un quarto d'ora.» Indica una chiesetta dall'altro lato della strada. «È più sicuro se aspettiamo lì.»

L'interno della chiesa è quasi buio. Entrano, portando dentro un po' di luce solare, poi Ventura richiude la porta e si guarda intorno nella penombra. Dietro l'altare lampeggia il braccio verticale di un crocifisso al neon. Quello orizzontale è spento. Una riproduzione in cornice della *Tilma* è esposta in una modesta cappella laterale, dietro una serie di candele votive, consumate quasi del tutto. Ventura le accende una alla volta e le fiammelle si riflettono sul vetro polveroso che protegge il ritratto della Vergine come stelle in un cielo coperto, che lottano per essere viste. Il rumore della macchina fotografica che scatta dentro la chiesa è un sussurro rassicurante, quasi d'approvazione.

Pilar si siede nel punto in cui cade un raggio di sole, sull'inginocchiatoio di un confessionale, e si accende una sigaretta. Ventura pensa subito: *Qui non si può fumare*. Ma "qui" è un posto cupo e solitario, dove alla base dell'altare ci sono foglie morte e buste di plastica portate dentro dal vento sono lasciate a decomporsi lontano dalla vista, come se fosse una casa di riposo al margine di un villaggio. "Qui" può essere solo un nuovo fallimento della fede; un monumento alla superstizione, alla manipolazione e alla paura generata dall'ignoranza. O può essere un rifugio spirituale, e nel caso presente anche fisico, capace di rivelare i suoi misteri ai fedeli che hanno il coraggio, o la semplicità, di cercarli. Ventura non sa spiegarlo, ma sente tutta l'assurda dualità dei luoghi, in quel momento preciso. Ciò che per lei è "qui", per Pilar è "là", e viceversa. «Vai mai in chiesa?» chiede.

«Non ci vado dal funerale di mia madre. E tu?»

«A Pasqua e a Natale scorsi, ma erano anni che non ci andavo. A volte entro nella cattedrale e scatto foto alle persone in preghiera.»

«Preghi anche tu o guardi soltanto?»

Ventura mette il tappo all'obiettivo e si siede in un banco davanti a Pilar. Le sue gambe entrano nella luce del raggio di sole. «A volte prego... più o meno. Tento di ricordarmi che devo ringraziare per ciò che ho, ma poi finisco sempre per chiedere qualcosa. Tu?»

«Ho pregato quando mia madre stava morendo di cancro. Quando è morta ho smesso.»

«Ti manca la preghiera?»

Pilar ride e le offre una sigaretta. La voce interiore di Ventura dice "non farlo", ma l'accetta ugualmente, notando la propria mano graffiata. Deve essere stato quando l'hanno spinta fuori dall'autobus ed è caduta pensando a proteggere la Leica, più che se stessa. Il fiammifero acceso crea un'aureola intorno alla testa di Pilar, che scompare subito. Ventura tiene la sigaretta verso la porta, ma il fumo torna dentro la chiesa, come incenso.

Pilar si toglie un pezzetto di tabacco dalla lingua, indecisa se condividere un ricordo con una persona estranea al suo mondo, ma forse il fatto di essere accanto al confessionale sposta l'ago della bilancia. «Quando ero a Tijuana abbiamo fatto molto volontariato per i malati di aids. Tossici, prostitute e prostituti. Loro pregavano spesso. Poi sono morti quasi tutti.»

«Stai dicendo che non c'è speranza?»

«Sto dicendo che non mi aspetto che Dio faccia il lavoro al mio posto. Distribuire le medicine ai malati e i preservativi alle studentesse e fare informazione sui pericoli di condividere la stessa siringa è più importante che passare ore davanti a una candela del cazzo.»

«Capisco. Ma la mia domanda era un'altra. Credi in Dio?»

Pilar fa una breve risata amara, guardando il fumo della sigaretta che si solleva illuminato dal raggio di sole. «Quante donne hanno chiesto a Dio di salvarle, mentre le rapivano, le violentavano, le torturavano? Tutte. E quante preghiere sono state esaudite? Nessuna. Se questo è Dio, perché credere in lui? E deve essere un "lui", perché una "lei" non se ne starebbe a guardare senza fare nulla.»

«Mia madre è morta quando avevo undici anni. L'unica cosa che mi dava forza era la convinzione che lei mi guardasse dal cielo e stesse seduta accanto al mio letto mentre dormivo.»

«È bello che i bambini abbiano queste cose. Hanno bisogno di essere rassicurati.»

«Certo, ma il fatto è che ho ancora quella sensazione. È rimasta con me anche dopo, quando sono cresciuta e ho scoperto le cose della vita e ho abbandonato le altre idee dell'infanzia. È come un vaccino contro la paura di morire. Se non avessi la sensazione che c'è un aldilà, non so come farei ad andare avanti. È una cosa potente.»

«Non te ne rendi conto, ma stai esagerando la tua dipendenza. Saresti benissimo in grado di andare avanti senza. Tu sei come me, hai la fortuna di amare il tuo lavoro. Non hai bisogno di pregare. Le donne della *maquiladora* pregano la Vergine perché il loro lavoro le uccide. La fede è l'unica cosa che hanno: la promessa di un futuro migliore, dopo la morte.»

«Ma se non credi in Dio...»

«Se non credi in Dio, ci sono solo due modi in cui vivere. Il primo è divertirti più che puoi: scopare, bere, ballare... senza riguardo per le regole e i limiti della società. Ovviamente, se porti quei desideri egoisti fino alla loro conclusione logica, significa che non hai riguardi per nessuno, e cerchi il piacere a spese degli altri, che loro siano d'accordo oppure no. Gli omicidi delle *maquiladoras* sono il risultato finale di questo modo di pensare. "Esigo il piacere e me lo prendo anche se tu non vuoi darmelo" diventa "Fare del male agli altri mentre prendo il mio piacere è l'unico piacere che mi resta".» Pilar aspira una boccata e soffia il fumo verso il portico. «Quasi tutti sono egoisti, ma per nostra fortuna non tutti sono degli psicopatici.»

«E il secondo modo?»

«Il secondo è un'evoluzione del primo, quando ti stanchi di essere al servizio dei tuoi piaceri e cominci a cercare qualcosa di più grande del tuo ego. È quando decidi di provare a rendere il mondo un posto migliore, perché non c'è nessun Dio che lo farà al posto tuo.»

Sentono entrambe il rumore di un'auto che si ferma fuori.

«È in anticipo» dice Ventura.

Pilar è già in piedi. «Sempre se si tratta di lui.» Si guarda intorno e afferra un grosso cero della *Santísima Muerte* appoggiato al muro, imbracciandolo come un'arma. Un santino scivola sul pavimento: *el Corazón*. Pilar fa cenno a Ventura di nascondersi tra le ombre dall'altro lato dell'ingresso.

La porta si apre verso l'interno, lasciando entrare il sole abbagliante. Pilar si ripara gli occhi con una mano e solleva il cero con l'altra, pronta a colpire. La porta si chiude e torna la penombra. «Beneditemi, sorelle, perché ho peccato.»

Pilar abbassa il cero, sollevata. «*Cabrón*. Perché ci hai messo tanto?»

«Ti prego, niente ringraziamenti, se no mi commuovo.» Juan Antonio si volta verso la porta e la tiene aperta per Pilar, lasciando entrare il rumore del traffico. «Dov'è la ragazza?»

«Ventura? Vieni, è tutto a posto.»

Ventura esce dall'ombra e la segue fuori. La porta a molla si richiude lentamente, come una pioggia di primavera finita quasi prima di iniziare. In chiesa torna lo scintillio esitante delle candele e il fruscio di qualcosa dietro l'altare.

65
Padre Márcio

Joaquín Lázaro Morales non scomparve. Una scomparsa implica qualcosa che prima c'è, poi non c'è più. Quella di Joaquín fu più un'evanescenza, futura e passata. Non era "andato via per sempre". Era come se non fosse mai esistito.

Suo figlio, Amado Lázaro Mendez, un giorno tornò, riprese la conversazione dal punto esatto in cui l'aveva lasciata suo padre l'ultima volta, e questo fu tutto. Fu una manifestazione di passaggio di autorità totale e terrificante. Solo allora padre Márcio si rese conto della forza enorme di quel potere. Non era tanto un potere malvagio, o assoluto: era l'unica forza che esisteva davvero e annullava tutto il resto. Era l'intenzione ultima del *brujo*: il dominio sulla realtà.

Durante i primi anni del suo regno, lui e Amado riciclarono miliardi. Dopo il fallimento della Nugan Hand e della BCCI, crearono rotte di riciclaggio alternative, convogliando denaro in una schiera di piccole *casas de cambio*, per poi inviarlo oltreoceano in un circuito confuso di conti correnti in tutta Europa, attraverso istituti rispettabili. Intanto continuavano a servirsi del ramo statunitense dell'ordine ecclesiastico per acquistare immobili di lusso e riciclare così altro denaro. Incassavano prestiti a volontà dalla banca vaticana, giocando sull'ingenuità e sulla buona volontà del papa polacco, sempre più malato. Padre Márcio calcolava che, continuando così, il Vaticano sarebbe andato in bancarotta entro il 2019.

Poi un giorno Amado lo portò in un ranch fuori Ciudad Real, vicino al confine.

Erano soli, e quando Amado lasciò la strada per seguire il letto secco di un torrente, si diffuse un timore generalizzato. La solitudine era immensa, come se il paesaggio avesse inghiottito ogni segno di vita. Non si muoveva nulla. Superarono una formazione di roccia che somigliava a una scalinata verso un pulpito in rovina da cui qualcuno avesse rivolto una predica ai dannati, prima di essere colpito da un fulmine. Un rottweiler ringhiava dentro un recinto, battendo ritmicamente il muso contro la rete.

«Perché mi hai portato qui?»

«Per mostrarti il futuro.»

Quella risposta ambigua era tipica della natura enigmatica di Amado, ma padre Márcio ancora non lo sapeva. Temeva di essere stato condotto lì per essere ammazzato, perciò si sentì molto sollevato, anche se un po' scioccato, vedendo un prigioniero legato a una sedia al centro della cucina, i piedi nudi macchiati di sangue. Rendiamo grazie a Dio... ma era per grazia di Amado che padre Márcio era in piedi e il prigioniero era seduto in mezzo a una pozza di sangue e piscio.

Era ancora vivo, ma padre Márcio ci mise un po' ad accorgersene. Amado spiegò che si trattava di un americano, ex agente della CIA, il quale aveva scoperto i traffici di padre Márcio con diverse banche che si trovavano sotto il diretto controllo dell'agenzia. Aveva stupidamente tentato un ricatto. Per fortuna Amado aveva soffocato l'impulso iniziale di ucciderlo subito, e lo aveva sottoposto a un serio interrogatorio, con risultati interessanti.

L'americano aveva parlato di una riserva di sedici miliardi di dollari accumulata da agenti sotto copertura tramite traffici di droga, sequestri, estorsioni, traffico di esseri umani e vendita illegale di armi, in America latina e in Medio Oriente. Quel denaro era destinato a finanziare i Contras e gli squadroni della morte in America centrale e in Sudamerica, ma era poi stato sottratto da tre partner degli americani, Roberto d'Aubuisson, Pablo Escobar e Manuel

Noriega, e disseminato in almeno centodiciassette diverse località. Amado si era già impossessato dei fondi in due di esse.

Nella stanza scese un silenzio totale. Padre Márcio e Joaquín erano stati soci per anni, ma *dopo* il fatto. Ora Amado era andato oltre, condividendo con lui la conoscenza di operazioni illegali *prima ancora* di agire. Ora non erano più soci, ma complici.

Il che significava che erano uguali.

Dopo un silenzio introspettivo che sembrò durare un'eternità, Amado disse: «I tempi stanno cambiando. Ci sono nuovi rivali sulla scena. Presto ci sarà una guerra, e non possiamo prevederne le conseguenze. Perciò voglio tenere questa manna caduta dal cielo come un fondo separato dalle altre nostre attività. Deve essere una riserva in contanti».

«Possiamo portare i soldi di nascosto negli Stati Uniti, riciclarli come donazioni di beneficenza all'ordine e proteggerli dal fisco.»

Amado sorrise e padre Márcio sospirò di sollievo. Fino a quel momento non era stato del tutto sicuro di uscire vivo da quella fattoria.

«In che modo pensi di portarli fuori dal Messico?»

Padre Márcio non ne aveva idea. Non era un contrabbandiere. Qualunque cosa avesse suggerito, si sarebbe rivelato un dilettante, e magari un elemento poco affidabile. Amado gli aveva teso una trappola, in cui era caduto per vanità. Sentiva la tagliola sotto il piede, pronta a scattare. Poi una voce dall'oltretomba biascicò, nell'aria calda della cucina: «Merda, se devo starmene seduto qui in attesa che vi venga in mente l'unica soluzione logica, almeno datemi da bere». L'americano sputò un grumo di sangue e saliva, sopra il quale galleggiava qualcosa di biancastro che poi affondò: un dente. L'uomo alzò il viso e fissò padre Márcio con l'occhio che non era gonfio e chiuso. «Hollis Earl Jeetton. Ma chiamatemi Tex.»

66
Fuentes

Non si tratta di film *snuff,* o di messe nere, ma di un rituale d'iniziazione. Il ricatto estremo. E in qualche modo Marina, la ex di Paredes che ora sta con Gomez, è la chiave.

Fuentes parcheggia davanti a una serie di costruzioni in cemento con le sbarre alle finestre. Scende. I cani vigilano sulla sera con latrati tristi e futili. Controlla che la strada sia deserta. È la seconda intrusione illegale in tre giorni. Ma non si sente un criminale.

Si sente un bersaglio.

Va alla porta d'ingresso e ascolta. Dalla casa vicina arriva una risata piacevole. È un suono che lo sorprende, come se non avesse il diritto di manifestarsi lì. Alcune persone cominciano a cantare "Tanti auguri a te".

La serratura non è niente di che, e ha anche il cilindro sporgente. Fuentes ne stringe il bordo con una pinza, e al momento dell'applauso alla fine della canzoncina torce e tira. Quindi infila una carta di credito tra porta e stipite e sgancia il chiavistello interno. La porta si apre; entra. Chiude le tende, va in cucina e schiaccia l'interruttore. Si accendono tubi al neon tremolanti, quasi disturbati dalla sua visita inattesa. Fuentes controlla tutti i nascondigli probabili, cominciando dallo stipo sotto il lavandino. Alcuni scarafaggi corrono via spaventati. Pentole, padelle, prodotti di pulizia. Residui di una triste vita domestica, che avrebbero bisogno di una bella lavata o anche direttamente di un tuffo nel bidone della spazzatura.

Entra in bagno, dove l'unica luce è quella di una lampadina nuda. Osserva tutte le superfici e il mastice fresco nel punto di accesso ai tubi dell'acqua, accanto alla vasca da bagno, per poco non gli sfugge. Le altre piastrelle sono sigillate con una malta ormai un po' ammuffita. Va a prendere un coltello in cucina e si mette al lavoro per portare alla luce il segreto.

È sorprendente quanti siano pochi i veri nascondigli, in una casa normale. Dietro un mobile. Dietro il bordo di una mensola. Sotto un cassetto e dentro il bastone delle tende. Magari dietro un battiscopa, o tra i meccanismi misteriosi del condizionatore. O semplicemente sotto un materasso.

Ma questo vale per i piccoli tesori. Per gli articoli illegali e pericolosi, come armi da fuoco, droghe, mazzette di banconote sigillate sottovuoto, la scelta cade spesso sugli impianti idraulici. In prossimità di fognature e tubi di scolo dove gocciolano sensi di colpa, ansia e avidità.

Fuentes scosta le piastrelle e da sotto la vasca lo investe una puzza di muffa e ruggine. Di corrosione e di tomba. Avvolge la mano con un asciugamano sporco, afferra il cavo della luce e tira gentilmente in direzione dell'interruttore sul muro. C'è una lieve resistenza, poi l'intonaco cede e il cavo si stacca dal soffitto, creando una scia di polvere, prosegue lungo il muro e si ferma nel punto accanto alla vasca. Così Fuentes può dare un'occhiata nello spazio che ha appena aperto. Tra le piastrelle e la vasca vede due scatole da scarpe, chiuse con nastro adesivo e sigillate con grossi fogli di plastica spessa.

Le tira fuori, le poggia sopra la lavatrice ed è sul punto di tagliare la plastica che le avvolge quando un rumoroso gemito femminile lo fa sobbalzare. Non ha nemmeno pensato di controllare la stanza da letto. Si volta in direzione del suono, con il coltello alzato. Nulla. Poi un altro gemito, più forte, non dalla camera da letto, come aveva pensato prima, ma da dietro il muro del bagno. Dalla casa vicina.

Resta in ascolto e ode il cigolio di un letto che sbatte ritmicamente contro la parete. Un messaggio in codice Morse: "Stiamo scopando". Festa di compleanno da un lato, sesso dall'altro. E lui in mezzo, in quel bagno umido. Apre con il coltello una delle scatole e scosta la plastica, rivelando un fascio di foto.

Le illumina con la lampadina...

Impreca e sbatte il coperchio sulla scatola, come se fosse piena di scorpioni. Il cavo con la lampadina gli cade di mano e sente il rumore del vetro rotto contro la lavatrice. Resta al buio, tentando di controllare il respiro. In lontananza, il rumore di armi automatiche disturba la notte. Sembra venire dalla direzione di Chatarrita. È dove si vende l'eroina. È dove ci sono le case in cui si fuma crack e si prendono amfetamine, case piene di labbra gonfie e sguardi vuoti, di pidocchi e merda umana negli angoli. Più aids, epatite B e C, overdose. Coltellate di giorno e sparatorie di notte. Chatarrita è un *barrio* dove le speranze e i tossici ricevono lo stesso trattamento: pestati a sangue e ridotti in poltiglia.

I discorsi sulla guerra alla droga hanno sempre il punto di vista degli americani. Ma il problema è molto più messicano di quanto le autorità siano disposte ad ammettere. Ai vecchi tempi, l'eroina *black tar* prodotta in loco era destinata solo all'esportazione. Ora in Messico ci sono cinque volte più tossicodipendenti da eroina di quanti ce ne fossero solo dieci anni fa. Stessa cosa per il crack e per i cristalli di metamfetamina. Vite rovinate, famiglie distrutte, quartieri ghetto, politici criminalizzati e poliziotti neutralizzati. Le città stanno adottando la logica inesorabile della dipendenza. La democrazia sta diventando narcocrazia. Case incendiate, villaggi ridotti in cenere. Ciò che accade a Chatarrita sta già succedendo nel resto di Ciudad Real. E se nessuno interviene presto si estenderà a tutta la nazione. Cortés ha distrutto un'intera civiltà per amore dell'oro. E adesso sta accadendo di nuovo. Solo che nessuno osa ammetterlo. È una forma di narcolessia collettiva, una negazione condivisa davanti a una realtà brutale: il controllo della nazione è stato ceduto ai narcos, e finché le autorità possono mettersi in tasca un po' dei profitti, fanno finta di niente.

Fuentes resta in piedi al buio, ad ascoltare il ritmo del letto, finché dopo l'orgasmo torna il silenzio. Prende le due scatole da scarpe ed esce dalla casa di Marina, sbattendo la porta senza preoccuparsi del rumore.

67
El Santo

L'Heartbreak Hotel era sorto nei primi anni Settanta. Era un'ode all'ottimismo e una strizzata d'occhio a Las Vegas. Era l'International senza Elvis, il Sands senza i tavoli da gioco. Era il posto dove pezzi grossi del governo e uomini d'affari ciccioni portavano le amanti per pomeriggi bollenti, che a volte passavano il segno. Era così che l'Heartbreak si era guadagnato il soprannome di "Hotel Infarto".

Ma dopo la crisi del peso del dicembre 1994, era diventato più difficile inserire una scopata con l'amante tra le "spese aziendali", e comunque nessuno voleva più spendere denaro per qualcosa che poteva avere anche in ufficio dopo l'orario di lavoro o sul sedile posteriore di un'auto. Le stanze restavano spesso vuote. A causa della manutenzione carente, la vernice aveva cominciato a scrostarsi e il cemento a creparsi. Le cinque stelle erano diventate due. Ora, l'Hotel Infarto è la scelta ideale per chi vuole spendere poco per organizzare il pranzo di nozze. Nell'enorme sala da ballo si alternano pomeriggi di bingo e riunioni del club del bridge. Le piante negli atri sopravvivono a stento, grazie ai cubetti di ghiaccio di chi vuota i bicchieri di cocktail nei vasi, tra cicche di sigarette e gusci di pistacchi. L'hotel ha l'aspetto disorientato di una nonnina che è uscita in strada truccandosi un occhio e dimenticando l'altro. Fa tenerezza, ma preferisci non pensarci. Magari una volta pensavi che il Messico potesse essere diverso, ma questo è ciò che è diventato.

Triste.

Quindi ha senso che la famiglia scalcinata di El Feo abbia scelto l'Heartbreak, approfittando anche dello sconto da giorno feriale. El Feo e suo fratello Curro sono famosi per la tirchieria verso i parenti e la generosità verso se stessi. Puttane, droga, vestiti appariscenti, gioielli. Auto. Donazioni alla Chiesa. Per queste cose El Feo e Curro non badano a spese. Ma i loro figli frequentano le scuole locali e le mogli lavorano al supermercato, e il massimo di una serata fuori è una cena al TGI Fridays.

Curro telefona direttamente a El Santo, violando il protocollo.

«Sai che non devi chiamarmi.»

Curro canticchia come un prete a un battesimo, in attesa della busta con la donazione. «È solo che Teo non risponde al cellulare.» Il passaggio da Teodoro a Teo e a Feo è stato praticamente naturale. «Aveva promesso che avremmo diviso le spese a metà, ora invece mi sa che mi tocca pagare il conto da solo.»

Tutte le famiglie infelici sono uguali: è sempre un problema di soldi. «Non dovrei dirtelo, ma El Feo è a Tijuana» spiega El Santo. «Sta rischiando il collo perché quel segaiolo di suo fratello possa permettersi di soffiare sulle candeline.»

Segue una lunga pausa. Curro ha notato il tono di rimprovero. Sa che El Santo lo considera un taccagno di merda, ma non riesce a tacere, perché lo è davvero. «Capisco... Il fatto è che sono un sacco di soldi...»

«Facciamo una cosa. Divido io a metà con te. Va bene?»

Silenzio cupo. Non è la prima volta che succede: il capo fa una promessa, ma poi non la mantiene.

Domanda: gli chiedi di mantenerla?

Risposta: ma sei scemo?

Perciò quando Curro vede entrare El Santo all'Heartbreak per il party si comporta in modo servile ma imbronciato, come il proprietario di un palazzo fatiscente costretto a pagare l'acqua usata per spegnere un incendio. Se c'è una cosa che i narcos non sopportano, è dover pagare per cose che non rigurdano il loro cazzo o il loro naso. «Mi ha appena chiamato tuo fratello. Ha detto che arriva prima delle dieci.» Curro finalmente sorride, non di gioia ma di sollievo. «Ora dov'è la Noche Buena?»

Curro aggrotta la fronte, spaventato. «Ecco, visto che è maggio e quella è una birra natalizia...» La voce gli muore in gola e non finisce la frase.

El Santo lo afferra per il bavero e lo fissa negli occhi da molto vicino. «Ora ti dico una cosa, e non voglio che la dimentichi. Natale arriva una volta all'anno, perciò una volta all'anno tu fai rifornimento di Noche Buena. È facile. Quando la gente comincia a preparare il presepe e le *piñatas*, a uscire per le *posadas* e le stelle di Natale del cazzo fioriscono da tutte le parti, è il momento di comprare la Noche Buena. È abbastanza semplice, per un ritardato come te?» Curro non smette di annuire, come uno di quei cagnolini finti che si vedono dietro il lunotto delle auto.

El Santo non sa perché si è preso il disturbo, visto che Curro morirà stanotte, quindi non vedrà il prossimo Natale. Ma l'irritazione di quel breve colloquio lo fa sentire meglio. Quando stai per ammazzare qualcuno, è importante credere che se lo meriti.

Guarda l'orologio. Poco più di cinque minuti. Attraversa la pista da ballo affollata, evitando i convenevoli e gli uomini che tentano di spingere mogli e madri tra le sue braccia, per costringerle a ballare con il capo.

Grazie, no.

A un tratto si leva un boato di grida ed El Santo pensa che sia arrivato il momento, ma no, si tratta solo di un cantante di bassa lega che ha intonato un *narcocorrido*, una canzone che celebra le gesta di El Feo e Curro, porca puttana, *los hermanos chingones*, i fratelli tosti. Quei due ciccioni? Sì, come no. A El Santo sembra di avere la febbre, dal caldo che fa lì dentro. L'hotel ha venduto l'impianto di aria condizionata qualche anno fa. El Santo si aspettava una ventina di ospiti o giù di lì, ma ce ne sono più di cento. Non credeva che El Feo e Curro conoscessero tante persone, ma è anche vero che è difficile dire di no a cibo e bevande gratis, musica e danze. Per non parlare della coca e delle spogliarelliste, una volta mandati a casa mogli e bambini.

Supera il palco del gruppo musicale e abbandona la pista. La musica aumenta di volume e poi si abbassa, e il mondo sembra più buio dopo essere passato sotto il fascio dei riflettori. Va a sedersi nell'ombra, lontano dalle finestre. Ha la camicia zuppa di sudore, i punti gli causano prurito e bruciore allo stesso tempo. La zona intorno alla ferita è così sensibile che può solo sfiorarla con le dita. La pelle è gonfia, di un rosso acceso. Non gli piace. La vita è già una merda di suo, ma una vita con un dolore così? Tanto vale spararsi un colpo in testa. Lo solleva solo il pensiero che presto starà meglio. E non pensa soltanto al giorno in cui si toglierà i punti, ma alla vendetta, che riesce sempre ad addolcirgli la vita.

Un vecchio del cazzo dal viso vagamente familiare si dirige verso di lui, con i pantaloni che gli ballonzolano intorno ai fianchi. Sembra il comico Cantinflas in una giornata no. El Santo si libera di lui con una banconota. «Comprati una cintura.» Il vecchio caprone gli fa il gesto della *mentada* mentre torna verso il bar. *Vaffanculo anche tu, nonno.* È possibile che El Santo gli abbia appena salvato ciò che resta della sua miserabile vita.

Guarda l'orologio. Due minuti. Si infila i tappi nelle orecchie e un paio di occhiali in policarbonato. Il locale diventa buio. Poi estrae una Glock 17 con il calcio rivestito di nastro adesivo e fa scorrere il carrello con una mano sola, come gli ha insegnato Oviedo: tira indietro il gomito di scatto, con il braccio parallelo al suolo, poi lo spinge in avanti con tutta la forza. Merda! Sente uno strappo nella zona dei punti. Controlla le bende sotto la camicia. Niente sangue, o almeno non ancora. Alza lo sguardo e per poco non gli volano via gli occhiali dalla sorpresa. Il clown è già arrivato. O il suo Omega è indietro, oppure è il clown a essere in anticipo. La smorfia folle della bocca rossa sembra dire a tutti: "Tempo scaduto".

Il clown si avvicina al cantante e gli fa cenno di passargli il microfono. Il cantante ama troppo il suono della propria voce e non ubbidisce. Il clown gli dà un ceffone e gli strappa il microfono. La musica si fa incerta, alcuni musicisti abbassano gli strumenti, chiedendosi se il numero faccia parte dello spettacolo o se debbano prendere a calci in culo il clown. Tra gli ospiti nessuno sembra farci caso, e tutti continuano a ballare. Dagli altoparlanti esce uno stridio, poi la voce del clown urla: «*Ahora! Venga, venga, venga!*».

E si scatena l'inferno.

Per prima cosa, El Santo nota che gli uomini indossano tutti maschere di Hulk. Sembrano marziani del cazzo. E hanno i giubbotti antiproiettile, il che è sleale perché lui è protetto solo dal bendaggio della ferita. Capisce subito qual è Oviedo, perché è vestito da Terminator, in giubbotto di pelle nera e anfibi da motociclista. Gli mancano solo i raggi rossi dagli occhi.

Pensava di essersi scelto un posto fuori dalla linea di fuoco, ma si sbagliava. Quel posto non esiste. Anche con i tappi, il rumore è insopportabile; un continuo urlo di morte. Vetri e schegge varie volano dappertutto; i lampi infuocati dalla canna delle armi sembrano una tempesta di meteoriti. Gli occhiali di El Santo invece di filtrare le luci improvvise sembrano ingrandirle, con un effetto disorientante. È come guidare di notte sotto la pioggia, in una strada piena di traffico, con i tergicristalli rotti. Poi si rende conto che è il suo respiro ansimante ad appannare le lenti. Sta iperventilando, cazzo. Il ritmo delle raffiche aumenta ancora di più, salendo fino a diventare un estatico lamento funebre, implacabile e continuo. L'aria è densa di calore e schizzi di sangue.

Deve essere così in guerra, quando corri al galoppo verso l'esercito dell'imperatore Massimiliano o quello di Porfirio Díaz; il cuore martella al ritmo degli zoccoli del tuo cavallo e i proiettili ti piovono addosso da un cielo plumbeo e bollente.

Distruzione. Detonazioni. Specchi spaccati. Il pavimento vibra, il soffitto piange sbuffi di intonaco al posto delle lacrime.

Tavoli rovesciati.

Muri crollati.

Bottiglie che ondeggiano e poi esplodono di sollievo. Scie

di proiettili traccianti bruciano tutto l'ossigeno della sala, lasciandosi dietro un panico soffocante, implacabile. Urla, grida, pianti di bambini rimasti orfani. Tonfi sordi di proiettili piantati nel legno. Un inferno totale. Non solo scioccante, ma scandaloso. Esagerato. *Total y chingadamente loco y tonto*. Un pensiero improbabile attraversa la mente di El Santo, che non è un uomo portato alla riflessione. *Ho passato il segno?*

La risposta è scritta dalle raffiche martellanti. *Sì, cazzo. Sì.*

Un suono tintinnante scende nella sala, così forte che El Santo vorrebbe fuggire per non sentirlo. È come se non l'avesse mai udito prima: il silenzio.

Si toglie gli occhiali e tutto riprende contorni più definiti. Si guarda intorno. Camerieri morti sul pavimento, le camicie bianche spruzzate di rosso. Barman accasciati sui banconi, musicisti sui loro strumenti. Mogli e madri e bambini sopra sedie e tavoli rovesciati. La pista da ballo trasformata in uno specchio rosso e lucente. È indicibile. Impossibile. Non doveva essere una roba *così*.

Una totale carneficina.

Un bagno di sangue.

La cosa peggiore è che non è ancora finita.

Ma che cazzo pensavo?

Sente salirgli dentro un'ondata di panico, che si fonde subito con la rabbia. Tutta colpa di quello stronzo di El Feo. Il clown attraversa quel caos con un grosso martello in mano, come un macellaio in un macello, e spacca il cranio ai feriti. El Santo alza la pistola e spara. Il clown salta in aria per la forza dell'impatto e cade all'indietro, rovesciando l'ultimo tamburo rimasto dritto sul palco. Una classica caduta comica; showman fino alla fine.

Oviedo si avvicina a El Santo e gli dice qualcosa. El Santo si toglie i tappi dalle orecchie. «Cosa?»

«Meglio se ti portiamo via di qui in fretta, capo.» Lo prende sottobraccio e lo guida tra le macerie e i cadaveri. Alcuni *sicarios* stanno già vuotando taniche di benzina. El Santo si volta a dare un ultimo sguardo, poi grazie a Dio si ritrova fuori, ed è come cadere in una piscina. Un tuffo nella realtà. È sveglio. Di nuovo padrone della sua mente.

Sale in macchina, sul sedile del passeggero, e tende l'orecchio. Niente sirene.

«Un successo al novanta per cento» dice Oviedo.

«Perché novanta?»

«Tu eri lì, capo. La gente ti ha visto. Qualcuno ha tentato di ucciderti. Questo è il tuo alibi. Tutti daranno la colpa a quelli di Tijuana. Los Toltecas. Tutti gli uomini di El Feo sono morti. Inoltre tu hai ucciso il clown della morte. Sei un eroe.»

«Quindi perché novanta?»

Come in risposta a quella domanda, arriva un boato basso e una sfera di fuoco esce dalle finestre rotte, inondando di calore i loro visi. Oviedo schiaccia l'acceleratore. «Abbiamo esagerato. Le vittime sono troppe, persino per noi.»

El Santo si volta a guardare. L'incendio infuria nell'atrio, alle spalle dell'ultimo dei suoi uomini, che esce di corsa ridendo istericamente, mentre alle sue spalle tutto esplode. Ai piani di sopra, la gente si sporge dalle finestre gridando aiuto. El Santo bestemmia, poi torna a guardare Oviedo.

«Cosa facciamo ora?»

«Secondo me, capo, dobbiamo alzare il tiro. Faremo sembrare quella di stasera una gita parrocchiale. Tutti dimenticheranno ciò che è successo qui e non verranno nemmeno a cercarci.»

Un tornado di fumo dal tetto dell'hotel. In lontananza si sentono le prime sirene. «E come cazzo possiamo fare?»

«Semplice. Stasera ci sono stati almeno cinquanta morti. Domani ne facciamo centinaia. O magari migliaia.»

La forza di Oviedo sta nel modo in cui parla. Il suo tono piatto lo fa sembrare ragionevole. Competente. Rassicurante. Ma più El Santo riflette, più si convince che quasi tutto ciò che dice Oviedo è follia pura. Forse è arrivato il momento di seppellirlo prima che Oviedo faccia seppellire tutti loro. «Non ha senso.»

«Ce l'ha, se diamo la colpa della strage di oggi a Los Toltecas e di quella di domani a Los Zetas. La facciamo sembrare una guerra senza esclusione di colpi tra Tijuana e Juárez, con la povera Ciudad Real in mezzo come campo di battaglia tra le due fazioni. Come in Belgio, capisci?»

Belgio?

«Così il governo è costretto a dare la caccia a Zetas e Toltecas e lascia in pace noi.»

El Santo comincia a capire. «E Tijuana dà la colpa a Juárez...»

«E Juárez dà la colpa a Tijuana. E si uccideranno a vicenda. Magari moriranno anche i capi, El Chapo ed El Lazca. E alla fine noi raccoglieremo i cocci.»

È un'idea folle, ma in un certo senso brillante. «Cos'hai in mente?»

«Domani ci sarà un grande sciopero, con un corteo, un funerale e tutto il solito circo. È previsto l'arrivo di agitatori professionisti a carrettate. Sarà facilissimo infiltrarci.»

El Santo si gira sul sedile, e il movimento gli causa un dolore pulsante alla ferita. Alle sue spalle, il fumo tinge di nero ogni cosa. Sulla corsia opposta passa un veicolo a sirene spiegate, la prima autopompa dei vigili del fuoco. El Santo si chiede se le loro scale siano abbastanza alte da raggiungere le finestre all'ultimo piano dell'hotel. «Non lo so...»

«Lascia fare a me, capo. Penso io a tutto.» Un telefono squilla. Oviedo risponde secco, in stile militare, e riappende subito, mentre passano le ambulanze. «Hanno appeso El Feo al cavalcavia» riferisce. «La scritta sulla *narcomanta* dice che sono stati Los Toltecas.» Si volta a fissare El Santo con uno sguardo intenso, indagatore, profondamente familiare, come quando fai un sogno sui tempi preistorici e riconosci i tuoi antenati. A volte Oviedo sembra troppo bello per essere vero, altre volte ti fa venire i brividi. Questa volta appartiene alla seconda categoria. Oviedo torna a fissare la strada. «Inoltre, distoglierà l'attenzione.»

«Dall'Heartbreak?»

Oviedo si volta di nuovo a guardarlo e stavolta El Santo prova davvero un brivido lungo la spina dorsale. «Dall'omicidio del dottore. La notizia è dappertutto su internet...» S'interrompe. «Stai sanguinando, capo.»

El Santo si tocca il fianco, che gli fa un male cane. Si guarda le dita coperte di sangue.

IV
LOS CAMINOS DE LA VIDA

GIORNO 4

Il funerale di Isabel Torres

68
Fuentes

Fuentes lavora seduto al tavolo della cucina. Le scatole da scarpe sono sulla sedia accanto, la plastica che le avvolgeva è sul pavimento. Non avrebbe voluto portare quelle foto a casa. Non solo perché è una mossa molto imprudente, ma anche perché quelle immagini sembrano infettare l'atmosfera. Spore di malvagità e crudeltà si annidano tra le tende, nel sudiciume dei tubi di scolo, si depositano sui vestiti. La sua vita è già infetta da orrori inimmaginabili, non gliene servono altri.

E soprattutto non gli serve *quello.*

Ma è l'unico modo per scrivere la parola fine.

Il telefono squilla. Di nuovo. Solleva la cornetta e la lascia staccata. Se entrasse qualcuno adesso non ci sarebbe nemmeno bisogno di incastrarlo. Si è già incriminato da solo. Come potrebbe spiegare il possesso di simili immagini? Non sa nemmeno come abbia fatto Paredes a procurarsele. Ma sa perché le aveva nascoste in casa. Non sarebbero mai state al sicuro in una stazione di polizia. Qualcuno le avrebbe trovate, ovunque le avesse messe. Sarebbero state confiscate e conservate in qualche luogo dove sarebbe accaduto un incidente. Un incendio dovuto a un corto circuito, una misteriosa perdita d'acqua. Le soluzioni semplici sono sempre il sistema migliore per liberarsi di prove letali.

Fuentes copre il resto del tavolo. Lo strapparsi della pellicola di plastica sui denti seghettati è l'unico suono che disturba il silenzio, a parte il gocciolio ritmico di un rubinetto che perde. Fissa la plastica ai lati del tavolo con del nastro adesivo, poi infila un paio di guanti di lattice e toglie con cura le foto dalla scatola, attento a toccarle solo lungo i bordi. Alcune sono in bianco e nero, la maggior parte a colori. Quasi tutte polaroid.

Non ha ancora trovato il coraggio di dividerle in categorie, e meno che mai quello di esaminarle.

Per ora si sta limitando a contarle.

Isabel Torres è la vittima numero 873. Mary Ellen González la numero 874, e ufficialmente non è ancora stata identificata. Gloria Delgado è la numero 875, e finora l'unica sopravvissuta. Quei numeri attaccati ai loro fascicoli non sono astratte teorie matematiche, ma nemmeno solide realtà fisiche. Sono una cosa del tutto diversa: una sfida numerica, perché come fai a contare qualcosa che non c'è, qualcosa che è andato perduto? La somma non è un totale, ma un'assenza. Quelle donne sono stelle spente in modo inesplicabile, in un cielo velato di nuvole. L'immensità della perdita sarebbe diventata evidente solo quando il cielo fosse tornato sereno. E quando sarebbe successo?

Finisce di contare. Novecentottantanove. Più vittime di quelle note alla polizia, oppure di alcune donne ci sono più foto. Fuentes non riesce ancora a guardarle, ma sa che sarà un lavoro colossale. Bisognerà fare un confronto incrociato tra ogni singola foto e ogni singola vittima conosciuta. In questo modo forse sarà possibile stabilire un ordine cronologico. E dovranno prestare particolare attenzione alle vittime ignote. Un gioiello, un vestito potranno essere la chiave per dare loro un nome. Dopodiché dovranno catalogare le foto a seconda dei dettagli che appaiono sullo sfondo, stabilendo se le scene del crimine sono una o varie, e quante sono. Sarà possibile stabilire esattamente *dove* sono? Magari tramite un oggetto o un mobile che indica una professione specifica, o un particolare riconoscibile nel paesaggio fuori da una finestra.

Per non parlare del valore di quelle foto come prove. Impronte digitali. Dna. Tracce di fibre o di capelli. Sangue. Saliva. Sperma. Mesi e mesi di lavoro, e l'unica persona con cui Fuentes può condividere quel lavoro è Gomez. Ma nessuno sembra fidarsi di Gomez.

Lui può fidarsi?

C'è un'alternativa. Portare le foto oltre confine. Affidarsi alla superiorità scientifica degli americani. Alla loro polizia. All'FBI.

In pratica, vendere il suo paese.

Forse così otterrebbe risultati in modo rapido. Oppure darebbe ai *gringos* un potere di estorsione nei confronti di una nazione confinante. Può fidarsi che gli americani non faranno una cosa del genere ai danni di un alleato nella cosiddetta guerra alla droga? Dopo decenni di dare e avere in modo ambiguo, a livello ufficiale e ufficioso, perché non dovrebbero considerare quelle foto come moneta di scambio, da aggiungere alla continua minaccia di ritirare i finanziamenti o di imporre sanzioni? Un jolly da giocarsi quando ci sarà bisogno di un'estradizione o di rimettere in moto negoziati bloccati.

Fuentes non intende tradire né se stesso, né il proprio paese. *È un problema nostro,* pensa. *Dobbiamo risolverlo noi. Non l'abbiamo chiesto, proprio come non avevamo chiesto di avere un paese confinante ricco e con un livello assurdo di tossicodipendenza, nonché dei servizi segreti che sfruttano la situazione per finanziare missioni clandestine. Quali che siano le cause e i motivi, è un problema nostro.*

Solo il Messico può risolverlo.

Calma il respiro e si mette a guardare le foto. Scatti di donne nude o seminude, legate. Spesso svenute. Sempre nel corso di un atto sessuale forzato. Anche legate, imbavagliate e bendate; è evidente sulle loro facce un silenzioso grido di orrore e disgusto, paura e rabbia.

Terrore e incredulità.

In ogni foto c'è anche l'immagine chiara di un uomo che esegue l'atto, a viso scoperto. Trofei e materiale di ricatto allo stesso tempo. Fuentes non ne è sicuro, ma non gli sembra che ci siano più foto di una stessa vittima o di uno stesso assassino. Significa che ogni donna è stata violentata da un uomo diverso. Quando Fuentes era arrivato a Ciudad Real, era rimasto colpito dall'anarchia con cui erano organizzati i campioni di dna prelevati dalle vittime. Nemmeno una sola corrispondenza. Ne aveva dato la colpa a incompetenza, errori tecnici, contaminazione casuale o deliberata delle prove. Si sbagliava. Ma centinaia di violentatori diversi potevano aver ucciso le loro vittime nello stesso modo? Impossibile. Paredes aveva suggerito che si trattasse di un rito di iniziazione. Il che indicava l'ingresso in una società segreta di qualche tipo. Una gang, come Los Toltecas. Un cartello. O anche una setta dedita alla magia nera. E ciò, a sua volta, indicava la presenza di un singolo capo, una specie di grande sacerdote. Il detentore di una tradizione che onora una cultura storicamente dedita ai sacrifici umani: Huitzilopochtli; Xipe Tótec. Paredes ne aveva anche accennato a Gomez, una volta: un unico serial killer per tutti i delitti.

Forse l'ha detto perché lo sa.

I pensieri di Fuentes si bloccano quando vede una foto molto simile a quella dell'omicidio di Isabel Torres. La vittima è legata a un letto, con indosso solo un reggiseno. Il viso bendato è contorto in un grido. Nell'angolo in fondo appare una caviglia e il cinturino della scarpa. Accanto al letto, un uomo ha in mano l'altra scarpa. L'espressione del suo viso dà i brividi a Fuentes. Se trovasse quell'uomo, sa benissimo cosa farebbe. Lo interrogherebbe fino a farsi rivelare tutti i dettagli, poi lo sbatterebbe contro un muro e gli farebbe saltare la testa.

Fa un respiro profondo, sforzandosi di riprendere il controllo, poi si rimette al lavoro sulle foto. Ogni volta che ne prende una tra le mani coperte dai guanti fa una smorfia involontaria, poi torna impassibile. Si tratta di lavoro. Deve mantenere un atteggiamento professionale, altrimenti crollerà. E se dovesse succedere, sa che sarà un crollo irrecuperabile. Quelle immagini non lo portano a mettere in dubbio la sua fede nell'umanità, lo portano oltre, in un luogo senza luce e senza speranza, un tunnel claustrofobico invaso da una nube tossica di disperazione. Deve stare molto attento. È come un palombaro che sul fondo dell'oceano si accorge che sta finendo l'ossigeno. Se si lascia prendere dal panico, è un uomo morto. Se resta calmo, ha una possibilità di sopravvivere.

Prende in mano la foto seguente e la osserva. Poi, lentamente, si fa il segno della croce. Non lo faceva da anni, e compie il gesto quasi senza accorgersene.

Salta in piedi e picchia il pugno due volte contro la libreria, facendo cadere libri e foto in cornice. Non fa caso al rumore dei vetri rotti.

Ora capisce, cazzo. Alla fine, cazzo, ha capito.

69
Pilar

Juan Antonio aveva promesso autobus da Ciudad Juárez, Santa Teresa, Matamoros e Tijuana. Da Monterrey, Guadalajara, persino dalla lontana Iguala. Ma questo prima del massacro all'Heartbreak Hotel.

La prima telefonata era arrivata poco dopo mezzanotte. Gli autobus già partiti stavano tornando indietro; gli altri non partivano. La situazione era troppo esplosiva. Troppo pericolosa. La nazione era scioccata. La città era in lutto. E tra i morti dell'Heartbreak c'erano anche dei membri della CTON.

Non era un suggerimento.

Era un ordine.

Non era il momento giusto per uno sciopero che avrebbe costretto le autorità a distogliere risorse da una cosa mai successa prima: una guerra tra narcos in campo aperto.

Pilar non ne aveva saputo nulla fino al mattino. Appena tornata a casa di Mayor si era messa a letto e si era addormentata subito. O meglio, era praticamente svenuta, scollegandosi del tutto dalla realtà. Il suo corpo la stava punendo per l'arroganza di aver passato tre notti senza dormire.

Era precipitata oltre il regno dei sogni, in uno stato potente e pericoloso popolato di misteri totemici. Archetipi. Memorie ancestrali. Camminava in una foresta pluviale, la volta degli alberi così alta che si scorgeva a fatica il cielo tra le foglie. Gli animali balzavano da un albero all'altro, cinquanta metri sopra la sua testa, comunicando tra loro con strilli e brevi latrati. Si trattava di avvertimenti, non di minacce. Erano esclamazioni di paura. Pilar sentiva odore di fumo nella foresta, un incendio che si annunciava come fanno sempre le catastrofi: con una serie di accordi in crescendo.

Ignizione. Combustione. Detonazione. Eruzione. Conflagrazione.

Salta a sedere sul letto. Vede Esteban seduto accanto a lei, il corpo in fiamme.

Pilar si sveglia, ansimante, inzuppata di sudore.

Si alza e va a fare una doccia, le mani poggiate sulle piastrelle, godendosi il flusso regolare dello spruzzo caldo che le martella la schiena.

Si insapona con il sapone alla lavanda, si tocca e indugia con le dita fino a sentire un calore piacevole che non sente da giorni, poi apre al massimo il rubinetto dell'acqua fredda. I pori si chiudono all'improvviso, proteggendola dalla nebbia che si stava insinuando tra i suoi pensieri, dalle sue ansie negate.

Dalle sue paure per lo sciopero di oggi.

Si veste, sorpresa di scoprire che sono quasi le sei. Rifà il letto e scende al pianterreno, a tastoni nel buio, in direzione dell'unica stanza illuminata della casa, da cui proviene un suono di voci: la cucina. Esita sulla soglia prima di entrare, e si sente sollevata scoprendo che Maya non c'è. Si vergogna di come ha reagito il giorno prima, ma lei è fatta così: vuole vivere senza censure. E questo spesso significa essere di una sincerità brutale. Non si era mai aspettata che fosse facile, ma si sta rivelando più difficile di quanto pensava.

Perciò non nasconde la sua irritazione quando la prima cosa che vede è Ventura che versa il caffè a Juan Antonio. «Gli uomini non sono abbastanza grandi per farsi il caffè da soli?» Ventura sorride, imbarazzata, e sta per replicare, ma Pilar continua. «O hai paura di essere ignorata da loro se non lo fai?»

Ventura posa la caffettiera girando il manico dalla sua parte. «Stavo solo cercando di rendermi utile. Serviti pure, le tazze sono in quel pensile.» Va da Mayor, il quale le passa un cellulare, spiegandole le varie funzioni.

Pilar sa di aver detto una cattiveria, e in un'altra occasione si sarebbe scusata, ma quella mattina è diversa da tutte le altre. Per questo riconosce subito il silenzio che è calato intorno a lei e ne è tanto allarmata: brutte notizie. «Cosa è successo?»

«C'è stata una sparatoria ieri notte. Decine di morti.»

Lei beve un sorso di caffè, osservando Mayor da dietro il vapore che sale dalla tazza. «Mi dispiace. Qualcuno che conosce?» Mayor scuote la testa.

«Ma ci sono delle conseguenze... gravi» dice Juan Antonio.

Pilar mette giù la tazza troppo in fretta, con un tintinnio di porcellana. «Non pensarci nemmeno.»

«Gli ordini vengono dal quartier generale. Non è il momento giusto per agire.»

«Non è *mai* il momento giusto. Per questo dobbiamo agire *sempre*. Me l'hai insegnato tu.»

«La CTON non ci sosterrà, dopo ciò che è successo stanotte. È un momento troppo delicato.» Pilar lancia un'imprecazione. «Vogliono far vedere che hanno in considerazione le vittime. Tra i morti ci sono anche alcuni dei loro.»

«E inoltre sanno che a luglio probabilmente dovranno vedersela con Vicente Fox» interviene Mayor.

Pilar si volta di scatto verso di lui. «Stronzate! Perché gli elettori dovrebbero scaricare il PRI solo per portare al potere il PAN? Fox non vincerà. Vincerà l'Alianza.»

«Voteranno contro il PRI per punirlo» dice Mayor. «Chi lo sostituirà a loro non importa.»

È una scena che Pilar ha già visto. Mayor li sta distraendo con teorie politiche sofisticate, con le possibilità del futuro. Lei deve riportare tutti al presente, a focalizzarsi sull'azione. «Abbiamo organizzato noi questo sciopero. Abbiamo fatto sacrifici. Non possiamo semplicemente cancellarlo.»

«Se siamo fortunati, ci saranno cinque o sei autobus. Se siamo fortunati, riusciremo a fermare il lavoro in una *maquiladora*, massimo due. E tutti la vedranno come una sconfitta.»

«Hanno ragione» dice Ventura.

Ignizione. Combustione. Detonazione... Eruzione. «Chi se ne frega della tua opinione?» scatta Pilar. «Credi che un giorno di lavoro faccia di te un'attivista?»

«Non un giorno, una vita. La mia vita. La vita di una donna.»

«Dici solo stronzate.»

«Pilar, per favore.»

Lei si volta verso Juan Antonio. «Niente "per favore". E il funerale? Abbiamo promesso di partecipare, per la famiglia.»

«Le autorità non permetteranno nessuna manifestazione. Dopo ieri notte è una questione di ordine pubblico.»

«Una notte ci ha ridotti così? Dopo diciotto mesi di preparazione? Dopo tutto il nostro lavoro? Che mi dici di più di ottocento donne indifese, violentate e uccise? E la *mia* notte, in cui ho visto il sequestro di un'altra donna con i miei occhi? Stai dicendo che basta una notte del cazzo per negare tutto questo? Una sola notte annulla *tutto*?»

«Ci riorganizzeremo. Lo sciopero è solo rimandato.»

«A dopo le elezioni?» grida Pilar. «Quando a nessuno fregherà più un cazzo? Ma sei impazzito? Deve essere ora. Per favore, deve essere ora.»

«Pilar, sii ragionevole. C'è stato un massacro.»

«E quello che succede alle operaie delle *maquiladora*s non lo è? Qui non si tratta di ciò che è accaduto ieri notte. Si tratta di paura. Hanno tutti paura della Cina. La CTON, le operaie, i proprietari delle fabbriche, persino i *gringos*. Sono tutti terrorizzati da una nazione dal lato opposto dell'oceano. Tutti scrutano l'orizzonte, e nessuno vede ciò che succede qui, sotto il nostro naso!»

«Fanculo, Pilar, non è della Cina che hanno paura, ma dei cartelli.»

«Comunque lei ha ragione» interviene Mayor. «La paura è paura. Se non riesci ad agire nonostante la paura, non potrai mai agire in nome della verità.»

«Non ho capito che cazzo significa e non mi interessa.» Juan Antonio torna a rivolgersi a Pilar. «Segui la disciplina.

Accetta un ordine. È finita. Loro hanno revocato lo sciopero.»

«Quante volte devo ripeterlo?» Pilar alza la voce. «*Loro* non sono *noi*.»

«Deve pur esserci una via di mezzo.» Ventura guarda Mayor. «Tu hai qualche idea, Felipe?»

«Se lo sciopero viene rimandato a dopo le elezioni, semplicemente non si farà. La CTON si troverà in una situazione molto difficile con Fox. Dovrà negoziare non solo la propria rilevanza, ma anche la propria esistenza. Nessuno sa cosa farà Fox, e loro vorranno mettersi una maschera da moderati, per prudenza.»

Pilar fissa Juan Antonio. «Lo vedi? Lo capisce persino lui.»

«Non trattare con condiscendenza i tuoi amici.»

«Tu non sei mia amica, e nemmeno lui.»

«Hai ragione, tu non hai amici. E non mi meraviglia, visto come tratti le persone.»

«Ventura, non importa come ci tratta, basta che riesca ad ascoltare la voce della ragione.» Mayor si volta verso Pilar. «Se proverai ad andare avanti da sola, ci saranno delle conseguenze. La gente si sente oltraggiata per ciò che è successo ieri notte. Tutti non vedono l'ora di sfogare la rabbia su qualcuno, e ovviamente non possono nemmeno avvicinarsi ai narcos...»

«Ma possono avvicinarsi a noi» conclude Juan Antonio. «Per questo hanno annullato gli autobus. Il pericolo lo vedi, no, Pilar?»

«*Claro*. Ma vedo anche il pericolo dell'inazione, ed è molto più grande.»

«Secondo me dovete annullare lo sciopero ma non la manifestazione. Marciate al funerale, in segno di solidarietà, non come manifestanti ma come persone in lutto.»

Pilar scatta di nuovo contro Ventura. «Si può sapere chi ti ha dato diritto di parola?»

Lei la fissa con uno sguardo di fuoco. Poi dice: «Tu».

L'impulso di Pilar è quello di schiaffeggiarla, ma la passione ha due facce: rabbia e amore. Tira indietro una sedia e si siede. Sa che sarà una lunga giornata. «Qual è il tuo piano?»

70
Gomez

Gomez viene scortato nell'ufficio di Valdez da due detective in borghese. Gli mancano solo la benda sugli occhi e l'ultima sigaretta. Valdez gli fa cenno di avvicinarsi senza alzare lo sguardo dalla vastità della sua scrivania vuota. È come uno specchio dal quale non riesce a staccarsi, affascinato dall'intensità del proprio sguardo. «Dov'è Fuentes?» Più che una domanda, sembra un lamento funebre. Gomez si sente ancora addosso l'odore di fumo dell'Heartbreak, anche se si è fatto una doccia e si è cambiato prima di venire. «E non dirmi che non lo sai.»

Gomez fa in fretta a esaminare le sue opzioni: non ce ne sono. Questo succede a lavorare con uno come Fuentes. Ogni potenziale copertura viene sfrondata. «Non lo so...»

Valdez dà una manata sulla scrivania, così forte che Gomez fa un passo indietro. Non è impaurito, ma scioccato. È abituato a un Valdez sardonico, che non somiglia affatto all'uomo che finalmente alza su di lui due occhi bollenti di furia. «Secondo l'ospedale, la testimone è stata trasferita senza la mia autorizzazione ed è morta durante il trasporto in un altro istituto.»

«Avevano tentato di assassinarla.»

«Avete disobbedito ai miei ordini.»

«Io non ero presente.»

«Non mentire. Sei stato visto in ospedale e ci sono anche i video delle telecamere di sicurezza.»

«Voglio dire, non ero presente quando lei ha dato quegli ordini.»

«Sono andato all'obitorio di persona. E la cartella clinica della donna corrispondeva a un cadavere che aveva già subito un'autopsia.» Gomez si stringe nelle spalle, ma è più un'ammissione di colpa che altro. Capisce cosa sta per succedere. Fuentes aveva promesso di prendersi lui il cazziatone, ma quello non sarà un cazziatone. Sarà un attacco nucleare. «Un cadavere che, secondo l'ospedale, non è quello della testimone che era stata ricoverata lì ieri mattina.»

«Ne sono davvero sicuri?»

«Farò finta di non aver sentito questa domanda. Ora dimmi cos'è successo alla vittima che avete salvato.»

«Sa qual è la prima cosa che ho notato, capo? Mi chiama qui e non dice una sola parola sull'Heartbreak, pur sapendo che io ho passato lì le ultime sette ore. Sembra quasi che non le importi del più grande massacro della storia, ma solo di una testimone scomparsa. Come mai?»

Cade un silenzio riflessivo, come se Valdez tentasse di ricordare una frase in una lingua straniera. Poi si alza lentamente, poggiando le mani sulla scrivania come se temesse di cadere. «Cosa ne è stato di quella donna?»

«È negli Stati Uniti. Le hanno concesso asilo.»

Il portacenere vola attraverso l'ufficio, lasciandosi dietro una scia di cenere e cicche, e va a schiantarsi in un'esplosione di asteroidi di cristallo. «A che cazzo di gioco state giocando?»

Gomez si toglie i frammenti di vetro dai capelli. «Al suo cazzo di gioco, capo.»

«Sei sospeso. E appena trovo Fuentes lo faccio arrestare. Ora fuori dai piedi.»

Gomez si volta sulla soglia. Non ha più nulla da perdere, tanto vale mettere alla prova l'intuizione che ha avuto e vedere cosa succede. «È solo questione di tempo, capo.» Valdez lo fissa, tradendosi con il silenzio. «Fuentes ormai sa tutto. L'ha capito, vero?» Ancora silenzio. Sorride ed esce sbattendo la porta.

Un collega, Hernandez, gli grida in corridoio: «Che cazzo succede?».

«Niente, è solo incazzato. Secondo me conosceva il direttore dell'Heartbreak.»

«Questo spiega tutto.»

Gomez accetta la sigaretta che l'altro gli offre. «Spiega cosa?»

«Il fatto che non ha detto una sola parola al riguardo. Nemmeno alla stampa. È come se non fosse successo.»

«Diamogli un po' di tregua. Ha tante cose per la testa.» Gomez intendeva fare una battuta, ma quando finisce la frase riconosce la verità. L'unica spiegazione possibile: i responsabili del massacro all'Heartbreak sono responsabili anche delle donne uccise a Ciudad Real. Valdez lavora per loro. E presto finirà come El Feo, decapitato e appeso a un ponte con un cartello attaccato sopra.

71
Pablo Grande

Pablo Grande aveva trascorso gli ultimi quarant'anni nella *tierra celestial*, affinando le sue abilità. Aveva corso con i *nagual*, danzato con la dea della luna durante un'eclisse. Si era seduto sul bordo del precipizio più alto, nella Barranca del Cobre, le gambe penzoloni su un vuoto di oltre duemila metri, ascoltando il suono cosmico della terra che girava sulla sua orbita.

Aveva trascorso quattordicimila notti guardando le stelle staccarsi dal cielo e cadere sulla terra come cristalli fosforescenti. Aveva intonato il canto estatico delle foglie durante il solstizio d'estate, esplorato i tunnel segreti che collegavano il passato e il futuro, i vivi e i morti.

Aveva osservato la creazione dell'universo ma aveva distolto lo sguardo, in lacrime, davanti alla sua distruzione.

Soprattutto era rimasto in silenzio, paziente e coraggioso davanti a quelle meraviglie, e ne aveva tratto una comprensione profonda del mondo degli spiriti che pervade la terra con la sua generosità nascosta. Aveva acquistato la riservatezza, la capacità di osservare e l'umiltà, ed era diventato un esperto di medicina spagirica e seconda vista.

In breve, si era assunto le sue responsabilità come essere celestiale. Per questo quaranta giorni prima si era incamminato verso Ciudad Real, dove aveva un appuntamento con l'uomo che aveva già salvato una volta: padre Márcio.

Pablo Grande si era guadagnato la sua saggezza celeste,

ma aveva pagato un prezzo: era invecchiato di quarant'anni in un solo decennio. L'aumento della conoscenza porta sempre una vecchiaia accelerata. Nulla si può paragonare alla fatica del *brujo*, che deve restare sempre vigile, usando non solo gli occhi normali ma anche quelli che sviluppa dietro la testa. Mai inattivo, sempre attento non solo a ogni movimento, ma anche alla minima traccia o idea di movimento. Differenza e uguaglianza sono opposte nel mondo fisico, ma in quello spirituale sono la medesima cosa: misure di crescita, di esistenza. Sono dualità armoniche, come la notte e il giorno, il fuoco e l'acqua. Forze complementari, se non identiche.

Dopo il primo decennio di invecchiamento accelerato, il processo si era fermato all'improvviso e il suo corpo era diventato come una montagna bruciata dal sole, immune all'erosione e al passare del tempo: un monumento alla forza. Pablo Grande era diventato qualcosa di molto raro: un anziano vitale, destinato a vivere un altro mezzo secolo di saggezza, capace di percorrere senza sforzo millecinquecento chilometri per salvare un santo.

Scese dalle montagne come uno spirito *kupuri* e rientrò nel mondo della brutalità. Durante la sua assenza, il male rappresentato dai cartelli della droga era migrato a Ciudad Real, come un esercito di ragni portati dal vento nei fili di seta delle loro ragnatele e atterrati nel calore bruciante di una tempesta di sabbia. Spiriti maligni nascosti nell'ombra osservavano Pablo Grande attraversare immune l'asfalto liquefatto della città.

Pablo Grande seguì il richiamo dei cavi elettrici che lo condussero in un orfanotrofio alla periferia della città. Invisibile, osservò la gentilezza di padre Márcio con i bambini; la sua severità con il personale che aveva osato razionare cibo, medicine e libri. Ascoltò il prete spiegare agli impiegati il semplice mistero dei bambini: con loro più dai e più ricevi.

A Pablo Grande piacque il suo amalgama equilibrato di gentilezza, premura e collera. Padre Márcio era cresciuto in modi inaspettati. Ma nella sua cassa toracica si annidavano ancora rabbia e orgoglio, come un grumo rosso metallico.

E Pablo Grande vide anche l'ombra fugace dell'omicidio che seguiva il prete come orme di piedi nella sabbia umida.

L'anziano *brujo* sapeva che la sua serenità sarebbe stata messa alla prova, perché, come sa ogni sciamano, salvare una persona che inganna solo gli altri è molto più facile che salvare qualcuno che inganna anche se stesso.

72
Pilar

Alla fine erano arrivati solo tre autobus, due da Guadalajara e uno da Iguala. Quando avevano ricevuto la notizia erano già molto avanti nel viaggio e avevano deciso di continuare. Erano pieni solo a metà, soprattutto di studenti universitari e addirittura di liceali. Giovani traboccanti d'idealismo e desiderio di avventura. Nei prossimi giorni sarebbero nati brevi amori e amicizie durature. Negli anni della vecchiaia, quei ragazzi avrebbero ricordato con orgoglio di aver marciato al fianco dei lavoratori in difesa di diritti universali; di aver resistito ai lacrimogeni e alle manganellate della polizia. Tra verginità perdute e canti di lotta e di protesta, le fabbriche avrebbero chiuso i cancelli, nelle strade si sarebbero alzate le barricate. Ci sarebbero stati arresti, cauzioni fissate e pagate, sentenze sospese. Sarebbero tornati a casa trasformati in adulti più complessi e compassionevoli, l'indignazione ammorbidita dal contatto con la realtà, la tolleranza maturata dall'esperienza.

Almeno, era quello che accadeva normalmente.

Ma la normalità non era un concetto valido a Ciudad Real.

Il corpo di Isabel Torres viene portato fuori dalla chiesa dentro una modesta bara di compensato, con sopra una croce placcata d'argento che durante la sepoltura sarà data a sua madre. Juan Antonio è uno dei portatori della bara, perché il fratello di Isabel non si è fatto vedere. È uscito a bere la sera prima e non è tornato a casa, e ora che sua madre ha bisogno di lui non c'è. Il suo desiderio di dimenticare è stato troppo forte. E così le donne devono cavarsela da sole, come sempre.

I manifestanti marciano in silenzio dietro i famigliari; il carro funebre avanza lentamente, il rumore del motore soffocato da quello dei passi. La macchina fotografica di Ventura si sposta qua e là come una colomba. Striscioni e cartelli sono in fondo alla processione, non per desiderio di passare inosservati, ma per rispetto alla madre in lutto: una decisione dettata dal pragmatismo, più che dalla modestia. L'ultima cosa che vogliono è che la polizia disturbi il funerale che serve da maschera per la manifestazione.

Dopo, una volta che Isabel sarà stata sepolta e il pianto di sua madre sarà svanito nell'aria, ci sarà tempo per il chiasso e le proteste.

Per la battaglia.

Alcuni studenti indossano gilè arancione fluorescente con strisce catarifrangenti e bandane rosse. Si tratta del servizio d'ordine, che devia il traffico lontano dal funerale e dal corteo mascherato. I due autobus forestieri e altri due di Ciudad Real seguono il corteo, con i finestrini coperti di slogan. Le auto rallentano, qualcuno suona il clacson in segno di partecipazione, come se fosse un matrimonio e non un funerale. Ci sono anche fischi e urla e vola qualche insulto, tuttavia la reazione più diffusa è il silenzio. Ma non il silenzio del rispetto.

Il silenzio dell'indifferenza.

Il corteo raggiunge la statale e comincia ad attraversarla, allontanandosi dai ponti e dal confine, mentre il servizio d'ordine ferma il traffico. Stavolta la reazione è irritata. Gli autobus attendono dapprima con pazienza. Quando i passeggeri cominciano a mugugnare, i conducenti in alto sui loro troni indicano con ampi gesti la processione. Stavolta la colpa non è loro, e nemmeno del municipio. Non vale nemmeno il pretesto più conveniente e inefficace di tutti: è colpa del tempo. Il ritardo ha una causa evidente, rappresentata dai giovani che marciano lentamente, tenendosi sottobraccio, in segno di solidarietà non con i lavoratori pendolari che stanno facendo tardare, ma con i morti. Passeggeri che solo pochi minuti prima si erano fatti il segno della croce al passaggio del carro funebre, ora si lamentano con rabbia. Gli autisti si lasciano prendere dall'atmosfera di rivolta e cominciano a bombardare i dimostranti di colpi di clacson e sgasate di fumo nero nell'aria del deserto, ormai sporca da decenni.

Gli agitatori passano volantini dai finestrini, scandendo verso le operaie slogan di incoraggiamento: «Marciate per il lavoro. Marciate per la giustizia». Ventura continua a scattare, catturando le varie reazioni sui volti delle donne a bordo degli autobus. Curiosità. Irritazione. Rabbia.

Paura.

Pilar marcia alla testa del corteo, appena dietro la famiglia, perché non ce la fa a sopportare la vista della minuscola manifestazione alle sue spalle. Aveva immaginato migliaia di persone, persino decine di migliaia. Scioperi in decine di *maquiladoras*, barricate sulle strade e sui ponti che conducevano alle zone industriali. Tumulto e passione. Per lei si trattava di una guerra.

E ora sono ridotti a fare la guardia d'onore a una donna morta perché gli elementi necessari alla sua sopravvivenza (condizioni di lavoro e salari onesti, trasporti sicuri tra casa e lavoro) non esistono. Il corteo piange la vita e la morte di Isabel ma non cambierà le circostanze: è troppo tardi. Pilar piange. Juan Antonio la guarda. Sa che aveva preso contatti con i famigliari e pensa che condivida il loro dolore. Ma si sbaglia. Pilar sta piangendo perché alla fine ha compreso l'enormità del proprio fallimento.

73
Fuentes

Gomez gira la chiave nella serratura ed entra. Sbatte la porta, si avvia verso la stanza da letto ma si blocca. Si volta lentamente... E vede Fuentes in cucina, che beve un bicchiere di succo d'arancia in piedi davanti al piano di lavoro. «Come cazzo sei entrato?»

Fuentes indica con uno scatto del pollice la finestra della cucina. «Stesso modo dell'altra volta.»

«Sta diventando una brutta abitudine.» Gomez rovescia un tavolino con un calcio, facendo cadere riviste dappertutto. «Fuori da casa mia.»

«Mi serve il tuo aiuto.»

«Chiedi sempre aiuto, ma in cambio dai solo guai. Sei uno stronzo egoista.» Fa per raccogliere le riviste, poi ci ripensa e le spinge sotto il divano con un altro calcio. «Dove cazzo eri? All'Heartbreak si è scatenato l'inferno e tu non c'eri. Ti avrò chiamato almeno cento volte.»

«Avevo staccato il telefono.»

«Ho mandato persino un'auto a prenderti.»

«Sul serio pensavi che sarei andato ad aprire la porta alle tre del mattino?»

Gomez si getta sul divano, la rabbia cede il passo alla stanchezza. «È stato un cazzo di casino. Mai visto nulla del genere. Non abbiamo un conto preciso delle vittime al pianterreno. E non hanno ancora cominciato a guardare ai piani superiori. È troppo pericoloso. La struttura potrebbe cedere.» Chiude gli occhi. «Non riesco a liberarmi dall'odore.»

«Ho detto che mi serve il tuo aiuto.»

«Vaffanculo. Niente può aiutarti. E anch'io sono fregato. Quello stronzo di Valdez mi ha sospeso.»

«E per me cos'ha deciso?»

«Mandato di cattura. Vuole arrestarti, capito? E io sarò quello che ti porterà da lui in manette.»

«Non puoi. Sei stato sospeso.»

«Vaffanculo un'altra volta. Do le dimissioni. Tanto è inutile, quello che facciamo non fa nessuna differenza. Avresti dovuto vedere la scena di ieri notte. Donne. Bambini. Era una zona di guerra. E l'unica cosa di cui quel *pinche pendejo* voleva parlare era Gloria. O Mary Ellen o come cazzo si chiama adesso.»

«Ho una cosa da farti vedere...»

Gomez scatta in piedi. «Non voglio vedere niente!» Fuentes gli si avvicina con una grossa busta gialla tra le mani. Gomez gli dà uno spintone. Fuentes cade all'indietro contro una vetrinetta. Il vetro s'incrina, vari trofei ondeggiano e si rovesciano sulle mensole all'interno. «Fuori da casa mia, prima che ti butti fuori io.»

Fuentes estrae un foglio dalla busta e lo tiene davanti a sé come un talismano protettivo. Gomez lo fissa, poi fa un passo indietro come se fosse stato colpito da un pugno. «Proprio così» dice Fuentes. Lascia cadere il foglio e ne prende un altro. «Ti ricordi di Byrd?» Gli getta addosso il foglio. «O di lui?» Si avvicina a Gomez, mettendogli una fotocopia a colori davanti al viso.

Gomez guarda la foto di sguincio. «L'ho già visto da qualche parte...»

«È quello stronzo del direttore della *maquiladora*. López. La vittima somiglia alle altre sue operaie. Somiglia a Pilar. Ricordi cos'ha detto quando l'ha licenziata? "Ce ne sono migliaia come lei, pronte a prendere il suo posto." Lui lo sa bene. Ha dato una mano a ucciderle.»

Gomez gli toglie di mano il foglio e lo fissa. «Me lo ricordo, questo figlio di puttana...» Strappa in due il foglio, poi continua a strapparlo fino a ridurlo in piccoli pezzi, che stringe nel pugno come fosse un telegramma che gli annuncia la morte dell'unica persona che abbia mai amato. E getta quei coriandoli d'odio in faccia a Fuentes, con le lacrime agli occhi. «Di che si tratta? Film *snuff*?»

«Ricatto nascosto dietro un rito di iniziazione. Vuoi fare soldi? Vuoi fare strada, in questa città? Entra nel club. Ma la tassa d'iscrizione è togliere la vita a una donna davanti a una macchina fotografica.» Fuentes comincia a estrarre tutte le fotocopie dalla busta, spargendole sul tavolo della cucina. «Ricatto. Controllo. E silenzio garantito.»

Gomez ne sfoglia alcune e lancia un grido. «Nepo Dossena! Merda, sapevamo tutti che era corrotto, ma questo? Era un senatore di questo stato, cazzo.»

«Ora è in pensione?»

«È morto. Cinque o sei anni fa. Non lo so, non è che me ne fregasse qualcosa.»

«Ascolta, tu hai passato qui tutta la vita. Ti chiedo di guardare queste foto e dirmi se riconosci qualcuno. Cominciamo a dare loro dei nomi.»

Gomez apre il freezer e tira fuori una bottiglia di vodka. Ne versa un po' nel succo di Fuentes, poi beve un lungo sorso a collo, con un brivido finale.

«È tutto sbagliato. Dovremmo mettere insieme una squadra.»

«Sono tutti occupati con l'Heartbreak. Inoltre io sono in stato d'arresto, me l'hai detto tu.»

«Uno stato che non durerà a lungo.» Gomez beve un'altra sorsata, pulendosi la bocca con la mano. «Non appena Valdez saprà...» Fuentes gli passa una fotocopia. Gomez si piega in due con uno spasmo involontario. Corre al lavandino e vomita la vodka, poi è scosso da altri conati a secco. Apre il rubinetto, raccoglie dell'acqua tra le mani a coppa e si sciacqua il viso. «*Dios mío ayúdame*. Siamo fottuti. Al cento per cento.» Si raddrizza, prende di nuovo la bottiglia con mano tremante e beve un piccolo sorso. «Quindi Valdez sa chi è l'assassino?»

«Valdez *è* l'assassino. Uno dei tanti. Ma sa chi c'è dietro tutto questo.»

Gomez beve un altro sorso, più lungo. «Raccontami tutto.»

«Dove sono le cose che ti ho dato al confine?»

«Cosa c'è, non ti fidi?» Gomez si alza e va ad aprire un cassetto in soggiorno, Prende le due pistole, il coltello, le manette e le fondine di Fuentes, e sbatte tutto sul tavolo. «Ora hai paura di me?»

Fuentes si toglie la giacca e si allaccia la fondina ascellare. «Ho paura di chi può entrare da quella porta.»

Gomez tira fuori l'arma di servizio e la posa sul tavolo. «Dove hai trovato queste foto?»

Fuentes ci mette tanto tempo prima di rispondere che Gomez decide di prepararsi con un altro sorso di vodka. «In casa di Marina...» Gomez si alza lentamente in piedi. «È stato Paredes a nasconderle lì. Era l'unico posto che riteneva sicuro.»

Gomez guarda verso la stanza da letto. «E ora Marina dov'è?»

«Su un autobus per Dallas. È al sicuro. Ha degli amici lì.»

Gomez tira indietro una sedia, con un rumore raschiante sul pavimento. «Noi due non ci rivedremo più.»

«Marina è al sicuro, te lo giuro.»

Gomez lo fissa, gli occhi quasi luminosi. Beve un altro sorso di vodka. «Non parlavo di lei.»

74
Ventura

La situazione aveva cominciato a deteriorarsi dopo la sepoltura, quando, malgrado le proteste di Juan Antonio, i manifestanti avevano continuato a marciare per le strade, senza più nascondersi dietro una bara.

Durante il funerale Ventura era rimasta nei ranghi, ascoltando le discussioni tra Juan Antonio e gli studenti venuti da fuori. Volavano termini come "utilità sociale", "deontologia", "slancio", ed etichette usate come insulti: "utopista"; "reazionario". Era rimasta colpita dal fatto che Pilar non partecipasse alla disputa, restandone ai margini, non assente ma isolata; abbandonata a se stessa, più che dagli altri.

I forestieri alla fine avevano deciso di mettere al voto le varie opzioni e ovviamente avevano vinto, alzando il pugno in segno di trionfo, come se Juan Antonio fosse il nemico. Gli striscioni erano stati spostati nel luogo che spettava loro di diritto, alla testa del corteo, e i dimostranti si erano incamminati scortati dai loro autobus, protettivi e intimidatori al tempo stesso.

A quel punto Ventura si sente libera dal ruolo di donna in lutto che le era stato assegnato e marcia davanti al corteo scattando foto degli attivisti eroici sullo sfondo desolato del deserto e del confine in lontananza. Scandisce i loro slogan coraggiosi, camminando all'indietro; tutta la sua intelligenza e il suo istinto passano attraverso la Leica.

Pilar si lamenta dei numeri, ma Ventura trova che il corteo sia perfetto: abbastanza grande da impressionare, ma anche abbastanza piccolo da mantenere un senso di unicità;

d'intimità. Si sente viva e piena di gioia, spostandosi tra quei giovani che come lei chiedono a gran voce dei cambiamenti. È un messaggio diretto alla città e a tutto il paese. È ciò di cui ora c'è più bisogno. Non cinismo, non rabbia e odio, ma idealismo e impegno.

Speranza.

«È andato tutto per il meglio.»

Pilar la scruta in cerca dell'ironia. «Siamo solo poche centinaia.»

«È ciò che aveva Garibaldi, all'inizio.»

Pilar distoglie lo sguardo. Garibaldi rappresentava una società paternalistica, feudale. La sua importanza nella situazione odierna è più o meno la stessa di un aratro di legno. «Ci avevano promesso migliaia di persone.» Non c'è bisogno di finire la frase, come è sempre nel caso delle verità implicite: hanno mentito.

Ventura la lascia e si sposta di lato; un autobus quasi la tocca, mentre avanza lentamente dietro il corteo, come una minacciosa guardia del corpo. Juan Antonio è in coda. Come Pilar, è più un osservatore che un partecipante. «Bambini...» dice, nello stesso tono in cui altri uomini direbbero: "Ah, le donne...". «Condotti verso una trappola.»

Ventura abbassa la macchina fotografica. «Se ne sei convinto, devi fermarli.»

Lui indica il corteo con un cenno del capo. «Ci ho provato. Non mi ascoltano.»

«Costringili.»

«Non è così che funziona.» Prende una sigaretta e le offre il pacchetto. Ventura rifiuta. «Ogni manifestazione crea il proprio destino. Una volta che tale destino è tracciato, cambiarlo è impossibile.» La fiammella scatta, è risucchiata verso la sigaretta, poi spenta. «I miei zii erano in Plaza de las Tres Culturas, nel 1968. I razzi luminosi lanciati dagli elicotteri non erano tanto il segnale d'inizio del massacro, come tutti credono oggi. Erano solo la conferma di ciò che tutti già sapevano. Non solo i soldati, la guardia presidenziale e i servizi segreti, ma anche gli studenti: tutti sapevano che quella serata sarebbe finita in un bagno di sangue. Quando ho chiesto ai miei zii perché non fossero andati via, finché era ancora possibile, sai cosa mi hanno risposto?»

Ventura scuote la testa.

Juan Antonio si ferma, fissandola con uno sguardo intenso che le dà i brividi. «Hanno detto: "Perché eravamo intrappolati nella storia".»

Ride, per sdrammatizzare, e riprende a muoversi, seguendo un corteo in cui non crede. «Ho capito il senso di quella frase solo molti anni dopo, nel 1995, quando ero ad Aguas Blancas, per sostenere l'organizzazione Campesina de la Sierra. Una mattina ci siamo svegliati e ho visto ciò di cui avevano parlato i miei zii: un senso di terrore combinato con una inevitabilità poderosa, anzi, *irresistibile*. Una forza schiacciante, come se tutto fosse già stato scritto, e il sangue fosse già stato versato. Non eravamo più esseri senzienti, e nemmeno spettatori. Eravamo burattini, archetipi che danzavano al suono di una canzone cantata fin dall'inizio dei tempi. La canzone del sacrificio.» Si blocca, fissando nel lontano orizzonte della memoria qualcosa che gli è rimasto attaccato all'anima. «Tutta la mia carriera è fondata sulla logica didattica, ma ci sono momenti, come abissi nello spazio, in cui il razionalismo non esiste più e siamo costretti ad affrontare il più grande mistero che esista: la ferocia umana.»

Indica Pilar, che marcia inquieta. «Lo sente anche lei. Ha l'esperienza e l'istinto innato. Noi due siamo meteorologi, avvertiamo i cambiamenti nell'atmosfera prima che avvengano. Ma questi studenti sono bambini innocenti a un picnic. A un certo punto se ne accorgeranno anche loro, ma solo quando cominceranno a cadere i fulmini. E sarà troppo tardi...» Con mano tremante si toglie la sigaretta dalle labbra e la schiaccia sotto una scarpa. «Il martirio non affascina perché è irresistibile, ma perché è inevitabile.»

Affretta il passo, raggiungendo Pilar e prendendola sottobraccio. Ventura li vede unirsi agli studenti e sparire tra la massa di dimostranti. Un po' più avanti, vede le luci lampeggianti del primo posto di blocco della polizia. Senza nemmeno sapere perché, corre dietro a Juan Antonio e Pilar, cercando i loro visi nella folla.

75
Fuentes

Fuentes aveva fatto tre fotocopie di ogni foto prima di andare a casa di Gomez, obbligando il personale della copisteria a lasciare il negozio per tre ore. Il primo fascio di fotocopie lo aveva spedito via FedEx all'avvocato di El Lobo che aveva assunto per Gloria. Le istruzioni dicevano di inoltrarlo a Charlie Addsen, della DEA di Washington, nel caso Fuentes fosse scomparso o morto.

La seconda serie l'aveva infilata di nascosto nel bagaglio di Marina, con un biglietto, prima di accompagnarla al confine. Se l'avesse avvisata prima, al momento di attraversare il confine lei sarebbe stata nervosa e l'avrebbero perquisita, trovando le foto e sequestrandole. Settantadue ore dopo, allo scadere del fermo di polizia, Marina sarebbe stata trascinata in qualche angolo buio, interrogata e uccisa. Invece così era andato tutto bene.

Le fotocopie nel suo bagaglio erano indirizzate a un giornalista investigativo di Città del Messico, Ruíz Coronel, che scriveva per "La Jornada", "The Guardian" e "Le Monde". Fuentes lo conosceva dai tempi in cui lavorava a Città del Messico, quando Coronel era sotto scorta per aver pubblicato un articolo sulla morte di Amado Lázaro Mendez. La casa del giornalista era stata incendiata, ma lui non si era lasciato fermare. Gli era stata tolta la scorta, a causa di un "necessario riposizionamento strategico e logistico" non meglio specificato, ma lui aveva continuato a scrivere. Fuentes riconosceva la sua tenacia a un livello quasi biologico: dopotutto erano figli della stessa stagione: i massacri del 1968.

Il terzo e ultimo fascio di fotocopie l'aveva tenuto per sé, e l'aveva portato a Gomez per identificare insieme più colpevoli possibile. Le foto originali sarebbero state consegnate quella mattina stessa all'unica persona di Ciudad Real capace di tenerle al sicuro e intatte, per permetterne in seguito l'uso come prove a carico.

Gomez si era mostrato soddisfatto delle misure prese. Adesso il problema era quello di arrivare ai fascicoli delle donne uccise e farli sparire. Dovevano riuscirci prima che il possesso delle foto da parte di Fuentes diventasse di dominio pubblico e qualcuno bruciasse i fascicoli. La difficoltà maggiore era che nelle foto apparivano praticamente tutti i loro colleghi.

«Hernandez. Mi ha offerto una sigaretta proprio stamattina, quel bastardo» dice Gomez, la voce roca dopo tutta la vodka e il caffè bevuti per sostenersi durante l'esame delle foto. Hanno identificato duecentottanta colpevoli. Altri centotrenta almeno uno dei due, di solito Gomez, li conosce di vista ma non di nome. In meno di ventiquattro ore, sono passati dalle supposizioni alle conferme.

Naturalmente Fuentes sa bene che la battaglia non è ancora vinta, ma se riescono a effettuare correttamente i primi arresti, costringendo poi quei primi imputati a collaborare, si produrrà una reazione irreversibile. La fissione si verifica sempre quando un grosso nucleo (in questo caso il complotto del silenzio che circonda gli omicidi delle donne) comincia a frammentarsi. Gli effetti della disintegrazione daranno forza all'indagine e la divisione continuerà in modo irresistibile, fino al punto di avviare una reazione a catena.

Per la prima volta, Fuentes vede la possibilità di arrivare in fondo.

Ma contro di lui è schierata l'intera forza di polizia di Ciudad Real. Il telefono di Gomez squilla di nuovo e stavolta lui risponde. Ascolta in silenzio, poi riattacca. «Assurdo...»

«Di che si tratta?»

«Valdez sta togliendo tutti gli uomini dall'Heartbreak per

mandarli a picchettare le *maquiladoras*. Tutto per via di uno sciopero del cazzo.»

Fuentes comincia a rimettere le foto nelle buste. «È la nostra occasione.»

«La mia. Se Valdez ti vede, ti fa arrestare.»

«Non mi vedrà, perché non sarà in ufficio.»

«Quando mai hai visto Valdez fare del lavoro sul campo?»

«Questa volta lo farà, perché ha paura.» Fuentes apre il frigo, tira indietro il cassetto per la verdura, in basso, e prende le foto che aveva nascosto sotto mais e carote, protette da buste da prove in plastica.

Gomez lo fissa. «Le avevi nascoste in casa mia senza chiedermi il permesso?»

«Perché, avresti detto di no?»

«Non si tratta di questo. Dovevi chiedermelo.»

«Non c'era tempo.»

«È proprio quando non c'è tempo che devi trovarlo, e chiedere.»

Fuentes solleva l'angolo di una tenda e guarda in strada. «Se avessi saputo che eri così suscettibile, non ti avrei mai preso come partner.»

«Vaffanculo. Ce li hai i tuoi *shotguns*?»

«Non ne avremo bisogno.»

«Ti sbagli. Hai abbastanza munizioni?»

«Sedici scatole.»

«Meno male che pensavi di non averne bisogno.»

«Meglio essere preparati.» Fuentes apre la finestra della cucina. Gomez impreca. Fuentes si volta a guardarlo. «Perché rischiare, ora che siamo così vicini?»

«Sai cosa detesto di te?»

«Il fatto che ho sempre ragione?»

«Che rendi difficili anche le cose più semplici. Perché lo fai?»

«Forse è un talento naturale.» Fuentes esce dalla finestra.

«Più una malattia cronica» borbotta Gomez. Scavalca il davanzale e si lascia cadere fuori.

76
El Santo

La situazione diventa ancora più drammatica, se possibile, quando cominciano a trovare i cadaveri ai piani superiori. Chi avrebbe mai pensato che l'Heartbreak facesse anche da ostello per immigrati clandestini? Non che a El Santo importi davvero qualcosa. E come potrebbe, con quel dolore nella pancia? L'arrossamento della sera prima intorno ai punti si è solidificato in una specie di tumore bulboso, come se uno struzzo del cazzo avesse deposto un uovo nel foro del proiettile.

Oviedo, in veste di infermiere, rimuove le bende con le mani protette da un paio di guanti per lavare i piatti. Il semplice fatto di sollevare il cerotto gli causa un dolore tremendo. Oviedo tocca con delicatezza il gonfiore purulento intorno alla ferita, e tira indietro la mano come se fosse stato morso, quando El Santo lancia un urlo. «È stafilococco, capo. Sei fottuto.»

Non esattamente musica per le orecchie di El Santo. «Cosa devo fare?»

«Spurgare la ferita in fretta. Altrimenti gli organi interni risucchieranno pus e batteri come un frullato con una cannuccia, e una volta lì, lo stafilococco se li mangia e va tutto in merda.» È evidente che Oviedo non ha mai frequentato un corso su come dare le notizie ai malati. «Dopo aver spurgato, devi restare per un periodo sotto antibiotici speciali per evitare che l'infezione ritorni.»

«Ritorni? Ma non hai detto che dobbiamo spurgarla?»

«Quello è per evitare che ti uccida ora. Ma dobbiamo anche impedire che ti uccida più tardi. Questa infezione è come una banconota falsa: una volta entrata nel sistema continua a ricomparire finché non la togli dalla circolazione.»

Quel medico del cazzo deve averlo fatto apposta. Per non parlare di quella stronzata del live-streaming. La stampa continua a occuparsene. Oviedo gli allunga un bicchiere di tequila. «E questo a che serve?»

Oviedo lo aiuta ad alzarsi. «Per il dolore, capo.»

El Santo beve, e lo sforzo di alzare il braccio tende i punti fin quasi a farli saltare. Ma il tequila fa il suo lavoro. Porge il bicchiere vuoto per un'altra dose. «Che mi dici del tuo piano, quella storia del Belgio?»

«Tutto sotto controllo, capo. Oggi massacriamo tutti quegli agitatori del cazzo. Non devi preoccuparti di nulla.»

È lì che Oviedo si sbaglia. Se c'è una cosa che El Santo ha imparato negli ultimi tre giorni, è che preoccuparsi è l'unica cosa da fare. La preoccupazione è come il potere, il denaro e la droga. Non ne hai mai abbastanza. «Hai sentito la radio, stamattina. Centoquarantadue morti! Persino il presidente dell'Honduras ha voluto dire la sua, manco fosse una dichiarazione di guerra.»

«Ma è proprio di questo che si tratta, capo. Guerra...»

Di nuovo la trasformazione da leale luogotenente a paramilitare psicopatico. Oviedo deve essere bipolare o roba simile. In quel momento El Santo prende la sua decisione: non appena superata l'infezione, farà fuori Oviedo. Ne ha abbastanza di pazzi che credono di essere Napoleone.

«Ti sbagli. È proprio questo che non vogliamo! Dobbiamo stare a cuccia, non alzare il tiro.»

Oviedo lo fissa con i suoi occhi pagani, che non sembrano quelli di una divinità ma piuttosto quelli della vittima di un dio vendicativo. È come se lo avessero lasciato al sole sopra una piramide azteca fino ad accecarlo. La visione scompare e Oviedo torna normale. Con aria seccata, va in cucina e ricomincia ad affilare coltelli. È una bella cosa che sia tanto industrioso, ma cazzo, quanto devono essere affilati dei coltelli da cucina?

«Ho fatto qualche calcolo riguardo ai contanti trasportati in quelle auto, capo.»

Oviedo è felice di cambiare discorso. «Che totale hai ricavato?»

«Sedici miliardi di dollari.» Lo dice come se stesse comprando un biglietto d'autobus per il villaggio vicino.

El Santo lo raggiunge in cucina. Stranamente senza sentire il dolore dei punti. «Sedici *milioni*, hai detto?»

Il raschiare della lama contro l'acciaino sottolinea il silenzio. Finalmente Oviedo alza gli occhi. «Miliardi, capo. *Miliardi*.»

«Porca puttana.» Oviedo smette di affilare e comincia a tagliare in due alcuni spicchi d'aglio, senza togliere la buccia. Grazie a Dio. Il rumore dell'affilatura stava diventando insopportabile. «Immagina se riuscissimo a mettere le mani su un po' di quei soldi.» El Santo ride al solo pensiero, e pazienza per il dolore.

Oviedo si mette a grattare l'aglio sui solchi dell'acciaino, riducendolo in una poltiglia lattiginosa. «Già fatto.» Lo posa, va ad aprire la cantinetta refrigerata dei vini e prende una bottiglia di Cristal. Lo schiocco del tappo fa sussultare El Santo. «Ricordi quell'ex spia che ti ha spiegato come usare i telefoni?»

«Chi se ne frega di lui? Dimmi dei soldi. Quanto abbiamo preso?»

«È stato Tex a dirmi come arrivare a quei soldi, e li ho presi tutti.» Oviedo gli offre un bicchiere.

«*Tutti?*» È assurdo. L'idea è così folle che ne scatena un'altra nella mente di El Santo. Un'idea che finora non è mai stata possibile e nemmeno immaginabile: la pensione. El Santo ora vede una casa sulla spiaggia, in un posto non lontanissimo ma fuori dai piedi, e senza trattati di estradizione. Il Brasile, per esempio, o il Nicaragua. Proprio come Amado. Prendere tutto e sparire. Per sempre. Oviedo alza il bicchiere e brindano. «Ai sedici miliardi» dice El Santo, vuotando il bicchiere d'un sorso. Brucia, ma non troppo. Oviedo glielo riempie di nuovo. El Santo fissa le bollicine che salgono in superficie e scoppiano. «Gesù, guarda questo liquido dorato. È la cosa più vicina a bere l'oro.»

«Molto poetico, capo. Sei un veggente.»

Chissà che cazzo vuol dire. El Santo capisce che Oviedo sta tornando di nuovo al suo lato oscuro. Posa il bicchiere e torna a grattare l'aglio sull'acciaino, con l'atteggiamento metodico e quasi robotico con cui fa ogni cosa, che si tratti di pulire un fucile, scassinare una serratura o preparare una bomba.

«Allora, dove sono i soldi?»

Oviedo lo guarda risentito, quasi seccato di essere stato interrotto. «Dappertutto, capo. Buona parte sono negli States.»

«Un momento, prima hai detto che li avevi tu.»

«Certo, capo. È solo che non li ho ancora *in mano.*»

«Ma li avrai...?»

Oviedo ride. Una specie di acciottolio che finisce in dissolvenza. Scrolla le spalle, modesto.

«Sta' a sentire, dobbiamo concentrarci un attimo.»

Oviedo smette subito di grattare l'aglio. «Certo, capo...»

El Santo guarda i minuscoli pezzetti biancastri che coprono la superficie seghettata. Oltre a essere irritante, tutta quella preparazione di chissà quale ricetta ha riempito la casa di puzza, coprendo il gusto dello champagne. «A che cazzo serve tutto quell'aglio, si può sapere?»

«A causare un avvelenamento del sangue, nel caso che la ferita non sia fatale.»

«Cosa?»

«Non che tu abbia bisogno d'aiuto, capo, con tutti i problemi che hai, ma... le vecchie abitudini, capisci?» Si avvicina a El Santo e gli solleva il braccio sinistro. È un gesto quasi cortese, come se chiedesse permesso in un bar affollato. Poi gli pianta la punta acuta dell'acciaino nella pelle morbida sotto l'ascella. «Mai usare una lama» spiega, spingendolo a fondo. «Le persone si agitano sempre, vedendo una lama. Sempre.»

El Santo abbassa lo sguardo. È sollevato sulle punte dei piedi e cerca di capire come cazzo sia successo, quasi fosse sul punto di ascendere al cielo. Poi vede le gocce di sangue cadere ritmicamente sul pavimento.

Ora che ha penetrato la pelle, Oviedo gira l'acciaino e lo spinge con tutto il suo peso, guidandolo nello spazio sottile tra due costole e dentro la gabbia toracica. «Inoltre le lame si spezzano contro le ossa. Succede ogni cazzo di volta.»

El Santo emette un suono come se fosse rimasto senza fiato e lascia cadere il bicchiere, che va a spaccarsi sul pavimento. Poi l'acciaino continua il suo viaggio. Il polmone sinistro collassa e si diffonde un suono come di una ruota di bicicletta che si sgonfia rapidamente.

Oviedo sa di aver quasi finito. Spinge ancora e la barra appuntita entra nel cuore di El Santo.

El Santo resta lì, il braccio sinistro ancora alzato, la mano destra si muove nella luce che scompare, afferra il polso di Oviedo in un estremo tentativo di difesa. Oviedo ruota il manico dell'acciaino prima con molto sforzo, poi più facilmente. El Santo fa un sospiro ansimante, come un vecchio che si volta nel letto, e la mano destra ha uno spasmo violento.

Oviedo si allontana da lui. El Santo ondeggia, appoggiandosi al piano di lavoro, mentre il sangue forma una pozza ai suoi piedi. «Eri un ragazzo con una maschera e una pistola, intelligente e coraggioso.» El Santo lo fissa con gli occhi appannati. «E guardati ora. Sembri un manzo al macello, ancora in piedi perché è troppo stupido per capire che è già morto. Che cazzo ti è successo, *hombre*?»

In quel momento El Santo spalanca gli occhi e un nome gli sfugge dalle labbra. «*Amado?*»

77
Pilar

Tutta la mattina è stata un requiem per la sconfitta di Pilar: è stata tradita da attivisti maschi, sindacalisti di professione che hanno abbandonato da tempo gli ideali in cambio di favori personali e potere, ormai esperti nel mantenere il tenue e opaco equilibrio tra minacciare gli scioperi e revocarli.

Pilar si è già trovata molte volte in situazioni simili, ma si era convinta che a Ciudad Real sarebbe stato diverso, per via del collegamento con gli omicidi. Si sbagliava, e lo shock è più forte di quanto credesse. Ma, vedendo la polizia, si scuote dall'apatia e dall'autocompatimento. La sua voglia di lottare ritorna. La polizia si schiera per fermare una manifestazione, ma mai per salvare la vita di una donna? Ricorda il mantra che scandiva da studentessa, il duro ammonimento di Victor Hugo: *police partout, justice nulle part*, "polizia ovunque, giustizia in nessun luogo". Sembra che le cose non riescano mai a cambiare... se non in peggio.

E non è più accettabile.

Va a riprendersi il posto che le spetta di diritto, in testa al corteo, e strappa il megafono a un giovane sbalordito. «Protezione per le donne! Giustizia per le vittime! Protezione per le donne! Giustizia per le vittime!» Dapprima le fanno eco solo voci sparse, poi se ne aggiungono altre, trovando la cadenza che è sempre presente in ogni verità espressa e che alla fine unisce le centinaia di studenti forestieri e i pochi attivisti locali in un obiettivo comune: provocare.

Juan Antonio si guarda intorno, avverte il potere di quell'istante di compattezza. Impreca, sapendo a cosa porterà, quanto finirà per costare. Ormai lo schieramento di polizia è a meno di cento metri, visori abbassati che riflettono la luce del sole, manganelli in posizione di riposo contro spalle e cosce. Al diavolo. È questo il suo lavoro, e lo sarà sempre. Si fa strada a spintoni fino a raggiungere Pilar, la prende per mano e con l'altra mano alza il pugno, unendosi allo slogan: «Protezione per le donne, giustizia per le vittime». Le loro voci potenti coprono il rumore della carica della polizia.

78
Fuentes

La stazione di polizia è deserta. C'è solo una agente all'accoglienza, che si alza in piedi vedendo Fuentes e Gomez. «Valdez vi ha fatti cercare dappertutto.» Significa che ha l'ordine di chiamarlo immediatamente. «Dieci minuti, *guapa*» dice Gomez. «È tutto quello che ci serve.» Non c'è condiscendenza nel suo tono, ma complicità. Loro due devono essere o essere stati amanti. Fuentes non lo sapeva, ma non è strano. Una concentrazione potente come la sua fa scomparire tutto il resto. Ora però è il momento di concentrarsi non solo sull'indagine, ma sulla sopravvivenza.

Da un punto di vista numerico si tratta di cifre enormi: ottocentosettantacinque vittime. Eppure i fascicoli sono sottilissimi. Almeno la metà contengono solo quattro fogli: rapporto sul ritrovamento, referto dell'autopsia, certificato di morte e restituzione del corpo ai parenti più prossimi. Otto scatole. Quindici minuti. Due uomini. È tutto quello che serve per trasportare ottocentosettantacinque vite nel bagagliaio dell'auto di Fuentes. «Cosa devo dire?» chiede la donna dell'accoglienza mentre compone il numero del cellulare di Valdez.

«Che siamo venuti qui insieme, e quando abbiamo saputo che non c'era siamo usciti a cercarlo. Digli che siamo incazzati.»

La donna lo fissa. Tra lei e Gomez passa qualcosa. Un rimpianto, forse un addio. «Sta' attento» dice. Poi digita le ultime due cifre.

Cercando di sistemare meglio tutte le scatole nel bagagliaio, Gomez vede il fucile Ruger M77 e lancia un fischio sommesso. «Qualcuno è stato cattivo, eh?»

«L'ho preso in prestito.»

«In prestito come quegli *shotguns*?»

«Sono stati utili, no?»

«Non è questo il punto» ribatte Gomez. «Stai contaminando delle pro...» chiude il bagagliaio di scatto. «E va bene, abbiamo bisogno di tutto l'aiuto che possiamo trovare.» Sale al volante. «*Órale*. Dove andiamo?»

Fuentes non ha bisogno di pensarci. C'è un solo posto dove possono rifugiarsi, adesso.

79
Ventura

Non è come aveva immaginato. Una battaglia prolungata come si vede nei notiziari, a base di lacrimogeni e proiettili di gomma, idranti e cani. Invece è uno scontro brutale che dura pochissimo. Ventura resta quasi delusa.

La polizia carica e gli studenti scappano. Piovono manganellate. Qualcuno cade e viene preso a calci. Altri sono trascinati via. Poi è finita. I dimostranti rallentano e si voltano a guardare, si fermano a leccarsi le ferite, poi abbandonano la dozzina di compagni che vengono condotti verso le auto della polizia.

Ventura ha scattato un intero rullino da trentasei pose in pochi secondi, con un'apertura massima di diaframma di 5.6. Sta cambiando la pellicola quando è già tutto finito. Lo scontro è durato forse due minuti. Nessuno cerca di bloccarla mentre scatta. I poliziotti non sembrano nemmeno vederla. Le passano accanto e si rivolgono agli autisti degli autobus, i quali sospirano e iniziano laboriose manovre per invertire la marcia e tornarsene da dove sono venuti. La polizia li guida a gesti mentre fanno retromarcia nei campi e ferma il traffico per dar loro la possibilità di rimettersi sulla strada.

Gli autobus si fermano poco più avanti per lasciar salire gli studenti, e Ventura deve correre per riuscire a prendere l'ultimo, prima che le porte si chiudano. È pieno solo per due terzi, ma l'atmosfera all'interno la sorprende. Risate e voci eccitate. Si fa strada fino in fondo all'autobus e si siede accanto a Pilar. Non parlano, guardano fuori e sobbalzano allo stesso tempo ogni volta che l'autobus incontra una buca.

«Quello che ci serviva erano degli agitatori professionisti, non dei bambini» dice Pilar a un tratto, a voce troppo alta.

Scende un lungo silenzio. Alcuni studenti l'hanno sentita. Ventura non ha dubbi di essere inclusa anche lei tra i "bambini". Un giovane fissa Pilar con uno sguardo tra curioso e sprezzante. «E dove li trovi dei pazzi capaci di sfidare le squadre antisommossa?»

Pilar fa spallucce. «Nei rifugi per senzatetto, nelle strade... negli ospedali psichiatrici... Hai detto "pazzi", no? Tra gli estremisti di destra e di sinistra.» Si alza in piedi e alza anche la voce. Molti visi si voltano verso di lei. «Bisogna cercare dei tipi specifici. Anarchici radicali. Pugili. Buttafuori. Immigrati clandestini. Poliziotti che fanno il doppio lavoro in nero. Ex guardie penitenziarie. Soldati fuori servizio. Operai e braccianti disoccupati. Ex detenuti.»

Recita l'elenco muovendosi lungo il corridoio. I passeggeri l'ascoltano. «Ci vogliono uomini arrabbiati. Disperati. Con cicatrici sulle mani e sul volto. Persone a cui non importa più che cosa sarà di loro.» Abbassa la voce, cercando l'effetto drammatico. «Ubriaconi e drogati...» Si volta verso il giovane che le aveva rivolto la domanda. «Quello che serve è semplice e brutale: uomini a cui piace fare del male, e a cui non importa riceverlo. Uomini a cui *piace* che qualcuno faccia loro del male.» Si sentono risatine nervose. «In ogni città, in ogni paese, è sempre possibile trovare uomini pronti a scontrarsi con la polizia.»

Punta un dito accusatore contro gli studenti. «Ma non sono loro gli agitatori di professione di cui parlavo. Quegli uomini sono dilettanti, non professionisti.» Alza di nuovo la voce, guardandoli in faccia uno per uno. «Parlo di persone disciplinate, capaci di creare un piano e di portarlo avanti, evitando l'improvvisazione. Persone che mostrano dedizione alla causa, integrità, lealtà verso i compagni e non considerano i pericoli per la propria sicurezza. Parlo delle donne che ho addestrato e con cui ho lavorato e organizzato scioperi negli ultimi quindici anni.»

I giovani studenti l'ascoltano, rapiti, incitandola a continuare. Qualcuno si alza in piedi sul sedile. «Parlo del futuro di questo paese, di un futuro in cui le donne possano vivere al sicuro, in condizioni di uguaglianza, rispettate per il loro lavoro. Un futuro in cui le donne possano camminare per strada di notte senza ansia o paura. Parlo di un cambiamento. E non è quello che volete tutti voi?»

Si leva un coro di approvazioni, alcune al limite dell'adulazione. «Non è per questo che siete qui, oggi? Siete pronti a trasformare i vostri sogni in azione?»

Le risponde un boato così forte che i raccoglitori di frutta nei campi alzano la testa al passaggio dell'autobus.

Juan Antonio è nell'autobus di testa, troppo lontano per sentire quel boato entusiasta. È in piedi, di spalle alla strada e parla con l'autista, quando vede l'autobus sul quale viaggia Pilar sterzare bruscamente e prendere il bivio che porta verso le *maquiladoras*. Bestemmia tra i denti e si volta verso l'autista. «Prendi il prossimo bivio.»

L'autista annuisce. «Dove andiamo?»

Juan Antonio vede l'autobus di Pilar sparire nel traffico. «Nel posto in cui siamo sempre stati diretti.»

80
Pilar

Arrivano troppo presto per il turno del pomeriggio, ma non importa. L'autobus sfonda i cancelli, e gli altri autobus lo seguono. Escono quattro guardie giurate, più confuse che aggressive. Incredule. Uno degli uomini sorride, come se fosse arrivato il circo. I manifestanti scendono di corsa ed entrano nella fabbrica, travolgendo i sorveglianti. Pilar marcia in mezzo a loro, tra la luce che piove dai lucernari, il rumore, le file di donne chine sulle macchine. Sembra il ricordo di un sogno d'infanzia.

Sale i gradini due alla volta, mentre le donne si alzano in piedi, il loro silenzio in totale contrasto con il rumore continuo dei macchinari.

López scatta in piedi vedendo il gruppo che invade il suo ufficio e tenta subito di aprire un cassetto dietro la scrivania. Pilar glielo chiude sulla mano con un calcio. Il direttore urla di dolore. Delle mani lo afferrano e lo gettano a terra. Pilar vorrebbe che invece di uno sciopero quella fosse un'insurrezione, un colpo di stato. Così sarebbe libera di prendere il revolver in quel cassetto e spararagli al cuore. Ma sarebbe contro la sua natura, e contro la natura del movimento. Loro non vogliono la rivoluzione, ma solo cose ragionevoli. Uno stato normale e giusto; pari opportunità. La fine dei privilegi e della corruzione. I loro sono bisogni moderati: per questo sono così pericolosi.

Si sente un rumore meccanico, sferragliante, e a un tratto si spengono tutte le luci e la *maquiladora* piomba nel silenzio. Pilar esce dall'ufficio e guarda giù, nel patchwork di luce solare e ombra gelida. «Sorelle, oggi c'è stato il funerale di una di noi, Isabel Torres. Ne abbiamo già sepolte centinaia come lei, e chissà quante altre ne seppelliremo ancora, se non riusciremo a far rispettare le nostre richieste. Abbiamo negoziato. Abbiamo firmato petizioni. Abbiamo lanciato boicottaggi e chiesto aiuto all'estero. Nessuno ci ha ascoltato, perché le nostre voci sono troppo poche. Oggi dobbiamo urlare per farci sentire, e l'unico modo in cui possiamo farlo è quello di chiudere le *maquiladoras*.»

Pilar tace e ascolta la qualità del silenzio. Il silenzio può significare tante cose. Rifiuto. Disprezzo. Capitolazione. Paura. Consapevolezza.

Tra preda e predatore scende il silenzio, quando s'incontrano. Che tipo di silenzio è quello? Pilar si fida del proprio istinto.

È il silenzio di una *maquiladora* catturata e chiusa.

Il silenzio della vittoria.

«Vi invito tutte a unirvi a noi. E vi invito a restare e a proseguire il lavoro, se è ciò che volete.» Gli studenti intorno a lei si scambiano occhiate confuse. «Vi invito a seguire il vostro istinto e la vostra coscienza. Le necessità economiche della vostra vita; della vostra famiglia. Nessuna di voi sarà costretta a venire con noi. Nessuna sarà criticata se resta.» Scruta i loro visi, al pianterreno della fabbrica, e vede Maria e Lupita. Lupita ha le lacrime agli occhi. «Perché oggi noi tutte possediamo il bene più prezioso: la scelta.»

Pilar si avvia giù dalle scale. L'applauso è prima esitante, poi scrosciante. Raggiunge Maria, l'abbraccia e si gira verso Lupita. «Cosa c'è, *amiga*?»

Lupita dà un'occhiata nervosa a Maria, la quale prende sottobraccio Pilar. «Si tratta di Esteban. Era nel notiziario di stamattina. È morto.»

«È stato assassinato in un hotel.»

Pilar abbraccia la sua amica, ricordando le minacce di morte ricevute da lei e Juan Antonio nelle ultime settimane. Ricorda il sogno della notte prima e ha la certezza che Esteban sia morto per colpa sua. Chi l'ha ucciso cercava lei. Vorrebbe piangere, gridare. Ma non può farlo, non ora.

C'è del lavoro da fare.

Sale sul primo autobus, già pieno di studenti e operaie, e a bordo tutti l'applaudono. «Avanti, *compañeras*» grida. «Chiudiamo questa città!»

81
Padre Márcio

Quando Padre Márcio aveva visto Amado in compagnia di El Santo vicino al fonte battesimale della cattedrale, il giorno prima, aveva sentito il cambiamento in arrivo. Non il cambiamento naturale dell'evoluzione, ma quello forzato di un cataclisma.

L'estinzione.

Il viso di Amado non era solo cambiato, ma trasmutato, privato di quel po' di umanità che era riuscito a mantenere durante la sua carriera criminale, diventando una maschera di morte, un feticcio feroce che occupava la zona selvaggia al confine tra esistenza e sterminio, burlandosi dei vivi e sfidando i morti. Anche gli occhi erano diversi. Avevano perso il castano scuro di quando era bambino, per diventare di un grigio marmo indotto chimicamente. Fisicamente, Amado era irriconoscibile, ma il suo silenzio, il potere del suo intento maligno, erano inconfondibili. Padre Márcio non aveva mai creduto davvero in Dio, ma quel momento nella cattedrale era stato la sua epifania: aveva capito che Amado era il diavolo.

Ultimamente trascorreva sempre meno tempo a Ciudad Real, convincendosi che fosse per via dei suoi vari interessi oltre confine. Ma il motivo era più semplice: non riusciva a sopportare la vicinanza del male. Un male che lui aveva contribuito a creare e raffinare. Un male che era tornato per la resa dei conti finale.

Padre Márcio aveva osato credere all'idea stravagante che Amado fosse davvero morto. Negli ultimi quattro anni si era appropriato di miliardi di dollari della loro società, finanziando orfanotrofi, cliniche e scuole in oltre cento nazioni. E restavano molti altri miliardi, in proprietà immobiliari, azioni e obbligazioni. In attività d'affari e merce immagazzinata. In contanti. Ma aveva tradito Amado, presumendo ingenuamente che la sua morte avesse interrotto la loro società, quando sapevano entrambi che non era mai stata una società ma una dittatura.

E adesso era arrivato il momento. Padre Márcio aveva alzato gli occhi dalle sue carte, e Amado era lì e lo osservava. «Io non sono come quei vescovi che mandano i preti pedofili in altre parrocchie, passando il problema a qualcun altro» aveva detto Amado, avvicinandosi alla scrivania.

Padre Márcio non aveva idea di come avesse fatto a entrare. Entrambe le porte erano chiuse e l'allarme era inserito. Si alzò in piedi, impaurito. «Come sei entrato?»

«Io curo il mio giardino. L'hai sempre saputo. Ed è arrivato il tempo della potatura.»

«Sei scomparso. Io avevo delle decisioni da prendere.»

Un lampo di denti. Somigliava vagamente a un sorriso divertito. «Lucifero disse a Dio la stessa cosa. Ricordi il casino che è scoppiato?»

«Tuo padre mi aveva dato la sua parola. Soci al cinquanta per cento.»

«Mio padre aveva due debolezze. Una era la sua parola. L'altra era pensare di essere più intelligente di me... Andiamo, padre» disse, passandogli un calice pieno fino all'orlo di un vino rosso e viscoso.

«Dove?»

«Non rendiamo tutto più difficile di quanto già non sia.»

Padre Márcio, tenendo il calice tra le mani con le stimmate rovesciò un po' di vino. «Dove andiamo?»

Amado scosse la testa, deluso. «Sul Calvario, cazzo. Dove se no?»

82
Pilar

Avrebbe dovuto saperlo. Avrebbe dovuto ascoltare Juan Antonio. Ma era sempre stata così: non tanto impulsiva, quanto viscerale. Più che le voci nella sua testa, ascoltava il fervore del suo cuore.

E adesso erano in trappola.

La seconda *maquiladora* era stata "liberata" con risultati poco brillanti. C'era da aspettarselo, era un posto che non era mai stato un obiettivo organizzativo, ma era sulla strada e lei aveva pensato che il rischio valesse la pena.

Ora tutte le scioperanti e gli studenti e gli agitatori sono fermi sul ciglio della strada, sotto lo sguardo vigile delle squadre di polizia statale e federale, in divisa antisommossa e passamontagna, con fucili e pistole puntati verso di loro. I dimostranti sono allarmati, Pilar no. Ci sono équipe televisive. C'è persino un elicottero. Finché ci sono le telecamere, sono al sicuro. È solo quando ti sottraggono all'occhio del pubblico e ti rinchiudono in una saletta per interrogatori che le cose si fanno davvero brutte. Come la storia delle scuderie a Tijuana. Perciò è calma; quasi ottimista. Ha visto Juan Antonio parlare al telefono, prima che gli fosse strappato di mano. Si sono scambiati le loro solite occhiate. Riprovazione da parte di Juan Antonio e accettazione del rimprovero, se non pentimento, da parte sua. La seconda occhiata le aveva detto che Juan Antonio era riuscito a comunicare l'accaduto. A Ciudad Real ci sarebbero stati degli avvocati ad aspettarli.

Personale medico. Attivisti per i diritti umani e sindacalisti. L'idea era semplice ed efficace: rendere il loro arresto troppo visibile, troppo bollente per insabbiarlo. Forse la loro storia sarebbe stata ripresa persino dalla stampa internazionale.

Forse non era un completo disastro, dopotutto.

Quando arriva la polizia municipale, Juan Antonio si fa avanti e si rivolge a un comandante della polizia di stato. «Loro non hanno giurisdizione, qui. Noi siamo soggetti alle leggi federali e a quelle dello stato, non ai decreti municipali.»

Il comandante fa un cenno, e un agente municipale schiaffeggia con forza Juan Antonio. Il sindacalista barcolla all'indietro ma resta in piedi. Conosce la regola: il terreno è tuo nemico. Una volta a terra, è facile che ci resti.

I giornalisti sono scortati alle loro auto. Strette di mano, colpi fatti scivolare in canna con ostentazione, automobili che si allontanano lasciandosi dietro una scia di polvere. I prigionieri ora sono nelle mani della polizia municipale. «Salite sugli autobus. Chiunque opponga resistenza se ne pentirà.»

Circolano occhiate che non sono tanto di comunicazione quanto di condivisione. Condividono una pagina di storia del Ventesimo secolo. I dimostranti ubbidiscono, ma all'improvviso un giovane studente viene tirato indietro mentre sale su un autobus e cade dagli scalini. I poliziotti lo circondano e cominciano a colpirlo con il calcio dei fucili, sbattendolo a calci sotto lo chassis. I prigionieri fanno collettivamente un passo indietro, terrorizzati.

«Sui primi tre autobus solo donne.» Maria aiuta Lupita a salire. Pilar nota Ventura seduta da sola e va a sedersi accanto a lei. L'autobus si mette in moto e Ventura fa un sospiro ansioso. «Non preoccuparti» mente Pilar, tenendole un braccio. «Andrà tutto bene.»

83
Ventura

Sembrano diretti verso Juárez, ma Ventura non ne è sicura. Quella che stanno seguendo è più una pista che una strada, si incunea tra canyon profondi di roccia rossa: ombre da un lato e sole accecante dall'altro, come se si trovassero tra due estremi, fuoco e ghiaccio. Nessuno osa parlare, in quel paesaggio inquietante. L'unica cosa che dà loro un po' di speranza è che gli autobus non sono stati divisi.

Sono ancora tutti insieme.

Sia l'autista che alcune operaie continuano a controllare se c'è campo per i cellulari. Ventura ci prova a sua volta, con il telefono di Mayor, anche se la batteria è quasi scarica. Da quelle parti il segnale è zero.

Cominciano a salire, una serie di tornanti da mal di stomaco tra pietraie e precipizi. E alla fine arrivano sull'altopiano, che sembra una zona militare. Gli autobus superano un posto di blocco e vengono diretti verso una enorme zona di carico, con magazzini e veicoli nascosti sotto reti mimetiche. Dal lato opposto dell'altopiano, una pista d'atterraggio asfaltata prosegue fino al bordo di un precipizio. Ventura vede qualcosa che brilla nella nebbiolina causata dal calore.

Prende la macchina fotografica e guarda attraverso il 90 millimetri f/2. In lontananza scorge il confine, tremolante come un miraggio. Ancora oltre c'è la distesa bianca di una città. El Paso.

«Mettila via» sibila Pilar. «Se vedono la macchina fotografica ti uccidono.»

Qualcuno batte da fuori sopra un finestrino, facendola sobbalzare. Sente un grido, poi l'autobus si dirige verso la pista. Ventura si volta. Solo altri due autobus seguono il suo, quelli con sopra le donne.

La divisione è iniziata.

Vede scendere gli uomini dagli altri autobus, mani sulla testa, fucili puntati contro di loro... Poi la scena scompare quando passano davanti ai magazzini. La rete mimetica ondeggia al vento. In fondo vede un'antenna radar che gira come un mulino a vento e tre uomini che parlano tra loro e guardano il cielo, come in attesa di qualcosa. Uno di loro è al telefono...

Ventura guarda il cellulare di Mayor. «Qui c'è campo!» grida.

Tutto intorno corre un mormorio eccitato, seguito da bip di tastiere sulle quali dita febbrili compongono numeri. Quindi una babele di voci tremanti, che piangono, supplicano, parlano in fretta tra confusione e paura.

84
Padre Márcio

L'ultima cosa che padre Márcio ricordava era di aver bevuto quel vino rosso e amaro. Poi era caduto in un pozzo stretto e profondo. In superficie ondeggiava una nebbiolina onirica, seguita dalla sensazione inaspettata di volare.

L'atterraggio fu stranamente morbido, come un abbraccio tranquillizzante in assenza di qualsiasi luce.

Regnavano le tenebre, pesanti, potenti. Quando arrivò il suono, fu in modo lento e rassicurante, con una presenza inconfondibile e un ritmo pulsante; l'eco di un battito gentile lungo le pareti del pozzo, che aumentava di volume man mano che padre Márcio risaliva verso la coscienza.

Il rumore si fece martellante, e crebbe anche la percezione di qualcosa di inatteso e sgradevole: dolore.

Padre Márcio aprì gli occhi di scatto, e un urlo gli vuotò i polmoni. Era steso a terra, contro un cielo spietato, e un sole rosso azteco lo osservava in attesa del sacrificio.

Tentò di muoversi. Impossibile, all'inizio. Con uno sforzo monumentale sollevò il collo e fissò il proprio corpo. I chiodi piantati nelle caviglie erano così grossi che, se fossero stati tolti, i piedi forse si sarebbero staccati, come scarpe troppo grandi.

Voltò la testa verso il suo aguzzino. «Parlano sempre dei palmi delle mani, ma bisogna rispettare l'anatomia» disse Amado, piantando l'ultimo chiodo nel polso. «Volevi le stimmate? Le tue preghiere sono state esaudite.»

85
Fuentes

Fuentes spiega a Mayor le procedure adottate per garantire la sicurezza dei documenti, senza fare nomi. Non che non si fidi dello scrittore, è solo una buona pratica fargli sapere che non è solo, che ormai la verità non potrà più essere insabbiata anche se lui dovesse essere ucciso. Anche se Mayor gli puntasse una pistola alla testa.

Sottolinea l'importanza processuale delle foto originali e le imputazioni che Mayor dovrà affrontare se verrà trovato in possesso di quelle foto. Fuentes ha la sensazione che abbia superato prove peggiori. Mayor ce la può fare. Lo scrittore ha una fotocopiatrice in uno studio nella parte posteriore della casa. Farà fotocopie dei fascicoli e delle foto e le manderà in una valigia diplomatica al suo agente di Barcellona e ai suoi editori di Milano e Buenos Aires. Ha ancora ottimi contatti. Così anche lui avrà in mano qualcosa per proteggersi.

È intelligente. Ed è contento di dare una mano. Dopotutto si tratta di carte, e lui è uno scrittore.

Gomez entra in biblioteca con il cellulare in mano. «Hanno appena appeso El Santo a un ponte. La *narcomanta* dice che sono stati Los Zetas.»

«Una guerra tra Tijuana e Los Zetas... perché qui?»

«Forse perché El Santo non si era schierato, aspettando che si scannassero tra loro?»

«È possibile. E questo ci dà un po' di tempo in più.» Torna a rivolgersi a Mayor. «Guardi bene le fotocopie, ora, e identifichi tutti quelli che può.» Mayor fa un passo indietro e si stringe la radice del naso, nel tentativo di recuperare la compostezza. «Ce la fa?»

«Non può chiederlo a qualcun altro?»

«Purtroppo non in questo momento, *señor* Mayor.»

«Va bene.» Lo scrittore prende il pacco di fogli dalle mani di Fuentes e gira il primo. Emette una specie di rantolo e fa di nuovo un passo indietro.

«Forse le conviene sedersi» dice Fuentes. «Magari nel suo studio?»

Mayor va nella stanza accanto e si siede dietro una grossa scrivania di quercia, come cercando rifugio. Gomez lo osserva, poi dice a Fuentes: «Sicuro che possiamo fidarci di lui?». Fuentes annuisce, accettando la sigaretta che il partner gli sta offrendo. «Io invece ho qualche dubbio. Credi sia vero quello che dicono, che si è scopato tutte quelle attrici?»

«Chi se ne frega?»

Gomez scrolla le spalle. «Dopotutto, il gossip è un modo d'informarsi.»

«Come lo zucchero filato è un modo di nutrirsi? Quello che dicono di te è vero. Pensi solo a scopare.»

«Non è vero. Penso anche a mangiare tre volte al giorno, a...»

«Be', metti al lavoro la tua testolina, perché dobbiamo trovare un modo di fregare Valdez.»

«Aspetta, non dirmi che vuoi offrirgli un accordo?»

«Abbiamo bisogno di un primo pentito, e deve essere uno importante. Valdez sa tutto, comprese le conseguenze, se si sparge la voce che è diventato un informatore. Ci metterà pochi secondi a decidere di collaborare. E la cosa più importante è che saprà indicare altri possibili collaboratori.»

«Vaffanculo. Io non voglio offrire una scappatoia a quel pezzo di merda.»

«Non abbiamo scelta.» Sentono un grido dallo studio e si voltano all'unisono. Mayor tiene in mano un foglio con una smorfia d'orrore, come se fosse un giornale con una notizia spaventosa. E in un certo senso, è proprio così: una grande rivelazione. Il complotto più marcio e corrotto che avesse mai immaginato è vero, ma peggiore di quanto credesse. Il vangelo di san Giuda, patrono dell'impossibile, recita: l'impossibile è diventato la nostra realtà. Felipe Mayor, uno dei fondatori del realismo magico, è appena atterrato dall'altro lato dello specchio.

Fuentes torna a guardare Gomez. «Dobbiamo trovare una soluzione in fretta. Avremo una sola possibilità con Valdez, e se lui riesce a eluderla noi tre siamo morti.»

«Cosa hai in mente?»

«Effettuare un arresto.»

La risata strozzata di Gomez è offesa, più che divertita. «Originale. Per cosa?»

Byrd ha lasciato una busta di coca. Io l'ho trovata.»

«Ci vuole ben più di un po' di cocaina per arrestare Valdez.»

«Non lui, Hernandez. *Dopo* affrontiamo Valdez. Gli diciamo che abbiamo le foto, e ce n'è anche una di Hernandez. Valdez saprà che Hernandez cercherà disperatamente un accordo, e che il primo nome che farà sarà il suo. Perciò la sua unica possibilità sarà batterlo sul tempo.»

«*Chido.* Potrebbe anche funzionare.»

«Funzionerà. Ci serve solo un minuto da soli con Valdez. E poi una casa sicura per raccogliere la sua testimonianza.»

«Dove?»

Fuentes fa una smorfia. «Lo sai, dove.»

«E lasciare che quel *pendejete* goda del programma di protezione testimoni?»

«Perdiamo Valdez, ma guadagniamo tutti gli altri. Pensi davvero di poter dire di no a uno scambio del genere?» Come in risposta, un telefono squilla nello studio di Mayor. «In più, abbiamo altre opzioni. Dopo gli arresti. Dopo il processo e le condanne. Quando si saranno calmate le acque. Nessuno scompare *davvero,* lo sai bene anche tu. E se tra cinque o dieci anni Valdez finisce ammazzato, nessuno lo piangerà.»

«Tu non sei un assassino. Ti conosco.»

«Non lo sono, ma conosco le persone giuste.»

Mayor entra in biblioteca tirandosi dietro un telefono con un cavo lunghissimo, come un cane al guinzaglio. «È una mia amica.» Passa la cornetta a Fuentes. «È stata sequestrata.»

86
Padre Márcio

Pablo Grande si era recato all'incrocio a mezzogiorno, aspettando sotto l'ombra sempre più stretta di un eucalipto in fiore.

Un pickup Jeep J2000 tutto ammaccato, con la griglia protettiva rotta, fu la settima auto a fermarsi per lui, ma la famiglia di indios huichol all'interno fu la prima a considerare seriamente la sua richiesta. L'uomo al volante era più giovane dell'auto, mentre la coppia accanto a lui era più anziana di Pablo Grande.

Lo sciamano gli disse di cosa aveva bisogno e si allontanò di qualche passo, per lasciargli la libertà di discutere la sua richiesta. La donna scese e scrutò il cielo, mentre il vecchio restò in macchina, osservando Pablo Grande con gli occhi dietro la testa.

La donna risalì a bordo e sembrò addormentarsi.

Un'ora dopo, il giovane autista scese e offrì a Pablo Grande una borraccia ricavata da una zucca, contenente acqua fresca della sierra. Gli disse che non avevano fretta e sarebbero stati felici di assisterlo nella sua ricerca.

Viaggiarono insieme per il resto del pomeriggio, e si fermarono al tramonto.

Pablo Grande scese con prudenza, annusando l'odore di ozono nell'aria, la conferma di un fulmine caduto da poco.

«Siamo arrivati tardi» disse il giovane, sbigottito.

«Possiamo ancora salvarlo» rispose Pablo Grande.

Corse fino alla croce eretta nel deserto, cadde in ginocchio e cominciò a spostare i sassi intorno alla base. Il giovane restò a fissarlo per qualche secondo, poi si mise ad aiutarlo, sollevando pietre. La croce cominciò a tremare. Pablo Grande alzò gli occhi su padre Márcio. «Tieni duro, vecchio amico. Ti sei andato a mettere lassù, ma ora ti tiriamo giù.»

87
Fuentes

Guidano in silenzio tra canyon ostili e gelosi dei propri segreti. Le montagne parlano di lotte e di sfide. E di sconfitte. Sono come titani, imprigionati per milioni di anni sotto la crosta terrestre e ora tornati liberi e trionfanti, solo per trovarsi di fronte agli occhi della Gorgone, che li hanno trasformati in pietra prima ancora che possano gioire della libertà. *Queste montagne sono come noi*, pensa Fuentes, *combattono una guerra già persa*. «Sai quante probabilità ci sono che torniamo vivi?»

Gomez si volta a fissarlo con quello sguardo da "atteggiamento messicano verso la morte". «Abbiamo qualcosa per cui tornare?»

La pista comincia a salire in una serie di tornanti. Fuentes una volta aveva una risposta alla domanda di Gomez, ma era prima di Ciudad Real. Prima di Tijuana. «Nulla.»

Arrivano su quello che sembra un altopiano e la pista torna pianeggiante.

Gomez afferra il Remington. «Allora cosa aspettiamo, *caballero*?»

88
Pilar

Pilar guarda il buio che si stende sulle cime degli alberi in lontananza, avvicinandosi a loro come una marea montante. Lassù, su quelle montagne aride, non c'è inquinamento né il riverbero di luci e riflettori. Le stelle sorgono trionfanti contro il sole al tramonto. Pilar ricorda le storie che le raccontava sua madre, indicando le costellazioni e pronunciandone i nomi, che lei dimenticava con la noncuranza dell'infanzia. Se sua madre fosse ancora viva, se fosse ancora con lei, Pilar le chiederebbe di nuovo quei nomi, e stavolta li terrebbe a mente.

C'è un lampo di fari sulla pista, e l'autobus viene superato da una Jeep con una mitragliatrice sul retro e un uomo in piedi dietro la mitragliatrice. È la seconda che vedono da quando hanno lasciato l'altopiano. Ventura si alza in piedi e comincia a scattare.

«Niente foto!»

«Non mi hanno vista...» L'autobus passa su una gobba della strada e tutti i passeggeri sobbalzano. Ventura si volta verso di lei. Hanno parlato pochissimo dal momento del sequestro. Da quando Pilar le ha mentito. «Quanto male si metteranno le cose?»

È la fine, pensa Pilar. *Poteva finire solo così*. «Ho visto di peggio» risponde. «Molto peggio.»

L'autobus romba nella notte come tentando di sfuggire alla sua menzogna. Pilar guarda le stelle sopra il deserto. Così vicine, così brillanti.

Così lontane.

Ventura nota la lacrima sulla guancia di Pilar. È come se ci fosse sempre stata, ma si fosse rivelata solo al momento giusto. Sa cosa significa. Comincia a cantare, all'inizio con voce incerta, *Los caminos de la vida*. Poi la voce si alza come un'offerta, e altre donne si uniscono a lei. È come se l'autobus fosse morto e ora risuscitasse. Cantano insieme quella canzone di amore e perdita, obblighi e ricordi. È una canzone che parla delle loro vite. Ora tutte le donne cantano, per combattere il terrore. Tutte, eccetto Pilar. Lei osserva Ventura, che si sforza di non piangere.

Le prende la mano. «Va bene piangere» sussurra. «Quando non ci resta altro, quando ci hanno preso tutto, abbiamo ancora le nostre lacrime.» Non deve aggiungere altro. Anche Ventura sa, come lo sanno tutte, che quel pianto non è solo per se stessa, ma per tutte le donne.

Ringraziamenti

Un ringraziamento enorme a Xochitl Zepeda Blouin. Senza di lei questo romanzo non sarebbe stato possibile. Un grazie speciale anche a Ernesto Zepeda, Dominique Blouin de Zepeda, Catalina Zepeda, Miguel Angel Chávez, José María Lumbreras e Gerardo Medina.

E anche a Oscar de Muriel per l'aiuto con lo spagnolo e le espressioni idiomatiche messicane, e a Julie Baker e Harriet O'Malley che hanno letto le prime bozze del libro.

Grazie dal profondo del cuore a tutta la squadra della Faber, specialmente al mio editor Angus Cargill, la cui guida è stata inestimabile come sempre, e a Samantha Matthews, Sophie Portas, Lauren Nicoll e Alex Kirby. Grazie anche alla copy editor Eleanor Rees per il suo aiuto impeccabile.

Un grazie davvero speciale al mio agente, Tom Witcomb, per il suo ottimo istinto e a tutto il personale della Blake Friedmann, comprese Carole Blake, Isobel Dixon e Hattie Grunewald, che non sono più tra noi.

Ringrazio anche mio fratello, Chris Baker, per il suo aiuto generoso.

Un grazie alle seguenti persone per il sostegno che mi hanno dato durante la scrittura del libro: Gabriela Arnon, Harry Avramidis, Lily e Bella Baker, Wayne Jowandi Barker, Clare Barry, Alison Benney, Natasha de Betak, Stefano Bortolussi, Ricardo Bravo, Liam 'Billy' Burke, scomparso di recente, Kent Carroll, Matthew Condon, Val Coy, Helen Curtis, Rosemary Curtis e Peter Horsam, Daniel Dayan,

Emmanuel Dayan e Rachel Rosenblum, YvesYang Diep, Colin Englert e Susan Wells, Josephine Ferrer Frogley e Janet Ferrer, Andrea Soler Ferrer, Maha Ismail, Jing Jin, Fiona McQueen e Beverly Oliver, Frank Moorhouse, Janica e Mike Nichols, Keith Nixon, Herbert Ochtman e Dominique Peguy, Harriet O'Malley, Steve Potts, Paolo Roversi e tutto lo staff di NebbiaGialla, e Hal e Arlette Singer.

Un grazie molto speciale a Les Berlugans: Yves Berthelot e Dosithée Yeatman-Berthelot, Delphine Berthelot-Eiffel e Alain Touchard, Arnaud Arches, Daniel Berger, Sylvie Bilardello e Frédéric Duprey, Stefanie Brandt e Pietro Alberti, Raymond e Gabrielle 'Mounette' Carli, Paulo ed Eliane Chaves, Rino e Laura Corazzari, Massimo Di Paola e Stefania Orlandi, Fabrice Gaquerel, Gilbert e Aimée Garziglia, Yves Garziglia, Roger e Sylvie Garziglia, Philippe Huguet, Irena Kazaridi, Jeremy Lagarrigue, Laurent Lobby e Maria Nesmes, Laurent Millat-Carus, Anthony e Patricia Pharaoh, Adrien Plesu, Claudine Reinach, Quentin Richard, Christophe Rinaudo, Andreas Sirio, Bertrand e Béatrice Stevens, Christophe Tari, Olga Tchernychov, Bruno, Sylvie e Noémie Valois, Laurent Voulzy e Alain Souchon.

Provo enorme gratitudine verso i miei famigliari, per il loro sostegno e incoraggiamento: i miei genitori, Colin e Lorel Baker, che non ci sono più, Steven e Anna Baker, Nicholas Baker e Maryanne Blacker, Michael e Margaret Baker, e in particolare Chris Baker. Grazie a mia moglie Julie e a nostro figlio Nathaniel sopra ogni cosa, per la loro convinzione, che mi ha aiutato e sostenuto moltissimo.

Questo volume è stato stampato nel mese di aprile 2018
presso Grafica Veneta S.p.A. di Trebaseleghe (PD)